MW01608315

Né à Paarl, Afrique du Sud, en 1958, Deon Meyer est un écrivain de langue afrikaans. Il a grandi à Klerksdorp, ville minière de la province du Nord-Ouest. Après son service militaire et des études à l'université de Potchefstroom, il entre comme journaliste au *Die Volkablad* de Bloemfontein. Depuis, il a été tour à tour attaché de presse, publiciste, webmaster, et est actuellement stratège en positionnement Internet. Il vit à Melkbosstrand. Il est l'auteur de plusieurs romans policiers, dont *Jusqu'au dernier*, *Les Soldats de l'aube*, *L'Âme du chasseur*, *Le Pic du Diable* et *À la trace*.

Deon Meyer

KOBRA

ROMAN

*Traduit de l'anglais (Afrique du Sud)
par Estelle Roudet*

Éditions du Seuil

TEXTE INTÉGRAL

TITRE ORIGINAL
Kobra
ÉDITEUR ORIGINAL
Human & Rousseau
© Deon Meyer, 2013
ISBN original : 978-0-7981-6505-1

ISBN 978-2-7578-3357-5
(ISBN 978-2-02-115500-6, 1ʳᵉ publication)

© Éditions du Seuil, 2014, pour la traduction française

1

La pluie tambourinait sur le toit de tôle ondulée.
8 h 10 du matin. Le capitaine Benny Griessel ouvrit
la mallette de scène de crime posée sur le mur de la
véranda et en sortit des surchaussures de protection puis
des gants de latex. Il les enfila, vaguement conscient du
regard respectueux des hommes en tenue et des deux
inspecteurs à l'abri de la pluie dans le garage. Son
anxiété et sa fatigue se dissipèrent, il se concentra sur
ce qui l'attendait là, dans cette grande demeure ancienne.

La lourde porte d'entrée était ouverte. Il s'approcha
du seuil. Le matin grisâtre plongeait le vestibule dans
une lumière quasi crépusculaire, la seconde victime
n'était qu'une masse sombre. Il resta immobile une
minute, retenant son souffle. Réfléchit au conseil de doc
Barkhuizen : *N'intériorise pas, prends de la distance.*

Qu'est-ce que cela signifiait en cet instant précis ?

Il chercha un interrupteur, le trouva juste à côté du
chambranle. Il alluma. Sous le haut plafond baroque,
un lustre jeta une lumière vive qui n'égaya en rien
l'atmosphère glaciale. L'homme était allongé sur le
plancher en chêne rutilant, à quatre mètres de la porte.
Chaussures noires, pantalon noir, chemise blanche,
bouton du haut détaché, cravate grise. Bras en croix,

main droite refermée sur un pistolet. Dans les trente-cinq ans. Mince.

Griessel s'approcha prudemment. Il vit la blessure par balle sur le front, en diagonale au-dessus de l'arcade gauche. Un léger filet de sang, presque noir à présent, courait jusqu'à l'œil droit. Sous la tête tournée vers la gauche, une flaque plus épaisse, de la taille d'une soucoupe. La blessure de sortie.

Il se sentit soulagé devant la simplicité d'une telle mort, sa rapidité.

Il soupira, lentement et longuement, pour essayer d'éliminer la tension.

Pas moyen.

Il observa le vestibule. À droite, dans un vase bleu clair posé sur une table ancienne, une énorme brassée verte et blanche d'arums fraîchement coupés. En face, à gauche, un portemanteau et un porte-parapluies. Accrochés au mur, six portraits d'un autre âge dans de lourds cadres ovales ; des hommes et des femmes guindés le regardaient fixement.

Au fond, deux colonnes marquaient l'entrée d'un vaste salon.

Il calcula d'après la position du corps et la probable trajectoire du tir comment éviter de contaminer les éclaboussures et les gouttelettes de sang invisibles. Il contourna le cadavre et s'accroupit près du pistolet, vit le logo de Glock gravé sur le canon, suivi de 17 Austria 9X19.

Griessel renifla l'arme. Elle n'avait pas servi. Il se releva.

Le tireur s'était probablement tenu dans l'embrasure, et la victime plus ou moins au milieu du vestibule. Si l'arme du crime était un pistolet, la douille avait dû être éjectée sur la droite. Il la chercha, sans succès.

Peut-être le tireur s'était-il servi d'un revolver. Peut-être la douille, ayant rebondi contre le mur, se trouvait-elle sous le corps. Peut-être le tueur l'avait-il ramassée.

À en juger par la blessure de sortie, la balle devait avoir heurté le mur quelque part. Il dessina une ligne imaginaire qui le mena au salon.

Avançant avec précaution, il fit un grand détour pour éviter le corps, dépassa les colonnes, et perçut une légère odeur de bois calciné. Le lustre du vestibule ne dessinait qu'une étroite bande lumineuse dans la pièce spacieuse, projetant l'ombre de Griessel derrière lui, immense. Il chercha un autre interrupteur. En découvrit trois d'affilée, juste derrière la colonne, les enfonça un à un, et se retourna. Éclairage tamisé. Poutres massives. Étagères contre les murs, remplies d'ouvrages reliés en cuir. Un grand tapis persan, bleu et gris argent, des canapés immenses et des fauteuils disposés en deux groupes. Des tables basses, en bois blond ciré. Des lampes et des vases en trop grand nombre, ce qui, avec le papier peint au motif chargé, était censé créer une impression d'élégance européenne surannée. Au centre de la pièce, impressionnante et majestueuse, l'immense cheminée, aux cendres maintenant froides. Et à droite, à peine visibles derrière un fauteuil bleu foncé, les chaussures et les jambes de pantalon de la troisième victime. En arrière-plan, sur le mur du couloir d'un blanc immaculé, il aperçut une éclaboussure de sang en éventail, éclatante, telle une œuvre d'art abstraite et colorée.

Griessel nota les similitudes et une sensation de malaise l'envahit.

Le cadavre du couloir avait la même coupe de cheveux militaire, la même stature – épaules carrées, corps mince et musclé – que celui de l'entrée. Il portait

9

aussi les mêmes chaussures noires, le même pantalon et la même chemise blanche. Un deuxième Glock ensanglanté gisait à côté d'une main déchiquetée. Ne manquait que la cravate.

Une autre blessure à la tête, entre la tempe et l'œil droit. Mais la première balle avait dû toucher la main – deux phalanges avaient roulé contre la plinthe peinte en blanc.

Puis il repéra les deux douilles qui luisaient faiblement à la limite du tapis du salon. Celles du tireur, certainement, à dix centimètres l'une de l'autre. Son cerveau commença à lui jouer son vieux tour bien connu ; il vit exactement comment les choses s'étaient passées, bruits et odeurs compris. L'ombre du meurtrier qui traverse furtivement l'espace, pistolet brandi devant lui, l'homme dans le couloir, deux coups de feu, la main qui n'est plus qu'une explosion écarlate. La douleur intense, fugace, d'avant la mort, pas le temps d'avoir peur, juste la brève plainte silencieuse qui précède l'éternité.

Griessel poussa délibérément un cri sonore, par-dessus le martèlement de la pluie, pour évacuer tout ça. Il n'avait pas assez dormi. Le foutu stress des dernières semaines. Il devait se reprendre.

Il fit le tour du corps avec précaution, s'accroupit près du pistolet. Similaire à l'autre. Glock 17 Gen 4. Pas d'odeur de cordite.

Il se releva, balaya la pièce du regard et, plus loin dans le couloir, découvrit les deux impacts dans le mur de droite.

Le cadavre, le pistolet et le sang prenaient toute la largeur du couloir. Il sautilla d'un pied sur l'autre pour passer. Se pencha sur les trous. Les deux balles étaient là, profondément enfoncées dans le plâtre. C'était toujours ça.

Il se mit à la recherche de la quatrième victime.

La première pièce, tout au bout du couloir à gauche, était ouverte, les rideaux tirés. Il alluma. Il y avait une valise sur le lit double, ouverte. Une cravate bleu gris et un holster d'épaule noir sur la coiffeuse. Dans la salle de bains attenante, on avait disposé avec soin une brosse à dents et de quoi se raser. À part cela, rien.

Il continua jusqu'à la deuxième chambre. Impeccable. Deux lits simples. Une petite valise au pied de l'un d'eux. Une veste sur un cintre accroché à la poignée de la penderie marron foncé. Une trousse de toilette suspendue à une tringle dans la salle de bains contiguë.

Il ressortit dans le couloir, ouvrit une porte sur sa droite. C'était une salle de bains plus grande, d'un blanc étincelant, avec une baignoire dont les pieds évoquaient des griffes de rapace refermées sur une boule, une vasque sur un support en marbre, un bidet et des toilettes.

Les deux chambres suivantes n'avaient pas été occupées. La dernière se trouvait tout au fond, sur la gauche. Porte entrouverte, pièce pratiquement plongée dans l'obscurité. Il alluma.

À l'extérieur, la pluie cessa brutalement, ne laissant qu'un silence inquiétant.

La pièce était de bonne taille, complètement sens dessus dessous. Tapis qui godaille, lit de guingois. Le matelas et la literie en avaient été arrachés. La lampe du magnifique bureau ancien était renversée, le fauteuil aussi, et tous les tiroirs étaient ouverts. Les portes de l'énorme penderie étaient elles aussi béantes, une pile de vêtements jonchait le sol. Dans le coin, une grande valise, retournée.

– Benny !

L'interjection abrupte venue de la porte d'entrée brisa le chuintement de la pluie qui gouttait en douceur et le fit sursauter.

Le capitaine Vaughn Cupido.

– J'arrive ! cria-t-il en retour.

Sa voix se répercuta, rauque, à travers l'immense maison vide.

* * *

Cupido se tenait sur le seuil dans son long manteau noir, un manteau neuf qu'il confessait avoir déniché « dans un magasin d'usine de Salt River, pour des clopinettes, *pappie*[1] ; le style inspecteur classique, le Faucon en hiver[2], moi je te le dis ».

Et tandis que Griessel négociait prudemment la traversée du vestibule, il prit soudain conscience de son propre pantalon froissé. Au moins l'épais pullover bleu et la veste dissimulaient-ils sa chemise. Ses vêtements de la veille. Cupido n'allait pas manquer de le remarquer.

– Ça donne quoi, Benny ? Y en a combien ?

Griessel sortit sur la véranda, commença à ôter ses gants. Les nuages menaçants s'étaient éloignés, le soleil tentait une percée, l'obligeant à plisser les paupières. Soudain, spectacle à couper le souffle, la vallée de Franschhoek apparut devant lui.

---

1. Le lecteur pourra se référer à un glossaire situé en fin d'ouvrage.

2. *« Hawk »* signifie « faucon ». Griessel et Cupido font partie de la Direction des enquêtes criminelles prioritaires, surnommée les Hawks.

– On a retrouvé le corps d'un des ouvriers agricoles dans la vigne. Il a trop plu, je n'ai pas réussi à aller jusque là-bas. Et il y en a deux autres à l'intérieur.

– *Jissis…*

Puis Cupido lui jeta un regard inquisiteur.

– Ça va, Benny ?

Griessel savait qu'il avait les yeux injectés de sang, et, de plus, il ne s'était pas rasé. Il hocha la tête.

– Juste mal dormi, mentit-il. Allons voir celui qui est là-bas.

* * *

La première victime gisait sur le dos entre deux rangs de vigne – un métis, vêtu de ce qui ressemblait à un uniforme rouge sombre, avec des brandebourgs argentés. Cupido et Griessel se tinrent au bord de la pelouse, à quatre mètres du corps seulement. Ils voyaient la plaie de sortie, de bonne taille, entre les yeux.

– On lui a tiré dans le dos. Ensuite, on l'a traîné jusqu'ici, constata Griessel en montrant les deux sillons pratiquement effacés qui s'arrêtaient aux talons de l'homme. Et là, ce sont les empreintes de l'ouvrier agricole qui l'a trouvé ce matin.

– C'est un frangin, dit Cupido, avant d'ajouter d'un ton accusateur : En costume d'esclave.

– Il travaille à la guest-house. D'après le…

– Une guest-house ? Je croyais que c'était une exploitation viticole.

– C'est une ferme viticole qui fait aussi guest-house…

– Comme s'ils ne gagnaient pas assez de fric. T'es sûr que ça va ?

– Oui, ça va, Vaughn.

– T'es rentré chez toi la nuit dernière ?

– Non. D'après le…

– Une affaire dont je ne serais pas informé ?

– Vaughn, j'ai travaillé tard. Tu sais comment la paperasserie s'accumule. Ensuite, je me suis endormi.

Il espérait que Cupido allait laisser tomber.

– Dans ton bureau ?

Sceptique.

– Oui. Au commissariat…

– Alors c'est comme ça que t'as eu le coup de fil aussi tôt ?

– Exact. D'après les enquêteurs, cet employé était censé venir remettre des bûches dans la cheminée vers 21 heures et vérifier que les clients n'avaient besoin de rien. Ne le voyant pas rentrer, sa femme s'est dit qu'il avait dû aller faire la fête. Et puis l'équipe de jour l'a trouvé ici. Ensuite, ils ont vu l'autre corps dans le vestibule. Le problème, c'est que d'après eux, ils étaient trois.

– J'suis largué, mec. Je croyais qu'il y avait trois cadavres ?

– Il y avait trois invités. À l'intérieur.

– Donc, il aurait dû y avoir quatre victimes ?

– Oui…

– Alors, où est le numéro quatre ?

– Grande question. Le truc, c'est… On a trois tirs à la tête, Vaughn. Le deuxième type là-dedans, on lui a tiré dans la main qui tenait le pistolet et dans la tête, les deux douilles sont juste à côté l'une de l'autre…

Il fallut une seconde à Cupido pour saisir.

– *Jissis*, Benny. Un doublé.

– Sur une cible en mouvement…

Cupido se contenta d'acquiescer avec effroi.

– Sacré tireur, *pappie*…

– Ce qui m'inquiète le plus, c'est que la chambre du fond présente des signes de bagarre. Pourquoi un type qui peut tirer de cette façon se battrait avec quelqu'un ?

Cupido dévisagea Griessel d'un air inquiet.

– Tu penses à la même chose que moi ?

Benny ne voulait pas le dire tout haut, les conséquences étaient graves. Il acquiesça simplement.

– Il y a un journaliste à la grille, Benny.

– Et merde, fit Griessel.

– Un enlèvement. Quand est-ce qu'on a vu ça pour la dernière fois ?

– Il y a pire. Les deux types à l'intérieur… D'après leur stature, leur coupe de cheveux, leurs fringues et leurs Glock 17, je pense qu'ils sont de la police. Ou de l'armée, ou des Services secrets.

– Tu rigoles.

– Et un type qui tire comme ça, sans bavure… C'est un pro. Genre Forces spéciales, Renseignement…

Cupido se retourna et observa la maison.

– C'est la merde. Ça sent l'embrouille, Benny. La grosse embrouille.

Griessel soupira.

– Exact.

– Faut qu'on se bouge, *pappie*.

– Je vais devoir appeler la Girafe. Il faut s'occuper des journalistes.

Pas un ne fit un geste. Debout côte à côte, fixant leurs pieds – Cupido dépassait d'une tête Griessel, plus trapu –, ils envisageaient toutes les conséquences, hésitant devant la pagaille qui ne manquerait pas de s'ensuivre.

Jusqu'à ce que Cupido, les pans de son manteau de Faucon en hiver battant dans le vent glacial, ne pose la main sur l'épaule de Benny en un geste protecteur.

– Benny, au moins, à quelque chose malheur est bon.

– Qu'est-ce que tu veux dire ?

– Vu ton allure ce matin, j'ai cru que tu avais encore pris une cuite. Mais un *dronkgat* ne pourrait pas faire ça, tu n'aurais pas pu analyser tout le bazar si tu avais été bourré.

Il tourna les talons et avança vers la guest-house.

2

Tyrone Kleinbooi vit la vieille dame grimper dans la voiture de troisième classe du Metrorail[1] 3411 qui attendait au quai 4 de la gare de Bellville, ce lundi matin-là, juste avant 8 h 50. Elle avait mis ses plus beaux vêtements, portait un foulard discret, et se cramponnait des deux mains à son énorme sac. Il se poussa un peu pour l'inciter à le rejoindre.

Elle regarda le siège, puis Tyrone, et se dirigea vers lui, comme il l'avait prévu. Parce qu'il avait l'air respectable. *Des traits réguliers,* comme disait oncle Solly. *Tu as des traits réguliers, Ty. C'est une aubaine dans cette branche.*

« Branche. » Comme s'ils travaillaient pour une entreprise.

Elle s'assit avec un soupir, posa le sac en équilibre sur ses genoux.

– Bonjour, *auntie*, dit-il.

– Bonjour.

Elle l'étudia de bas en haut, observa son corps menu et dégingandé et demanda :

– Et tu viens d'où ?

– De la ville, *auntie*, répondit-il.

1. Train de banlieue.

– Et tu vas où ?

– Stellenbosch, *auntie*.

– Tu travailles là-bas ?

– Non, *auntie*.

– Alors qu'est-ce que tu fabriques ?

– Je vais voir ma sœur, *auntie*.

– Et qu'est-ce qu'elle fait là-bas ?

– Elle bosse dur, *auntie*. Première année de fac. Biologie.

– Sacré sujet, *nè* ? Et on fait quoi avec ça ?

Le train quitta la gare avec une embardée.

– On peut faire plein de trucs mais elle veut devenir docteur. Elle a échoué aux examens d'entrée l'année dernière et maintenant, elle essaie d'entrer comme ça.

– Un docteur de médecine ?

– *Ja, auntie*. Elle est vachement intelligente.

– On dirait bien. Un docteur de médecine, avec ça. Et toi ? Qu'est-ce que tu fais ?

– Je suis pickpocket, *auntie*.

Un bref instant, elle agrippa son sac à main plus fort puis se mit à rire.

– Ah, toi ! dit-elle en lui décochant un coup de coude dans les côtes. Qu'est-ce que tu fais, sérieusement ?

– Je suis peintre. Pas des tableaux. Des maisons.

– Je ne t'aurais pas vu travailler de tes mains, mais c'est un travail honnête, répondit-elle, pour un jeune *lat* comme toi.

– Et vous, où est-ce que vous allez, *auntie* ?

– À Stellenbosch aussi. Et chez ma sœur, aussi. Elle se bat contre la goutte. Elle a tellement mal qu'elle est obligée de rester allongée.

Et Tyrone Kleinbooi, à la peau noire comme les grains de café grillés et aux traits réguliers, acquiesça poliment et écouta attentivement, parce qu'il y prenait vraiment plaisir. Il avait à peine conscience que la pluie avait cessé. Bonne nouvelle. La pluie était mauvaise pour son job. La cueillette avait été maigre le mois passé.

* * *

Plus haut à flanc de montagne se trouvaient les bâtiments modernes du domaine de Petit Margaux, cubes de verre minimalistes empilés les uns sur les autres et maintenus par d'invisibles armatures de ciment et d'acier.

Le propriétaire allemand, visiblement perturbé, accueillit Griessel et Cupido à la porte d'entrée. Il était chauve et imposant, avec une carrure d'haltérophile. Il se présenta : Marcus Frank.

– Quelle terrible tragédie, dit-il avec une infime pointe d'accent germanique, en les conduisant au salon.

La hauteur sous plafond était élevée. De chaque côté, on avait une vue panoramique impressionnante sur la montagne et la vallée.

Deux femmes se levèrent à leur entrée, l'une jeune et séduisante, l'autre plus âgée – avec quelque chose d'insolite, d'excentrique.

– Capitaine Cupido, capitaine Griessel, voici Christel de Haan, notre directrice, dit Frank en effleurant le bras de la jeune femme avec sympathie.

Elle avait les yeux cerclés de rouge derrière ses lunettes chics à monture noire. Elle serrait un mouchoir dans sa main gauche et se contenta de hocher la tête, comme si elle ne pouvait se fier à sa voix.

– Et voici Miz Jeanette Louw, continua-t-il d'un ton un brin trop neutre qui attira l'attention de Griessel.

Il se concentra sur le langage corporel. Quelque chose clochait.

Jeanette Louw fit un pas en avant et leur tendit la main. Dans les cinquante ans, de longs cheveux teints en blond, une silhouette trapue et une mâchoire carrée. Pas de maquillage. Elle portait un costume d'homme sombre et coûteux, avec une chemise blanche et une cravate rayée rouge et blanc.

– Hello, dit-elle d'une voix rauque de fumeuse en saluant les inspecteurs d'une poignée de main énergique.

– Christel et moi allons vous laisser à présent, à la demande de Miz Louw, ajouta Frank. Nous serons dans mon bureau, si vous avez besoin de nous.

– Non, répliqua Cupido, nous avons besoin de vous parler tout de suite.

– Je veux d'abord discuter avec vous en tête à tête, lui renvoya la femme blonde avec autorité.

– Je vous en prie. Mon bureau est juste là.

Frank leur montra le couloir.

– Non. Nous sommes pressés, insista Cupido.

– C'étaient mes hommes, dans la guest-house, expliqua Jeanette Louw.

– Comment ça ?

– Vaughn, écoutons ce qu'elle a à dire.

Griessel n'avait pas la force de discuter. Et il avait perçu la tension qui régnait entre ces gens. En plus du deuil, il y avait comme un désaccord. Christel de Haan se mit à pleurer.

Cupido hocha la tête à contrecœur. Avec des murmures de consolation, Marcus Frank expédia sa directrice dans le couloir.

– Asseyez-vous, je vous prie, dit Jeanette Louw, avant de prendre place sur un des canapés.

Griessel s'installa mais Cupido resta debout, bras croisés sur la poitrine.

– Que se passe-t-il ici ? lança-t-il, manifestement contrarié par la situation.

– Je suis la directrice de Body Armour, une société de sécurité privée basée au Cap. Nous avions loué la guest-house, et notre contrat avec le domaine de Petit Margaux comporte une CC. Ils n'ont pas…

– Une quoi ? la coupa Cupido.

– Une clause de confidentialité, répondit-elle en gardant avec peine un ton calme.

– Pour quoi faire ? demanda Cupido.

– Si vous m'en laissez l'occasion, je vais vous expliquer…

– C'est une course contre la montre, madame.

– J'en suis consciente, mais…

– Nous sommes les Hawks. Nous n'avons pas de temps à gaspiller en parlottes et autres singeries.

– Parlottes ?

Griessel vit qu'elle commençait à perdre son sang-froid. Son visage exprimait un mélange de colère et de chagrin. Elle se pencha en avant et pointa un doigt accusateur vers Cupido.

– Vous croyez que j'ai envie de papoter pendant que mes hommes sont allongés raides morts dans cette guest-house ? Arrêtez votre numéro et asseyez-vous, que je puisse vous donner les informations dont vous avez besoin. Ou je sors d'ici et vous pourrez toujours essayer de me joindre.

– Je n'ai pas d'ordres à recevoir d'une…

– S'il vous plaît, intervint Griessel d'un ton sec.

Jeanette Louw se renfonça lentement dans le canapé. Il fallut un moment avant que Cupido ne lâche un « d'accord » du bout des lèvres, mais il n'en resta pas moins debout, les bras croisés.

21

Jeanette Louw prit une minute pour se calmer puis elle s'adressa à Griessel.

– Tout d'abord, puis-je savoir combien il y a de corps à l'intérieur ?

– Deux, répondit Griessel.

– Deux seulement ?

– Oui.

Elle hocha la tête comme si elle s'y était attendue.

– Pourriez-vous me les décrire, s'il vous plaît ?

– Entre trente-cinq et quarante ans, cheveux courts, minces, rasés de près, ils portaient apparemment tous les deux des Glock…

Jeanette Louw leva la main pour l'interrompre. Elle ferma les yeux puis les rouvrit.

– Ce sont tous les deux mes hommes. B.J. Fikter et Barry Minnaar.

– Je suis désolé, dit Griessel. Vous voulez dire qu'ils travaillaient pour vous ?

– Oui.

– Quel genre de travail exactement ? intervint Cupido.

– Ils étaient gardes du corps.

– Qui était la troisième personne dans la maison ? demanda Griessel.

– Mon client. Paul Anthony Morris.

– Qui est-il pour avoir besoin de gardes du corps ? continua Cupido.

– Je… C'est un citoyen britannique. C'est tout…

– Et merde, fit Cupido qui anticipait déjà les complications.

Jeanette Louw se méprit sur sa réaction.

– Capitaine, ce sont les seules informations qu'il a bien voulu nous fournir.

– Madame, la coupa Griessel, à ce stade de l'enquête,

nous soupçonnons qu'il a… disparu. Et c'est un étranger. Ce qui signifie…

Il chercha le mot adapté.

– De gros ennuis, compléta Cupido.

– C'est exact, confirma Griessel. Nous avons besoin de toutes les informations possibles, et vite.

– C'est pour ça que je suis là. Pour vous dire tout ce que je sais.

– Mais pas devant le propriétaire du domaine. Pourquoi ? lança Cupido.

– À cause de la clause de confidentialité, personne au Petit Margaux ne connaissait l'identité de l'occupant qui se trouvait dans la guest-house. Et j'ai un devoir de réserve envers mon client. C'est pourquoi je dois vous parler en privé.

Cupido haussa les épaules.

– Dites-nous ce que vous savez, demanda Griessel.

Elle acquiesça et inspira un grand coup, comme pour rassembler ses forces.

3

– Mercredi dernier, juste avant 16 heures, Morris m'a contactée par téléphone et m'a interrogée sur la nature de nos prestations et le profil de notre personnel. Avec ce qu'on appellerait, je suppose, un accent d'Oxford. Je l'ai renvoyé à notre site web, mais il m'a dit qu'il l'avait déjà étudié et qu'il voulait être sûr qu'il ne s'agissait pas simplement de marketing. Je lui ai assuré que tout était exact. Il avait quelques questions sur le type d'entraînement de nos employés, auxquelles j'ai répondu...

– Quel genre d'entraînement ont-ils suivi ? demanda Cupido.

– La plupart de mes hommes sont d'anciens gardes du corps de la police nationale, capitaine.

– Très bien, continuez.

– Morris a alors dit qu'il avait, et je cite aussi fidèlement que mes souvenirs le permettent, « besoin de disparaître de la circulation un moment, et de bénéficier des services de gardes du corps très vigilants, discrets et professionnels ». Et cela à compter de vendredi dernier. J'ai dit qu'on pouvait accéder à sa requête et je lui ai demandé s'il acceptait que j'applique la procédure habituelle afin de déterminer le type de services correspondant à ses besoins. Il a voulu savoir en quoi consistait la procédure. Je lui ai expliqué qu'il s'agissait de questions sur ses activités professionnelles, sa situation familiale, qui prévenir en cas d'urgence, les menaces éventuelles, la durée du contrat et le budget maximal dont il disposait. Il n'y avait pas de limites financières, a-t-il précisé. Il souhaitait faire appel à nos services pour une quinzaine de jours, mais désirait ne nous fournir aucune autre information. J'ai répondu que j'allais préparer un contrat et un devis et les lui envoyer par e-mail. Il préférait rappeler, ce qu'il a fait une heure plus tard.

Griessel l'écoutait parler d'un ton officiel, choisissant ses mots avec soin. Comme si elle cherchait refuge sur le territoire de la déclaration administrative. Elle avait un petit côté militaire. Il se demanda si elle avait aussi fait partie de la police.

– J'ai recommandé cette guest-house et une équipe de…

– Pourquoi celle-ci ? intervint Cupido.

– On y a régulièrement recours. Elle correspond à nos exigences. Elle est située à moins d'une heure de l'aéroport, mais en dehors de la ville. Elle est isolée, avec un accès facile à contrôler, un périmètre dégagé que l'on peut aisément surveiller et un personnel qui comprend nos besoins et nos exigences.

– Très bien, continuez.

– J'ai proposé à Morris une équipe de jour et une de nuit composées chacune de deux gardes du corps armés. Il a immédiatement accepté et voulu savoir quelle serait la prochaine étape afin de conclure le marché. Je lui ai demandé une semaine d'arrhes. Il…

– Combien ? lança Cupido en décroisant les bras et en prenant une chaise à côté de Griessel. De combien était l'avance ?

– Un peu plus de cinq mille deux cents livres. Environ soixante-dix mille rands.

– Pour une semaine ?

Incrédule.

– Oui.

– Et il a payé ?

– Dans la demi-heure. Et le lendemain, le jeudi, il a envoyé par e-mail la page scannée de son passeport avec la photo requise pour identification et enregistrement de son dossier. Il y apparaissait qu'il s'agissait d'un citoyen britannique de cinquante-six ans. Ce même jeudi, il a appelé pour donner des détails concernant son arrivée. Je lui ai expliqué comment les choses allaient se passer à l'aéroport, et lui ai décrit les hommes qui viendraient le chercher. Voilà la teneur complète de ma conversation avec lui. Fikter et Minnaar sont allés l'accueillir vendredi après-midi à l'atterrissage du vol SA337 de 15 h 10 en provenance de Johannesburg. Ils…

– Johannesburg ? demanda Cupido. Donc, il n'arrivait pas directement d'Angleterre.

– Il est possible qu'il ait pris un vol depuis l'Angleterre jusqu'à Johannesburg, puis une correspondance jusqu'au Cap. Je n'en sais rien.

– Très bien, continuez.

– Fikter m'a envoyé un SMS vendredi à 15 h 17 pour confirmer que Morris était arrivé sans encombre, et un autre à 16 h 52 : ils étaient installés à la guest-house du domaine de Petit Margaux, tout était en ordre. Ils ont pris la garde de nuit vendredi soir et Stiaan Conradie et Allistair Barnes la surveillance de jour. Les équipes ont fait leur rapport par SMS au début et à la fin de chaque rotation. Il n'y a pas eu de problème. Dimanche matin, à la fin de leur service, j'ai eu une conversation téléphonique avec Fikter pour vérifier comment les choses se passaient. Morris était un homme très courtois et raffiné, m'a-t-il dit, et il semblait détendu et jovial. Conradie et Barnes sont ici en ce moment, en bas à la grille. Ils sont prêts à vous parler dès que le SAPS[1] les autorisera à pénétrer sur le domaine.

* * *

– Donc, si je comprends, dit Cupido, tout ce que vous savez, c'est que cet *ou* est un Anglais avec un accent de la haute et soixante-dix mille rands à claquer. Pas d'adresse, aucune idée de ce qu'il fait, *nada*. Ça pourrait aussi bien être un tueur en série.

– C'est exact.

– Mais ça ne vous gêne pas de vendre vos services à ce genre de personne ?

– Capitaine, si vous avez du liquide et que vous voulez acheter une voiture neuve, le concessionnaire ne va pas vous demander si vous avez un casier judiciaire.

– Un flic qui paye une voiture en liquide ? Peu de chances. Et ce n'est pas pareil.

– Ah bon ?

– Les services d'un garde du corps sont plutôt du genre personnel, vous ne trouvez pas ?

Jeanette Louw fit mine de se pencher à nouveau en avant et Griessel intervint :

– Quand vous l'avez eu au téléphone, vous a-t-il semblé effrayé ? Anxieux ?

Elle secoua la tête.

– Non. Je n'ai pu tirer que deux conclusions de la conversation. La première, c'est qu'il n'avait jamais eu besoin de gardes du corps, et la seconde, qu'il voulait

1. Service de police sud-africain.

en dévoiler aussi peu que possible sur lui-même. (Elle regarda Cupido.) Ce qui n'est pas inhabituel. La sécurité rapprochée, de par sa nature même, se doit d'être discrète. La majorité de nos clients sont des hommes d'affaires qui ne veulent pas qu'on aille claironner sur les toits qu'ils font appel à nos services...

– Pourquoi ?

– Besoin de faire profil bas. Et je pense que c'est aussi pour ne pas offenser leurs hôtes. Ils viennent traiter avec des entreprises locales, et un étalage ostensible de sécurité donne l'impression qu'ils voient l'Afrique du Sud comme un endroit dangereux.

– Alors pourquoi ont-ils recours à vous ? Il n'y a pratiquement pas de crimes contre les touristes.

– Oui, mais cette idée reste très répandue parmi les étrangers...

– À laquelle vous êtes heureuse de souscrire. Pourriez-vous savoir où il travaille à partir de l'adresse électronique ? Quel était le nom de l'opérateur ?

– C'est une adresse Gmail. Et le nom était Paul tiret Morris 15 etc.

– Et le paiement de l'acompte ? Un virement électronique ?

– Oui. D'une banque suisse, Adlers, si je me souviens bien. Je vous le confirmerai.

– Madame... commença Griessel.

– S'il vous plaît. Je ne suis pas une dame. Appelez-moi Jeanette.

– Les deux gardes du corps à l'intérieur...

– B.J. Fikter et Barry Minnaar.

– Oui. Depuis quand avaient-ils quitté la police ?

– Environ sept, huit ans...

– Depuis combien de temps travaillaient-ils pour vous ?

– La même chose. Je peux vous assurer que l'attaque n'avait rien à voir avec…

– Non, ce n'est pas là que je veux en venir. Est-ce qu'ils étaient vraiment bons ?

Elle comprit ce qu'il voulait dire.

– Je n'emploie que les meilleurs. Et vu le genre de travail, les critères requis en ce qui concerne la forme physique, le maniement des armes et l'autodéfense sont élevés. Ils doivent suivre des séances de mise à niveau et des tests annuels. Nous leur faisons même passer un dépistage antidrogue tous les six mois. Je peux vous assurer que Fikter et Minnaar étaient d'excellents éléments.

– Et pourtant… ajouta Cupido, sceptique.

Jeanette finit par perdre son sang-froid. Elle écarta les pieds, se pencha en avant, coudes sur les genoux.

– Vous savez quoi ? Si vous n'étiez pas flic, je vous en collerais une tout de suite.

* * *

La jeune femme, guère plus âgée que Tyrone Kleinbooi, observa la liasse de billets puis l'écran de l'ordinateur.

– Vous devez encore sept mille rands, dit-elle en anglais et en détachant clairement chaque syllabe.

– Pourquoi vous me balancez de l'anglais – je croyais que c'était censé être une université afrikaans ici ? rétorqua Tyrone. C'est tout ce que je peux payer pour l'instant. Mille deux cent cinquante.

Elle parut un rien agacée.

– *Die rekening is agterstallig,* peu importe la langue dans laquelle on le dit, *mister.* Vous avez un arriéré. On ne donne les résultats que quand on a reçu la totalité.

La contrariété le poussa à l'asticoter.

– Tu peux me balancer autant de mots recherchés en afrikaans que tu veux, moi, je te dis qu'en fait tu viens des Cape Flats.

– Et je vois que vous avez encore de l'argent dans votre portefeuille. Est-ce que votre père sait ce que vous fabriquez ?

– *Jirre !* s'écria Tyrone Kleinbooi. Y a quel nom sur ton ordinateur, mon chou ?

– Nadia Kleinbooi. Et je ne suis pas votre « chou ».

– Est-ce que j'ai une tête de Nadia ?

– Comment je pourrais savoir ? Il y a des noms bizarres dans cet ordinateur.

– Nadia est ma sœur, poupée. On n'a pas de maman, et on n'a pas de papa. C'est de l'argent que j'ai gagné à la sueur de mon front, *versta'jy* ? Et ce qui reste dans mon portefeuille, je dois aller le lui donner pour qu'elle paye le loyer de son appartement. Alors, pas la peine de rester assise là à me juger. Sois un peu charitable, on paie comme on peut, elle a bossé sacrément dur, ces résultats lui appartiennent, pas à vous autres – alors pourquoi elle peut pas les voir ?

– Ce n'est pas moi qui fais les règles.

– Mais tu peux les contourner, *net'n bietjie*. Juste un peu. Pour un frangin.

– Et perdre mon boulot ? Pas aujourd'hui.

Il soupira et pointa l'écran du doigt.

– Tu les vois là ?

– Les résultats ?

– *Ja.*

– Je peux.

– Elle a réussi ?

Son visage demeura impassible.

– Allez, s'il te plaît, *sister*.

Elle jeta d'abord un coup d'œil autour d'elle et dit rapidement à voix basse : « Elle a réussi haut la main », puis elle prit l'argent et commença à compter.

– *Dankie, sister*, répondit-il en se retournant pour partir.

– *Jy kannie net loep nie*, vous devez attendre votre reçu.

– *Sien jy,* tu vois, je savais que tu pouvais parler comme dans les Flats.

4

Ils sentaient la pression, le temps qui leur filait entre les doigts.

– Cyril était un ami, dit Marcus Frank, le propriétaire allemand. Un employé estimé.

– Toutes nos condoléances, monsieur Frank, glissa rapidement Benny Griessel, pour éviter que Cupido ne lance un truc du genre, « Alors pourquoi vous lui faisiez porter un uniforme d'esclave ? ». Cela étant, un des…

– Notre réputation est fichue, continua Frank. La presse attend à la grille.

– Je comprends. Mais un des clients a disparu et nous devons procéder aussi vite que possible. Pouvez-vous me dire ce que faisait M. January dans la guest-house hier soir ?

Frank désigna Christel de Haan, toujours en larmes, avec un geste d'impuissance.

La jeune femme chaussa ses lunettes.

– Il a débarrassé la table et allumé le feu, dit-elle.

– À quelle heure ? demanda Cupido.

– À 21 heures précises.

– Comment le savez-vous ?

– On s'était mis d'accord avec eux.

– Les gardes du corps ?

– Oui. Petit déjeuner à 8 heures, ménage à 9 heures,

32

déjeuner à 13 heures, dîner à 20 heures. Rangement et préparatifs pour la soirée à 21 heures. Ils sont très stricts, ils ont de nombreuses règles.

– Du genre ?

– Ils ont passé tous nos employés au crible. Seuls six d'entre eux ont reçu l'autorisation de travailler quand ils ont loué la guest-house, deux pour le petit déjeuner, deux pour le ménage, et deux pour le dîner et le service du soir. Ça nous a compliqué les choses...

– Pourquoi ?

– Parce que parfois des membres de notre personnel sont malades, ou veulent prendre des congés...

– Dans ce cas, pourquoi avoir loué la maison à ces gens ?

– Ils payent pratiquement le double du tarif habituel.

Cupido hocha à nouveau la tête, sidéré.

– Très bien. Donc, Cyril January faisait partie des employés qui avaient été sélectionnés ?

– Oui.

– Comment est-ce que cela fonctionnait ? Est-ce qu'il avait les clés ?

– Non, non, s'ils voulaient entrer, ils devaient appeler un des gardes du corps quand ils arrivaient devant la maison.

– Comment ?

– Avec un portable. Ils avaient un code secret. « Petit déjeuner dans la pièce verte » s'il n'y avait aucun risque, ou « petit déjeuner dans la pièce rouge » s'ils pensaient qu'il y avait un quelconque danger.

– *Jissis*. Et ensuite, le garde du corps déverrouillait la porte ?

– Oui.

– Mais vous avez dit qu'il y avait deux personnes pour servir le dîner ?

– Oui. La fille de Cyril…

Les yeux de De Haan se remplirent de larmes et sa voix se brisa.

– Je suis désolée. Sa fille, elle n'a que dix-huit ans… Elle servait le dîner avec lui, puis ils débarrassaient la table et ensuite, elle repartait avec le chariot roulant. Cyril servait de majordome…

– C'est-à-dire ?

– Des chocolats sur l'oreiller, vérifier qu'il y a le nécessaire dans la salle de bains, comme le savon et le shampoing et le gel douche et la crème pour les mains, allumer le feu…

– Savez-vous à quelle heure il terminait d'habitude ?

– Entre 21 heures et 21 h 30.

– Et sa femme a cru qu'il était allé en ville hier soir ?

– Ça lui arrivait parfois.

– Où serait-il allé ?

– Voir des amis.

– Sans rentrer de la nuit ?

– C'est arrivé.

– Quelle était la procédure quand il quittait la maison ? demanda Griessel.

– Il sortait simplement, et les hommes refermaient à clé derrière lui.

– Et ce matin ?

– Un de nos ouvriers agricoles a découvert le corps de Cyril. Vers 6 heures et demie environ, au moment où il allait se présenter au travail. Et ensuite il a vu que la porte d'entrée de la guest-house était ouverte…

– D'accord, dit Cupido, on va devoir parler à la fille… On doit parler à tous les employés dans environ… (il jeta un coup d'œil à sa montre) dans environ une heure. Vous pouvez les rassembler pour nous ?

34

* * *

Cupido fulminait en regagnant la voiture, exactement comme Griessel s'y attendait.

– « Ils paient pratiquement le double du tarif habituel », voilà le problème dans ce pays, Benny. C'est juste de la cupidité pure et simple, aucune éthique, putain. Tout le monde veut s'en mettre plein les poches, *pappie*, avant le jour du Jugement dernier. Soixante-dix mille rands pour une semaine de protection rapprochée ? On s'est gourés de crémerie, moi je te le dis. Et cette lesbienne qui veut m'en coller une ? Et pourquoi ? Parce que je dis les choses comme elles sont ? Elle peut pas faire ça, tu vois, qu'est-ce que t'en penses ? Y a tout simplement aucune réponse qui convienne pour une gouine, t'es *gefok* si tu lui dis, allez, amène-toi, t'es *gefok* si tu la fermes. Il devrait y avoir une loi contre ce genre de choses. Elle veut m'en *coller une* ? Avec soixante-dix mille en poche et son costume Calvin Klein et ces cheveux… Et qu'est-ce qu'on a ici ? Une ferme boer avec un nom français, qui appartient à un Allemand et dans laquelle un rosbif a été kidnappé. Les Nations unies du crime, putain, voilà vers quoi on va. Et pourquoi ça ? Parce qu'ils apportent leurs emmerdes ici avec eux. Comme ces Français à Sutherland, et l'affaire Dewani[1]. Et qui c'est qui écope ? La putain d'Afrique du Sud.

Ils montèrent en voiture.

– Moi, je te le dis, le meurtrier sera un étranger, mais tu crois que la télé va en parler ? Bien sûr que non, ça

1. Le millionnaire britannique Shrien Dewani, accusé d'avoir organisé le meurtre de sa femme lors de leur voyage de noces en Afrique du Sud en 2010, avait fini par être extradé.

va encore être du style, « une société gangrenée par le crime », toutes ces conneries. C'est pas juste, Benny. Elle veut m'en coller une. Mais ça les dérange pas de passer au crible les petits *volkies* en tenue d'esclave et de les laisser nettoyer derrière leurs culs de Blancs jusqu'à 10 heures du soir. Des chocolats sur l'oreiller…

– La Scientifique est là, le coupa Benny en repérant le minibus blanc garé devant la guest-house, à côté de la Corolla du photographe de la police et des deux ambulances.

– Va falloir qu'ils en mettent un coup – on doit fouiller la chambre de l'Anglais.

– Voilà la Girafe.

La silhouette élancée du colonel Zola Nyathi, chef de l'Unité de lutte contre les crimes violents, se dressait à côté du gros Ford Territory de la Direction des enquêtes criminelles prioritaires (DPCI[1]), les Hawks.

* * *

En tant que premier Hawk sur les lieux, Griessel fit son rapport aussi brièvement que possible. Il sentait les yeux inquisiteurs du colonel sur lui, dans son visage immuable et impénétrable.

– Je vois, dit la Girafe quand il eut terminé.

Il resta plongé dans ses pensées, tête penchée en avant. Puis il ajouta :

– Tu dirigeras le Centre opérationnel de commandement sur cette affaire, Benny.

– Oui, monsieur.

Avec un pincement au cœur, parce que la dernière chose dont il avait besoin dans sa situation actuelle

1. Directorate for Priority Crime Investigations.

était d'endosser la responsabilité du prétendu Centre opérationnel de commandement.

– Tu as déjà Vaughn. Il te faut combien d'hommes en plus ?

Griessel savait que les Hawks aimaient les grosses équipes qui pouvaient frapper vite et fort, mais doutait du bien-fondé de cette approche. À mettre trop de gens sur une enquête, ils se marcheraient sur les pieds. Et il savait que commander ne permettait pas nécessairement d'avoir le contrôle sur la direction d'une enquête.

– Quatre, monsieur.

– Tu es sûr ?

– Oui, monsieur.

– Je vais mettre Cloete sur le coup. Et commencer à huiler les rouages côté consulat.

Le capitaine John Cloete était l'officier de liaison des Hawks avec les médias. Et ils allaient avoir besoin de toute l'aide possible pour intervenir auprès du consulat de Grande-Bretagne, Griessel le savait. Car même si les Anglais n'étaient pas aussi difficiles que les Canadiens, et les Canadiens pas aussi difficiles que les Chinois, les ambassades rechignaient à partager des informations sur leurs ressortissants, particulièrement dans les affaires criminelles. Le plus souvent, c'étaient des fins de non-recevoir.

– Merci, monsieur, dit-il simplement.

Le regard de Nyathi s'attarda sur lui un moment puis le colonel hocha la tête, tourna les talons et regagna son véhicule.

La faute à son allure épouvantable. Il se maudit intérieurement. La nuit dernière, il aurait dû…

– Viens, Benny, lança Cupido, allons voir où en est la Scientifique.

* * *

Dans Dorp Street, à Stellenbosch, un car de touristes était garé devant Oom Samie se Winkel, le désormais légendaire magasin d'objets anciens et piège à touristes.

Tyrone Kleinbooi les observait sur le trottoir. Il reconnaissait les Européens à leurs jambes blanches, leur allure. Il avait cessé de se demander pourquoi les Européens et les Américains étaient les seules personnes en Afrique à acheter et porter un costume de safari – vestes de chasse avec poches pour les munitions, casques à la Livingstone ou chapeaux à large bord, chaussures montantes.

Ses sens commençaient à s'aiguiser. Il se concentra sur le groupe qui faisait la queue pour monter dans le car. À l'arrière se trouvait une femme d'âge moyen, un grand sac de raphia sur l'épaule. Une cible facile. Elle ne serait pas surprise qu'un autre passager l'aborde. Son porte-monnaie se trouverait dans son sac, tout au fond, au centre, bien plein et rebondi, rempli d'euros et de rands, de cartes de crédit et de cartes pour les distributeurs automatiques, prêt à être cueilli. Il avait juste à sortir de sa poche la barrette à cheveux avec le petit tournesol jaune, la cacher dans sa main et se pencher devant elle en prétendant la ramasser.

Oncle Solly : *Je formais un gars qui a essayé ce truc avec du fric, un billet de dix rands. Il l'a agité sous le nez de la cible qui s'est immédiatement focalisée sur son portefeuille. C'était tout simplement stupide. On doit utiliser un objet coloré et joli. Mais pas d'argent.*

« Je crois que vous avez fait tomber ça, madame », lui dirait-il d'une voix basse, intime et confidentielle, avec son large sourire de voyez-un-peu-comme-lesgens-du-cru-sont-honnêtes. Avec son visage avenant. En la touchant presque avec son épaule droite.

Pendant que ses yeux et toute son attention seraient focalisés sur la barrette sous l'effet de la surprise, il glisserait sa main droite dans le sac, la refermerait sans hésiter sur le portefeuille.

Elle lui décocherait un sourire rayonnant de bienveillante reconnaissance, car les Blancs du Nord ne demandent qu'à faire plaisir aux Noirs, sans doute à cause de la culpabilité qu'ils ressentent envers leurs propres équipées coloniales. Elle tendrait la main vers la barrette puis hocherait la tête.

« Oh, merci, mais ce n'est pas à moi. » Il la bousculerait légèrement de l'épaule droite tout en retirant la main du sac et en mettant le portefeuille dans sa poche.

Oncle Solly : *L'extraction, c'est la clé : douceur et rapidité. Maintiens le portefeuille bien droit, ne le laisse pas accrocher quelque chose – tu ne veux surtout pas que ça coince au moment crucial. Et souviens-toi, il se peut qu'il y ait d'autres personnes qui regardent, alors il faut que l'attention de tous soit concentrée sur l'objet tombé, tu le tiens bien haut et avec style. Ensuite, tu escamotes le portefeuille et tu sors la main de ta poche. Montre-la aux gens, voici ma main innocente.*

« Mes excuses, ma'am », dirait-il.

Elle répondrait avec un accent hollandais ou allemand : « Non, je vous en prie, ne vous excusez pas. » Contrairement à cette femme autrichienne, deux ans plus tôt, qui avait dit « merci » et lui avait pris la barrette des mains. Il avait quand même eu le dernier mot. Il y avait pratiquement deux mille rands dans son porte-monnaie.

Il sourirait, ferait demi-tour et s'éloignerait, puis se retournerait pour lui faire un geste de la main. *Ne te presse pas, Ty. Mais reste vigilant... On ne sait jamais,* entendait-il comme en écho dans sa tête.

Il se trouvait au milieu des touristes, à côté de la femme, fin prêt, chaque terminaison nerveuse en alerte, l'adrénaline lui coulait dans les veines, juste assez.

Et tout à coup son cerveau lui intima l'ordre de ne pas bouger.

Si quelque chose te paraît louche, éloigne-toi.

Il aperçut les deux vigiles, juste à côté de la boutique, les yeux braqués sur lui.

Il s'éloigna vers Market Street, et l'appartement de sa sœur.

5

De la porte d'entrée, Griessel et Cupido voyaient les deux hommes de la Scientifique opérer dans le salon sous les projecteurs éblouissants. Et entendaient leur conversation animée sur le rugby.

– Moi, je te le dis, Bismarck n'est pas un homme, c'est une machine, lança avec véhémence Arnold, le petit râblé.

– Tu te tires dans le pied avec ce genre d'argument, répliqua Jimmy, le grand mince.

Ils étaient agenouillés côte à côte, dans le salon spacieux.

– Qu'est-ce qui te fait dire ça ?

Ils étaient surnommés le Gros et le Maigre depuis qu'ils bossaient ensemble. Avant, le gros Arnold faisait équipe avec une jolie jeune femme rousse pleine de culot et de taches de rousseur, qui raillait leur tandem en le traitant « d'œufs tachetés ». Les langues étaient allées bon train quand elle s'était mise en quête de prairies plus vertes, et Jimmy – un homme, beaucoup moins attirant – avait été nommé.

– Bismarck, une machine ? Et comment une machine pourrait-elle se blesser ? De toute façon, cette année, on va gagner la Coupe, parce que ta machine des Sharks va se gripper au moment décisif. Exactement comme l'année dernière…

– On peut entrer ? lança Griessel.

– Dieu soit loué, les Hawks sont là, répliqua Arnold.

– Je me sens en sécurité à présent, renchérit Jimmy.

– Vous avez mis des protections de chaussures ? demanda Arnold.

– Vous n'avez pas encore fini ici ? rétorqua Cupido. Vous devriez peut-être arrêter avec vos conneries de rugby et passer la vitesse supérieure.

– Des conneries de rugby ? T'es quel genre de métis du Cap !

– Le genre qui va botter vos culs de Blancs si vous ne vous bougez pas un peu !

– Si tu es un botteur, lui renvoya Arnold, alors les Stormers ont besoin de toi. Leurs quinze demis d'ouverture sont encore blessés.

– *Fokkof*, répliqua Jimmy. Entrez si vous avez mis vos surchaussures. Il y a ici un truc très bizarre que vous devriez voir.

* * *

Le « truc très bizarre » était une douille.

– C'est une Cor-Bon .45 ACP+P, dit Jimmy le maigre en la leur présentant avec des pinces en acier.

– Ce n'est pas tous les .45 qui tirent des Plus P, ajouta Arnold.

– Seulement les modèles les plus récents.

– La Plus P a une pression en chambre plus importante.

– Et une énergie cinétique plus grande.

– On peut vous l'expliquer en termes de profane, si vous ne comprenez pas.

– On connaît aussi des mots simples.

– Alors comme ça, intervint Cupido, maintenant vous êtes experts en balistique *et* en linguistique ?

– Les connaissances scientifiques des experts forensiques sont vastes, rétorqua Jimmy. Ça frise le génie…

– Comparé au Faucon moyen, renchérit Arnold.

– Aussi connu sous le nom de cervelle d'oiseau.

– *Fokkof*, répondit Griessel, sachant que ce n'était pas la peine d'essayer de rivaliser d'esprit, vu qu'ils avaient toujours le dernier mot.

– Benny, tu as l'air particulièrement attirant ce matin.

– Ou peut-être plutôt « atterrant » ?

Le duo d'experts échangea un grand sourire.

– On n'est pas vraiment frais et dispos, hein ? Et on n'a pas non plus le regard très perçant pour un faucon, ajouta Arnold.

– Vous ne la voyez pas ? demanda Jimmy.

– Voir quoi ? dit à son tour Cupido.

– L'inscription.

Il approcha la douille et la fit tourner.

– Qu'est-ce que c'est ? demanda Griessel.

– Regarde, répondit Arnold en lui tendant une loupe.

Griessel étudia le cylindre en cuivre.

– On dirait un serpent. Prêt à frapper.

– Stupéfiant qu'il puisse arriver à voir quelque chose avec ces yeux injectés de sang ! lança Jimmy.

– Et qu'est-ce qu'il y a sous le serpent dressé ? interrogea Arnold.

– Ça ne serait pas des lettres ?

Les symboles étaient minuscules.

– Dieu soit loué ! Les Faucons savent lire.

– On peut aussi vous en coller une, répliqua Cupido. Que disent les lettres ?

– N, point, M, point, répondit Arnold.

– Et ça veut dire quoi ? « *Never Mind* » ?

– Où t'as été chercher ça ?

– NM. *Never Mind.* Tu connais pas le langage des textos ? Je croyais que t'étais malin.

– Les gens sophistiqués n'utilisent pas d'abréviations. Le N en capitale et le *m* minuscule signifient « Newton-mètre ». S'il s'agissait de deux minuscules, ce serait « nanomètre ». Mais dans les deux cas, sans le point, expliqua Arnold.

– Alors qu'est-ce que les deux capitales avec deux points signifient ?

– Je croyais que c'étaient vous, les inspecteurs.

– Parce que vous, des scientifiques de génie, vous l'ignorez ? lança triomphalement Cupido.

– On ne peut pas faire tout le boulot à votre place.

– Ou, du moins, on ne peut pas faire tout le boulot à votre place tout le temps.

– Va te faire voir, lança Griessel. On doit fouiller la dernière pièce. Vous avez fini là-bas ?

– On n'a même pas commencé.

– *Jissis,* fit Cupido.

Ils allèrent interroger Scarlett January, la fille du majordome assassiné, Cyril.

Cupido s'installa à côté d'elle sur le canapé confortable du salon. Il lui tint la main et s'adressa à elle d'une voix pleine de douceur et de compassion. Griessel et Christel de Haan prirent chacun un fauteuil.

– Toutes mes condoléances, petite sœur.

La frêle jeune fille hocha la tête à travers ses larmes.

– Si je pouvais, je ne t'aurais pas importunée. Mais nous voulons attraper ces personnes diaboliques. Elles doivent payer pour ce qu'elles ont fait à ton papa.

Hochement de tête.

– Tu veux bien répondre à quelques petites questions ?

Elle renifla, se moucha et dit, « oui, *uncle* ».

– Tu es très courageuse, *sisterjie,* ton papa serait très fier de toi. Tu travaillais avec lui tous les jours dans la guest-house ?

– Oui.

– L'équipe du soir, *nè* ?

Hochement de tête.

– Tu as vu l'Anglais ?

– *Ja.*

– Qu'est-ce que tu peux nous dire sur lui ?

– Il était très amical.

– Il t'a parlé ?

– *Ja.*

– Qu'a-t-il dit ?

– Que ma table était jolie. Et que la nourriture était bonne.

– C'est tout ?

– Et que c'est magnifique ici. Dans la ferme. Quand il regarde par la fenêtre. C'est tout.

– D'accord, *sisterjie,* c'est très bien. Les gardes du corps maintenant. Tu leur as parlé à eux aussi ?

– Pas vraiment.

– Ils étaient gentils avec toi ?

– *Ja, uncle.* Mais ils ne parlaient pas beaucoup.

– Bon, et la nuit dernière, à quelle heure es-tu partie d'ici ?

Au souvenir de la veille, les épaules de Scarlett se mirent à trembler. Il lui fallut un moment avant de répondre :

– Je ne sais pas.

– Tout va bien, *sisterjie.* Donc, plus ou moins 9 heures ?

Hochement de tête.

– Et tout était en ordre. Ici, dans la guest-house ?

Hochement de tête.

– Comme les autres soirs ?

– *Ja.*

– Les gardes du corps n'étaient pas différents ?

– Non, *uncle.*

– Peux-tu nous dire comment tu es partie ? Est-ce que l'un d'eux t'a raccompagnée ?

– *Ja.* Celui qu'ils appellent B.J.

– Très bien, raconte-moi ça.

– J'ai dit à B.J. que j'avais terminé. Il a déverrouillé la porte d'entrée. Il est sorti d'abord et il a regardé, et ensuite il est rentré et il a dit que tout était en ordre. Après, j'ai appelé papa, pour qu'il m'aide à descendre les marches avec le chariot roulant. Ensuite...

– Quel chariot ?

– Celui avec les restes et les assiettes.

– D'accord et après ?

– Après, on est sortis. Papa m'a aidée pour les marches, et j'ai roulé le chariot jusqu'aux cuisines.

– Et ensuite ils ont refermé ?

– Je ne sais pas.

– Ce n'est pas grave... Et tu n'as rien vu pendant que tu retournais aux cuisines ?

– J'ai juste...

Là, Scarlett January recommença à pleurer. Christel de Haan se leva, lui tendit quelques mouchoirs et se rassit.

Quand elle eut repris le contrôle d'elle-même, Scarlett hésita :

– *Uncle*, je... Je n'ose pas, *uncle.*

Cupido se rapprocha et lui murmura :

– Alors dis-le juste à moi, je ne le répéterai à personne.

Elle acquiesça, se moucha et s'approcha de l'oreille de Cupido.

– Papa dit que j'ai reçu à ma naissance le don de clairvoyance...

– Je vois.

– Parce que j'ai toutes ces prémonitions.

– Je comprends.

– Quand je marchais là-bas, j'ai eu cette impression, *uncle*.

– Quelle sorte d'impression, *sisterjie* ? murmura-t-il, d'une voix à peine audible.

– Le mal, *uncle*. Un mal terrible. Par-là, vers les bougainvillées.

6

Tyrone annonça les résultats à sa sœur. Il était installé dans l'unique fauteuil du studio de Nadia – celui avec le pied cassé qu'il avait récupéré sur le trottoir devant une maison du Bo-Kaap. Il l'avait réparé. Pas vraiment bien, du mieux qu'il l'avait pu. Mais il était solide et confortable.

– Donc, je suis très fier de toi, dit-il.

Elle était assise à la grande table de travail. Longs cheveux noirs et beauté délicate, presque fragile. Il avait échangé la table contre un iPhone volé au magasin d'occasions d'Albert Street, à Woodstock.

– Merci, *boetie*.

– Ne t'inquiète pas, j'aurai le reste de l'argent à la fin du mois, ajouta-t-il.

Il sortit son portefeuille.

– Voilà de quoi payer le loyer.

– Non, je n'ai besoin que de mille, j'ai touché de sacrés gros pourboires.

– Justement, je voulais te parler de ça. Pourboires ou pas, tu es ici pour étudier.

– Mais le travail me plaît, *boetie*.

– Je comprends, seulement là, c'est le moment crucial.

– Je ne peux pas rester assise à potasser toute la journée.

– Alors va te promener. Ou sors avec des amis.

– Non. On mange gratuitement à la fin du service, j'économise pas mal d'argent ainsi. Et où tu vas trouver plus de cinq mille rands d'ici la fin du mois ?

– Un gros chantier de peinture dans Rose Street, tout un pâté d'immeubles. Je suis un des sous-traitants pour Donnie Fish. Et même s'il pleut, y a une partie à l'intérieur. Et de toute façon, Le Cap est à nouveau en plein boom économique, le tourisme a augmenté de dix-sept pour cent. *Ek sê jou,* je suis sûr que d'ici décembre j'aurai assez pour payer aussi la moitié de tes frais de scolarité de l'année prochaine. Toi, tu te contentes de bosser, pour réussir les examens d'entrée. Je ne veux pas que tu perdes ton temps à faire la serveuse.

– Je ne perds pas mon temps.

Elle avait cette moue butée qu'il lui connaissait depuis qu'ils étaient enfants.

– De toute façon, je serai reçue.

Il savait qu'il n'arriverait pas à la convaincre.

– Voilà ce que je voulais entendre.

* * *

Les quatre inspecteurs en renfort étaient arrivés – le lieutenant Vusumuzi Ndabeni, petite taille, bouc soigné et regard vif ; le lieutenant Cedric « Ulinda » Radebe, ancien boxeur, dont le surnom en zoulou signifiait « le ratel[1] » ; le capitaine Mooiwillem Liebenberg, la plus belle gueule de toute l'Unité de lutte contre les crimes

---

1. Ratel ou zorille du Cap.

violents et le coureur de jupons le plus respecté ; et le capitaine Frankie Fillander, le vétéran, avec sa longue cicatrice au couteau qui lui courait de l'oreille à la racine des cheveux.

Sur la pelouse de la guest-house, Griessel leur raconta en détail ce qui s'était passé. Il dut prendre sur lui pour rester concentré car la fatigue se faisait sentir de plus en plus lourdement. Et il était de plus en plus embarrassé par son apparence et les regards que lui jetaient ses collègues. Il demanda à Ndabeni et à Fillander, les officiers les moins brusques, d'interroger les ouvriers agricoles, et à Radebe et à Liebenberg de parler aux gardes du corps.

Puis Cupido et lui se dirigèrent vers la véranda pour voir si la Scientifique en avait terminé. Le vent s'était remis à souffler en rafales glaciales.

– Le réchauffement global ? lança Cupido en levant les yeux vers les nuages noirs qui menaçaient une fois de plus à l'est. J'ai l'impression que chaque hiver est plus froid et plus humide.

Le portable de Griessel fit entendre une sonnerie pleine d'entrain dans sa poche de pantalon. Il savait de qui et de quoi il s'agissait.

Son collègue lui lança un regard pénétrant.

– Mais c'est un iPhone que tu as là.

– Oui, répondit Griessel.

– Depuis quand ?

– Vendredi.

Cupido haussa les sourcils.

– C'est Alexa qui me l'a donné, continua Griessel.

Alexa Barnard. Le nouvel amour de sa vie, chanteuse un temps célèbre, alcoolique en cours de désintoxication, cent cinquante jours d'abstinence, qui relançait lentement sa carrière.

– L'iPhone 5 ?

– Je ne sais pas.

– Tu ne sais pas ?

Cupido gloussa devant son ignorance.

Griessel sortit le téléphone de sa poche et le lui montra.

– Ouais, iPhone 5C. Ce n'est pas un Android, mais Benny, mon pote, c'est cool. Bienvenue au vingt et unième siècle ! Tu es passé d'apprenti à pro.

Durant les quelques mois précédents, Cupido avait été un des mentors de Griessel en matière de nouvelles technologies. Ça faisait longtemps qu'il l'asticotait pour qu'il achète un smartphone Android. « Un HTC, Benny. Ne prends pas un Samsung. Ces types sont les nouveaux Illuminati[1], Benny, ils sont en train d'étendre leur contrôle sur le monde, gadget après gadget. Ne jamais faire confiance à un fabricant de téléphones qui produit des frigos, *pappie*. »

À la porte d'entrée de la guest-house, Cupido cria :

– Jimmy, vous avez fini ?

Griessel en profita pour lire rapidement le SMS qui s'affichait sur l'écran.

« Tu m'as manqué. Bonne chance. J'ai hâte d'être à ce soir. Ai une surprise pour toi. Xxx »

La réponse leur parvint des profondeurs de la maison.

– Presque. Remettez des gants et des surchaussures.

Ils obtempérèrent en silence et se frayèrent un chemin à travers le vestibule et le salon puis dans le couloir. Ils découvrirent le Gros et le Maigre dans la dernière chambre, en train de ranger leur matériel pour relever les empreintes.

---

1. Sociétés ésotériques plus ou moins secrètes, qui défendent entre autres, la théorie du complot.

– On a découvert un ou deux trucs bizarres, dit Arnold.

– Nous aussi, répondit Cupido. *Vous deux*.

– La bave du crapaud n'atteint pas la blanche colombe, répliqua Jimmy.

– Ça nous glisse dessus, renchérit Arnold. D'abord, il y a une éclaboussure de sang sur la porte d'entrée, ce qui n'a aucun sens vu la façon dont les corps sont disposés.

– Dedans ou dehors ? demanda Griessel.

– Une à l'extérieur.

– La porte était ouverte quand je suis arrivé. Le sang aurait pu venir de l'intérieur.

– On y a pensé, répondit Jimmy, mais ça n'a toujours aucun sens.

– Deuxièmement, poursuivit Arnold. On a trouvé une autre douille dans l'entrée. Au milieu des arums. Calibre identique, même dessin de cobra gravé dessus.

– Un seul tueur pour les deux victimes, conclut Jimmy.

– Troisièmement, tous les vêtements du type sont neufs, continua Arnold. Du genre neuf, neuf. Et je dis bien tout. Jusqu'aux sous-vêtements.

– La valise aussi, ajouta Jimmy. Elle sort pratiquement du magasin.

– De même pour son passeport.

– Où est-il ? demanda Griessel.

– Tiroir du haut, à droite, dans un petit étui en cuir neuf, chic.

Griessel enjamba prudemment le tapis retourné et la literie sur le sol pour ouvrir le tiroir de la table de chevet. À l'intérieur, une pochette en cuir brillant. Il la prit, fit coulisser la fermeture. Elle contenait des souches de cartes d'embarquement sur Air France et la South African Airways indiquant que Paul Anthony Morris avait pris le vol AF 0990 en partance de Charles-de-Gaulle et à destination de Johannesburg le jeudi à 23 h 20, et le vol SA 337 de Johannesburg au Cap le vendredi. Classe affaires, les deux fois.

Le passeport était glissé dans un des compartiments de la pochette. Griessel le sortit. La couverture rouge avec ses lettres dorées et ses armoiries était parfaitement lisse et sans aucune marque ni éraflure.

Il l'ouvrit, observa la photo d'identité. L'homme avait une cinquantaine d'années, un visage longiligne, symétrique et grave. Ses cheveux soigneusement coupés lui couvraient les oreilles, noirs, avec des pointes grises sur les tempes. Il baissait légèrement les yeux vers l'objectif ce qui poussa Griessel à se demander s'il était grand.

À droite de la photo, sa date de naissance – 11 septembre 1956 – et celle de l'émission du passeport, à peine une semaine plus tôt.

Cupido s'approcha de Griessel et le regarda tourner les pages jusqu'aux tampons de l'immigration. Il n'y en avait que deux : France, le jeudi précédent, et Afrique du Sud, le vendredi.

– Tout neuf, dit Cupido.

– C'est ce qu'on essayait de vous expliquer, lança Jimmy avec une patience exagérée.

– Vous avez trouvé un portefeuille quelque part ? demanda Griessel.

– Non, répondit Arnold. S'il en avait un, il a disparu. Ou il est ailleurs dans la maison.

– Autre chose ?

Jimmy fouilla dans sa mallette et en sortit un sachet en plastique transparent réservé aux preuves.

– Un lien de serrage, dit-il en leur montrant le sac. Il était là, à moitié caché sous le lit.

Griessel prit le sachet et l'inspecta soigneusement. Le lien avait été serré puis coupé.

– Juste celui-là ?

– Oui.

* * *

Griessel laissa le photographe de la Scientifique prendre des clichés du passeport – couverture, page avec les tampons et page d'informations. Il demanda à Cupido d'accompagner le gars, d'attendre les empreintes et de les porter au consulat de Grande-Bretagne.

– Sois diplomate, Vaughn, s'il te plaît…

– Parce que je ne le suis pas d'habitude ?

– Et appelle d'abord la Girafe, pour voir s'il a graissé les rouages.

– Bien sûr, Benny.

Il aurait préféré y aller lui-même, pour pouvoir réfléchir. À l'affaire. À ses péchés. Et aussi parce que Cupido était le moins diplomate de tous les Hawks. Mais Griessel était le chef du Centre opérationnel de commandement. Pour l'instant, il devait rester là.

Il rejoignit au pas de course le garage où Radebe et Liebenberg interrogeaient les deux employés de Body Armour.

Les quatre hommes, serrés les uns contre les autres, s'écartèrent pour accueillir Griessel. Liebenberg le présenta aux deux gardes du corps, Stiaan Conradie et Allistair Barnes. Mêmes cheveux coupés court, mêmes épaules carrées, mêmes costumes noirs et chemises blanches que les victimes. Leur visage était lugubre.

– Je suis désolé pour vos collègues, dit Griessel.

Ils firent un signe de tête.

Un silence inconfortable s'installa, que le capitaine Willem Liebenberg finit par rompre en lisant les notes qu'il avait consignées dans son calepin.

– Ils relevaient l'équipe de nuit tous les matins à 7 heures et demie, et travaillaient douze heures, jusqu'à 19 h 30. Pour se relayer, ils passaient un coup de fil sur un portable depuis l'extérieur en disant « vert » ou « rouge » selon que la voie était sûre ou non. Ensuite, la porte d'entrée était déverrouillée de l'intérieur puis refermée. D'après eux, l'Anglais, Morris, était sympa, mais pas très causant…

– Vous comprenez bien, nous n'encourageons pas la conversation, expliqua Barnes.

– Ça nous déconcentre, ajouta Conradie.

– Donc, ils en savent très peu sur le bonhomme, poursuivit Liebenberg. Il mesure environ un mètre quatre-vingts, pèse dans les quatre-vingt-dix kilos, plus ou moins, cheveux noirs, yeux marron. Il parle avec un accent anglais très marqué. Tous les matins après le petit déjeuner et tous les après-midi après 16 heures, il allait faire une promenade d'environ quarante minutes sur le domaine, avec son escorte et tous…

– C'est lui qui l'avait demandée ? le coupa Griessel. La promenade ?

– Nous offrons à nos clients un éventail de choix, répondit Conradie. Il avait opté pour ça.

Un éventail de choix. Si Cupido avait été là, il n'aurait pas manqué de relever : *un ex-flic qui parle comme le bottin mondain.*

– Et ce n'est pas dangereux ?

– La sécurité est toute relative, répondit Barnes. À moins que le client ne révèle la nature de la menace, s'il y en a une. Ce que M. Morris n'avait pas fait.

Radebe secoua la tête.

– Vous lui avez posé la question ?

– C'est Miz Louw qui s'occupe de ça. Des recherches sur le profil des clients. Elle nous a dit que celui-ci avait décidé de ne rien divulguer. Notre travail, c'est de proposer l'éventail de choix au client et ensuite de satisfaire ses attentes. S'il croit que la nature de la menace lui permet d'aller se promener en toute sécurité, nous devons l'accepter, ajouta Conradie.

– Il a voulu savoir si nous étions certains qu'il n'avait pas été suivi depuis l'aéroport, dit Barnes.

– Et vous l'étiez ?

– S'il y avait eu le moindre doute, Fikter et Minnaar l'auraient fait savoir.

– Très bien, dit Griessel.

7

Les gardes du corps expliquèrent que pendant la journée Morris s'installait dans la salle à manger avec son ordinateur et son iPad, et que le soir, il s'asseyait près du feu avec un livre qu'il avait trouvé sur les étagères du salon. Parfois, il restait simplement debout devant la fenêtre qui dominait la vallée de Franschhoek. « Je n'aurais jamais imaginé que ce pays était aussi beau », avait-il dit une fois.

Griessel leur demanda où il rangeait l'ordinateur et l'iPad.

– Il ne les rangeait pas. Chaque fois qu'on partait en balade, ils restaient sur la table, répondit Conradie.

– Et comment s'organisaient les repas ?

– Morris les prenait dans la salle à manger ; et nous dans la cuisine.

Conradie vit Griessel froncer les sourcils.

– C'est le protocole, précisa-t-il.

– Avait-il un téléphone portable ?

– Sans doute, mais on ne l'a jamais vu avec.

– Mais il aurait pu s'en servir le soir dans sa chambre ?

– C'est possible.

– Il ne vous a jamais demandé d'appeler quelqu'un ?

– Non.

– Y a-t-il la Wi-Fi dans la guest-house ? intervint Radebe.

– Oui.

Radebe nota quelque chose.

– Cet endroit… (Griessel montra le domaine viticole d'un geste.) Je ne comprends toujours pas pourquoi vous l'avez amené ici. On peut y pénétrer facilement si on le veut.

Barnes fronça les sourcils, poussa un léger soupir et dit :

– La sécurité rapprochée est à la hauteur de ce que demande le client. Nous avons des maisons et des appartements sécurisés où même une équipe du SWAT au complet ne pourrait pas entrer, s'il y avait assez de GCP qui savaient ce qu'ils…

– GCP ?

– Gardes du corps personnels.

– D'accord.

– Mais ce type n'a rien précisé quant à la nature de la menace. On ne peut pas le forcer. D'après le protocole, s'ils ne nous disent rien de spécifique, le patron leur énumère toutes les possibilités, et ensuite ils décident tout seuls.

– Cet endroit est impeccable si personne ne sait que vous y êtes, ajouta Conradie.

– Mais quelqu'un savait qu'il y était, insista Griessel.

Les gardes du corps hochèrent la tête, mal à l'aise.

– Comment quelqu'un aurait-il pu le savoir ?

– Il aurait pu en parler, avança Barnes.

– Avant de venir, ajouta Conradie. Ou pendant qu'il était ici. Il aurait pu envoyer un e-mail…

– Quoi d'autre ? Les hommes qui l'ont enlevé sont des pros.

Conradie marqua une pause avant de reprendre :

– Quand des pros vous suivent… il n'est pas toujours possible de les repérer. S'ils sont très bons. S'ils utilisent deux ou trois véhicules. S'ils installent un GPS sur votre voiture.

– Voilà, renchérit Barnes. Ce sont les seules possibilités.

Griessel acquiesça.

– Et il n'a jamais paru effrayé ou inquiet ?

– Non. Il était détendu. Et chouette, comme type. Un des clients les plus faciles qu'on ait eu depuis quelques années.

– Autre chose ? demanda Radebe. Un souhait qu'il aurait exprimé ?

– Hier, Morris a demandé des magazines financiers sud-africains et des journaux. Je les ai achetés hier soir au CNA du Waterfront, et je les ai apportés ce matin.

Ils notèrent les déclarations des deux gardes du corps et les laissèrent partir.

– Je vais suivre la piste de la Wi-Fi, Benny, dit Radebe. Voir qui est le fournisseur d'accès ici. Philip et ses hommes peuvent sûrement récupérer les fichiers.

Au cours des mois précédents, Griessel avait travaillé dur pour améliorer ses connaissances techniques. Cupido et le capitaine Philip Van Wyk de l'IMC, la branche « systèmes d'information » des Hawks, étaient de bons professeurs, enthousiastes. Griessel n'était pas encore expert mais savait qu'il était possible de suivre quelqu'un à la trace sur Internet de cette façon.

– Merci, Ulinda. L'IMC va aussi devoir jeter un coup d'œil aux appels passés depuis un portable. Morris en avait sûrement un. Le moindre numéro étranger… et si on peut identifier son téléphone…

– … on pourra remonter sa trace. Les gardes du corps qui ont été tués ont dû appeler pour qu'on les

59

laisse entrer ; si on arrive à trouver les numéros des deux victimes, on pourra peut-être localiser Morris. Par le relais de téléphonie mobile.

Griessel acquiesça. Il aurait dû y penser.

– Vaughn est en ville. Je vais lui demander de se procurer les numéros auprès de Body Armour. Merci, Ulinda.

– De rien.

* * *

La pluie faisait entendre un doux murmure sur le toit.

Griessel et Liebenberg fouillèrent la grande guest-house de fond en comble. Griessel était dans la chambre de Morris, en train de passer à nouveau chaque objet en revue, quand Fillander et Ndabeni revinrent après avoir questionné les ouvriers agricoles. Ils restèrent debout dans l'embrasure, têtes et épaules brillantes et dégoulinantes de pluie.

– Rien, annonça Fillander. Ceux qui étaient là n'ont rien vu ni rien entendu d'inhabituel. Quatre ouvriers sont partis samedi à Robertson pour le week-end. Des funérailles familiales, apparemment, ils ne reviennent qu'aujourd'hui. Ça fait beaucoup, pour une coïncidence, Benny. Je leur ai dit de nous téléphoner quand ils seront de retour.

– Merci.

– Et maintenant, Benny ? demanda Ndabeni.

– J'ai besoin que vous fassiez le tour du propriétaire. Les coupables ne sont pas entrés par la grille principale, il est possible qu'on trouve des traces de leur passage quelque part...

– Très bien, Benny.

– Je suis vraiment désolé, mais j'ai peur que les

60

agents en tenue fassent leur travail par-dessus la jambe avec ce temps. Et si on attend que la pluie cesse, on n'aura peut-être plus rien. Demandez à Christel de Haan, la directrice de la guest-house, si vous pouvez emprunter des parapluies.

– D'accord, Benny, pas de souci.

Quand il fut seul, il redressa le fauteuil de bureau renversé et s'assit pour réfléchir et soulager un peu ses jambes.

Bon sang, il se faisait vieux. Deux, trois ans auparavant, il n'aurait pas été aussi crevé après une nuit épuisante de…

Mieux valait s'en tenir à l'affaire en cours.

Il tenta de visualiser les faits, l'événement dans son ensemble : La nuit dernière. Juste après 21 heures. Les suspects cachés ici quelque part, surveillant Scarlett January et son père, Cyril, en train de descendre les marches avec le chariot, puis Scarlett qui s'éloigne en le poussant.

Un tireur pour deux victimes, avaient dit le Gros et le Maigre. Mais il est bien difficile d'enlever un homme quand on est seul.

Un tireur et des complices ?

Ils se planquent jusqu'à ce que les gardes du corps ouvrent la porte, inspectent les alentours et laissent sortir Cyril.

Ils attendent que la porte soit refermée. Ils encerclent Cyril. Pistolet pointé sur la tête. Le ramènent de force jusqu'à la véranda. *Appelle-les. Dis-leur que tu as oublié quelque chose.*

Cyril obéit.

Ils lui tirent dans le dos. Éclaboussure de sang à l'extérieur. Avec un silencieux ? Probablement, étant donné que personne n'a rien entendu dans le domaine

61

et que le bruit d'une détonation aurait alerté les gardes du corps à l'intérieur.

Pourquoi Cyril n'a-t-il pas utilisé le code danger ?

S'ils n'ouvrent pas, si ça tourne mal, tu es un homme mort.

Ils descendent Cyril avant que la porte ne s'ouvre. La repoussent violemment, de sorte que le garde du corps bascule en arrière. Tuent le garde du corps.

L'autre est dans sa chambre, au fond de la maison. Il entend du bruit, saisit son pistolet, se précipite dans le couloir. Les suspects sont déjà dans le salon. Le tueur tire sur le deuxième homme, d'abord dans la main, puis dans la tête.

Le tueur empoigne Morris. Il lui colle son arme sur la tête mais l'autre se débat. Il réussit à le plaquer au sol. Lui attache les poignets avec des liens de serrage.

Pourquoi en avoir coupé un ? Était-il trop serré ?

Le portefeuille de Morris a disparu. L'ordinateur et l'iPad aussi. Et sans doute un téléphone portable, même si les gardes du corps ne l'ont jamais vu. Les vêtements jonchaient le sol, l'armoire a été déplacée.

Pour commencer, ils ligotent Morris au pied du lit avec un lien – ou autre chose – pendant qu'ils fouillent la pièce ? Et le détachent pour l'emmener ?

Pourquoi prendre le portefeuille, l'ordinateur et l'iPad ?

Que manque-t-il d'autre ?

Que cherchaient-ils ?

Pourquoi ne pas avoir descendu Morris aussi ? Pourquoi le kidnapper ?

Une seule personne pouvait répondre à ces questions : Paul Anthony Morris. Et ils n'avaient pas la moindre idée de qui il était.

Soudain, le téléphone de Griessel sonna dans sa poche, la sonnerie à l'ancienne qu'Alexa avait choisie.

– Vaughn ?

– Benny, les photos du passeport sont entre les mains du consul général adjoint de Grande-Bretagne, Mme Carlisle. Elle dit que ça va prendre un jour ou deux.

– J'appelle la Girafe, Vaughn. Peut-être qu'il pourra faire quelque chose.

– Où veux-tu que j'aille ?

Il hésita avant de répondre :

– Tu pourrais retourner voir Jeanette Louw ?

– Évidemment. C'est pas un peu de lesbienne qui va me faire peur ! repartit-il avec entrain.

Griessel se demanda s'il ne faisait pas une grosse erreur.

– Vaughn, il faut procéder en douceur avec elle. Elle a perdu deux de ses hommes.

– Pas de problème, Benny, j'suis cool.

– Procure-toi l'adresse électronique de Morris et tous les formulaires qu'il a remplis. Et on veut son numéro de portable, Vaughn. Demande-lui si elle a gardé des enregistrements des coups de fil de la semaine passée. Et aussi le numéro de téléphone des deux morts.

– T'inquiète, je m'en occupe de suite.

8

Dans le train qui le ramenait au Cap, Tyrone Klein-booi déconnecta, se laissa aller en arrière, ballotté par les mouvements de la voiture. Il aimait prendre le train. Là, dans les compartiments de troisième classe, il pouvait oublier comment il gagnait sa vie. Rien que des pauvres, mais il flottait un soupçon d'espoir, comme si on allait vers quelque chose de meilleur. Quand il était déprimé, quand il avait eu une mauvaise journée, il prenait le train, au hasard. Lentegeur, Bellville, Simonstown, par deux fois il avait fait le trajet jusqu'à Worcester. Il rêvait aussi de traverser un jour l'Europe sur des rails. Jusqu'à Barcelone, *le Saint Graal des pickpockets*, comme disait toujours oncle Solly.

Il savait pourquoi ses pensées ne cessaient de revenir à oncle Solly. Il était aux abois. Il n'avait pas dit la vérité à sa sœur – d'accord, cela faisait des années qu'il racontait des bobards sur son travail, mais aujourd'hui, il en avait rajouté une couche – *je suis sûr que d'ici décembre, il y aura assez pour payer aussi la moitié des frais de scolarité de l'année prochaine* –, ce qui, naturellement, était un mensonge flagrant. Que le tourisme ait augmenté de dix-sept pour cent, que l'économie du Cap soit en plein boom, c'était vrai. Mais ça ne faisait aucune putain de différence pour un pickpocket.

Et pourquoi ? Les caméras, voilà pourquoi.

Quand oncle Solly avait commencé à le coacher, neuf ans auparavant, tout était différent. Ici ou là, il y avait bien une caméra de surveillance dans un magasin, mais il ne pratiquait pas le vol à l'étalage – *le vol à l'étalage, c'est pour les amateurs et les adolescents, Ty, trop facile de se faire prendre, y a qu'une sortie, et tu veux toujours plus d'une sortie, toujours.* Peu importe que neuf ans plus tôt, lui, Tyrone, n'ait eu que douze ans, pas encore l'adolescence, oncle Solly était comme ça.

Prends le truc de la carte postale – à l'époque, c'était encore possible. Tu passes en flânant parmi les tables en terrasse du café Mozart dans le centre commercial de Church Street, tu te diriges vers le touriste avec ta jolie frimousse de douze ans et ton sourire charmeur, et les cartes, toutes choisies avec soin par oncle Solly, de jolies cartes, Table Mountain, Table Bay, les mignons petits pingouins de Boulder Beach, et une ou deux représentant Madiba. Neuves et rutilantes.

– Madame, tu demandes, est-ce que vous avez déjà envoyé une carte du Cap à vos proches ? avec ta voix de gamin la plus angélique.

– Oh, qu'il est mignon ! Voilà une idée géniale. Georges, on devrait envoyer une carte à Shirley… Oh, regarde ces pingouins adorables…

Il posait alors les cartes sur le portefeuille ou le téléphone portable étalés sur la table, les disposant en éventail d'un geste vif et entraîné de tricheur professionnel, tout en attrapant l'objet et en l'agrippant sous les cartes. Et le mari de demander : « Combien ? » et lui de répondre : « Seulement cinq rands, c'est pour payer l'école », et la brave femme d'ajouter : « On en prend deux » avant de tendre une main aux doigts boudinés et couverts de bagues vers les cartes, tandis que le mari commençait à chercher son portefeuille. « Je suis sûr que je l'avais… »

Il n'avait pas eu l'occasion de mettre cette arnaque en pratique depuis longtemps, il y avait trop de caméras dans tous les coins de la ville, ainsi que, quelque part, un officier en uniforme bleu assis devant des écrans et expliquant par radio aux policiers municipaux que vous étiez en train de dévaliser les touristes jusqu'au trognon. Maintenant, il devait regagner environ quatre fois par jour sa petite chambre du Bo-Kaap pour enfiler une chemise d'une autre couleur et mettre une casquette, un bonnet ou un chapeau différent, histoire de ne pas se faire repérer par le flic devant l'écran.

Comment une fille pourrait-elle se débrouiller dans ces conditions ?

Dans son secteur d'activité, il fallait aller là où se trouvaient les cibles, les cibles avec de l'argent. Autrement dit les touristes étrangers, parce que les gens du cru ne trimballaient pas de liquide sur eux – mis à part les habitants du Gauteng et du Free State en décembre, de vrais pigeons quand on arrivait à les éloigner d'une caméra, Clifton Beach et Camps Bay. Et le Biscuit Mill le samedi matin, alors là, un vrai paradis, tous ces gens qui grouillent, mais on ne pouvait rafler que deux ou trois portefeuilles avant que la rumeur ne se répande.

Les touristes étrangers flânent sur le Waterfront et en ville, le royaume des caméras de surveillance, alors il faut faire vite et bien, toujours dans la foule, il faut se déplacer à pied entre le V&A et Long Street, entre le Château et le téléphérique, parce que les itinéraires tordus des taxis collectifs prennent trop longtemps et que les taxis traditionnels vous arnaquent…

Avant novembre, il devait trouver douze mille rands,

pour les frais de scolarité de cette année. Avant la fin janvier, encore neuf mille rands pour le premier versement de l'année suivante.

Vingt et un mille rands. Comment on fait ça, oncle Solly ? Avec cet hiver maussade, cette pluie qui va durer jusqu'en septembre ? Avec les receleurs qui vous étranglent à coups de « récession » et de « période difficile » ?

Comment on fait ça sans aller en prison ?

* * *

Benny Griessel et Mooiwillem Liebenberg n'avaient rien trouvé.

Ils avaient fouillé la grande maison dans les moindres recoins. Morris, l'ordinateur, l'iPad et l'éventuel téléphone portable avaient bel et bien disparu.

Le capitaine John Cloete, l'officier de liaison, était arrivé. Ils s'installèrent à la table de la salle à manger pour discuter.

– La Girafe dit que c'est à toi de voir, Benny.

Cloete avait les doigts tachés de nicotine et les yeux cernés en permanence. Selon Griessel, c'était le prix à payer pour son calme et sa patience apparemment inébranlables, malgré la pression inhumaine que son boulot impliquait.

– C'est un étranger, John.

– Oui, je l'ai entendu dire.

– On doit contacter ses proches d'abord. Ça risque de prendre un moment.

– Est-ce que je devrais dire « vraisemblablement citoyen britannique » ?

Griessel aurait préféré qu'on ne l'ébruite pas. Un enlèvement était une situation délicate, complexe et dangereuse. S'ils recevaient une demande de rançon, aujourd'hui ou demain, stipulant que les médias devaient rester à l'écart, l'affaire serait déjà éventée. Et il n'y aurait aucun moyen de rattraper le coup. Par-dessus le marché, ce serait du pain bénit pour les requins des médias. Ils allaient s'en donner à cœur joie en apprenant que la victime était un étranger. Et ils allaient tout gâcher.

– On n'en sait pas encore assez. Je ne veux rien dire à propos de l'Anglais.

– Une tierce personne inconnue ?

– Non. Absolument rien sur une tierce personne.

– Tu sais que l'affaire va s'ébruiter, Benny.

Il acquiesça. Trop de gens sur le domaine étaient déjà au courant. De toute façon, le colonel Nyathi aurait le dernier mot pour le bulletin de presse, mais pour le moment Griessel devait essayer de faire de son mieux.

– Je vais demander au propriétaire de parler à ses employés, mais je crois qu'on devrait simplement déclarer qu'un ouvrier agricole et deux clients ont été tués par balles. Rien de plus.

– Dès qu'on aura identifié les gardes du corps, les médias voudront savoir qui ils protégeaient.

– Dans ce cas, on ne doit pas communiquer leur identité.

– Nom de Dieu, Benny…

– Je sais, John, mais si l'Anglais est encore en vie, on doit faire ce qu'il faut. Imagine, si on foire ce coup-là, ce que les journaux écriront sur nous en Angleterre.

– Il faut que tu parles aux gens de la boîte de sécurité. Ils vont devoir coopérer.

– Je suis d'accord.

Cloete laissa échapper un soupir.

– Je vais leur dire que l'enquête en est à un point

critique et que nous fournirons de plus amples informations quand nous serons certains que le bon déroulement des opérations n'en sera pas perturbé. Ça devrait nous couvrir, mais ils sauront qu'on cache quelque chose.

– Merci, John.

– Attends que la Girafe approuve.

* * *

Juste après 13 heures, Christel de Haan et deux employés des cuisines leur apportèrent des assiettes fumantes de *waterblommetjie*. Après l'avoir remerciée, Griessel appela Vusumuzi Ndabeni et Frankie Fillander pour les prévenir.

Puis il expliqua à de Haan le dilemme posé par l'enlèvement et les médias.

– Pourriez-vous demander à ce que personne ne donne d'informations à la presse ?

– C'est ce qu'on aurait fait de toute façon. Marcus s'inquiète pour notre image de marque et notre réputation. Tout notre vin est exporté en Europe.

Il la remercia puis appela Cupido.

– J'ai l'adresse Gmail, Benny. Paul tiret Morris, un cinq. Ça donne que dalle. Et il n'y a rien dans le contrat sur l'identité de Morris, rien sur une éventuelle famille. Je ne comprends pas comment ces gens bossent. Et tu devrais voir le bureau de Body Armour. Somptueux, *pappie*, beaucoup de fric.

– Tu es où en ce moment ?

– Sur la N1, à Century City, je suis en chemin pour te rejoindre. T'as trouvé quelque chose ?

– Rien. On a presque fini, Vaughn, tu peux retourner au bureau. Donne les numéros de téléphone des deux gardes du corps à l'IMC, qu'ils puissent identifier la tour relais et commencer à vérifier tous les appels qui ont été passés depuis vendredi.

– C'est futé, Benny.

– C'est l'idée d'Ulinda.

– Ce négro, hein. On ne la lui fait pas, malgré tout ce qu'il s'est pris dans la tronche.

Boxeur mi-lourd, Radebe avait perdu ses quatre combats professionnels aux points avant de raccrocher. Sa capacité à absorber les coups lui avait valu son surnom d'« *Ulinda* », le ratel endurant.

– Je te vois au bureau, dit Griessel, et il coupa la communication.

* * *

Le déjeuner terminé, Liebenberg, Ndabeni, Radebe et Fillander firent un tour le long de la clôture du domaine, sans résultat. S'il y avait eu des traces, la pluie les avait effacées.

Juste après 15 heures, le légiste étant venu et reparti, et la dernière ambulance ayant quitté les lieux, ils posèrent les scellés sur la scène de crime. Ses collègues retournèrent au bureau et Griessel se rendit en ville pour aller négocier avec Jeanette Louw, de Body Armour.

Il brancha le chauffage dans la voiture pour chasser l'humidité glaciale. Être chef du Centre opérationnel de commandement le mettait sous pression, il se sentait mal à l'aise. Il réfléchit à toute l'affaire dans le moindre détail et avec une concentration extrême. Parce qu'il n'avait pas l'esprit clair. Et qu'il ne voulait pas se ridiculiser. Pas après tous les regards bizarres que son apparence avait suscités.

Il jura à voix haute en repensant à la stupidité de la nuit précédente. Être responsable du commandement lui offrait l'occasion d'être à nouveau dans la course. Il avait travaillé tellement dur les six derniers mois pour se mettre à niveau, pour trouver sa place, accepter ce fonctionnement d'équipe et devenir un rouage efficace dans la grande machinerie des Hawks. Lui, l'inspecteur le plus âgé de l'Unité de lutte contre les crimes violents, imprégné de la manière traditionnelle pour mener les enquêtes.

Et aujourd'hui, il avait cette allure-*là*.

Il devait garder la tête froide.

Il se concentra sur l'affaire, passa en revue tout ce qu'il avait vu et entendu le matin même. En arriva à la même conclusion : il leur fallait d'abord découvrir qui était Morris.

Bordel, ce soir, il fallait qu'il dorme, pas question de se pointer à nouveau demain avec cette allure. Ni d'être dans cet état.

Il se sentait mal d'avoir recommencé à mentir. Cette fois à Alexa, à Nyathi, à ses collègues. Cette impression de *déjà-vu**[1] faisait remonter tous les mauvais souvenirs d'une décennie auparavant. Anna, encore sa femme à l'époque, lui disant : « Où étais-tu, Benny ? »

« Au travail. »

L'haleine empestant l'alcool, le regard trouble, l'équilibre instable.

« Tu mens, Benny », répondait-elle, d'une voix apeurée. Voilà ce dont il se souvenait – la peur. Qu'allait-il arriver à son mari, qu'allait-il lui arriver, à elle, et aux enfants ?

Il avait été tellement facile de mentir à Alexa ce week-end, et à Cupido ce matin. La vieille habitude du mensonge était un vêtement confortable, il suffisait de se glisser à nouveau dedans.

---

1. Les mots suivis d'un astérisque sont en français dans le texte.

À l'époque, il pouvait la justifier. Rationaliser. Le stress, le traumatisme de la violence inhumaine et les conséquences sur son esprit, les horaires impossibles, le manque de sommeil, les cauchemars et ses propres phobies, l'idée qu'il arrive malheur à ses proches.

Mais plus maintenant.

Il ne voulait plus mentir.

9

En sortant de l'ascenseur au seizième étage de l'immeuble de bureaux de Riebeeck Street, Griessel comprit ce que Vaughn avait voulu dire par « somptueux, *pappie*, beaucoup de fric ». BODY ARMOUR, pouvait-on lire en caractères étroits, imprimés en gras sur les doubles portes vitrées. Et au-dessous, en fins caractères bâtons : Protection rapprochée haut de gamme.

Il entra. Les murs et les luxueux tapis étaient gris, les meubles minimalistes, en acacia noir, avec quelques touches de vert vif et de chrome. Derrière un bureau noir lui aussi, avec juste un ordinateur Apple couleur argent, un téléphone vert ultraplat et une petite plaque en aluminium annonçant Jolene Freylinck, se trouvait une très belle femme – longs cheveux d'ébène, rouge à lèvres carmin, chemisier et jupe noirs, jambes élancées et escarpins à hauts talons de couleur sombre.

– Vous devez être un des inspecteurs, dit-elle d'une voix sourde et grave.

Ce n'était pas difficile à deviner.

Il hocha la tête.

– Benny Griessel.

Elle tendit une main manucurée vers le téléphone, enfonça un bouton, attendit une seconde.

– L'inspecteur Benny Griessel est ici.

Elle écouta, lui jeta un regard en fronçant légèrement les sourcils.

– Vous pouvez entrer, dit-elle, en lui montrant les portes noires aux poignées chromées.

Elle semblait bouleversée.

– Merci.

Jeanette Louw était assise derrière son bureau en acacia. Sa veste était pendue à un portemanteau dans un coin et elle avait desserré sa cravate rayée. Elle semblait plus âgée et plus lasse que le matin.

– Capitaine, lança-t-elle en guise de bienvenue. Entrez. Je vous en prie, asseyez-vous.

Elle luttait visiblement pour masquer son hostilité. Il prit place dans un fauteuil en cuir noir.

– D'après ce que m'a dit votre collègue, j'ai cru comprendre que vous n'aviez toujours aucune piste.

– C'est exact.

– Vous savez que c'est un connard. Et ça n'a rien à voir avec la race.

Griessel soupira.

– C'est un très bon enquêteur.

Jeanette Louw se contenta de le regarder fixement. Il ne savait comment s'adresser à elle.

– Étiez-vous dans la police ? demanda-t-il.

– La police ?

– Oui.

– Non.

Son aversion était perceptible.

Il était trop fatigué pour réagir.

– J'étais le sergent-major régimentaire de l'Académie militaire féminine de Georges, répondit-elle.

Il se contenta d'un hochement de tête. Ça aurait été plus facile si elle avait été un ancien officier.

– Il semble que Morris ait été enlevé, dit-il.

– C'est ce que j'ai cru comprendre.

– Ça complique les choses avec les médias.

– Ah ?

– Le problème est que… Nous supposons qu'il s'agit d'un homme riche…

Elle saisit immédiatement où il voulait en venir.

– Parce qu'il peut s'offrir mes services.

– Effectivement. Il se peut qu'il y ait une demande de rançon… Et nous ignorons si ses proches ont déjà été contactés par les kidnappeurs. En général, ils exigent que rien ne soit ébruité dans la presse et que la police ne soit pas prévenue, sinon ils menacent de tuer leur otage.

– Je comprends.

– Si on dévoile aux médias la présence de deux gardes du corps, ils vont vouloir connaître le nom de la personne qui était sous protection.

– Et pour qui ils travaillaient ?

– Oui.

– Vous ne voulez rien dire pour l'instant.

Elle était maligne.

– Serait-il possible de… Est-ce que les familles de vos hommes comprendraient si on ne divulgue pas leurs noms aux médias ? Pour l'instant ?

Elle se renversa en arrière dans son fauteuil, se frotta la mâchoire, qu'elle avait carrée, d'une main, puis dit :

– Même si la meilleure solution pour la réputation de mon entreprise est de ne pas faire de publicité autour de cette affaire, mon devoir est de laisser les familles décider. Je leur dois au moins ça.

– Bien entendu.

– B.J. Fikter a une femme et un enfant…

Griessel ne fit aucun commentaire.

– Je vais essayer, ajouta-t-elle.

* * *

De retour chez les Hawks, au coin de Market Street et Landrost à Bellville, Griessel se rendit dans le bureau de Nyathi et frappa sur le chambranle de la porte ouverte.

Le colonel l'invita à s'asseoir.

Griessel fit un rapport complet et précis sans que Nyathi ne le quitte des yeux un seul instant.

– Merci, Benny. Bon travail. Mais on a un problème avec les médias.

– Oui, monsieur.

– J'ai approuvé ta stratégie, mais à en croire Cloete, ils deviennent dingues. Les stations de radio parlent déjà de « massacre » et de « bain de sang », et ils spéculent sur des histoires de drogue et de violence intergangs. J'ignore combien de temps on pourra continuer à dissimuler cette affaire.

– Je vais faire aussi vite que possible, monsieur. Le consulat… Si on peut entrer en relation avec la famille de Morris…

– Le général de brigade a contacté le directeur adjoint de la police nationale, qui a demandé aux Affaires étrangères de nous aider. On devrait bientôt avoir des résultats.

– Merci, monsieur.

Griessel se leva.

– Benny, juste un moment, reprit Nyathi, d'un ton grave.

Il se rassit. Il savait ce qui allait suivre.

– Benny, je ne veux pas être indiscret. Mais tu comprendras que ta santé est très importante à mes yeux.

– Oui, monsieur.

– Je peux te demander une faveur ?

76

– Oui, monsieur.

– Tu as un mentor, aux AA…

– Un parrain, monsieur. Mais je peux vous assurer…

Il s'interrompit en voyant Nyathi lever la main.

– Tu n'as pas à m'assurer de quoi que ce soit, Benny. On dispose de quelques heures avant que les données sur le téléphone et les informations du consulat ne nous parviennent. Rentre chez toi, prends une douche et parle à ton parrain. Tu ferais ça pour moi, Benny ?

– Oui, monsieur. Mais je veux…

– S'il te plaît, Benny, fais-le juste pour moi.

* * *

Il ne voulait pas rentrer à la maison. Tout en roulant, il téléphona à Alexa.

– Tu dois être complètement épuisé, dit-elle d'une voix pleine de compassion.

– Je viens juste prendre une douche et des vêtements propres.

– Je comprends. Ce sont les meurtres de Franschhoek ?

– Oui.

– J'en ai entendu parler à la radio. Tu veux manger quelque chose vite fait ?

– Merci, Alexa, mais je n'aurai pas le temps. Je serai là d'ici une demi-heure…

Puis il appela doc Barkhuizen, son parrain des Alcooliques anonymes.

– Doc, il faut que je vienne vous voir.

– Maintenant ?

– Vers 18 heures, doc.

– Viens à mon cabinet. Je t'attendrai.

Doc, qui ne lui reprochait jamais rien. Était simplement toujours disponible.

Mais il allait devoir lui mentir, à lui aussi.

* * *

La grille du jardin de la grande maison victorienne qu'Alexa possédait dans Brownlow Street, à Tamboerskloof, ne grinçait plus. Les rénovations, qui avaient duré sept mois, étaient terminées et le jardin avait été redessiné. Maintenant, la maison ressemblait à la demeure d'une ancienne pop star.

Elle devait le guetter par la fenêtre car elle lui ouvrit aussitôt la porte. Elle le prit dans ses bras.

– Je ne sens pas bon.

– Je m'en fiche, dit-elle en le serrant très fort contre elle. Je suis contente que tu n'aies rien.

– Alexa…

– Je sais, je sais… (Elle le lâcha, le tira par la main.) Mais c'est ainsi quand on est amoureux d'un inspecteur breveté. Je t'ai préparé un sandwich, viens vite le manger.

Il n'aimait pas qu'elle l'appelle « inspecteur breveté ». Il avait au moins réussi à la persuader de ne plus le présenter en ces termes à ses amis.

– Merci beaucoup, dit-il.

– Je t'en prie. Je garde la surprise pour plus tard, après ta douche.

* * *

La semaine d'un pickpocket se déroule selon un schéma très spécifique. *Les vendredis et samedis sont des périodes fastes, les gens se baladent dans la rue en pensant à tout et à rien*, avait l'habitude de dire oncle Solly, *et ils sont pleins aux as, du liquide en poche.*

Les mardis, mercredis et jeudis sont corrects, pas terribles, mais on arrive à bosser. Surtout maintenant que des tas de jeunes peuvent faire la fête jusque tard dans la nuit, bourrés de fric, et on pourrait même dire qu'on leur rend service en leur piquant l'argent qu'ils auraient dépensé en cocaïne.

Le septième jour est le jour de repos, Tyrone, parce que Dieu sait qu'il se passe que dalle, rien du tout, pas même dans les centres commerciaux, sauf avant Noël, mais ça, c'est une autre histoire.

Et les lundis, en gros, c'est aussi la merde, merci.

Il fit donc un détour par Greenmarket Square, juste pour voir s'il n'y aurait pas un tour-opérateur égaré avec un car plein d'Européens en train de pousser des « ooh ! » et des « aah ! » devant les produits bon marché aux « parfums d'Afrique » qui venaient directement de Chine.

Rien.

Il acheta un pâté à la viande au carrefour de Long et de Wale. Remonta Longmarket, dépassa le panneau Frederick Street fait à la main, probablement pas assez chic ni grandiose comme banlieue pour que le gouvernement de l'Alliance démocratique n'accroche un panneau officiel. Ils étaient aussi nuls que l'ANC, des bons à rien, tous. Le vent de nord-ouest soufflait violemment, il avait une longue côte escarpée à grimper avant d'arriver à la petite chambre qu'il louait à un riche musulman dans Ella Street, tout en haut de Schotsche Kloof, une pièce au fond de la cour de l'imposante demeure, pour quatre cent cinquante rands par mois. Le long d'un mur, un comptoir et un évier. Le long d'un autre, une série de placards intégrés. Un petit lit et une table de chevet. Une minuscule salle d'eau. Un interphone était accroché à l'entrée, vestige de l'époque où ces logements étaient réservés aux serviteurs. Et de temps en temps, la fille aînée des riches musulmans, celle qui avait dans les vingt ans, s'en servait. Elle le harcelait à propos des poubelles, ou parce qu'il n'avait pas refermé la grille sécurisée comme il fallait. Elle traînait à la maison toute la journée. Elle était un peu grosse, et seule.

Quelle honte !

Il allait écouter son iPod Touch 32 gigas, celui qu'il avait piqué à un touriste allemand en décembre. La moitié de la musique se composait de death metal, mais le reste ferait l'affaire.

Il était temps de réfléchir.

10

Doc Barkhuizen avait soixante et onze ans. Il portait d'épaisses lunettes, avait des sourcils ébouriffés et de longs cheveux gris qu'il attachait en une queue-de-cheval impertinente, généralement avec un ruban bleu clair. Son visage facétieux rappelait à Benny un des sept nains de Blanche-Neige. Il continuait à exercer comme généraliste tous les jours de la semaine dans un cabinet médical à Boston – après s'être octroyé une courte retraite à Witsand à l'âge de soixante-cinq ans.

Et il était alcoolique.

– Ça fait quatre cent vingt-deux jours que je suis sobre, doc, s'empressa de dire Benny.

– Tu as envie de boire ?

– Oui, doc. Mais pas plus que d'habitude.

– Alors pourquoi tu m'empêches de regarder *Hot in Cleveland* ?

– *Hot in Cleveland* ?

– Il s'agit d'une série, Benny. Le genre de truc que les vieillards normaux, en cours de désintoxication, regardent le soir avec leur femme, pour tromper leur ennui et leur envie de boire.

– Désolé, doc, dit-il, même s'il savait que Barkhuizen ne faisait que le taquiner.

– Comment vont les enfants ?

Il devait en passer par là d'abord, inutile d'essayer de le presser. Son parrain traquait les signes inquiétants dans les moindres recoins et il voulait toujours tous les détails.

– Bien, dans l'ensemble. Fritz a décidé qu'il voulait entrer dans une école de cinéma l'année prochaine. Juste parce qu'il a tourné quelques vidéos musicales avec Jack Parow[1]. À présent, il ne parle plus que de « faire des films ». Et les frais de scolarité de l'AFDA[2], doc… Je vais devoir hypothéquer une maison que je n'ai pas. Mais c'est sans doute mieux que pas d'éducation du tout. Ou que d'entrer dans la police.

– Et Carla ? Elle sort toujours avec ce joueur de rugby ?

– Oui, doc, j'en ai peur.

– J'en conclus que tu n'apprécies toujours pas ce jeune homme.

Les tatouages du petit ami chagrinaient surtout Griessel – ces trucs-là, c'est pour les gangs en prison –, mais il savait ce que doc allait dire : qu'il manquait d'objectivité.

– Il s'est fait virer de l'équipe parce qu'il s'est battu, doc.

– Oui, je l'ai vu dans les journaux. Mais il faut reconnaître, c'est plutôt pas mal de jouer pour l'équipe Vodacom à vingt ans.

– Il est agressif, doc.

– Avec Carla ?

– J'enferme ce fumier si jamais il la touche.

– Tu veux dire, agressif sur le terrain ?

– Oui.

1. Rappeur sud-africain.
2. École de disciplines audiovisuelles.

– C'est son boulot, Benny.

Griessel se contenta de hocher la tête.

– Pourquoi es-tu venu ? demanda doc.

– Parce que mes collègues pensent que je me suis remis à boire.

– Qu'est-ce qui leur fait croire ça ?

– La nuit dernière, j'ai dormi dans mon bureau. Et pas très longtemps, en plus. Alors aujourd'hui, j'avais vraiment une sale gueule.

– C'est tout ?

– La semaine dernière, j'ai dormi deux nuits au bureau.

– À cause de la pression au boulot ?

– Non, doc.

– Tu vas me dire ce qui ne va pas ou je dois te tirer les vers du nez ?

Griessel poussa un soupir.

– C'est Alexa, reprit doc Barkhuizen sans hésiter.

Il avait fortement déconseillé à Griessel d'entamer une relation avec elle – selon lui, un couple d'alcooliques essayant de se désintoxiquer allait au-devant des problèmes – « et si l'un d'eux est en plus un artiste, alors tu as la recette pour une grosse pagaille ».

– Alexa est sobre depuis cent cinquante jours, doc.

– Mais ?

– J'ai emménagé.

– Avec elle ?

– Oui, doc.

– Nom d'un chien, Benny. Quand ?

– Il y a trois semaines.

– Et ?

– Et c'est difficile, doc. Rien à voir avec l'alcool, je le jure. On… c'est plus facile, elle comprend ce besoin incontrôlable de boire, doc, on s'aide mutuellement.

– Tu sais ce que j'en pense, c'est de la foutaise.
Mais continue.

Tout le long du chemin, il s'était demandé comment
il allait mentir ; au début de sa période de sevrage,
Barkhuizen le perçait à jour à tous les coups – il
connaissait par cœur les dérobades rusées de l'alcoolique. Raconter des demi-vérités, c'était le plus sûr.
Et, à présent, il n'arrivait pas à trouver les bons mots.

– Bon sang, doc…

– Tu as du mal à t'engager, Benny ? Ou Anna te
manque toujours ?

– Non, doc. C'est juste… Je suppose que c'est le
fait de s'engager, en un sens…

– En un sens…

– Doc, je me suis habitué à être seul. Depuis deux
ans. À aller et venir à ma guise. Si j'ai envie de boire
du jus d'orange à même la bouteille le matin, si j'ai
envie de jouer de la basse le soir, si j'ai juste envie
de glander…

– Alors qu'est-ce qui t'a pris d'aller t'installer avec
elle ? Attends, ne dis rien. C'était son idée.

– Oui, doc.

– Et tu n'as pas osé refuser.

– Non, doc, j'en avais envie.

– Et maintenant, tu dors au bureau pour pouvoir
rester seul un moment ?

– C'est plus ou moins…

– Nom d'un chien, Benny, tu es un crétin.

– Oui, doc.

– Tu as rendu ton appartement ?

– Oui, doc.

– Un crétin doublé d'un abruti.

– Oui, doc.

– Tu sais ce que tu devrais faire.

– Non, doc.

– Tu le sais, mais tu refuses de l'admettre. Tu dois en discuter avec elle. Lui dire que tu as besoin d'air. Mais elle va se sentir menacée et en danger parce que c'est une artiste. Elle va se demander si tu l'aimes vraiment. Elle va pleurer et se réfugier dans l'alcool, et tu vas te sentir responsable. Voilà le problème. Tu ne veux pas te confronter à tout ça. Tu n'as jamais été très bon dans les conflits.

– *Fok*, doc.

– Alors, dis-moi, combien de temps croyais-tu pouvoir continuer à dormir au bureau avant que ça ne t'attire des ennuis ?

Griessel fixait le sol.

– Tu n'y as pas pensé, n'est-ce pas ?

– Non, doc.

– Pourquoi es-tu là, Benny ? Tu savais précisément ce que j'allais te dire.

– Mon chef m'a ordonné de venir.

– Tu lui as dit que tu n'avais pas recommencé à boire ?

– J'ai essayé mais…

– Qu'est-ce que tu vas faire ?

– Je ne sais pas, doc.

– Tu dois faire quelque chose.

– Alexa part pour Johannesburg demain, jusqu'à jeudi. Je vais y réfléchir, doc. Quand elle reviendra…

Doc Barkhuizen le dévisagea sous ses sourcils broussailleux.

– Tu sais qu'on est personnellement responsable de quatre-vingt-quinze pour cent des problèmes dans nos vies, reprit-il.

– Oui, doc.

– Tu veux que j'appelle ton boss ?

– S'il vous plaît, doc.

– D'accord. Et ne t'inquiète pas, je serai discret.

* * *

Son portable sonna au moment où il sortait du cabinet avec Barkhuizen. Numéro inconnu. Il répondit pendant que le médecin fermait à clé. Le vent était glacial.

– Capitaine, c'est Jeanette Louw.

– Hello, fit Griessel, hésitant toujours sur la manière de s'adresser à elle.

– J'ai parlé de votre requête aux proches. Ça va être difficile. Ils ont prévenu les membres de la famille et certains sont déjà en route pour Le Cap, pour les épauler.

– Je comprends parfaitement.

– Ils vont essayer, mais sans garantie qu'on puisse le cacher aux médias.

– On gagnera quand même un peu de temps. Merci beaucoup.

– Capitaine, ils font ça parce qu'ils veulent aider à coincer les meurtriers.

Il ne réagit pas.

– Allez-vous les coincer, capitaine ?

– Je vais faire tout mon possible.

Elle demeura silencieuse un long moment avant d'ajouter :

– Si je peux donner un coup de main pour quoi que ce soit. Quoi que ce soit...

11

Griessel s'éloigna, observant dans le rétroviseur la silhouette frêle et légèrement voûtée de Barkhuizen debout sous le lampadaire. Il ressentait une immense compassion pour cet homme, pour ce cœur généreux caché derrière une façade stricte et inflexible.

Ses péchés lui pesaient lourdement.

Doc était *la* personne à laquelle il ne voulait pas mentir. La relation avec son parrain des AA était sacrée s'il voulait vraiment arrêter de boire. La pierre angulaire de la désintoxication, en fin de compte, l'unique bouée de sauvetage dans les eaux agitées où se débat l'alcoolique assoiffé. Sans confiance mutuelle, on était globalement foutu. Ces dernières années, doc avait été son seul point d'ancrage, celui avec qui il partageait tout.

Jusqu'à aujourd'hui.

Voilà pourquoi il avait le ventre noué : une fois qu'on avait commencé à raconter des demi-vérités et à cacher le Gros Problème, on dégringolait rapidement les pentes glissantes de la rechute. Il le savait. Il était déjà passé par là.

S'il ne pouvait pas aborder le véritable problème, pourquoi n'était-il pas au moins honnête au sujet des autres soucis qui le hantaient ?

Parce que le doc lui répondrait : « Tu sais quoi faire. »

Et qu'il aurait raison.

« J'ai peur qu'Alexa ne me démasque, lui dirait-il, j'ai peur qu'elle ne me perce à jour. Et alors, elle me laissera tomber. Et même si j'ai besoin d'espace, ce n'est pas ce que je veux. Parce que je l'aime, en fait, elle est tout ce que j'ai. Et ça m'inquiète énormément, doc. »

Il pourrait au moins lui expliquer l'origine du problème qui remontait à l'époque de sa rencontre avec Alexa. Il faisait partie des inspecteurs qui enquêtaient sur le meurtre de son mari. Il avait reconnu en elle l'ancienne star de la chanson, ce qui l'avait rempli de nostalgie et d'admiration, et d'un désir doux-amer. Par la suite, il avait compati avec son alcoolisme et lui avait avoué qu'il buvait aussi. C'est lui qui avait cru dès le début en son innocence, lui qui avait démêlé tout l'imbroglio, qui lui avait porté des fleurs à l'hôpital et avait parlé musique avec elle.

Après quoi, elle avait pensé qu'il était brillant.

Il avait tenté de lui faire comprendre, à plusieurs reprises, de différentes façons, qu'elle se trompait. Mais il n'avait pas réussi, à demi ébloui qu'il était par elle, par son talent et son histoire personnelle, et sa détermination à retomber sur ses pieds. Sans parler de sa sensualité – bordel, malgré les dégâts, malgré les années, elle était magnifique et sexy. Et il était tombé amoureux d'elle. Et quand on est amoureux, on fait son maximum, on cache qui on est vraiment. Et elle n'entendait que ce qu'elle voulait entendre.

Au cours des mois qui avaient suivi, quelque chose avait pris corps : « une dynamique », aurait dit doc Barkhuizen. Alexa le traitait comme un homme bon et solide. Un héros. Un confident, un conseiller. Elle le présentait comme son « inspecteur breveté », et, à sa grande consternation, elle l'avait même appelé une ou deux fois son « roc ».

Hé, Benny Griessel, le roc de quelqu'un ? Solide ? Un héros ?

Il n'était qu'un idiot, un imbécile, car malgré son embarras, même s'il savait tricher, il aimait que Xandra, l'ancienne star devant qui les gens s'arrêtaient encore dans la rue, pétrifiés, puisse le trouver correct. C'était la première fois en plus de dix ans que quelqu'un d'autre que sa fille Carla pensait et disait qu'il était correct, à tout point de vue. Et par faiblesse, il ne voulait pas que ça s'arrête.

Et maintenant ?

Maintenant, il avait été piégé et ses péchés le rattrapaient.

Non qu'il ne puisse plus jouer de la basse le soir. Mais il avait honte de ce qu'il avait envie de jouer quand il s'entraînait.

La semaine précédente, en rentrant à la maison, il avait entendu « Song Sung Blue » de Neil Diamond à la radio – la version de l'album *Hot August Nights* qui commence avec la guitare acoustique seule et dans laquelle la basse n'intervient qu'à la moitié du premier couplet, donnant soudain à la chanson un rythme, une profondeur et un caractère familiers – et il s'était dit qu'il avait envie de jouer ce morceau en arrivant. Avant de se rappeler qu'il vivait avec Alexa à présent, et qu'elle allait peut-être trouver que Neil Diamond manquait de sophistication ; il devrait plutôt choisir un autre style, il avait une image à défendre…

Il devait jouer un rôle.

Et ce n'était que le début, le sommet de l'iceberg.

Il y avait aussi le problème de l'argent. Alexa avait reçu un héritage confortable de feu son mari – qui comprenait aussi sa compagnie de disques Afrisound, laquelle rapportait un flot constant de royalties. L'entreprise n'était pas au mieux de sa forme, mais Alexa avait entrepris de la remettre sur pied avec un sens aigu et inné des affaires. L'album de son come-back, *Bittersoet,* marchait mieux que prévu, ses concerts faisaient à nouveau salle comble.

Elle était une femme riche. Et lui, un policier.

Elle lui avait offert l'iPhone. Et un nouvel ampli pour sa basse. Et des vêtements – une veste et des chemises hors de prix qu'il ne voulait pas porter au travail, sachant que ses collègues, Vaughn Cupido le premier, ne manqueraient pas de le taquiner sans pitié. Sans parler du nouveau pyjama d'hiver. Il l'embarrassait – il se sentait comme un babouin déguisé. Qu'est-ce qui n'allait pas avec un vieux pantalon de jogging et un T-shirt ? Mais une fois le nouveau pyjama enfilé, debout devant Alexa tel un imbécile, elle lui avait dit avec un grand sourire appréciateur : « Viens ici, Benny » et l'avait tenu serré contre elle et embrassé jusqu'à ce qu'il sente ses genoux céder sous lui…

À quoi bon raconter tout ça au doc ?

Voilà pourquoi il avait évité de mentionner quoi que ce soit à propos du Gros Problème. Il ne pourrait jamais l'avouer à Barkhuizen. Ni à personne d'autre d'ailleurs, c'était bien là le merdier. Il lui fallait régler ce souci tout seul, mais il n'y arrivait pas, absolument pas – il ne savait même pas par où commencer.

Et comme si sa vie n'était pas assez compliquée, Alexa venait d'ajouter un autre dilemme.

Après sa douche, alors qu'il enfilait des vêtements propres dans leur chambre, Alexa était venue s'asseoir sur le lit, tout excitée, ne pouvant plus garder la « surprise » pour elle seule. Le bassiste Schalk Joubert devait jouer avec Lize Beekman au *Die Boer*[1]*,* à Durbanville, le vendredi suivant. « Mais Schalk doit partir de toute urgence à New York pour un concert, alors j'ai dit à Lize : "Et Benny ? Il connaît toutes tes chansons par cœur, et il n'est pas seulement un inspecteur breveté, il est devenu un musicien fantastique." Et elle a répondu que c'était une idée géniale. Benny, tu vas jouer avec Lize Beekman – je suis si fière de toi… »

Au début, il s'était senti soulagé en découvrant qu'il ne s'agissait pas de la surprise à laquelle il avait pensé.

Puis il avait compris ce que cela signifiait : il ne jouait pas dans la même cour, même s'il s'entraînait dur avec Rust, son quartet de vétérans amateurs. Ils reprenaient des succès archi-rebattus, se produisaient de temps en temps pour des anniversaires de noces d'or ou d'argent, devant un public d'un certain âge. Mais là, on parlait de Lize Beekman, la chanteuse dont l'immense talent, la beauté tranquille et l'aura l'avaient laissé sans voix les quelques fois où il s'était trouvé en sa présence.

Qu'allait-il faire ? Assise sur le lit, Alexa attendait sa réponse devant ce cadeau magnifique, joyeuse et pleine d'espoir. Il s'était forcé à sourire et avait lâché « Waouh ! », une exclamation insignifiante qu'il n'utilisait jamais, bon Dieu.

— Merci, Alexa, avait-il répondu, mais je ne suis pas sûr d'être assez bon.

Sachant exactement quelle allait être sa réaction.

— Mais évidemment que tu es assez bon. Je n'ai pas commencé à chanter dans des groupes hier, Benny. Tu as

1. Littéralement, « le fermier ». Nom d'un célèbre restaurant-cabaret à Durbanville, faubourg du Cap.

tellement progressé musicalement cette dernière année. (Une de ses expressions artistiques typiques qu'il ne savait comment interpréter.) Lize m'envoie le répertoire par e-mail et il faudra que tu ailles répéter deux ou trois fois, mais ce n'est que la semaine prochaine, ça te laisse le temps de t'organiser pour ton travail… Mets ta nouvelle chemise bleue, elle te va si bien.

Alors il avait mis la chemise bleue.

Il était baisé. Plutôt deux fois qu'une.

* * *

Il retrouva les membres de son équipe à l'IMC, le centre de traitement d'informations des Hawks.

– Tu as meilleure mine, Benny, lança Cupido en levant les yeux de l'écran d'ordinateur qu'il était en train de consulter avec d'autres inspecteurs des Crimes violents. Chouette chemise, mon pote.

Toute l'équipe le regardait, bouche bée.

– On a obtenu l'injonction 205 rapidement, déclara le capitaine Philip Van Wyk, responsable de l'IMC.

Il faisait référence à l'obligation qu'avaient les Hawks de suivre l'article 205 du Code de procédure pénale pour obtenir des enregistrements téléphoniques.

– On dirait que cette affaire a vraiment attiré leur attention là-haut…

– Tu penses, c'est un étranger… rétorqua Cupido sur un ton de reproche.

– … mais ce sont les infos de trois relais téléphoniques qui nous intéressent, compléta Van Wyk. Et le week-end est un créneau très chargé à Franschhoek. On va passer un temps fou à tout analyser.

– Et je peux te dire qu'il va y avoir un paquet de coups de fil internationaux, ajouta Cupido. La moitié de ces exploitations viticoles sont aux mains d'étrangers.

– Les enregistrements du fournisseur d'accès Internet de Petit Margaux montrent qu'il y avait sept ordinateurs et trois iPads correspondant à cette adresse IP depuis vendredi. Il va falloir qu'on identifie et qu'on isole les ordinateurs et les échanges correspondant aux employés du domaine pour pouvoir déterminer ceux qui proviennent de Morris.

Griessel essaya de se rappeler ce que Van Wyk lui avait enseigné.

– Je suppose qu'on va devoir aller récupérer leurs ordinateurs.

– S'il te plaît.

– Ils ne vont pas aimer.

– Je peux leur envoyer le Zézayeur. Ce sera peut-être moins perturbant et plus rapide.

– Peut-être Ulinda aussi. Ces étrangers ne vont pas comprendre un traître mot de ce que le Zézayeur raconte, ajouta Cupido.

– Hé, ze suis là, intervint Lithpel Davids, dit « le Zézayeur », génie de l'informatique affligé d'un zézaiement ; Van Wyk l'avait récemment piqué à la section forensique.

Davids était petit et frêle, avec un visage d'écolier. Il hocha d'un air indigné sa grosse toison coiffée à l'afro.

– Des fois, c'est comme si ze n'ezistais pas pour vous.

– Qu'est-ce que je disais, fit Cupido.

– Je vais téléphoner à Franschhoek en attendant, dit Radebe. Grande première pour moi, je vais servir d'interprète anglais pour un métis !

– Bon sang ! fit le Zézayeur, mais il s'empara du vieux sac à dos usé qui contenait son matériel informatique et se leva.

– On a quelque chose sur Paul Anthony Morris ? demanda Griessel.

– On a commencé avec Google, capitaine, répondit un des équipiers de Van Wyk. Mais cette combinaison de noms est assez courante et on a un bon paquet de références sans photos. Mais on y travaille.

– Et le serpent sur les douilles ?

– C'est difficile à isoler dans les banques de données, intervint Van Wyk. La recherche est encore en cours, on va peut-être devoir l'affiner. Mais pour l'instant, rien.

Nyathi entra et le silence se fit dans la pièce.

– Benny, le bureau du consul général vient d'appeler. Elle a des informations sur le passeport, on peut aller la voir tout de suite.

Des sourcils se levèrent. Cupido consulta sa montre.

– À 19 h 20 ? Ce Morris est peut-être un membre de la famille royale, ou un truc de ce genre.

* * *

– J'ai parlé à ton parrain, dit Nyathi quand ils furent dans la voiture. Merci, Benny. J'espère que tu comprends.

– Parfaitement, monsieur, répondit-il, parce que c'était effectivement le cas.

Les Hawks formaient une équipe. Le maillon le plus faible pouvait compromettre leur succès. Et en ce moment, Benny était le maillon le plus faible.

– Tout le reste va bien ? Ta santé ? Ta famille ?

– Oui, merci, monsieur.

Le colonel hocha lentement son crâne chauve d'un air pensif, comme un homme qui a fait un pas de plus vers la vérité et le discernement.

Ils roulèrent en silence jusqu'à la N1.

– Cloete ne sait plus où donner de la tête avec les médias, reprit Nyathi. On aurait besoin d'un coup de chance. Rapidement. Tu crois qu'il s'agit d'une histoire de rançon, Benny ?

– Oui, monsieur.

– Tu as déjà enquêté sur un enlèvement avec rançon ?

– Trois ou quatre fois, monsieur. Mais concernant un étranger, jamais.

– C'est la première fois que ça m'arrive, reconnut Nyathi.

– C'est toujours compliqué, monsieur.

Ils se garèrent dans Riebeeck Street et durent d'abord chercher l'entrée de Norton Rose House, un immeuble désert à cette heure.

Le consulat de Grande-Bretagne, avec ses portes vitrées à l'épreuve des balles et son système d'alarme sophistiqué, se trouvait au quinzième étage. Griessel et Nyathi durent décliner leur identité avant qu'une femme d'âge moyen, très comme il faut, qui se présenta comme le consul Doreen Brennan, ne vienne les chercher pour les escorter jusqu'à son bureau.

Une femme plus jeune aux cheveux noirs coupés court, avec des lunettes à monture foncée et une jolie bouche s'y trouvait déjà.

– Voici un de nos vice-consuls, Emma Graber. Je vous en prie, messieurs, veuillez vous asseoir.

Une fois les échanges de politesse terminés, Doreen Brennan fit glisser sur le bureau le cliché du passeport pris par le photographe de la police.

– J'ai peur que ce ne soit un faux, dit-elle en s'excusant.

Griessel se sentit découragé. Ils ignoraient donc toujours qui était Morris.

– Vous êtes certaine ? demanda Nyathi.

– Oui. Le numéro du passeport correspond à une

dame de soixante-seize ans de Bexhill-on-Sea, décédée il y a treize jours. Il se peut que ce soit son passeport qui ait été falsifié, mais nous allons devoir analyser l'original pour en être sûrs.

– Non, le passeport est absolument neuf, répondit Griessel, déçu.

– Serait-il possible de jeter un coup d'œil au document lui-même ? intervint Graber. Notre banque de données pour les contrefaçons est exhaustive, cela pourrait nous aider à établir sa provenance.

– Bien entendu, répliqua Nyathi. Je suis certain que nous pourrions arranger ça,

– Je vois, fit Graber, pensive. Sachez-le, nous voulons juste vous épauler dans votre enquête. D'après ce que j'ai cru comprendre, les premières soixante-douze heures sont cruciales.

– Tout à fait. Et nous apprécions grandement votre proposition, répondit Nyathi.

– Nous en savons en fait très peu sur le crime dans lequel cette personne est impliquée, continua Graber. Malheureusement, l'inspecteur qui a apporté les clichés a parlé à un des employés. Pourriez-vous nous en dire plus ?

Nyathi hésita, puis sourit poliment.

– Je suis vraiment désolé, mais l'enquête en est à un stade très sensible. Et il se pourrait donc que Morris ne soit pas citoyen britannique… J'espère vraiment que vous comprenez…

– Naturellement, rétorqua Graber en lui décochant un sourire bienveillant. Nous essayons seulement d'aider. Et je suis curieuse. S'agissait-il d'un cambriolage ?

– Je ne suis pas habilité à répondre.

Griessel n'était pas concentré et il ne prit conscience du silence pesant qu'au moment où Nyathi lui lança un coup d'œil rapide mais éloquent. Il finit par saisir que quelque chose se passait là, une partie d'échecs verbale – Graber voulait absolument mettre la main sur le passeport et en apprendre plus sur le crime. Nyathi répugnait à partager ses informations avec elle. Et il se souvint de la réaction de Cupido : *19 h 20 ? Morris est peut-être un membre de la famille royale ou un truc de ce genre.*

Il fut aussitôt en alerte, comme si sa fatigue s'était subitement envolée.

Il y avait un traître ici. Et le colonel voulait son aide pour le démasquer.

12

Il lui fallait maintenant poser ses questions correctement.

– Tenez-vous le compte des personnes disparues ?

Le consul général laissa Emma Graber répondre.

– Eh bien, seulement si elles sont effectivement déclarées disparues. Il y a une procédure…

– Est-ce qu'un Paul Anthony Morris a été déclaré disparu ?

– Pas à notre connaissance, dit Emma Graber.

– Quelqu'un de son âge et correspondant à sa description ?

– Difficile à dire. L'information que vous nous avez fournie est plutôt sommaire. Pourrions-nous analyser le document original ?

– Avez-vous la moindre idée de l'identité de ce Paul Anthony Morris ?

– C'est un nom plutôt courant. Comme vous pouvez l'imaginer, il va falloir un certain temps pour parcourir la banque de données du ministère de l'Intérieur, et sans résultats certains.

Il avait l'impression qu'elle l'encourageait à poser la bonne question mais il ignorait laquelle.

– Mais est-ce que… avez-vous une idée ?

– Ce qu'on sait de source sûre, c'est qu'aucune personne de ce nom n'a été portée disparue au Royaume-Uni dans les quinze derniers jours.

Griessel essayait de comprendre le jeu. Elle ne lui disait pas franchement « non ». Pourquoi ?

– Y a-t-il d'autres personnes portées disparues qui pourraient d'après vous lui correspondre ?

Pas vraiment bien formulé ; elle était intelligente, il devait faire attention à ce qu'il disait.

Sans hésitation, Emma Graber répondit :

– Scotland Yard gère une banque de données nommée Merlin, qui, en plus de diverses autres informations, contient aussi les fichiers des personnes disparues. On part du principe que l'âge mentionné sur le passeport est relativement correct, pour correspondre à la photo. Et, bien entendu, la photo doit présenter une certaine ressemblance avec le physique de l'homme qui est entré dans ce pays la semaine dernière, afin de tromper les douanes. Maintenant, je peux vous dire que Merlin n'a fourni absolument aucune information sur des personnes ressemblant de près ou de loin à cette photo, et dans cette tranche d'âge plutôt large, qui auraient été signalées comme disparues aux autorités du Royaume-Uni pendant la dernière quinzaine.

Pourquoi insistait-elle sur « la dernière quinzaine » ?

– Et dans les six à douze mois précédents ?

– Durant l'année fiscale écoulée, Merlin a enregistré plus de quarante mille disparitions. Ce genre de recherche risque de prendre plusieurs jours avant que je puisse vous répondre avec certitude.

– Mesdames, avec tout le respect que je vous dois, intervint courtoisement Zola Nyathi, la vie d'un homme est en jeu.

– Je peux vous assurer, colonel, que nous faisons

tout ce qui est en notre pouvoir pour aider, répliqua le consul général.

– La vie de Morris est-elle en jeu ? demanda Emma Graber. Ou est-il suspect dans une affaire criminelle ?

– Vous savez de qui il s'agit, lança Griessel, parce qu'il en avait la certitude.

Elles le regardèrent droit dans les yeux, parfaitement calmes.

– Capitaine, reprit Doreen Brennan avec diplomatie et d'un ton posé, je reçois presque tous les jours des mémos du Foreign Office concernant des personnes présentant un intérêt particulier. Pour être parfaitement honnête, ce Paul Anthony Morris pourrait être un des vingt sujets britanniques, à tout le moins, dont se soucie notre gouvernement. Mais à ce stade, sans avoir de confirmation quant à sa réelle identité, et étant donné le manque de coopération dont vous faites preuve en ce qui concerne les détails de l'incident – se livrer à des spéculations ferait plus de mal que de bien.

Pour avoir interrogé un millier de suspects, Griessel savait que lorsque les gens commencent leurs phrases par « pour être parfaitement honnête », ils sont en train de mentir comme des arracheurs de dents. Il soupçonnait les deux Britanniques de s'être longuement concertées avant leur arrivée et d'avoir mis au point avec précision ce qu'elles allaient dire.

Mais avant qu'il ait pu répondre, Nyathi lança :

– Je devine entre les lignes que vous seriez prêtes à échanger des informations si nous acceptions de divulguer certains renseignements.

Le consul général se leva.

– Si vous voulez bien m'excuser, je dois appeler ma famille pour leur dire que j'arrive. Non, rasseyez-vous, messieurs, je vous en prie…

Elle se dirigea lentement vers la porte et la referma derrière elle.

Peut-être Griessel devrait-il tenir sa langue et laisser Nyathi parler, étant donné que la subtilité du message lui avait entièrement échappé.

– Je dois vous dire que le consulat ne peut pas faire de commentaire officiel sur une identité basée sur un faux passeport, à moins d'avoir eu le temps d'examiner soigneusement le document en question, reprit Emma Graber.

– Et de manière non officielle ? demanda Nyathi.

– Je ne suis pas contre les hypothèses si une conversation éveille mon intérêt...

– Et comment éveille-t-on votre intérêt ?

– Ça dépend.

– On pourrait vous prêter le passeport, d'ici un jour ou deux... avança Nyathi.

– J'apprécierais certainement le geste, mais...

– Vous le voulez plus tôt ?

– Ce n'est pas mon souci le plus urgent.

– Vous voulez en savoir plus.

– Voilà qui m'aiderait énormément.

– Ce serait envisageable si nous avions une motivation suffisante, répliqua Nyathi avec un léger sourire.

Griessel se rendait compte que le colonel était doué pour ce genre de jeu. D'après la rumeur, il avait fait partie du Renseignement de l'Umkhonto we Sizwe (MK)[1], à l'époque. C'était peut-être vrai.

– Je crois fermement à la motivation, répliqua Emma Graber, mais comme vous le savez, les hypothèses ne sont pas les faits. Et l'idée qu'elles puissent parvenir

---

1. Mkhonto we Sizwe ou Umkhonto we Sizwe (Le Fer de lance de la nation) ou MK : l'aile militaire de l'ANC.

jusqu'à nos amis des médias est par trop épouvantable pour être envisagée.

– Je partage totalement cette crainte, dit Nyathi. C'est pourquoi, en dépit d'une pression énorme, les médias sont encore dans le brouillard en ce qui concerne cette affaire.

– Et comment nous assurer que cela restera ainsi ?

– En vous donnant notre parole que le capitaine Griessel et moi ne divulguerons aucune information hasardeuse à moins que toutes les parties en présence ne soient tombées d'accord.

– Est-ce que ça inclut vos collègues de la Direction des enquêtes criminelles prioritaires ?

– Oui.

Emma Graber fit un léger signe de tête.

– Est-ce que ce « Morris » a commis un crime ?

– Non.

– A-t-il été victime d'un crime ?

– Savez-vous de qui il s'agit ?

– Nous avons une forte présomption.

– Comment ça ?

– La photo.

– Il ressemble à quelqu'un que votre gouvernement recherche ?

– Effectivement. Est-il victime d'un crime ?

– Il l'est.

– Un crime sérieux ?

– Oui.

– A-t-il été tué ?

– Qui ?

Nyathi sourit à nouveau, comme s'il appréciait vraiment la situation.

– Paul Anthony Morris.

– Est-ce son vrai nom ?

– Non.

– Qui croyez-vous qu'il soit ?

– A-t-il été tué ?

– Non.

– Est-il détenu par vos soins ?

– Non.

Ce qui la fit taire. Elle avait un visage impassible mais Griessel voyait les rouages tourner dans son cerveau.

– Qui croyez-vous qu'il soit ? insista Nyathi.

– Savez-vous où il se trouve en ce moment ?

Il ne répondit pas.

– A-t-il été kidnappé ? demanda-t-elle.

– Qui est-ce ? répéta Nyathi.

– Colonel, je dois vraiment savoir s'il a été kidnappé.

– Nous devons vraiment savoir de qui il s'agit.

Elle leva les yeux vers le portrait de la reine Élisabeth accroché au mur, puis les baissa sur Nyathi.

– Nous pensons qu'il s'agit de David Patrick Adair.

Griessel sortit son calepin et commença à noter.

– Pourquoi êtes-vous si inquiets au sujet de M. Adair ? demanda Nyathi.

– A-t-il été kidnappé ?

– Oui, répondit Nyathi. Tout porte à le croire.

– Et merde, laissa échapper Emma Graber de cette bouche que Griessel trouvait si jolie.

* * *

Elle leur demanda de l'excuser une minute.

Ils se levèrent quand elle quitta la pièce et se rassirent une fois la porte refermée.

Griessel regarda Nyathi, qui lui montra le plafond du doigt avant de le poser sur sa bouche.

Griessel acquiesça de la tête. Il y avait des micros.

Drôle de monde. Il se demandait quel avait été le rôle de Nyathi à l'Umkhonto we Sizwe. Et en quoi consistait le travail d'Emma Graber au consulat. Il soupçonnait que son intérêt n'était pas de nature criminelle mais politique. Il se demandait qui était David Patrick Adair, et pourquoi elle se montrait si prudente – et si acharnée en même temps. Et ce qu'elle était partie faire. S'entretenir avec le consul général ? Ou avec quelqu'un d'autre qui avait peut-être écouté leur conversation d'un bureau voisin ? À moins qu'elle n'y attende elle-même que Nyathi et lui se mettent à discuter ?

Comme si cette affaire avait besoin de complications supplémentaires.

Sept minutes s'écoulèrent avant son retour.

– Je suis vraiment désolée, dit-elle avant de se rasseoir. Donc, messieurs, si vous tapez « David Patrick Adair » sur Google, vous allez découvrir qu'un homme répondant à ce nom est chargé de recherches en science informatique à l'université de Cambridge et professeur au DAMTP, le département de mathématique appliquée et de physique théorique de cette même institution. Le site web du DAMTP fournit en outre une photographie d'Adair qui est pratiquement identique à celle du passeport contrefait.

On sentait une subtile modification dans son attitude, une efficacité, une conscience plus grande de l'urgence.

– La semaine dernière, mardi, le professeur Adair n'a pas donné sa conférence coutumière au département. Ce qui n'est pas inhabituel en soi, étant donné son emploi du temps surchargé et ses divers engagements. Mais jamais, auparavant, il n'avait omis de prévenir son assistante personnelle de son absence. Elle en a parlé à un de ses supérieurs hiérarchiques. Après enquête dudit collègue, il a finalement été établi que la maison d'Adair, dans Glisson Road, au centre de Cambridge, avait été cambriolée. Une porte donnant sur l'arrière avait été forcée et la maison laissée dans un grand désordre. Adair était introuvable. Étant donné la nature délicate de son travail, ce collègue a eu le bon sens d'alerter les autorités compétentes, évitant ainsi que l'affaire ne s'ébruite…

— Et donc qu'elle n'apparaisse dans Merlin, conclut Nyathi.

— C'est exact, répondit-elle sans le moindre soupçon de remords.

— Quelle est la nature de son travail ? demanda Nyathi.

— C'est bien là le problème, colonel.

13

– Pour commencer, il faut que vous sachiez qu'Adair est divorcé depuis neuf ans. Il n'a plus le moindre contact avec son ex-femme. Ils n'ont pas eu d'enfants. Il a une sœur, Sarah, maître de conférences au département de mathématiques de l'université de Birmingham. Tout le monde s'accorde à dire qu'il s'agit d'une universitaire extrêmement compétente, mais hélas, pas vraiment le génie qu'est son frère. Nous avons enquêté avec la plus grande discrétion afin de déterminer si elle savait où il se trouvait, mais il est clair qu'elle n'a pas entendu parler de lui depuis sa disparition. En d'autres termes, inutile de chercher à la joindre.

– Ah, fit Nyathi. Je suppose que vous avez aussi surveillé ses moyens de communication depuis mardi dernier ?

– Nous pouvons affirmer qu'aucune tentative n'a été faite pour entrer en contact avec elle au sujet de son frère depuis ce jour.

– Puis-je vous demander à qui ce « nous » fait référence ?

– Je vous demande pardon ?

– Vous avez dit, « nous pouvons affirmer… » répéta patiemment Nyathi.

– Les autorités britanniques, lui renvoya-t-elle, en affichant à son tour un sourire ironique.

– Et la nature du travail du professeur Adair ?

Elle hocha la tête.

– Maintenant s'il vous plaît, je vous demande de la patience, parce que les choses sont un peu complexes. Mais je veux être sûre de ne pas me tromper, afin que vous compreniez vous aussi à quel point il faut faire preuve de circonspection dans cette affaire.

– Je vous en prie, répondit Nyathi.

Griessel demeura silencieux, se contentant d'écouter.

– Une recherche Internet vous apprendra que le professeur a mis au point l'algorithme qui porte son nom, l'algorithme d'Adair. Pour économiser du temps, et vous faire clairement comprendre pourquoi il est nécessaire de rester discret, j'aimerais vous expliquer de quoi il retourne. Avez-vous entendu parler de la Société internationale pour les télécommunications interbancaires, ou SWIFT ?

– Vaguement.

– Très bien. Permettez-moi de développer : SWIFT est basée en Belgique. Il s'agit d'un réseau qui permet aux institutions financières d'envoyer et de recevoir à travers le monde des informations sur les transactions monétaires. Votre banque, par exemple, doit avoir un code SWIFT qui fait partie de ce système. Si vous recevez de l'argent de l'étranger, ce code est utilisé, et l'information sur la transaction est enregistrée sur les ordinateurs SWIFT. C'est simple, n'est-ce pas ?

Ils acquiescèrent à l'unisson.

– Cela dit, peu de temps après le 11-Septembre, la CIA et le Département d'État américain ont mis sur pied dans le plus grand secret le programme plutôt controversé de surveillance du financement du terrorisme, aussi connu sous le nom de TFTP[1]. En résumé, ce programme permet aux autorités américaines d'accéder à la banque de données du réseau SWIFT, dans le but de suivre les transactions financières qui pourraient permettre d'identifier de potentielles activités terroristes. Vous devez en avoir entendu parler…

– Oui, répondit Nyathi.

– En juin 2006, le *New York Times* a pour la première fois mentionné le TFTP, mais le projet a survécu, peut-être à cause du sentiment général qui prévalait à l'époque, mais également parce que le TFTP s'est révélé aussitôt extrêmement utile. Cependant, l'initiative en revenant uniquement aux États-Unis, le projet manquait de portée et d'envergure. Pour être réellement efficace, il devait être global. Alors, les États-Unis ont invité l'Union européenne à les rejoindre. Bien entendu, l'Europe, elle aussi concernée par la menace terroriste, ne demandait qu'à coopérer. Au départ cependant, le Parlement européen a tout d'abord rejeté un accord provisoire É-U-UE sur le TFTP, jugeant qu'il n'offrait pas assez de garanties quant à la vie privée des citoyens européens. Vous me suivez toujours ?

– Oui, dit Nyathi.

– Bien. C'est là que David Adair entre en jeu. Il a été invité à faire partie du comité européen chargé d'évaluer l'accord TFTP, en raison de ses compétences dans le domaine des algorithmes utilisés dans les banques de données. Adair a étudié le système américain, longuement et en profondeur, et il en est arrivé à la conclusion qu'il pouvait être grandement amélioré – non seulement en termes de sauvegarde

---

1. Terrorist Finance Tracking Programme.

de la vie privée, mais aussi en termes d'efficacité. Il a ensuite entrepris, comme le font les génies, de créer un algorithme nettement plus élaboré, et de l'offrir aux autorités. Évidemment, elles ont accepté avec reconnaissance, et en 2010, l'Union européenne a annoncé la reprise du TFTP. L'algorithme appelé algorithme d'Adair est ensuite devenu la méthodologie standard pour repérer les terroristes dans le système bancaire international. Il a permis d'identifier, et par la suite d'éliminer, au moins sept cellules terroristes, ainsi qu'un nombre impressionnant de responsables et d'espions d'al-Qaida.

Emma Graber se renversa en arrière dans son fauteuil, mains devant elle, paumes vers le plafond, comme si elle n'avait plus rien à cacher.

– Messieurs, l'algorithme d'Adair est un des secrets les plus fondamentaux pour la sécurité internationale et les mieux gardés de l'histoire. S'il venait à tomber dans de mauvaises mains...

Elle les laissa méditer une minute, puis ajouta :

– Maintenant, s'il vous plaît, parlez-moi de l'enlèvement.

* * *

Nyathi escamota certains détails de l'enquête.

En choisissant ses mots avec soin, la Girafe relata dans un anglais parfait à Emma Graber la première prise de contact d'Adair avec Body Armour, son arrivée et son séjour au domaine de Petit Margaux, la mort de l'ouvrier agricole et des deux gardes du corps et les traces de lutte dans la chambre. Il lui décrivit les mesures de sécurité, et la façon dont ils imaginaient le déroulement du crime.

Emma Graber demanda à Nyathi l'adresse e-mail du pseudo-Paul Anthony Morris.

Il répondit qu'il allait devoir consulter leurs notes mais qu'il l'enverrait. Griessel, qui se souvenait parfaitement de l'adresse, ne dit rien.

Nyathi passa sous silence les douilles au serpent et aux lettres gravés. Ainsi que l'ordinateur, l'iPad et l'éventuel téléphone portable disparus – seuls indices en possession des Hawks.

Griessel le soupçonna de le faire sciemment, mais il n'en était pas sûr.

Quand le colonel eut terminé, ils négocièrent avec Emma Graber un communiqué de presse commun, afin de calmer la voracité des médias et de diminuer la pression sur les familles des gardes du corps assassinés et les employés de l'exploitation viticole.

D'après le communiqué, un homme non identifié, vraisemblablement un touriste européen, avait disparu d'une guest-house après le meurtre d'un employé et de deux officiers de sécurité à la suite d'une effraction. Des informations manquantes et certainement incorrectes sur le passeport avaient compliqué l'identification de la personne en question, mais on le pensait citoyen britannique. La Direction des enquêtes criminelles prioritaires remerciait le consulat pour la bonne volonté et la coopération dont il avait fait preuve dans cette affaire. Dès que l'homme pourrait être identifié avec certitude et si la discrétion requise par l'enquête l'autorisait, les médias en seraient informés. D'ici là, on allait tout mettre en œuvre pour obliger les responsables à rendre des comptes et retrouver la personne disparue. Diverses pistes étaient suivies.

Nyathi ajouta qu'il était contraint de mettre au courant un autre collègue des Hawks de l'identité de

David Adair : le major Benedict Boshigo, membre de la Section des crimes prévus par la loi – leur expert en affaires financières. Il lui certifia que Boshigo, tout comme eux, manipulerait l'information en toute sécurité. « Jusqu'à ce que nous convenions d'autre chose. »

– Très bien, répondit-elle avec amabilité.

Ils décidèrent solennellement de se tenir informés mutuellement des avancées pertinentes, aussi souvent que les circonstances le permettraient.

Emma Graber les raccompagna jusqu'à l'ascenseur.

* * *

Nyathi reprit la parole quand ils se trouvèrent dans Buitengracht, direction Bellville.

– Appelle la directrice de Body Armour, Benny, et préviens-la que les autorités britanniques risquent de la contacter. Et fais-lui comprendre que divulguer des informations à quiconque excepté au SAPS serait un crime...

– Monsieur, je crois qu'on devrait... C'est une dure à cuire, ce serait mieux de ne pas la...

– Menacer ?

– Oui.

– Vois ce que tu peux faire. Mais, surtout, demande-lui de ne pas communiquer l'adresse électronique de Morris.

Il téléphona. Elle répondit immédiatement.

Il lui annonça que les Hawks allaient diffuser un communiqué de presse plus tard dans la soirée. Il accepta de le lui envoyer aussi.

– J'apprécie le geste, dit-elle.

– Il est possible que quelqu'un du consulat de

Grande-Bretagne vous contacte. À votre avis, serait-il envisageable de nous faire part de toutes leurs demandes ?

Elle resta si longtemps silencieuse que Griessel crut qu'ils avaient été coupés.

– Allô ?

– Je suis là.

Il attendit.

– Voilà ce que je vous propose, reprit-elle. Je ne leur dirai rien. Mais vous, vous me dites tout.

– Ce n'est pas possible à l'heure actuelle.

– Vous le ferez quand vous le pourrez. Je ne veux rien lire dans les journaux que je ne sache pas, sinon j'appelle le consulat.

– Très bien, dit Griessel, avant de raccrocher.

– Mission accomplie ? demanda Nyathi.

– Oui, monsieur.

– Bon travail. Tu sais t'y prendre avec les gens, Benny…

Il ne sut que répondre.

– La première chose que tu dois comprendre, concernant le Renseignement, c'est qu'ils ne racontent la vérité que si ça sert un intérêt. Leur intérêt, essentiellement.

– Oui, monsieur.

– Graber fait sûrement partie du MI6. Aussi connu sous le nom de Service de renseignements extérieurs, ou SIS. Elle travaille certainement en étroite collaboration avec le MI5, le Service de sécurité intérieure britannique, qui traque les terroristes sur leur territoire, entre autres attributions.

– Monsieur…

Il ne pouvait plus contenir sa curiosité.

– Vous semblez en savoir beaucoup sur tout ça ?

112

Nyathi se mit à rire et Griessel réalisa qu'il l'entendait rire pour la première fois.

– Il y a vingt-six ans, j'ai été recruté par le Service de renseignements du MK, Benny. Parce que j'étais instituteur, ils pensaient que j'étais intelligent. Et j'ai travaillé à Londres un moment… Ce que j'essaie de te faire comprendre, c'est que le mensonge fait partie intégrante de cette profession. Et je crois qu'Emma Graber nous ment. Ou du moins qu'elle ne nous dit pas toute la vérité.

– Pourquoi, monsieur ?

– Deux choses, Benny. La première, c'est qu'elle a fait tout son possible pour qu'on croie à une histoire de terrorisme, sans vraiment le dire. Comme elle travaille dans un pays étranger, elle doit faire très attention à ne pas mentir ouvertement. Très mauvais pour la diplomatie, si les événements venaient à lui échapper par la suite. Il faut qu'elle se garde une porte de sortie, celle qui lui permettra de dire : « Oh, vous avez certainement mal compris, voudriez-vous réécouter l'enregistrement ? »

– Je comprends.

– La deuxième, c'est le canal qu'elle a choisi. S'il était uniquement question d'une possible action terroriste, leur haut-commissaire à Pretoria se serait adressé à notre ministre de la Sécurité. Musad et moi aurions été appelés par lui, non par eux.

Le général de brigade Musad Manie, un grand costaud, était le commandant en chef des Hawks au Cap.

– Vous pensez qu'il s'agit d'autre chose, monsieur ?

– Tout ce que je sais, c'est qu'Adair est probablement la personne qu'elle dit être. Quant au reste, on verra.

Griessel commençait à comprendre.

– C'est pour cette raison que vous avez préféré

113

venir en personne quand ils ont appelé, monsieur ?
Vous saviez, quand ils ont téléphoné aussi tard un
lundi soir…

— Je soupçonnais que quelque chose se tramait.

— Et c'est pour ça que vous ne lui avez pas tout
dit, monsieur ?

— Oui, Benny. Quand on travaille avec les gens du
Renseignement, il faut toujours avoir un atout dans sa
manche. Toujours. On en a quelques-uns et je veux
que ça reste ainsi. Donc, dans un premier temps, tu
lui envoies une fausse adresse électronique pour Paul
Anthony Morris. Juste une petite erreur de typo…

Il eut l'impression de détecter une pointe de nostalgie
dans la voix de Nyathi.

Benny l'avait toujours vu comme un homme juste,
réfléchi, mais discret et modeste, très difficile à décrypter
et énigmatique. Ce soir, il avait aussi découvert une
intelligence aiguë, une véritable aptitude pour ce jeu
stratégique, à laquelle il ne pouvait pas se mesurer.

Le colonel s'était amusé dans le bureau du consul
général, c'était clair. Et maintenant, ici, dans la voiture,
il y avait de l'enthousiasme, une étincelle qu'il n'avait
pas décelée chez la Girafe jusque-là. Quel effet cela
faisait-il, après l'adrénaline et l'excitation de l'espionnage à Londres, de se retrouver à un poste d'officier
supérieur au sein du SAPS ? De gérer du personnel
essentiellement, de s'occuper de l'administration et des
conflits avec les gens haut placés ?

Aimait-il son travail ?

Quand ils eurent dépassé Canal Walk, Nyathi lui
demanda de téléphoner à Cloete, l'officier de liaison,
pour qu'il les rejoigne. Avec le major Benedict « Bones »
Boshigo.

– Dis à Bones de venir directement dans mon bureau et de ne parler à personne.

Quand ce fut fait – et que Bones eut répondu : « Ça n'est jamais bon signe, hein » –, le colonel et lui décidèrent de ce qu'ils allaient dire à leurs collègues.

14

– Attendez une minute, lança Cupido dans la grande salle de l'IMC. Ils vous font faire tout ce chemin à cette heure-là un lundi soir juste pour vous balancer que le passeport est un faux ? Ils auraient pu vous le dire au téléphone.

– Cela s'appelle la diplomatie, Vaughn, répliqua Frankie Fillander, beaucoup plus âgé et expérimenté. Tu devrais essayer un jour.

– Sois sympa, *uncle* Frankie. Ça sent l'arnaque.

– Quel genre d'arnaque ? demanda Griessel.

– C'était un meurtre commandité, *pappie*, et tu sais qui a recours aux contrats. Les gangsters et les gouvernements.

– C'est vrai…

– Des nouvelles ? demanda Griessel pour changer de sujet.

– Rien encore, répondit Van Wyk. Et on attend toujours Ulinda et le Zézayeur. La nuit va être longue.

– Dans ce cas, lança Griessel aux inspecteurs de l'unité, vous feriez mieux de rentrer chez vous. Je vous appelle s'il y a du nouveau.

Ils murmurèrent des remerciements. Seul Cupido s'attarda un moment en observant Griessel. Puis il fit un signe de tête et partit.

– *Ja,* je connais l'algorithme d'Adair, ajouta Bones Boshigo en mélangeant les langues comme à son habitude après qu'ils lui eurent tout expliqué. Ça ne colle tout simplement pas.

Il devait son surnom au fait qu'il n'avait que la peau sur les os, résultat de son programme d'entraînement féroce pour le marathon. Diplômé en économie du Metropolitan College de l'université de Boston, il était aussi un des inspecteurs les plus intelligents que connaisse Griessel.

Derrière son bureau, Nyathi se contenta de hausser les sourcils.

– L'enlever, colonel ? Et pourquoi ? continua Bones. Tout le monde sait à quoi sert l'algorithme, même les terroristes, et personne ne peut rien pour l'arrêter. Al-Qaida doit avoir compris depuis longtemps que faire transiter de l'argent par les canaux bancaires habituels est plutôt stupide. La dernière chose que j'ai entendu dire sur le TFTP, c'est qu'il permet d'épingler quelques opérateurs sans intérêt. À mon avis, le vrai problème est le protocole d'Adair, *nè* ?

Il se rendit compte que ses deux collègues n'avaient pas la moindre idée de ce dont il parlait.

– Ils ne vous ont rien dit sur le protocole d'Adair ?

– Non, fit Griessel.

– Plutôt étrange. Ce type, David Adair, il a écrit un article sur l'utilisation de son algorithme, il y a environ deux ans… début 2011, juste après que l'Union européenne avait rejoint le TFTP. En gros, il expliquait que la portée du programme était trop limitée et que son algorithme était capable d'aller beaucoup plus loin

– et que les autorités avaient une obligation morale de l'utiliser. Il a publié son article dans un magazine scientifique et on l'a appelé le « protocole d'Adair ».

– Capable d'aller beaucoup plus loin dans quoi ? voulut savoir Nyathi.

– Dans le repérage d'autres transactions financières douteuses. Son principal argument était que l'argent sale représente environ deux mille milliards de dollars par an, à l'échelle de la planète, et que suivre la trajectoire de cet argent peut avoir un impact énorme pour limiter les agissements du crime organisé et permettre de lancer des poursuites.

– D'accord, dit Griessel qui faisait de plus en plus d'efforts pour suivre après cette longue journée.

– Donc, c'est ce qu'ils font maintenant ? demanda Nyathi.

– Non, monsieur.

– Et pourquoi ?

– Les banques n'ont pas apprécié, *nè*. Et on peut comprendre – elles gagnent énormément avec l'argent sale et tout le processus de blanchiment d'argent. Si le TFTP commence à s'intéresser à leurs clients du crime organisé, elles vont tous les perdre, et rapidement, au profit d'obscures petites banques indépendantes des îles Caïman. Alors elles ont invoqué l'atteinte à la vie privée, et le Parlement européen ainsi que le gouvernement britannique ont chanté la même chanson.

– Bones, je ne comprends pas. Si le TFTP n'est pas utilisé contre le crime organisé, pourquoi cet enlèvement aurait-il un quelconque rapport avec le protocole d'Adair ?

– Adair est un agitateur, *nè*. Très démocrate. Qui fait beaucoup de bruit. *Hy bly nie stil nie,* il fait beaucoup parler de lui. Il y a deux mois, il a déclaré dans *The*

Economist que le parti conservateur britannique était de mèche avec les banques et qu'en gros il aidait le crime organisé. Il cherche à obtenir des soutiens, colonel, tout le temps. À mon avis, les gangsters aimeraient bien se débarrasser de lui, avant qu'il ne mette l'opinion publique de son côté.

– Donc, vous pensez qu'ils l'ont tué ?

– Oui.

« Jy wiet qui a recours aux contrats. Les gangsters et les gouvernements », avait dit Cupido. Mais Griessel savait aussi que Bones était par essence un homme de chiffres, pas un inspecteur de la Criminelle.

– Non, dit-il.

Ils attendirent que Benny s'explique. Il lui fallut un moment pour rassembler ses idées.

– Le crime organisé… Bones, quand ils commanditent un meurtre, c'est pour faire un exemple. Ils auraient laissé son cadavre dans la guest-house.

– Non, Benny, pas dans le climat politique actuel. Sinon, la presse britannique va décréter qu'Adair avait raison, il va y avoir une grosse pression sur le gouvernement pour qu'il instaure le protocole. D'après ce que je comprends de toute cette histoire, personne n'est vraiment certain qu'Adair soit le bienvenu en Afrique du Sud. S'ils peuvent le faire disparaître, pas de nom, pas de conséquences… Problème réglé. Et peut-être qu'ils veulent le faire souffrir d'abord, Benny. Tu sais comment sont les gangsters.

– Peut-être, répondit Griessel, parce que certains aspects de la démonstration tenaient la route. Mais pour cette raison même, ils auraient pu le tuer ici, et ensuite les médias auraient dit : Voyez comme l'Afrique du Sud est dangereuse…

Le téléphone de Nyathi sonna. Le colonel décrocha,

écouta, dit plusieurs fois : « Oui, monsieur », puis « Je vais l'attendre ».

Ayant reposé l'appareil, il regarda Benny.

– C'était notre directeur, à Pretoria, dit-il. Il m'a demandé de recevoir un représentant de notre propre Agence de sécurité, la SSA. Pour lui communiquer les détails de l'affaire.

– Mais comment ont-ils su… ?

– Ils surveillent le consulat, évidemment, répondit Nyathi. Et probablement aussi leurs téléphones.

– On se croirait dans un roman d'espionnage, *nè. Dis'n lekker een dié,* excellent ! fit Bones. Colonel, merci d'avoir fait appel à moi. Bien plus excitant que d'enquêter sur des schémas pyramidaux. Laissez-moi creuser un peu sur Adair…

* * *

Quand Cloete revint, Griessel se rendit directement dans son bureau pour envoyer à Emma Graber l'adresse électronique incorrecte de Paul Anthony Morris/David Patrick Adair. Celle dont Cupido avait confirmé qu'elle était Paul_Morris15@gmail.com. Il réfléchit un bon moment avant de se décider. Nyathi lui avait demandé une faute de frappe qui pourrait s'expliquer comme une simple erreur, si jamais Graber se rendait compte que l'adresse était erronée. Il pouvait intervertir les lettres, mais cela paraissait trop facile. Celle qu'il finit par envoyer à l'ambassade britannique était Paul_Morris151@gmail.com, lui donnant ainsi la très vague impression d'être un espion.

Puis il regagna l'IMC.

Le capitaine Philip Van Wyk lui annonça qu'ils avaient épluché les banques de données nationales et n'avaient trouvé aucune référence à des cartouches gravées d'un dessin de serpent ou des lettres NM. Les autres recherches étaient toujours en cours.

À 22 h 22, Griessel s'assit dans son bureau, le dos droit, afin que la fatigue et le découragement n'aient pas tout de suite raison de lui.

En vérité, ils n'avaient rien.

À bien y réfléchir.

Maintenant qu'ils connaissaient l'identité réelle de Morris, le téléphone portable et les documents de l'ordinateur ne seraient pas d'un grand secours.

Et si Bones avait raison, Adair était déjà mort, et les meurtriers allaient probablement balancer ses restes aux requins, ou les enterrer.

Une fois de plus, des problèmes venus de l'extérieur. Juste ce dont ce pays avait besoin.

Sept inspecteurs, la section forensique, l'IMC et la journée complète de Nyathi consacrés à quelque chose qui n'allait rien donner, il le savait déjà.

Peut-être que les Services secrets devraient récupérer toute l'affaire.

Il ferait mieux d'aller dormir.

Mais il ne voulait pas. Ce foutu serpent sur la cartouche avait retenu son attention et ne cessait de lui trotter dans la tête.

Quel genre de dingue fabriquait un poinçon avec un cobra en train de cracher son venin et en marquait ensuite ses munitions ? Ça devait prendre un sacré temps. Et dans quel but ?

Les laisser sur la scène de crime comme une carte de visite…

Avec les lettres. NM. Des initiales ? Nols Malan ou Natie Meiring ou encore Norman Matthews, comme sur les prétentieuses plaques d'immatriculation des riches qui disent, « regardez comme je suis *fokken* vulgaire, mais poseur ».

Puis il comprit que cela avait un rapport avec l'international. Il se leva et regagna l'IMC, le cerveau à nouveau en état de marche.

– On doit faire une recherche Interpol, dit-il à Van Wyk en arrivant. Sur le cobra et sur les lettres.

– Bonne idée. (Van Wyk marqua une pause.) Tu sais qu'ils ont aussi une base de données sur les documents de voyage volés et perdus ? Est-ce que je cherche Paul Anthony Morris là-dedans ?

Griessel savait que cela ne servirait à rien, mais il sauva les apparences.

– Je t'en prie.

Il fit demi-tour et gagna son bureau. En attendant que Nyathi et l'agent de la SSA aient fini de discuter, il voulait mettre sa paperasserie à jour. Il fallait créer un dossier. Envoyer un e-mail à son équipe pour leur rappeler de faire circuler les comptes rendus d'auditions et les déclarations de témoins pour la section A. Ensuite, il devait rédiger ses propres notes et bilans, et, dans la section C, remplir le journal d'enquête sur le formulaire 5 du SAPS, un historique détaillé et chronologique de l'affaire.

Ce qui le fit réfléchir : Devait-il passer entièrement sous silence la discussion avec le consul ? Ou n'en rapporter que des bribes ?

* * *

Nyathi l'appela moins d'un quart d'heure plus tard.

– Ils veulent être tenus au courant, dit le colonel. Dorénavant, je dois assurer la liaison avec un agent de la SSA aussi souvent que je le juge nécessaire.

– Monsieur, si on demande à la SSA de chercher dans leur base de données un tueur à gages qui grave ses propres cartouches...

– Je ne lui ai pas parlé des dessins, Benny. J'ai dû lui dire ce qu'on savait au sujet d'Adair, parce que j'ignore ce qu'ils ont pu glaner à droite et à gauche. Mais je ne leur en ai pas dit plus qu'à Graber.

– Très bien.

– Du nouveau ?

– Non, monsieur.

– Va te reposer, Benny. Dis aux gens de Philip de te prévenir seulement s'ils mettent la main sur un truc important.

15

Griessel rentra chez lui.

Alexa, véritable créature de la nuit, devait encore être debout.

Le soir, quand il n'était pas là, elle répondait à ses mails et parlait au téléphone. Elle étudiait les chiffres de la compagnie de disques tout en écoutant les CD de démo d'artistes prometteurs – « On ne sait jamais… » –, et quand il arrivait enfin, elle discutait avec lui de sa journée.

Et elle cuisinait. Ce devait être une manière de tenir à distance le besoin pressant de boire, une tentative pour atteindre un semblant de normalité, créer une atmosphère accueillante après le chaos de son premier mariage, et son mode de vie bohème. Il la soupçonnait aussi de penser qu'il attendait cela d'elle, malgré ses dénégations.

Mais Alexa n'avait aucune aptitude naturelle pour la cuisine et se laissait facilement distraire par un texto ou un appel, de sorte qu'elle oubliait les ingrédients qu'elle avait déjà ajoutés dans la casserole. Et son sens du goût était sans conteste suspect. Elle testait soigneusement la sauce des pâtes, la déclarait parfaite, mais lorsqu'elle la servait et commençait à manger, elle fronçait les sourcils en disant :

– Ce n'est pas vraiment au point. Tu peux goûter ?

Alors il mentait. Ce n'étaient que d'insignifiantes entorses à la vérité. De pieux mensonges.

Le gros mensonge, celui qu'il ne pouvait évoquer, qu'il ne pouvait pas partager et qui devenait de plus en plus dur à supporter, l'imposture qui l'assaillait à présent sur la N1 tandis qu'il allait rejoindre Alexa, c'était celui qui concernait le sexe.

Il jura à voix haute dans la voiture.

La vie ne lui laissait jamais de répit.

Quand on buvait comme il avait bu, sept jours sur sept, le sexe n'était pas la priorité. S'il arrivait que le désir le submerge, son équipement imbibé d'alcool refusait de toute façon de coopérer.

La désintoxication aussi avait des conséquences. Le principal problème, lorsqu'on arrête de boire, c'est l'appel de la bouteille et de son pouvoir curatif. Et juste derrière, le retour de la libido, à un moment où on a bien trop de kilomètres au compteur et où les femmes désirables ne se bousculent pas nécessairement pour vous satisfaire.

Comble de l'ironie : six mois plus tôt, il était follement amoureux d'Alexa, et ce sentiment devait beaucoup au désir qu'il avait de lui faire l'amour comme il faut. Il craquait pour les belles bouches, et la sienne l'était, à n'en pas douter, large et généreuse et douce. Et à l'instar de la plupart des types, sûrement, il ne dédaignait pas une paire de nichons sacrément imposants – comme aurait dit Cupido avec admiration et envie, face à des dimensions mammaires impressionnantes.

Et il y avait la voix d'Alexa, et son attitude, et ce regard… Comme si elle devinait vos pensées et ne voulait pas qu'elles changent. Il avait toujours eu un faible pour elle, cela faisait très longtemps déjà, depuis ses premiers succès, alors qu'il n'était qu'un fan anonyme de plus qui matait la chanteuse sexy à la télé, en nourrissant des pensées secrètes et déplacées.

Il était dingue d'elle.

Ensuite, après le chaos de l'affaire Sloet, six mois auparavant, la chose était arrivée et cela avait été comme dans ses rêves. Mon Dieu, cette femme savait embrasser, et son corps possédait juste le bon dosage de doux et de dur, même si elle était plus près des cinquante ans que lui. Elle réagissait immédiatement, ses mains partout sur son corps. Son avidité, sa spontanéité. Elle n'hésitait pas à exprimer son plaisir, criant, de sa voix de velours pleine de jubilation ; « Oh oui, Benny, oui. C'est bon, Benny, si bon, encore, encore, encore », ainsi que quelques autres mots dont il n'aurait jamais parlé à qui que ce soit, mais qui le faisaient vibrer.

Après, il restait allongé à côté d'elle, épuisé et trempé de sueur, amoureux, perdu et si immensément content de lui, et d'elle, et d'eux. Merde, se disait-il, la vie m'a enfin apporté un peu de répit, cette créature sexy, cette femme fabuleuse.

Et les choses n'avaient fait qu'aller de mieux en mieux.

Entre l'emploi du temps chargé d'Alexa et les imprévus liés à son travail, au moins une fois par semaine – de temps en temps, deux merveilleuses fois –, ils réitéraient le miracle dans son grand lit double. Deux fois dans le salon et une dans la douche, dégoulinants de savon. Ils en apprenaient davantage sur leurs goûts, leurs corps et leurs plaisirs respectifs, se sentaient de plus en plus à l'aise et détendus, et Griessel était heureux, pour la première fois depuis bien longtemps.

Et, donc, il avait emménagé avec elle.

« Ce serait si agréable de te voir juste un peu plus,

Benny. Même pour une demi-heure le matin, ou le soir. » Voilà comment Alexa avait abordé le sujet.

C'était tellement renversant quand il la voyait peu que cela n'en serait que meilleur s'il la voyait davantage. Logique. En plus de l'atout économique et pratique. Elle vivait seule dans cette maison immense quand il était enfermé avec ses meubles bon marché dans son appartement exigu de célibataire.

Et ils s'aimaient.

Alors il avait rendu son appartement et emporté ses meubles au mont-de-piété de Mohamed Faizal, dit « Lèvres d'amour » et, avec l'argent ainsi gagné, il avait invité Alexa dans son restaurant favori, Bizerca, où lui, l'inspecteur du SAPS, avait dégusté des huîtres en se disant que cette lutte constante était finie, que la vie était belle. La première nuit, ils avaient baisé comme des ados, et il avait su qu'il avait pris la bonne décision.

La nuit suivante, une fois au lit, Alexa avait glissé sa main sous l'élastique de son pantalon de pyjama, l'avait caressé, taquiné et embrassé, et il lui avait fait l'amour une nouvelle fois.

La troisième nuit fut identique. Son petit soldat luttait pour se tenir au garde-à-vous et même si sa performance n'avait pas été de premier ordre, il avait persévéré.

Et la quatrième nuit, le problème était devenu évident.

À vingt ans, quand son ex, Anna, et lui étaient jeunes et récemment mariés, il pouvait faire la chose deux, trois fois par jour.

Mais il y avait longtemps de ça. Un quart de siècle et un millier de litres de Jack Daniel's avant.

À présent, il ne tenait plus la distance.

Alors, que faire ?

Il ne pouvait pas dire à Alexa, « non, bordel, c'est un peu trop ». Pas quand elle le regardait avec ces yeux pleins d'amour, de compassion et de besoin sexuel, pas quand il l'avait baisée avec un tel enthousiasme les six mois précédents. Alors qu'elle lui avait acheté des vêtements et un iPhone, et qu'elle le traitait en héros.

Pas question de s'asseoir devant un médecin et de lui dire : « Je veux une ordonnance pour du Viagra. » Ses problèmes sexuels ne regardaient personne, il ne possédait pas ce genre de courage, et il ne pouvait pas avaler ces pilules tous les jours. Sinon il allait redevenir accro à autre chose. Marcher avec une érection permanente, une trique incessante était un souci de plus dont il n'avait vraiment pas besoin.

Tout ce qu'il pouvait faire, c'était dormir au boulot. Pour retrouver un peu de force.

Du coup, il avait l'air patraque le matin, mentait à tout le monde, et son patron et ses collègues étaient persuadés qu'il avait recommencé à boire.

Ça ne pouvait pas continuer ainsi.

Mais que faire ?

Il était foutu. Il le savait.

* * *

Elle l'attendait à la porte, l'embrassa en roucoulant, l'entraîna vers la cuisine, « des lasagnes, ça n'a pas donné tout à fait ce que j'espérais, Benny, mais tu dois avoir terriblement faim ». Elle s'assit avec lui. Il mangea, mentit une fois de plus en prétendant que c'était délicieux. Elle l'interrogea sur sa journée. Il lui raconta tout, sauf la partie concernant Adair. Elle écouta attentivement, sembla impressionnée. Puis elle dit : « Mon inspecteur breveté. Tu vas les attraper. »

Il lui demanda comment s'était passée sa journée à elle. Alexa lui parla des négociations et des enregistrements, de la difficulté à obtenir de la publicité et du temps d'antenne pour ses artistes. « Le marché est un peu saturé. »

Ils se rendirent dans la chambre.

Il se brossa les dents, mit son nouveau pyjama. Elle s'installa devant la coiffeuse, se démaquilla en bavardant, lui expliqua qu'elle avait laissé des provisions de chez Woollies dans le frigo pour quand elle serait à Johannesburg. Lui dit qu'il allait lui manquer. Et qu'il devait faire attention à lui. Et téléphoner quand il pourrait, elle avait une tonne de rendez-vous et devait se montrer à Carnival City mais elle serait revenue d'ici jeudi.

Il fit le calcul. Deux nuits pour récupérer, pour recharger son arme.

Elle se déshabilla, s'enduisit de crèmes et d'huiles. Elle enfila sa nuisette, éteignit la lumière. S'allongea contre lui, l'étreignit, le visage dans son cou.

– Je t'aime, Benny.

– Moi aussi, je t'aime.

Sa main descendit vers son bas-ventre, se glissa dans son pantalon de pyjama.

– Où est ce gredin ? lança-t-elle d'un ton espiègle.

* * *

La sonnerie de son portable le réveilla.

Le numéro de la DPCI s'afficha. Il était 2 h 02 du matin. Il sortit de la chambre pour ne pas déranger Alexa. Il faisait froid dans le couloir sans son pyjama qui devait se trouver quelque part en boule sous les draps.

– Griessel.

– Benny, c'est Philip. Je suis désolé de te réveiller…

129

– Pas de problème.

– J'ai pensé que tu devrais savoir : on vient de recevoir un appel du superintendant Jean-Luc Bonfils, d'Interpol, à Lyon. Au sujet du serpent sur les douilles.

Il se dirigea vers le salon. Il y avait un radiateur allumé quand il était arrivé un peu plus tôt.

– Ils savent quelque chose ?

– Oui, « quelque chose » est sûrement ce qu'on peut dire de mieux. Il a reçu notre demande, et il nous envoie tout ce qu'ils ont dans l'heure qui vient, mais il voulait aussi me dire qu'il s'agit du seizième meurtre à l'international dont ils aient entendu parler avec cette « marque déposée », comme il l'appelle…

– *Jissis !* lâcha Griessel.

Le thermostat du radiateur du salon était en position basse, mais la pièce n'était pas aussi glaciale que le couloir. Il le poussa au maximum et se colla devant tout en écoutant Van Wyk qui poursuivit :

– J'ai pris quelques notes rapides. Il manque certains détails, mais voilà ce que j'ai : la première fois qu'on a trouvé une cartouche gravée ainsi, c'était au Portugal, il y a sept ans. J'y reviens tout de suite. La plupart des meurtres qui ont suivi ont été commis en Europe – Allemagne, France, Espagne, Hollande, Pologne, Belgique et Italie. L'un d'eux a eu lieu en Angleterre, un autre à New York et un dernier à Reykjavík, en Islande. D'après lui, il y en a peut-être eu aussi un ou deux en Russie, mais ils n'ont jamais été officiellement confiés à Interpol. Celui de Franschhoek est le premier qu'on relève dans l'hémisphère Sud.

– Chaque fois, les cartouches étaient gravées d'un dessin de serpent ?

– Oui.

– Et les cibles ?

– C'est là que ça devient bizarre. Ils n'ont aucun doute, apparemment, sur le fait qu'on a affaire à un tueur à gages, mais il n'y a pas de modus operandi spécifique, mis à part les dessins, bien sûr. En Pologne, en Espagne et en France, les victimes faisaient incontestablement partie du Milieu. Celle de New York était une femme de quatre-vingt-deux ans, multimillionnaire et collectionneuse d'art. En Allemagne, l'un était un jeune entrepreneur du Net et l'autre, une très jolie enseignante d'une trentaine d'années. Ils n'avaient absolument aucun lien, et les meurtres sont espacés de quatorze mois. Je pourrais continuer. Bonfils pense qu'il bosse pour quiconque est prêt à payer. Et apparemment, il demande un paquet. Cent mille euros par contrat, au moins.

– Est-ce qu'ils savent de qui il s'agit ?

– Ils ont quelques pistes intéressantes, uniquement fondées, à vrai dire, sur un seul informateur qui ne connaît pas toute l'histoire. D'après Bonfils, le serpent qui figure sur les cartouches est très certainement le cobra cracheur du Mozambique, et les lettres NM signifieraient *Naja Mossambica*, son nom en latin. Apparemment très venimeux, et d'une précision mortelle…

Il avait du mal à établir le rapport entre un tueur à gages européen et un serpent africain.

– Mozambique ? Étrange.

– Tout à fait. Et c'est là que l'histoire retient l'attention. Ce tueur est connu sous le nom de Kobra, et Interpol pense qu'il vient du Mozambique. Bonfils dit que toutes les explications sont dans le rapport, mais que ça commence avec le premier meurtre, au Portugal.

– Il l'envoie maintenant ?

– Il s'y est engagé.

– J'arrive dans… Tu devrais aller te reposer, Phil.

– J'irai, dès que tu auras lu le rapport.

Griessel coupa et resta debout, téléphone à la main.

Un Mozambicain. Un scientifique anglais. Dans une exploitation viticole du Cap appartenant à un Allemand.

Qu'est devenue l'époque où ce pays puait tellement que personne n'y venait ? Quand au moins on était sûr que le suspect serait un enfoiré d'autochtone ?

Il prit conscience de l'odeur musquée qui montait de son entrejambe sous le souffle d'air chaud du radiateur. Il baissa les yeux sur son pénis, à présent minuscule et ratatiné.

Gredin.

Dans la grande pièce obscure, il se mit à rire doucement, en se moquant de lui-même.

16

Juste après 3 heures du matin, dans le silence parfait de son bureau exigu jouxtant le hall d'entrée de l'IMC, Van Wyk donna à Griessel la sortie d'imprimante de l'e-mail en lui disant :
– Lis ça d'abord…
Griessel prit la feuille.

Jean-Luc Bonfils<j-lbonfils@interpol.int>
À : philip.vanwyk@saps.gov.za
Re : Kobra (Kobra/B79C1/04/03/2007)

Cher capitaine Van Wyk,
C'était un plaisir de parler à un collègue officier de police de l'équipe de nuit, même d'un autre continent et d'un autre hémisphère, et dans de pareilles circonstances.
Permettez-moi de commencer par le plus important :
1. Le dossier Kobra est sous la responsabilité du commissaire divisionnaire Marie-Caroline Aubert, et elle sera très désireuse de vous assister de toutes les manières possibles. Je lui retransmettrai nos échanges plus tard dans la journée.
2. Puis-je vous demander une copie de vos journaux d'enquête pour notre base de données, aussi vite que votre planning le permettra ? Si vous pouviez aussi me tenir informé, s'il vous plaît, de vos avancées éventuelles (et à

plus forte raison, d'une arrestation). Interpol s'intéresse de très près à ce sujet, en particulier dans la mesure où il s'agit du premier meurtre de Kobra signalé dans l'hémisphère Sud.

3. Veuillez trouver ci-joint vingt et un (21) documents, qui correspondent à l'ensemble du matériel disponible à Interpol et incluent les notes existantes sur tous les dossiers Kobra connus.

4. Permettez-moi d'éclaircir un point : Vous remarquerez que la photographie de la Légion étrangère (L.E. ou Légion étrangère française) est de très mauvaise qualité, et que les informations fournies par la L.E. sont limitées. Ce n'est pas une omission de la part d'Interpol. En général, la L.E. ne révèle aucune information à la police sur les hommes qui s'enrôlent chez eux (pas même aux autorités françaises). Cependant, avant d'accepter les postulants, ils vérifient qu'ils n'ont pas commis de crimes de sang, dans le cadre d'un accord passé avec Interpol. Nous nous sommes servis de ce lien pour obtenir le peu d'informations sur le dénommé Curado qui nous ont été livrées (officieusement).

Faites-moi savoir si nous pouvons vous être d'une aide quelconque et bonne chance pour votre enquête.

Jean-Luc Bonfils (Superintendant)
INTERPOL
200, quai Charles-de-Gaulle
69006 Lyon.
France

* * *

— Très bien, dit Griessel.

Van Wyk appuya le doigt sur une pile de documents.

— Ce paquet contient les comptes rendus de toutes les enquêtes pour meurtres dans l'hémisphère Nord présentant un lien avec notre affaire, dit-il. Rien de nouveau si ce n'est qu'on retrouve toujours les mêmes douilles. En revanche, on peut noter que Kobra a commencé à utiliser un nouveau Heckler & Koch MK 23 en 2009 et 2011. Mais il semble qu'il achète le dernier modèle tous les deux ans…

Van Wyk fit glisser d'autres feuilles sur le bureau.

– Lis celles-ci en premier pour comprendre comment ils ont fait le rapprochement.

Griessel prit celle qui se trouvait sur le dessus.

INTERPOL
Secrétariat général
200, quai Charles-de-Gaulle.
69006 LYON
France

Rapport de renseignement : Kobra/
B79C1/04/03/2007/19/03/2009
Date : 2 mai 2010
Rapport envoyé par : Stefano Masini, Procura della Repùbblica presso il Tribunale di Milano
Interrogatoire mené par : Stefano Masini, Procura della Repùbblica presso il Tribunale di Milano
Interrogatoire de : (Nom caché, informateur, Bari.)
Lieu de l'interrogatoire : Bari, Italie
(Transcription officielle, traduction de M.P. Ross, Interpol, 19 mai 2010)

SM : Les douilles retrouvées sur la scène de crime du carnaval sont gravées d'un serpent, et des lettres N et M. Savez-vous…
X : (Juron) Ça sent pas bon, mec.
SM : Avez-vous déjà entendu parler de telles inscriptions ?
X : Ouais, ouais, j'ai entendu des rumeurs, un tas de rumeurs. C'est Kobra. Un type très dangereux.

135

SM : Est-ce qu'il travaille pour la « 'Ndrangheta » ?

X : Non, (juron) non, c'est un mercenaire, il travaille pour n'importe qui, il loue ses services. Très cher, cent mille euros le contrat, mais on dit qu'il ne rate jamais, il fait toujours le boulot. Si Kobra accepte un contrat sur ta tête, t'es (juron) mort, mec. Sûr.

SM : Savez-vous de qui il s'agit ?

X : Personne ne le sait. C'est un fantôme. Juste des histoires débiles...

SM : Quelles histoires ?

X : Des conneries, mec. Y en a qui disent qu'il était dans la Légion étrangère et qu'il vit à Amsterdam, ou à Madrid, ou à Marseille, mais ils en savent rien. Personne ne sait. Beaucoup d'histoires, beaucoup de rumeurs. Les types qui se prennent pour lui, ils en parlent, ils veulent lui ressembler, mec. Si tu veux un boulot impec, pas de reproches, tu fais appel à Kobra. (Juron) Un psychopathe, mec, paraît qu'il a des yeux de serpent, tu vois ? Il ne cligne jamais les paupières, un regard froid... Ce genre de conneries, les gens inventent. On raconte même qu'il a tué son propre père, j'veux dire, bref, y a un nouveau... comment ils disent ? Un nouveau... truc dégueulasse à chaque fois...

SM : Comment a-t-il tué son père ?

X : C'est des conneries, mec.

SM : J'en suis sûr. Mais on ne va pas se priver d'une bonne histoire.

X : (Juron) Écrivez pas dans ce rapport que ça vient de moi. J'ai besoin du fric, mec...

SM : Bien entendu...

X : OK. Donc... D'après ce qu'on dit, il a tué son père parce qu'il avait besoin de références, tu vois ? Pour trouver du boulot. Y a trois, quatre ans, au Portugal. Son père était un colonel de l'armée russe à la retraite, il a bossé en Afrique presque toute sa vie pour apprendre à ces babouins comment se descendre les uns les autres avec un AK, tu vois ? Comment on les

appelle ? Des instructeurs militaires ? Et donc, ce colo-
nel russe, il avait (juron) une bonne femme noire dans
un de ces pays pourris. Et ensuite, il s'est barré, il s'est
jamais occupé du môme ou de la bonne femme. Grosse
souffrance. Mais elle connaissait son nom et tout. Alors
ce gamin a grandi et il a rejoint la Légion étrangère, et
c'est devenu un vrai tueur, tu vois ? Une ordure de sol-
dat. Sans peur. Toujours (juron) tout seul. Et puis il s'est
tiré, et il est devenu (juron) Kobra, mec, ils disent que
c'était son premier contrat. Il a retrouvé la trace de son
père, le type avait pris sa retraite au Portugal avec tout
le fric qu'il avait piqué en Afrique, et ça a été le pre-
mier contrat de Kobra avec le serpent sur les douilles.
C'est là que tout a commencé.

SM : Alors, c'est un mulâtre ?

X : À ce qu'on raconte.

SM : Qui ça ?

X : Vous savez bien. Les rumeurs. Juste des types qui
racontent des conneries.

SM : Des types dans le business ?

X : Oui.

SM : Est-ce que quelqu'un l'a réellement déjà vu ?

X : Peut-être les boss.

SM : Les chefs mafieux ?

X : Oui. D'après ce qu'on dit, y en a deux qui auraient
rencontré Kobra. Mais au début, y a quelques années,
quand il vendait.

SM : Vendait quoi ?

X : Ses services. Vous voyez. Il fallait qu'il se fasse
une place sur le marché, au début. Comme assassin.

SM : Autre chose ?

X : Pas vraiment. Bon d'accord, peut-être... Mais
vous savez que c'est vraiment que des (juron) conne-
ries. À cause du serpent sur les douilles, ils inventent
des nouveaux trucs.

SM : Dites quand même.

X : On raconte qu'il a ce tatouage. Un oiseau et un

serpent. Sur le bras. Juste là. Ce type, il doit aimer les serpents.

SM : C'est tout ?

X : Y a rien d'autre à dire. Oh, il paraît que si on veut le contacter, on met une annonce dans… comment ça s'appelle… ? Loot. C'est ça.

SM : Loot ?

X : Oui. C'est un site web en Angleterre où on peut vendre tout ce qu'on veut. Alors on met une annonce et on case le mot serpent, du style « serpent à vendre » ou un truc comme ça, un code spécial. Et ensuite, il vous contacte. (Juron) Franchement, faut être dingue pour aimer les serpents à ce point.

Griessel leva les yeux vers Van Wyk.

– Ça fait beaucoup de suppositions.

Van Wyk acquiesça.

– Ça s'arrange. Lis le suivant.

Il prit la feuille et poursuivit sa lecture.

INTERPOL
Secrétariat général
200, quai Charles-de-Gaulle
69006 Lyon
France

Rapport de renseignement : Kobra/ B79C1/04/03/2007/27/06/2010

Date : 27 juin 2010

Rapport envoyé par : Commissaire divisionnaire Marie-Caroline Aubert, Interpol

Secrétariat général, Lyon

Enquête : Meurtre de Zakhar Perminov, Vila Praia De Ancora, Portugal, le 13 septembre 2006

Source : Dossier de la Polícia de Segurança Pública et interrogatoire personnel avec le superintendant

Christóvã Formigo, Polícia de Segurança Pública, Lisbonne, Portugal.

(Traduit par P.A. Shilling, Interpol, le 28 juillet 2010)

À 7 h 55 le 13 septembre 2006, le corps de Zakhar Perminov a été retrouvé (par une femme de ménage portugaise) dans le salon d'une villa située dans la banlieue de Vila Praia De Ancora, une station balnéaire située au nord du Portugal, à environ cinq kilomètres de la frontière espagnole.

Perminov avait reçu deux balles – une en pleine tête et une dans le cœur. Les douilles retrouvées sur la scène de crime indiquent un Heckler & Koch MK23 (une arme prisée des Forces spéciales américaines) et sont du type Cor-Bon (45 ACP, 230 grains).

Deux douilles trouvées sur les lieux correspondent à l'arme et aux munitions. Elles étaient gravées d'un dessin ressemblant à un serpent avec une tête évasée et les lettres/ou initiales NM (en capitales, sans points).

La villa n'avait aucun système de sécurité et il n'a pas été constaté d'effraction. D'après le témoignage de la femme de ménage, les portes vitrées coulissantes menant à la piscine n'étaient jamais verrouillées en présence de Perminov.

Les experts forensiques n'ont trouvé aucune preuve matérielle incriminant l'intrus, en dehors des douilles et des balles. On n'a procédé à aucune arrestation et le dossier est toujours ouvert.

Perminov était un citoyen russe. L'ambassade de Russie à Lisbonne a fourni des informations limitées sur sa carrière mais a confirmé qu'il s'agissait d'un ancien colonel des parachutistes à la retraite. Perminov a servi comme chef d'une patrouille de reconnaissance pour la 103e division aéroportée de Vitebsk, en Biélorussie, et a été déployé au Mozambique en tant que conseiller militaire pour le Front de libération du Mozambique (FRELIMO) de 1978 à 1980. Il a aussi servi en Angola en tant que membre de l'équipe du conseiller militaire en chef de l'Union soviétique, le lieutenant général Leonide Kusmenko, en 1986.

Re.rapport de renseignement Kobra/ B79C104/03/2007/19/03/2009 :

Suite à une demande écrite auprès de l'ambassade du Mozambique à Paris, il a été confirmé que Zakhar Ivanovich Perminov était bien le père de Joaquim Curado. Joaquim Curado, né le 27 janvier 1979 à Cuamba, Mozambique, de Dores Branca Curado (elle-même née d'une mère macoua et d'un père portugais).

Les autorités mozambicaines ont aussi confirmé que ce même Joaquim Curado est toujours citoyen de ce pays. Un passeport lui a été délivré en 1999, remplacé par un nouveau passeport en 2003. (Note : Il est courant dans la Légion étrangère [L.E. ou Légion étrangère française] de confisquer les passeports des engagés, ce qui pourrait expliquer ce remplacement.)

Le passeport de 2003 a été utilisé lors d'un trajet retour de France au Mozambique en 2006, mais aucune autre entrée ou sortie légale n'a été enregistrée depuis.

Il a d'autre part été établi qu'un certain Joaquim Curado, citoyen mozambicain (le numéro de passeport correspondait au premier document de voyage établi par le Mozambique), a servi dans la Légion étrangère de 2000 à 2005, en tant que légionnaire première classe (caporal) dans le premier régiment étranger (1er RE).

(Note MCA : l'insigne du premier régiment étranger de la Légion étrangère [1er RE] est un oiseau de proie encadré [noir] et un serpent [vert].) Voir le rapport de renseignement : Kobra/B79C1/04/03/2007/19/03/2009, page 2 : « On raconte qu'il a ce tatouage. Un oiseau et un serpent. Sur le bras. Juste là. Ce type, il doit aimer les serpents. »

Au vu de son dossier incomplet et officieusement transmis par la Légion étrangère, Curado aurait reçu un entraînement dans les Forces spéciales et n'aurait montré aucune disposition exceptionnelle en termes de leadership. Cependant, il était considéré comme un soldat compétent et un excellent tireur d'élite, et il s'est distingué lors de plusieurs opérations en Afrique.

Il mesure 1,89 m (6 pieds 2 pouces) et pesait 95 kg (209 livres) en entrant dans la L.E.

À sa demande, Curado a quitté la Légion étrangère en 2005 avec les honneurs, ayant effectué son mandat obligatoire de cinq ans. La même année, au vu de ses états de service dans la Légion, la nationalité française lui a été accordée, et il possède donc à présent la double nationalité française et mozambicaine. Un passeport français lui a été délivré le 19 janvier 2006. Ce passeport n'a pas été utilisé depuis pour voyager hors de l'Union européenne.

Aucune adresse n'a été trouvée pour Joaquim Curado.

(Note MCA : Selon certaines théories, il se pourrait que Joaquim Curado soit l'assassin connu sous le nom de « Kobra ».)

*La photo de Curado ci-jointe a été fournie par la Légion étrangère. Elle a été prise lors de son intégration en 2000.

17

INTERPOL
Secrétariat général
200, quai Charles-de-Gaulle
69006 LYON
Rapport de renseignement, Addendum : Kobra
B79C1/04/03/2007/04/07/2010
Date : 14 septembre 2010
Rapport envoyé par : Commissaire divisionnaire Marie-Caroline Aubert, Secrétariat général d'Interpol, Lyon.
Enquête : Série de meurtres dans l'Union européenne en lien avec « Kobra » (Dossier d'origine Kobra B79C1/04/03/2007)
(Traduit par : P.A. Shilling, Interpol, 15 septembre 2010)

En référence aux neuf meurtres commis dans l'Union européenne (2006-2010) dans lesquels des balles retrouvées sur les différentes scènes de crime indiquaient un Heckler & Koch MK23 et des munitions Cor-Bon (45 ACP 230 grains) avec des douilles gravées d'un dessin ressemblant à un serpent à la tête évasée accompagné des initiales NM (capitales ; pas de points) :

Il est envisagé que le serpent gravé soit le cobra cracheur du Mozambique :

1. Les gravures présentent une grande ressemblance

avec le cobra cracheur du Mozambique – ainsi que l'échelle et la taille du capuchon.

2. Le nom d'espèce de Naja Mossambica *correspond aux initiales NM.*

3. Les rapports d'Interpol Kobra *B79C1/04/03/2007/19/03/2009 et* Kobra *B79C1/04/03/2007/27/06/2010 témoignent d'un lien crédible entre le suspect, un tueur à gages dit « Kobra » et Joaquim Curado, citoyen français et mozambicain.*

4. Il se pourrait que « Kobra » soit mulâtre. Dans tous les meurtres dont il est soupçonné, les victimes ont reçu au moins une balle entre les yeux, dans les yeux ou à côté. Veuillez noter le comportement (précision, choix des yeux pour cible) et la couleur (brun fauve) du cobra cracheur du Mozambique :

(Source, citée mot pour mot : http://www.reptilesafricains-venin.co.za/mozambique_cobra_cracheur.html)

La couleur varie entre le vert olive, le brun fauve ou le gris, avec des écailles intermédiaires d'une teinte sombre. On le trouve dans le Natal, le Lowveld, le sud-est de la Tanzanie et l'île de Pemba, ainsi qu'à l'ouest de l'Angola du Sud et le nord de la Namibie.

Comportement :

Ce serpent est un animal nerveux et hypertendu (sic). *Quand on l'approche de près, il peut se dresser jusqu'à un tiers de sa hauteur et déployer son long capuchon étroit, et n'hésite pas à « cracher » pour se défendre, en général quand il est dressé. Ce faisant, il envoie son venin à une distance de 2-3 mètres (51/2-81/4 pieds) avec une précision remarquable. Dans les faits, le cobra cracheur ne mord pas souvent, en dépit de son agressivité, et il a aussi l'habitude de faire le mort pour éviter qu'on ne le malmène davantage.*

Venin :

Il s'agit probablement du serpent le plus dangereux après le mamba.

Sa morsure provoque de sévères atteintes des tissus

(similaires à la morsure de la vipère heurtante). Comme les rhingals, il crache son venin. Celui-ci est expulsé à partir de deux petits trous situés presque en haut des crocs, et habituellement dirigé vers les yeux. L'effet produit instantanément une douleur intense et une inflammation, et si les yeux ne sont pas rincés abondamment avec de l'eau ou du lait, le venin peut entraîner une cécité permanente.

La photo de Joaquim Curado était petite, à peine deux centimètres sur trois, et les couleurs avaient passé.

Le visage qu'observait Griessel se situait à mi-chemin entre l'homme et l'enfant. Cheveux très courts, traits presque féminins dans leur délicatesse – front haut, lisse, mâchoire bien dessinée, grands yeux noirs, nez droit, lèvres pleines, sur un cliché qui rappelait un portrait-robot. Aucune émotion. Mais en aucun cas les « yeux froids » que l'informateur italien avait décrits.

La largeur et la musculature du cou laissaient penser que l'homme était un athlète.

Presque 1,90 m. Un peu moins de 100 kg. Et cela datait d'avant qu'il ne commence l'entraînement avec la Légion étrangère. L'arrêter maintenant n'allait pas être coton.

– On peut agrandir la photo ? demanda-t-il à Van Wyk.

– Pas sans perdre de la définition. Peut-être un centimètre ou deux... Elle date de treize ans, Benny.

– Je sais...

Il se sentait étourdi comme quand on n'a dormi que trois heures, ses pensées étaient erratiques et confuses.

Il voulait lire tous les documents d'Interpol attentivement. Ensuite, il voulait reconstituer l'emploi du temps d'Adair durant la semaine passée. Réfléchir à la façon dont la photo de Kobra pourrait les aider.

Il voulait dormir davantage.

Il leva la tête, regarda Van Wyk, pâle, les yeux injectés de sang et fatigués.

– Phil, je veux d'abord éplucher soigneusement tout ce matériel. Tu devrais rentrer chez toi à présent.

– OK, deux choses encore. Le Zézayeur et les gars sont revenus juste après minuit. On a réussi à isoler les ordinateurs de Morris de ceux des autres occupants de la ferme grâce à l'adresse IP…

– Les ordinateurs ?

– Techniquement parlant. Il y a un ordinateur Apple et un iPad. D'après le Zézayeur, Morris aurait visité beaucoup de sites de journaux financiers. *Economist, Financial Times, Bloomberg*… Ensuite, il a été sur son adresse mail Google au moins cinq fois. Le Zézayeur veut te voir à son retour ; il réussira peut-être à lire les e-mails.

Il faillit dire « Les e-mails d'Adair ? », s'arrêta juste à temps.

– Les e-mails de Morris ?

– Exact. D'après le Zézayeur, il y a un moyen.

– Mais pas officiel ?

– Non.

* * *

Griessel s'installa dans son bureau et s'attaqua aux documents, depuis le début.

Il lut les résumés de chaque meurtre commis par Kobra – seize depuis 2006 –, des descriptions concises des victimes et des scènes de crime. Certains rapports contenaient des notes écrites par « MCA », qui, finit-il par comprendre, devait être Marie-Caroline Aubert.

Parfois, elle émettait des hypothèses sur le mobile supposé du meurtre, faisait des commentaires sur la qualité des enquêtes, et avançait prudemment certaines théories.

Sa façon de raisonner lui en imposa. Il attrapa son stylo et entoura deux notes. La première était un encart entre crochets, à propos du meurtre de la milliardaire américaine à New York en 2011 : *[Note MCA : Il est à envisager que Kobra ne signe pas tous ses contrats avec les douilles gravées. Si l'on tient compte du fait qu'il n'a commis en moyenne que deux meurtres par an depuis 2006, pour un revenu supposé (et relativement modeste étant donné ses compétences et talents) de 200 000 euros par an, il existe incontestablement une possibilité qu'il ait honoré d'autres contrats de manière plus anonyme. Une recherche dans la base de données d'Interpol sur les meurtres commis en Europe depuis 2006 à l'aide d'un H&K MK23 fait ressortir onze éventualités non confirmées et sans correspondance d'un point de vue forensique. À poursuivre.]*

La seconde note se trouvait dans le dossier concernant le meurtre d'un ingénieur iranien à Varsovie, en 2012 : *[Note MCA : Durant une conversation téléphonique avec l'officier responsable de l'enquête, il est apparu que la victime, Omid Rostami, était impliquée dans le projet d'enrichissement de l'uranium en Iran. On soupçonne Rostami d'être venu chercher à Varsovie un contrat officieux pour des équipements nucléaires ou de l'uranium. On soupçonne d'autre part que ce meurtre a été commandité par le Mossad.]*

Les paroles de Cupido lui revinrent en mémoire : *C'était un meurtre commandité,* pappie, *et tu sais qui a recours aux contrats. Les gangsters et les gouver-nements.*

Le Mossad. Les Services secrets. Ils avaient entendu parler de ce tueur à gages. Et ils étaient prêts à l'embaucher.

Et les autres membres des services de renseigne-ments ? Tels qu'Emma Graber du MI6 ?

* * *

Griessel sortit un bloc-notes du tiroir supérieur de son bureau et feuilleta les notes succinctes de ses précédentes affaires jusqu'à ce qu'il ait trouvé une page vierge.

Il écrivit tout en haut *Morris/Adair :*

Il consulta son calepin, puis le calendrier de son téléphone. Et nota :

Lundi 24 juin : Cambridge. Cambriolage chez Adair.

Mardi 25 juin : Adair est porté disparu.

Mercredi 26 juin : Adair téléphone à Body Armour (sous le nom de Morris).

Jeudi 27 juin : Adair scanne son passeport et son numéro de vol et les envoie à Body Armour.

Vendredi 28 juin : Adair arrive au Cap.

Dimanche 30 juin : Franschhoek. Adair est enlevé/ assassiné.

Il étudia la chronologie qu'il avait établie, essayant d'en tirer des conclusions.

Tellement d'événements en si peu de temps. Et il n'avait pas l'esprit clair.

L'effraction dans l'appartement d'Adair avait eu lieu un peu plus d'une semaine auparavant. *Une porte donnant sur l'arrière a été forcée et la maison laissée dans un grand désordre,* avait dit Emma Graber.

Ce qui signifiait qu'on cherchait quelque chose.

La chambre au domaine de Petit Margaux était dans le même état. Comme si on l'avait fouillée précipitamment.

Il écrivit une note : *Qui cherche quoi ? Tout le monde sait à quoi sert l'algorithme, même les terroristes, et personne ne peut rien pour l'arrêter,* avait dit Bones Boshigo. *Alors pourquoi retourner sens dessus dessous l'appartement et la chambre d'Adair au domaine ?*

Le lundi précédent, Adair était parti juste avant que l'effraction n'ait eu lieu chez lui. Ou peut-être n'était-il rentré qu'après les faits et s'était-il enfui en voyant le désordre ? Où ? Et pourquoi ?

Il nota : *Faux passeport ?* Adair en possédait-il déjà un ? Ou se l'était-il procuré entre le lundi et le jeudi de la semaine précédente ? Les deux possibilités avaient des implications intéressantes. Un professeur de mathématiques qui gardait un faux passeport à portée de main ? Ou qui savait comment s'en faire établir un rapidement ?

Ça ne collait pas.

Et puis la grande question : Comment Kobra ou les gens qui l'avaient embauché savaient-ils qu'Adair se trouvait dans une guest-house sur un domaine viticole de Franschhoek ?

Car sinon ils l'auraient kidnappé ou assassiné en Angleterre.

Entre le lundi précédent et la veille, sa cache avait été découverte et Kobra avait été mandaté depuis l'Europe.

Si Adair se planquait, avec son faux nom, son faux passeport et sa fausse adresse électronique, comment l'avaient-ils appris ?

Il posa le stylo, ouvrit son meuble de rangement métallique et en sortit un lit de camp. Il le déplia, régla le réveil de son iPhone pour 7 heures, éteignit, s'allongea et ferma les yeux.

Il voulait juste quelques heures de sommeil, pour avoir les idées claires et effectuer ses tâches : Envoyer un communiqué à tous les postes de police pour les mettre au courant, au cas où l'on retrouverait le cadavre d'un homme blanc d'une cinquantaine d'années. Demander éventuellement à quelqu'un de visionner toutes les bandes vidéo d'Oliver-Tambo et de l'aéroport international du Cap depuis le vendredi et de les comparer à la vieille photo de Joaquim Curado.

Peut-être que la chance serait de leur côté.

18

La montre Casio G-Shock de Tyrone Kleinbooi le réveilla à 6 h 45.

Il l'avait volée l'année précédente, un dimanche matin, sur le terrain communal de Green Point, à un type en VTT dont l'attention était accaparée par la fille très sexy avec qui il roulait.

Tyrone alluma la radio sur Kfm pour entendre le bulletin météo. Averses isolées, ciel dégagé vers midi.

Une bonne chose pour son business.

Il se prépara un café instantané. Avala des Weet-Bix avec du lait et du sucre. Se brossa les dents, prit sa douche, se rasa et s'habilla. Pantalon en toile noir légèrement décoloré de chez Edgar avec poches accessibles et profondes. Vieux T-shirt noir, pull à col roulé noir relativement récent. *Black is beautiful, Tyrone. Chic. Et invisible. Tu peux être ce que tu veux, en noir.*

Il remonta les manches de son pull juste au-dessous du coude, il était ainsi plus à l'aise pour travailler. Il glissa le Zippo argenté et la barrette au tournesol jaune dans la poche gauche de son pantalon. Attrapa le Nokia Lumia 820 bleu ciel, le mit dans son élégant petit sac à dos : la taille, la matière et l'aspect avaient leur importance. Le sac ne devait pas bruisser, ne pas avoir l'air bon marché ni gêner ses mouvements.

Mais il devait pouvoir contenir le butin, son téléphone portable et son imperméable.

Il avait fauché le Lumia dans la poche d'un homme d'affaires en haut de Kloof Street – l'homme lisait les pages sport du *Cape Times* devant un café et un croissant chez Knead, il n'avait pourtant pas le look du type qui possède un téléphone Windows. Et aucun receleur qui se respecte n'allait lui refiler du fric pour un téléphone Windows, zéro valeur sur le marché de l'occasion, alors Tyrone l'avait gardé. Nadia et lui pouvaient au moins communiquer.

Il ferma sa chambre à clé et contourna le triple garage des musulmans en longeant le mur jusqu'à la grille. Il composa le code de sécurité. Un déclic se fit entendre. Il sortit, direction la ville.

Le temps semblait correct.

Il marchait d'un pas vif. Le mardi n'était pas le meilleur jour pour un pickpocket, mais l'avenir appartient à ceux qui se lèvent tôt si on sait observer les types en costume qui déambulent sur Strand, Waterkant, Riebeeck, Long et Bree. On se mêle alors aux groupes d'employés qui marchent d'un pas pressé, leur gobelet de café à la main, en retard pour le bureau, et on se faufile en même temps qu'eux à l'intérieur, sur les escaliers roulants ou dans les ascenseurs.

Tyrone était un homme en mission. Vingt et un mille rands d'ici la fin janvier.

La barre était haute.

Mais chaque journée commence par un petit pas en avant.

Ce n'était pas une des maximes d'oncle Solly. Il l'avait entendue dans le centre commercial de St Georges, de la bouche d'une jolie Blanche qui essayait de motiver son loser de petit copain au regard de chien battu.

Il avait bien aimé. Alors il ne lui avait rien volé, sauf la phrase.

Par habitude, il regarda vers le nord, de l'autre côté de Table Bay. Aperçut le bateau de croisière, par-delà Robben Island. Sourit. Le bateau serait là dans une heure ou deux, boîte de conserve remplie de pigeons.

Une bonne récolte en perspective.

* * *

Griessel rêvait qu'un serpent géant le poursuivait, gueule grande ouverte, crachant son venin qui lui dégoulinait dans le cou ; il sentait la brûlure acide sur sa nuque. La sonnerie du réveil retentit comme un sursis inattendu et le catapulta dans la sécurité silencieuse de son bureau.

Il replia le lit de camp et le rangea, prit sa trousse de toilette et une serviette usée dans le meuble métallique et partit se laver dans la salle de bains du troisième étage.

Tout en se rasant, il se rendit compte qu'il avait récupéré. Deux heures de sommeil profond, et il avait l'esprit moins embrumé.

Peut-être était-ce la perspective de rester seul pendant au moins deux nuits. Lui et son gredin, en solo.

Un peu moins de pression.

Il s'observa, debout devant le miroir, et sentit l'urgence d'attraper Kobra l'envahir.

L'idée d'un tueur à gages ayant une signature le révoltait. Cela dénonçait un sociopathe, arrogant, et symbolisait tout ce qui n'allait pas dans le monde actuel. L'obsession de l'argent, du standing, de la gloire était la source de crimes toujours plus nombreux.

Les gardes du corps assassinés, B.J. Fikter et Barry Minnaar, étaient d'anciens policiers, et aucun des services de police criminelle hautement sophistiqués des pays industrialisés n'avait été capable d'appréhender Kobra jusque-là. Après la pagaille des derniers mois, et le SAPS raillé comme jamais auparavant, il était nécessaire de montrer au monde…

Et attraper les malfrats, c'était son boulot. Du moins, tout ce qu'il savait faire de bien. D'accord, il avait souvent des difficultés, commettait des erreurs, mais quand les menottes se referment en claquant autour des poignets de l'enfoiré et qu'on lui dit, « Vous êtes en état d'arrestation », ce court instant remet à l'endroit les pendules de l'univers.

Il s'essuya le visage, rangea ses affaires de toilette dans la trousse et vérifia son aspect dans la glace. Une de ses chemises neuves, à peine froissée, avec la veste bleue.

Ce matin, personne ne penserait qu'il s'était remis à boire.

* * *

Juste avant 7 heures, il frappa au chambranle du bureau de Nyathi.

La Girafe lui fit signe d'entrer.

– Benny, je crois qu'on devrait tout raconter à l'équipe.

– Oui, monsieur, répondit Griessel, soulagé.

Depuis la veille, il se sentait coupable d'avoir menti à l'IMC.

Nyathi rassembla ses documents.

– Je dois présider la réunion du matin. Regroupe tes gars dans ton bureau. Juste ton équipe, Bones et Philip

Van Wyk. Fais-leur bien comprendre qu'ils ont toute notre confiance, mais qu'ils doivent être d'une totale discrétion. On ne peut pas se permettre la moindre fuite.

– Oui, monsieur. Seulement, on va avoir besoin de plus de monde.

– Il y a du nouveau ?

– Interpol a beaucoup d'informations sur l'assassin. On l'appelle Kobra.

Nyathi consulta sa montre.

– Accompagne-moi, s'il te plaît.

Tout en se dirigeant vers la salle de réunion, Griessel lui résuma ce qu'ils avaient appris, lui parla de la photo vieille de treize ans et de ce qu'il avait l'intention de faire.

– Bien, dit le colonel. Vas-y et tiens-moi au courant.

– Une dernière chose, monsieur. D'après Philip, le sergent Davids, le Zézayeur, peut entrer dans la boîte mail d'Adair…

Il laissa la phrase en suspens, pour que le colonel puisse en tirer ses propres conclusions.

Nyathi s'arrêta et le regarda.

– Allez-y, dit-il d'une voix à peine audible.

* * *

Il remercia d'abord les inspecteurs qui avaient travaillé très tard. Puis il raconta tout à l'équipe.

Ils plaisantèrent sur le surnom de Kobra.

– Cet enfoiré doit aussi avoir un compte Twitter, lança Cupido d'un ton maussade, en jetant un regard plein de reproches vers Griessel.

Ils étudièrent la photo. Griessel expliqua sa stratégie. Il demanda à Radebe et à Ndabeni de contacter le bureau du SAPS à l'aéroport O.R. Tambo de Johannesburg et de s'y rendre en avion dès que possible pour étudier les bandes vidéo du hall des arrivées. Liebenberg et Fillander devaient faire de même à l'aéroport international du Cap.

– Un peu hasardeux, non ? objecta Radebe.

– C'est vraiment risqué, renchérit Fillander.

– On vérifie simplement les vols internationaux depuis jeudi, continua Griessel. On sait qu'il est mulâtre, qu'il porte probablement un chapeau ou des lunettes, se méfie des caméras et que donc, il regarde ailleurs ou garde la tête baissée. On a besoin d'un nom pour pouvoir faire le rapprochement avec un passeport et le moyen de paiement qu'il a utilisé pour le vol. Peut-être un numéro de carte de crédit... Interpol n'a aucune de ces données.

– S'il a tué Adair, il a dû mettre les voiles depuis un bout de temps, dit Bones.

– Peut-être, répondit Griessel, mais quelqu'un a fouillé la maison d'Adair en Angleterre et sa chambre à Franschhoek. Je ne crois pas qu'ils aient trouvé ce qu'ils cherchaient et je pense qu'Adair a des chances d'être encore en vie.

– Voilà comment raisonne un flic des Crimes violents, Bones, dit Fillander. Prends-en de la graine.

– *Touché**, rétorqua Bones.

– Un peu de respect pour ma copine, déclara Mooiwillem Liebenberg.

Ils se mirent à rire.

– Bones, tu as du nouveau sur Adair ?

– Maintenant, voyez comment raisonne le génie du département, *nè*. J'ai tout épluché et voilà le résultat : *daars niks nuut nie*, absolument rien de nouveau. Pour vous, têtes brûlées assoiffées de sang, ça voudrait dire *nada*. Mais considérez les choses avec du recul : jusqu'à il y a environ quatre semaines, Adair tenait un blog, envoyait des tas de lettres aux journaux et donnait des interviews, toujours au sujet de son protocole. Et soudain, il est devenu muet.

– Et alors ? demanda Cupido.

– Pourquoi, Vaughn ? Pourquoi a-t-il cessé de s'agiter ?

Cupido haussa les épaules.

– Quelque chose est arrivé, *nè*, continua Bones.

– Mais tu ne sais pas quoi, répliqua Cupido.

– Pas encore.

Après le briefing, Cupido s'approcha de Griessel.

– Je croyais qu'on faisait équipe, Benny.

– Vaughn, j'avais des ordres.

– Qu'est-ce que tu fais de la confiance ? rétorqua Cupido, profondément blessé.

* * *

Comme Tyrone était en avance, il entra dans le centre commercial de Parkade, dans Strand Street, en face du Cape Sun.

Sept étages de parking. Beaucoup de voitures, beaucoup de gens. Qui tous devaient prendre les ascenseurs pour descendre jusqu'à la rue. Des ascenseurs sans caméras.

Il commença les allers-retours.

Beaucoup de métis. Il ne dévalisait pas les métis.

Les Noirs et les Blancs étaient les proies idéales.

À sa deuxième descente, il baratina une fille sexy et provocante, mais elle refusa de lui donner son numéro de portable.

À la cinquième, il discuta avec une mamie. La fit rire. Ce qui lui plut.

Il vola deux portables et deux portefeuilles. Descendit jusqu'au premier étage et vérifia son butin à l'abri des regards, planqué derrière une BMW X5 noire.

Un BlackBerry neuf. Trois cent cinquante rands chez le receleur. Un iPhone 4S. Huit cents. Trois cartes de crédit, cinquante chacune. Un permis de conduire, cinquante rands. Sept cents en liquide.

Un total d'environ deux mille rands. Pas mal pour une heure de boulot.

Il balança les portefeuilles vides sous la X5.

L'heure était venue de dépouiller une cargaison de touristes.

19

Griessel se concentrait de toutes ses forces pour comprendre ce que disait le sergent Lithpel Davids. Cupido était là aussi, bras croisés, lèvres pincées en une moue boudeuse, silencieux.

– *Cappie,* vous savez que c'est illégal. Rigolo, mais illégal, dit le Zézayeur.

Seulement deux sons en *s* dans toute la phrase, facile à suivre.

– Je sais, répondit Griessel, mais Morris n'est pas un suspect. On n'aura pas à s'expliquer devant un tribunal.

– Zénial. Maintenant, pour pirater un compte zémail, c'est facile. On peut aller à la pêsse ou téléssarzer une app ou utiliser son propre compte zémail, comprit plus ou moins Griessel une fois qu'il eut filtré et transformé tous les zézaiements.

– D'accord.

– Aller à la pêsse est hors de quession vu que le type a été kidnappé, d'accord ?

– D'accord.

– Et on ne veut pas que ça nous retombe dessus, on ne veut pas laisser de traces, alors ze ne vais pas utiliser mon propre compte zémail.

– D'accord.

– Ce qui nous laisse l'application. Et il se trouve que z'en ai une zuste là dans mon ordi. Pour rester en contact avec le côté obscur, *cappie,* si vous voyez ce que ze veux dire.

– D'accord.

– Vous n'avez pas la moindre idée de ce que ze raconte, *cappie.*

– Exact.

– Pas de souci. Laissez-vous aller, détendez-vous et regardez-moi bosser.

* * *

Langage corporel, Tyrone. Étudie le langage cor-porel.

Il repéra alors la femme. Elle dépassa le Cape Union Mart, direction le V&A, le centre commercial sur le Waterfront. Elle était plutôt légèrement vêtue vu le temps, jean et pull fin rouge sang. Elle tenait fermement son sac à main sous son bras, comme s'il contenait une fortune. Paraissait effrayée. Elle marchait vite, scrutant les alentours de l'air de quelqu'un qui ne sait où aller. Dans la foule compacte des touristes à la descente du bateau.

Et elle était jolie, avec son teint mat de Méditer-ranéenne.

Son âge à peu près.

Tout pour lui plaire.

Il resta derrière elle, à deux, trois mètres.

Elle jeta un coup d'œil alentour. Il détourna le regard.

Il lui fallait agir avant qu'elle n'arrive trop près du centre commercial. Il y avait des caméras là-bas.

Il enfonça la main dans sa poche gauche, saisit la barrette. Accéléra le rythme, la rattrapa.

Quatre femmes qui arrivaient de la gauche les séparèrent, et il se retrouva à nouveau distancé.

Elle n'était plus qu'à cinq mètres de l'amphithéâtre.

Il devait faire demi-tour, les caméras étaient trop proches.

Elle semblait vraiment anxieuse et se cramponnait à son sac à main. Tyrone connaissait cette attitude, elle trimballait un truc précieux dedans. Du liquide ? Des bijoux ? Transportés par quelqu'un qui n'en avait pas l'habitude.

Un vrai défi. Il accéléra le pas.

Juste devant les marches qui menaient aux rangées de sièges de l'amphithéâtre. Beaucoup de monde.

Il tenta sa chance, lui tapota l'épaule, la barrette à la main.

Elle se retourna vers lui d'un air stupéfait. Effrayée.

Il lui décocha son sourire le plus charmeur, détendu et serviable.

– Je crois que vous avez fait tomber ça, ma'am.

Épaule contre la sienne, main droite vers le sac.

Elle jeta un coup d'œil à la barrette, puis l'observa en fronçant les sourcils, sans comprendre.

Elle était *très* jolie, nota-t-il.

– La barrette. Vous l'avez fait tomber.

Il avait la main sur le rabat du sac, faisait tourner la barrette entre ses doigts en continuant à sourire.

– Oh, dit-elle. Non…

Il avait la main droite sous le rabat. Il sentit le cuir d'un portefeuille.

– Vous êtes sûre que ce n'est pas la vôtre ? Regardez bien.

Au moment précis où elle reportait toute son

attention sur la barrette, il la bouscula de l'épaule droite, légèrement, comme si quelqu'un l'avait poussé par-derrière, comme s'il avait perdu l'équilibre une seconde, et il tira discrètement le portefeuille et le fourra dans la poche de son pantalon à la vitesse de l'éclair.

— Non, répondit-elle, en jetant un regard à droite puis à gauche d'un air inquiet.

— Désolé, alors, dit-il, en baissant la main.

Il fit demi-tour et s'éloigna du centre commercial.

À six pas de là seulement, un vigile l'agrippa par-derrière, main de fer sur le poignet.

Il dégagea son bras d'un geste sec.

Se mit à courir.

Un second vigile le plaqua au sol.

* * *

— Nous y voilà, annonça Davids le Zézayeur.

Griessel se pencha en avant pour voir.

— Un seul e-mail dans sa boîte de réception.

Sur l'écran, à côté d'une flèche jaune, il lut *Lillian Alvarez (sans objet) Arrivée à CT. Téléphone allumé.* Et à l'extrême droite : *8 h 12.*

— Les mots en gras signifient qu'il n'a pas encore lu son e-mail, expliqua Davids. Mais pas d'inquiétude, on peut l'ouvrir et faire ensuite comme s'il n'avait pas été ouvert.

— OK.

Le Zézayeur cliqua sur le message.

— C'est tout, dit-il. Parce qu'il n'y avait rien d'autre, zuste « Arrivée à CT. Téléphone allumé ». Le message a été envoyé il y a environ une heure. Vous voulez que ze regarde ses autres e-mails, *cappie* ?

– S'il te plaît.

Sur la barre de navigation à gauche, Davids cliqua sur « Autres » puis « Tous les e-mails ».

Seul le courrier de Lillian Alvarez apparut.

– Quand on parle de faire le ménaze, dit le Zézayeur.

– C'est-à-dire ?

– Eh bien qu'il a tout nettoyé. Il n'y a aucun autre e-mail. Tout ce qu'il a envoyé ou reçu a été effacé.

– *Fok !* fit Griessel.

– Est-ce que z'essaie de découvrir qui est Lillian Alvarez ?

* * *

Le vigile aux taches de rousseur, un jeune Blanc, ne lui lâchait pas le bras gauche et le musclé lui remonta brutalement l'autre dans le dos.

– Laissez-moi partir ! cria Tyrone d'une voix suraiguë.

– On l'a eu ! Contrôle, on l'amène, dit dans sa radio Taches de rousseur.

– T'es pas aussi malin que tu l'croyais, hein ? lança-t-il à Tyrone.

Ils le poussèrent et le traînèrent vers le centre commercial.

– De quoi vous parlez ?

Tyrone tenta de contrôler sa peur, de prendre un ton indigné, mais son cœur battait dans sa gorge. *Nie, nie, nie, Tyrone. Et si ça ne sert plus à rien, alors tu mens.*

– *Maaifoedie, fokken* pickpocket, lança M. Muscle, le métis. Ça fait longtemps qu'on te surveille.

Des badauds s'écartèrent pour les laisser passer en les dévisageant.

– Pickpocket ? lança Tyrone. D'où vous sortez ça ?

– Ben voyons, répliqua M. Muscle en lui remontant le bras encore plus haut. Maintenant, boucle-la.

Ils n'ont rien, se dit-il malgré la douleur, les caméras étaient trop loin. Ils avaient dû le suivre, il ne les avait pas repérés dans le flot de touristes, il était trop concentré sur la femme et le sac à main. Il fallait qu'il se débarrasse du portefeuille, la seule preuve qu'ils auraient. Mais comment libérer son bras ?

Il était fichu – il s'en rendit brusquement compte, comme un rideau noir qui tombe.

Mon Dieu, qu'allait dire Nadia ?

Qui allait payer ses études ?

Heureusement qu'oncle Solly était mort. Toutes ces années d'entraînement et se faire pincer comme un amateur. La honte totale !

La panique lui tordait les entrailles.

Ils entrèrent dans le centre commercial par une porte de service et lui firent descendre des marches. Leurs radios grésillaient et crissaient, les voix excitées résonnaient dans le large couloir. Deux virages secs puis il aperçut le panonceau : Sécurité. Salle de contrôle. Un vigile en sortit, les attendit. Il avait des étoiles sur les épaulettes. Un genre de général probablement. Il était blanc. Et il souriait, ce qui ne présageait rien de bon.

– Petite merde ! s'exclama-t-il. On t'a eu.

Le général s'écarta pour qu'ils puissent le pousser dans la pièce.

Deux autres types étaient assis, tous les deux métis. Ils levèrent les yeux.

– *Ja,* dit l'un d'eux, c'est lui.

Une grande pièce, un mur entièrement recouvert d'écrans vidéo, une pile de radios en train de charger sur de longues tables. Une double porte tout au fond et une autre juste à côté du plan du V&A. Sur un panneau d'affichage, des photos de mauvaise qualité. Sans doute des captures d'images vidéo, à côté d'une note écrite à la main, PAS DE FEUILLE DE PRÉSENCE, PAS DE PAIE !!!! Tyrone aperçut sa photo. Elle datait peut-être de quatre mois, il était simplement vêtu d'un jean et d'un T-shirt noir. L'été.

Il était foutu. Autre poussée d'adrénaline dans ses veines. Sa peur s'intensifia.

M. Muscle lui lâcha le bras et le soulagement fut immédiat. On lui enleva son sac à dos et Taches de rousseur le poussa sans ménagement dans un fauteuil. Le général prit le sac et vint se planter devant lui, pieds écartés. Taches de rousseur et M. Muscle barraient la porte, comme deux soldats montant la garde.

– Regarde ça, lui lança en ricanant un des métis qui surveillaient les écrans.

On voyait Tyrone à côté de la beauté méditerranéenne, immobile et joliment agrandie sur l'écran. La barrette devant elle.

Une caméra qu'il n'avait jamais remarquée.

– Appelez le SAPS, ordonna le général.

– Et alors, je voulais lui rendre sa barrette, tenta Tyrone, désespéré.

– Et maintenant, son portefeuille est dans la poche de ton pantalon. On va en rester là, jusqu'à ce que la police arrive pour prendre gentiment tes empreintes. Appelle-les, Freddie. Et dis à Vannie d'amener la fille, elle ne s'est sans doute pas encore aperçue du vol.

– Elle a laissé tomber son portefeuille, regardez, là, sur vos caméras, insista Tyrone.

Si seulement il pouvait gagner du temps…

Freddie était un des types assis devant les écrans.

Il décrocha un téléphone. Ils attendirent en silence pendant qu'il faisait son rapport.

– La police est en route, annonça-t-il tout en scrutant les moniteurs. Mais la fille… Je ne la vois pas…

Deux minutes plus tard, ce ne fut pas la police qui se pointa.

20

Il y eut un bruit étrange du côté de la porte, presque comme une toux d'asthmatique, suivi d'un son assourdi et écœurant. Taches de rousseur s'affaissa, tel un sac de pommes de terre. Tyrone sentit des éclaboussures sur son visage.

Une douille cliqueta sur le sol nu.

Du sang coula de la tête de Taches de rousseur.

De nouveau ce son et M. Muscle s'écroula à son tour, juste à côté de lui. Même histoire.

Tyrone vit l'homme s'encadrer dans l'embrasure. Le pistolet, le long silencieux noir. Le général tourna la tête, outré que son autorité fût ébranlée. Autre tir silencieux. Le général s'effondra. Tintement métallique d'une douille contre le mur, puis sur le sol.

Moment surréaliste. Tyrone avait l'impression de ne pas être vraiment là, il était paralysé, un mélange de peur, de choc et de soulagement. *« Jirre »,* dit-il en regardant le tireur qui se trouvait à présent debout devant lui. Un métis avec une casquette de base-ball gris délavé, un regard d'aigle, qui le traversait sans le voir. Une pensée fugace : Qui est ce type ? Était-il venu pour le sauver ? Pourquoi tirait-il sur tout le monde ?

Le pistolet pivota vers Tyrone.

Les hommes se mirent à hurler devant les écrans.

L'arme était braquée sur Tyrone, entre les yeux.

Freddie bondit sur ses pieds, se précipita sur le tireur.

Le pistolet se détourna.

Tyrone ne réfléchit pas et réagit d'instinct : c'était son unique chance.

Il plongea en aveugle, au-delà du tireur, s'empara de son sac à dos resté près du général. Quelque chose coinçait, il regarda en arrière, une bretelle s'était enroulée autour du bras de ce dernier. Tout se passa dans un étrange ralenti. Freddie hurla, puis le cri cessa brutalement. Freddie tomba. Tyrone lâcha le sac, le tireur était à nouveau tourné vers lui.

Il bondit vers la porte, l'adrénaline décuplant force et vitesse. Il était dans la ligne de mire. Il atteignit la porte. L'arme toussa au moment où il disparaissait à gauche dans le couloir, il sentit une douleur cuisante au niveau des omoplates. Touché. Il hurla et s'enfuit en courant par où ils étaient venus. *Jirre,* merci mon Dieu pour les coudes à angle droit. Un, deux, les marches apparurent.

Il les grimpa, hurlant de terreur. Accrocha du pied l'avant-dernière, bascula en avant, tendit les mains pour éviter de s'écraser sur la porte fermée. Sa tête heurta violemment le bois, juste au-dessus de l'œil droit, et il vit trente-six chandelles. Il se remit debout, à moitié sonné, attrapa la poignée et ouvrit la porte. Il entendit les bruits de pas derrière lui, se pencha d'instinct et, au moment où il sortait, une balle s'écrasa contre le chambranle. Il était dehors, il courut vers les gens, vers les touristes, il courut comme jamais il n'avait couru. Sans un regard en arrière, il faisait des écarts brusques, à droite, puis à gauche, il courut jusqu'à être au milieu de la foule, continua à courir, se faufilant parmi les badauds. Il sentait le sang couler sur son visage et le long de son dos. Il traversa l'immense esplanade, entra dans la brasserie Mitchell sur le Waterfront, fonça vers la cuisine, devant les employés médusés. Il ressortit par la porte de derrière, tourna à droite, monta les marches qui menaient à Dock Road.

Il se passa la main sur le visage pour enlever le sang qui coulait dans ses yeux.

Sentit qu'il avait le dos trempé. La blessure saignait.

Sur Dock Road, il traversa en courant juste devant une voiture, crissement de pneus, hurlement d'avertisseur, elle faillit le renverser. Il franchit l'îlot central sans s'arrêter, descendit à toute allure jusqu'au parking de Granger Bay, zigzagua entre les voitures stationnées puis grimpa l'escalier pour ressortir au niveau de Coast Road.

Dehors. Il tourna à droite, la poitrine en feu. Il regarda derrière lui. Personne.

Il traversa la rue, franchit la grille de l'hôpital Somerset puis les lourdes portes en bois.

Quelqu'un à la réception cria quelque chose dans son dos.

Sans s'arrêter, il enfila les longs corridors glacés, dépassa des infirmières aux sourcils froncés et ressortit à l'arrière.

L'enceinte de l'hôpital.

Il prit vers le sud, contourna des immeubles, évita des voitures. Regarda une nouvelle fois derrière lui.

Personne.

Il aperçut des ruines, un bâtiment à moitié démoli. Abandonné. Il fonça et y entra.

Il trouva une pièce obscure, sans fenêtres. Tituba

contre le mur, la respiration sifflante comme un train à grande vitesse, dégoulinant de sueur. Des briques, des lattes de plancher cassées sur le sol abîmé. Une odeur de pisse de chat.

Il ramassa un morceau de bois pour s'en servir de matraque.

Face à l'ouverture sans porte, levant haut son arme, il attendit, à bout de souffle.

* * *

Sur Facebook, le Zézayeur trouva quatre-vingt-sept personnes portant le patronyme d'Alvarez, dont une avait Lillian pour prénom.

– Comme ça, on sait que c'est sans doute une femme, lâcha-t-il abruptement.

Cupido resta avachi dans son fauteuil, en retrait, pendant que Benny Griessel et le Zézayeur parcouraient la liste. Jusqu'au numéro vingt-deux. À côté de la minuscule photo et d'une icône de maison, se trouvait la mention *Cambridge*.

– Celle-là, dit Griessel.

David cliqua.

Une page Facebook s'ouvrit. Tout en haut, une grande photo d'un chaton endormi sur le clavier d'un ordinateur. Sur une plus petite à côté du nom, une jeune femme d'une vingtaine d'années avec de longs cheveux noirs, à la beauté sombre et sensuelle.

– On dirait une Espagnole, commenta le Zézayeur.

Griessel ne l'entendait pas, il parcourait le reste des informations : sous « Profession et cursus », il était écrit, « Chercheuse en analyse computationnelle appliquée (ACA) au DAMTP ».

– C'est elle.

Pour la première fois, Cupido se redressa dans son fauteuil.

– Je n'aime pas ça, dit-il.

Griessel attendit qu'il s'explique. Ce qui prit un moment.

– Est-ce que cet Adair est marié ? demanda-t-il enfin.

– D'après le consulat, il est divorcé.

Puis il se souvint du petit jeu d'Emma Graber et de toutes ses allusions elliptiques. Comme si elle ne voulait pas qu'ils cherchent plus loin.

– J'appelle Bones, dit Griessel.

* * *

Tyrone Kleinbooi garda longtemps le morceau de bois à la main, prêt à frapper.

Mais personne ne vint.

Ses mains et ses genoux se mirent à trembler de façon incontrôlable.

Il baissa lentement le bâton. Se toucha le visage. Le sang avait commencé à coaguler. Il reposa le morceau de bois sans bruit et tendit un bras pour palper son dos. Son pull était déchiré. Trempé. Son dos lui faisait mal, mais la douleur n'était pas insoutenable.

Il s'assit, continuant à tendre l'oreille. Son cœur battait la chamade et il frissonnait.

Il était en état de choc. Ainsi donc, voilà ce qu'on ressent. Il laissa tomber sa tête, tenta de calmer sa respiration. Il survivrait, dans l'immédiat. J'ai survécu, oncle Solly. Je me suis échappé. Puis il repensa à son sac, et il commença à réaliser l'ampleur des dégâts. Son téléphone portable. Tout le fric qu'il avait gagné le matin. La vidéo. Les radios qui avaient crachoté…

170

Ils allaient trouver le portable. Ils allaient voir qu'il n'y avait qu'un nom et une adresse dans son répertoire. Ceux de Nadia. S'ils l'appelaient de ce téléphone, elle répondrait : « Salut, Tyrone. »

Alors il serait cuit.

Il fallait qu'il y retourne. Il devait récupérer le sac à dos avant leur arrivée.

Mais il était trop tard. Son visage et son pull étaient couverts de sang.

On le voyait grandeur nature sur cet écran vidéo, sur cette image arrêtée. Sa photo se trouvait sur le panneau d'affichage.

Dès que la police entrerait dans la pièce, ils la verraient. Ils allaient repasser toute la bande, jusqu'au moment où il avait volé le portefeuille.

D'autres vigiles au V&A auraient entendu à la radio que le pickpocket avait été intercepté et conduit en salle de contrôle.

Tout le monde allait le prendre pour l'auteur de la fusillade. On verrait son visage à la télévision nationale et dans les journaux. « Le pickpocket meurtrier en fuite. » La police de tout le pays se mettrait à sa poursuite.

Nadia découvrirait tout.

Jirre.

Il fallait qu'il l'appelle. Qu'il lui raconte une histoire. Une histoire qu'elle croirait.

Il devait voler un téléphone. D'urgence. Il devait se planquer. D'urgence.

Mais d'abord, il devait regagner sa chambre, se laver, changer de vêtements et récupérer le fric qu'il y avait planqué.

Il ferait mieux de se mettre en route.

Bones chercha des informations. Qu'il trouva.

– Non, Adair n'est pas marié. D'après Wikipédia, *nè*. Célibataire.

Griessel fit passer le message.

– D'accord, alors ce n'est peut-être pas sa gonzesse, dit Cupido. Mais quand même. Vise un peu la nana, *pappie*. Une *fokken* jeunette, elle bosse avec ce mec, et elle se pointe ici au Cap en disant : « Viens dans mes bras, toi, beau gosse. » Ça ne te donne pas à réfléchir ?

– À quoi ?

– À toute l'affaire, Benny.

– Je ne comprends pas.

– Il y a beaucoup de choses qui n'ont ni queue ni tête dans cette histoire. J'veux dire, y a rien qui colle vraiment. À mon avis, il est temps d'envisager d'autres scénarios : mettons que ce soit lui qui ait tiré. J'veux dire, Benny, on ne sait vraiment pas ce qui s'est passé là-bas, sur la plantation d'esclavagistes.

Griessel se demanda si Cupido faisait exprès de se montrer borné parce qu'il était encore fâché de ne pas avoir été mis dans la confidence.

– Pourquoi aurait-il descendu les gens qui le protégeaient ?

– Ce n'est pas aussi délirant que tu le crois, Benny. Ce type a la main sur tout le système financier. Y a de quoi tenter n'importe qui. Et c'est un expert, il sait comment fonctionne tout le bazar. Il doit pouvoir facilement s'en mettre à gauche au passage. Suffit de formater le logiciel pour récupérer deux centimes sur chaque transaction et moi j'te l'dis, en quelques mois, tu es millionnaire. Hein, le Zézayeur, que c'est possible ?

– Possible, mais tu te feras coincer, tôt ou tard.

– Et voilà où je veux en venir, ajouta Cupido.

Griessel allait objecter, mais Cupido l'arrêta d'un geste de la main.

– Écoute-moi simplement jusqu'au bout, Benny. Sans à priori. Mettons que ce soit quelque chose dans ce goût-là. Mettons que le professeur ait eu un plan grandiose, et depuis longtemps. Il savait qu'un jour ou l'autre quelqu'un s'en rendrait compte. Tu laisses forcément des traces, je veux dire, tout le monde sait que c'est toi qui as créé ce logiciel. Et que tu te sers au passage. On va finir par te suspecter. Alors tu imagines une stratégie de fuite...

– Bon Dieu, Vaughn, je trouve que c'est...

– Non, Benny. Comment un universitaire se retrouve tout d'un coup avec un faux passeport ? Tu ne me feras pas gober ça. Un innocent professeur avec tout un tas d'identités et un compte Gmail plus pur que la conscience d'une vierge ? Allons. Voilà un homme qui proteste pendant des mois contre les terroristes et le crime organisé, et tout à coup, bizarrement, on n'entend plus parler de lui. Un *bok* d'âge mûr avec une jolie petite nana, mais qu'est-ce qu'il a à lui offrir ? Un salaire d'universitaire ? Ça m'étonnerait. Et je te le demande, où était le point faible dans la mise en place des gardes du corps et la protection de la guest-house ? À l'intérieur, *pappie*. Impossible de le voir venir...

– Mais le cobra sur les...

Le téléphone de Griessel sonna. Il le sortit de sa poche.

INCONNU

173

– Griessel, répondit-il.

– J'ai des informations sur Patrick David Adair. Je vous rappelle dans deux minutes. Assurez-vous que vous êtes seul.

* * *

Dans l'amphithéâtre, Nadia sentit son téléphone vibrer. Elle jeta un rapide coup d'œil, vit que c'était Tyrone. Trois fois.

Elle attendit la fin du cours, neuf minutes plus tard. Puis elle sortit et le rappela.

– Allô ? répondit une voix inconnue.

– Qui est à l'appareil ? demanda-t-elle.

– J'ai ramassé ce téléphone dans la rue. Je vous ai appelée, parce que votre numéro est le seul enregistré.

Elle n'arrivait pas à situer l'accent, mais l'homme semblait poli.

– Oh, c'est le téléphone de mon frère, répondit-elle. Où l'avez-vous trouvé ?

– Ici, en ville. Il a dû le faire tomber – il était par terre. Où puis-je le contacter ?

– C'est gentil de votre part, dit-elle. Je... Son téléphone est la seule...

– Désolé, quel est votre nom ?

– Nadia.

– Ok, Nadia, je peux lui rapporter le téléphone. Il travaille où ?

– Je... Il travaille sur un chantier de peinture, quelque part dans le Bo-Kaap. Je ne suis pas sûre...

– Je prends mon avion aujourd'hui, alors je voudrais vraiment le lui rendre.

– C'est très aimable à vous. Euh, laissez-moi... Est-ce que je peux vous donner son adresse ? Il a une… Il se peut qu'il y ait des gens à la maison, là où il loue sa chambre. Ou alors, vous pouvez laisser le téléphone dans la boîte aux lettres, par exemple ?

– Bien sûr. Comment s'appelle votre frère ?

21

Griessel sortit dans le couloir. La voix était celle d'une femme, sûre d'elle et autoritaire. Parlant, en afrikaans, de quelque chose dont seuls les Hawks et le consulat de Grande-Bretagne étaient au courant. Ça n'avait aucun sens.

Son téléphone sonna à nouveau. Il répondit immédiatement.

– Griessel.

– Vous êtes seul ? questionna la même voix.

– *Ja.*

– Je vous préviens tout de suite, inutile de tenter de retracer ces appels.

– Ah bon ?

– Vous vous appelez Benny Griessel. Vous êtes capitaine à la Direction des enquêtes criminelles prioritaires de Bellville. Votre pourcentage d'affaires résolues est de quatre-vingt-trois pour cent mais vous avez un sérieux problème avec l'alcool. Le nom de votre ex-femme est Anna Maria, vos enfants s'appellent Carla et Fritz. En 2006 et 2009, vous êtes passé en commission de discipline devant le SAPS. Vous avez été acquitté à chaque fois. Vous avez trois amendes impayées à votre actif.

Il ne dit rien, profondément mal à l'aise.

– Vous voyez, j'ai accès aux informations. C'est tout ce que vous avez besoin de savoir. Si vous doutez de la véracité de mes dires, posez-moi une question.

– Qui êtes-vous ?

– Appelez-moi Joni.

– Joni qui ?

– Joni Mitchell.

– La chanteuse ?

– Oui.

Il n'avait jamais été fan de Joni Mitchell, on n'entendait pratiquement jamais de basse correcte dans ses morceaux. Mais il se contenta de répondre « Très bien » parce qu'il flairait les Services secrets. Le Renseignement.

– Ne parlez de ces coups de fil à personne, c'est la seule chose que vous devez savoir. Si je m'aperçois qu'une information a filtré ils cesseront. Vous comprenez ?

– Oui.

– Mais je vous préviens, ce n'est pas à sens unique. *Je* vous donne quelque chose, *vous* me donnez quelque chose. Compris ?

– Tout dépend de ce que vous donnez.

– Naturellement. Je vous donnerai ce que je peux, quand je peux…

– Pourquoi ?

– Bonne question. Parce que. Je n'en dirai pas plus.

– OK.

– Voici un exemple, pour commencer : Hier soir, à 20 h 42, le haut-commissaire britannique à Pretoria a demandé une entrevue avec le ministre de la Sécurité d'État, par l'entremise du Département des relations internationales et de la coopération. Cette entrevue a eu lieu à 22 heures, au domicile du ministre. D'après la rumeur, vous allez recevoir l'ordre de laisser tomber l'enquête.

— Quelqu'un devra la poursuivre…

— La SSA. L'Agence de sécurité de l'État va prendre le relais.

— Impossible… Ça ne marche pas comme ça.

Mais il avait déjà l'estomac noué, personne ne lui enlèverait *cette* affaire.

— On verra, répliqua Joni. Je n'ai pas beaucoup de temps. Emma Graber vous a parlé de l'algorithme d'Adair.

Une affirmation, pas une question.

Maintenant, il était sûr que Joni faisait partie du Renseignement.

— Oui.

— C'est un vieux truc. Divulguer une partie de l'information pour créer une fausse piste. Mais ce n'est pas tout, capitaine. D'après mes renseignements, Adair a chargé une nouvelle version de l'algorithme dans le système bancaire international au cours des six semaines écoulées, sans autorisation.

Il attendit, mais elle n'ajouta rien.

— Pourquoi ? finit-il par demander. Qu'est-ce qui est différent dans l'algorithme ?

— Je ne sais pas encore.

Il repensa à la théorie de Cupido et se demanda soudain si son adjoint n'aurait pas mis le doigt sur quelque chose.

— Est-ce qu'Adair aurait pu… Pourrait-il détourner de l'argent grâce au logiciel ?

Elle resta silencieuse un moment.

— Théorie intéressante, dit-elle enfin, avec un certain respect dans la voix. Et sûrement une possibilité… Maintenant, à votre tour. Donnez-moi l'adresse électronique correcte dont Adair s'est servi sous le nom de Morris.

La demande le surprit car il n'avait envoyé la fausse adresse qu'à Emma Graber, du MI6. Par e-mail. Ce qui signifiait que Joni l'avait interceptée. Et qu'elle était un agent secret parlant afrikaans. Autrement dit, la SSA. Qui ne faisait pas confiance à Zola Nyathi pour révéler toutes les informations. Et s'il lui donnait l'adresse exacte de Morris, la SSA saurait pour Lillian Alvarez. Et *ça,* il ne le voulait pas.

Mais il ne voulait pas non plus gâcher cette nouvelle source de renseignements. Au cas où...

Il lui communiqua la bonne adresse.

Elle raccrocha.

Griessel revint en courant auprès du Zézayeur.

* * *

Dans la poche de Tyrone, le portefeuille volé contenait quatre cents livres britanniques en billets et un peu plus de deux mille cinq cents rands. L'urgence le poussa à utiliser une partie des rands pour rentrer en taxi depuis la station de Portswood Street.

– Eh ben, dit le chauffeur, après avoir observé ses blessures, qui t'a esquinté comme ça, mon frère ?

– Faut que je te file deux cents rands pour une course de quatre kilomètres et en plus tu veux savoir des trucs sur ma vie ?

– *Ek vra ma net.* J'demandais juste.

– Putain d'arnaque.

– Alors, pourquoi tu prends pas le bus ?

Et d'ajouter, quelques secondes après :

– Remarque, ce n'est pas étonnant avec ton allure !

Tyrone faillit perdre son sang-froid, la colère l'envahit. Il la maîtrisa difficilement, sachant tout au fond de lui qu'il devait rester calme. Il devait planifier la suite, la prochaine étape, tout ce qui urgeait.

Il demanda au chauffeur de taxi de le déposer au coin de Longmarket et Ella Street. Si jamais ce *doos* allait voir les flics au cas où les choses tournaient mal, il ne voulait pas qu'il puisse leur fournir une adresse précise.

– Pas de pourboire ?

Tyrone se contenta de secouer la tête. Il attendit que le taxi ait disparu dans le virage de Longmarket. Puis il regagna la maison au trot. Pourvu que la fille aînée du riche musulman, celle qui traînait à la maison toute la journée, ne le voie pas entrer dans cet état.

Une fois dans sa chambre, il se déshabilla. La balle avait laissé une longue déchirure dans son sweat-shirt qui était couvert de sang séché. Il le balança dans un coin et se tourna pour examiner les dégâts dans le miroir.

Un gémissement lui échappa : il y avait beaucoup de sang. Mais la blessure ne saignait plus. La balle avait tracé une large zébrure en travers de ses omoplates. Mais il ne pouvait l'atteindre. Il n'avait plus qu'à se rincer sous la douche, en espérant que la plaie ne se rouvre pas.

Il vérifia rapidement son visage. Il devait appeler Nadia, le temps était compté. Dieu soit loué pour sa peau noire. Une fois lavé soigneusement, il aurait l'air normal.

Il se précipita dans la minuscule salle de bains.

* * *

À 9 h 27, le sergent du SAPS en charge du centre commercial V&A contacta par radio le bureau des plaintes de Sea Point pour signaler, à bout de souffle et de manière relativement décousue, « une fusillade qui avait mal tourné ».

Le responsable des appels radio au standard eut le bon sens de filer prévenir son chef.

Le commandant du poste de police avait vingt-deux ans de service. Il fourra son stylo dans sa poche, se leva à toute vitesse, demanda des précisions sur ce qui avait été signalé et donna l'ordre à l'agent de prévenir ses deux inspecteurs les plus expérimentés afin qu'ils le rejoignent à son véhicule. « Tout de suite. »

En gagnant le parking d'un pas vif, il repensait à ce qu'étaient devenues les réunions de ces derniers mois avec le directeur de la Province. Et aux communiqués qui en émanaient avec une régularité monotone, et qui tous allaient dans le sens du même message de base : le président, le ministre et le directeur national de la police étaient profondément inquiets de la réputation épouvantable du SAPS. Au cours de l'année précédente, il y avait eu le massacre de Marikana, l'affaire Oscar Pistorius, et la vidéo d'un véhicule de police traînant le Mozambicain Emidio Macia derrière lui jusqu'à ce que mort s'ensuive. La vidéo avait eu un énorme retentissement hors du pays, relayée par le *Time Magazine* et le *New York Times*. Il fallait que ça cesse. Faites gaffe à vos fesses, individuellement et collectivement, tenez-vous à l'écart des médias et des ennuis. Maintenez la discipline parmi vos hommes. Ne laissez pas des *blougatte* mal dégrossis foutre le bazar sur vos scènes de crime. Évitez que des gens sans expérience ne soient nommés à des postes où ils devraient prendre des décisions importantes. Prenez-les vous-même. Avec sagesse et pondération.

Ou, alors, assumez-en les conséquences.

Le commandant de Sea Point avait trois enfants

scolarisés, un emprunt immobilier de plus de un million et une femme qui trouvait qu'il travaillait trop et ne gagnait pas assez. Il ne voulait pas qu'elle en subisse les conséquences. Il fronça les sourcils, sentit la tension l'envahir. Et le besoin de se rendre au V&A en personne. Avec ses deux meilleurs inspecteurs. Parce que le Waterfront était un lieu de première importance, un joyau du tourisme international. Le genre d'endroit où une fusillade « ayant mal tourné » allait attirer des hordes de vautours médiatiques. Dont ceux du *Time Magazine* et du *New York Times*. Le genre d'endroit où on pouvait se retrouver très vite avec de grosses emmerdes si on ne prenait pas les bonnes décisions – avec sagesse et pondération.

Les deux inspecteurs arrivaient vers lui, les pans de leurs vestes battant dans le vent glacial.

– Fusillade au Waterfront, leur annonça-t-il.

Ils montèrent rapidement en voiture. Le commandant alluma les sirènes et le gyrophare et ils foncèrent.

À l'entrée principale du V&A, dans Breakwater Lane, le commandant se gara sur le trottoir. Un sergent du SAPS qui avait entendu les sirènes accourut. C'était lui qu'on avait envoyé sur place après le coup de fil signalant le pickpocket. Lui qui avait découvert la scène de crime.

– Par ici, capitaine, dit-il, les yeux fous.

– Combien ? demanda ce dernier en bondissant hors du véhicule et en lui emboîtant le pas.

– Au moins cinq, capitaine.

Dieu du ciel ! Il ne fit pas de commentaires, se contenta de le penser.

– Où est-ce que ça s'est passé ?

– Au poste de contrôle. Un vrai massacre.

Effectivement. Debout dans l'embrasure du poste

de contrôle, le commandant vit cinq corps recroque-
villés sur eux-mêmes. Tandis qu'il regardait fixement
le sang et les morceaux de cervelle qui avaient giclé,
les éclaboussures et les empreintes de pieds, il comprit
que personne n'échapperait aux médias, merci. Le
mieux qu'il puisse espérer faire était de leur éviter à
tous les ennuis.

Alors il tourna les talons et entraîna toute l'équipe,
les deux inspecteurs et le sergent en uniforme, ainsi
que les sept vigiles vêtus de noir qui se tenaient dans le
couloir, sidérés, vers la porte qui donnait sur le centre
commercial, où il avait repéré un impact de balle dans
le chambranle. Il sortit, referma la porte et dit :

– Personne n'entre là-dedans.

Et il composa le numéro des Hawks.

* * *

Le général de brigade Musad Manie était le commandant de la Direction des enquêtes criminelles prioritaires,
le « grand chef des Hawks », ainsi que Cupido nommait
parfois son frère métis, avec un certain degré de fierté.
À la DPCI, on surnommait Manie « le Chameau »,
parce qu'un des inspecteurs avait appris par un ami
musulman que « Musad » signifiait en arabe « chameau
en liberté ». Et les Hawks, comme la plupart des unités
du SAPS, aimaient attribuer des surnoms – en particulier aux officiers supérieurs. Mais Manie n'avait rien
d'un chameau. Il avait tout du leader. Puissant, large
de poitrine et d'épaules, avec un visage impassible
aux traits bien dessinés et à la mâchoire déterminée.

Ce fut cette mâchoire qui pénétra en premier dans
le bureau de Nyathi. De sa voix grave mais toujours
calme et assourdie, il annonça :

– Zola, il y a eu une fusillade au Waterfront. Cinq vigiles morts, pour autant qu'on sache. Sea Point a demandé notre aide.

Seul le dernier mot laissait transparaître une légère ironie.

– Quel genre d'aide ?

– Soutien total pour l'enquête et l'investigation de la scène de crime.

Ils échangèrent un regard qui disait : « Tu le crois… »

– Je peux envoyer Mbali.

– Ce serait parfait.

– Et je ferais bien d'expédier aussi Cloete là-bas.

22

Griessel se hâta de rejoindre Cupido et Davids. Il avait demandé à ce dernier de faire de toute urgence une copie de l'e-mail que Lillian Alvarez avait adressé à Adair avant de l'effacer.

– Vite, Lithpel, s'il te plaît, dit-il sous le regard soupçonneux de Cupido.

Quand ce fut fait, il demanda que la photo Facebook de Lillian Alvarez soit envoyée à tous les postes de police pour information. Et tandis qu'il sortait du royaume du Zézayeur Davids, il dit à Cupido :

– Viens, j'ai un truc à te monter.

Cupido le suivit avec un « Quoi ? » à demi formulé.

Griessel posa un doigt sur ses lèvres et descendit les marches au trot jusqu'au sous-sol, talonné par Cupido.

Une fois tout au fond, près de la porte de leur « club-house », il s'arrêta.

– Je ne vois rien, dit Cupido.

– Je ne voulais pas parler là-haut. Je pense que la SSA nous espionne.

– La SSA ?

– Oui.

– *Jissis*, fit Cupido. Benny, tu es sérieux ?

– Je viens de recevoir un appel de quelqu'un du

Renseignement. Et elle se fichait que je sache qu'elle avait intercepté mon e-mail.

– *Maintenant ?* Le coup de fil que tu as eu à l'instant ?

– Oui. Et elle a ajouté qu'elle le saurait si je mettais qui que ce soit au courant.

– Comment tu peux être sûr qu'elle est des Services secrets ?

– Suffit de faire le rapprochement. Elle sait pour Emma Graber, l'agent du MI6 au consulat de Grande-Bretagne. Je pense qu'ils ont mis nos portables sur écoute, et je ne serais pas surpris qu'il y ait des micros dans certains de nos bureaux, en prime.

– Elle pourrait aussi être du RC, ajouta Cupido d'une voix à présent assourdie et prudente, comme si on les écoutait ici aussi.

Griessel réfléchit à cette hypothèse. Pourquoi pas ? Le RC, l'antenne du Renseignement criminel du SAPS, avait acquis une réputation sinistre durant les années précédentes. Tout d'abord, il y avait eu le fiasco avec le lieutenant général Richard Mdluli, l'ancien commandant du poste de police de Vosloorus, qui avait été nommé chef du Renseignement criminel – avant de se faire virer pour son implication supposée dans des histoires de fraude, de corruption, de tentative de meurtre et de complot. À présent, des rumeurs circulaient sur son successeur, en particulier sur les liens étroits qu'il entretenait avec les plus hautes autorités de l'État. On murmurait dans les couloirs que ce service se préoccupait plus du linge sale des ennemis du président que de lutter contre le crime.

– Je ne crois pas. Le RC ne mettrait pas le consulat sur écoute. C'est la SSA…

– Ce pays est dingue, Benny. Ce monde est dingue…
OK. Alors, la salope a dit quoi ?

Griessel lui raconta tout.

– Pourquoi maintenant, Benny ?

– Je ne sais pas.

– Non, je veux dire, pourquoi me faire confiance maintenant ?

– Vaughn, je suis désolé, je n'avais pas le choix.

– Excuses acceptées. Et alors, tu me crois pour Adair et la grande arnaque bancaire numérique ?

– Bon Dieu, Vaughn, tout est possible, mais ça voudrait dire qu'Adair ou un complice en savaient assez sur Kobra pour utiliser la même arme avec des balles gravées. Pour qu'on croie que Kobra était responsable de la fusillade…

– Non, Benny, j'ai réfléchi. Il se peut qu'Adair ait embauché Kobra. Rappelle-toi, il se vend à n'importe qui. Et si Adair s'est mis du fric à gauche, alors l'argent n'est pas un problème.

Parfois, il bataillait pour suivre les raccourcis mentaux délirants de son collègue. Mais ce dernier avait raison dans au moins soixante pour cent des cas.

* * *

Tyrone enfila d'abord un vieux T-shirt. Au cas où la blessure recommencerait à saigner. Puis un autre, et le sweat-shirt Nike gris. Son imper était resté dans le sac à dos. Il allait devoir s'en racheter un. Et un sac aussi. Parce qu'il était obligé de s'enfuir. À Johannesburg ? Durban ? Il ne connaissait aucun de ces endroits. Il ne connaissait que Le Cap.

Où aller ?

Il enfila son bonnet noir. *Ne jamais porter de bonnet,*

Tyrone. Ça donne l'air d'un criminel. Les casquettes de base-ball aussi. Le chapeau, c'est mieux si tu veux changer d'allure, mais au Cap, avec le vent, daai's *difficile.*

Situation de crise, oncle Solly. Camouflage.

Dans la salle de bains, il grimpa sur les toilettes, repoussa la trappe dans le plafond, tendit le bras vers le ballon d'eau chaude et détacha le rouleau de billets qu'il avait planqué là. Deux mille rands. Son magot en cas d'urgence. Il referma soigneusement la trappe.

L'interphone gronda tout à coup, le faisant sursauter de frayeur.

Les flics étaient là.

Déjà ?

Il tremblait, mais s'empara du portefeuille volé et de l'iPod sur son lit. L'interphone stridula à nouveau. Il fourra le portefeuille, le rouleau de billets et l'iPod dans ses poches et enfonça le bouton.

– Oui ?

– Il y a un type à la grille qui te demande, dit la fille du riche musulman.

Elle parlait toujours anglais.

– Un type ? Quel genre de type ?

Les flics étaient là. Son cœur bondit dans sa poitrine.

– Je ne sais pas. (Voix agacée.) Juste un type.

– De quoi il a l'air ?

– Métis, casquette de base-ball grise.

Tyrone fut alors pris d'un horrible soupçon, l'effroi l'envahit.

– Un coupe-vent noir ?

– Oui. Je le fais entrer.

– Non ! Dis-lui que je ne suis pas là.

Sa voix devait trahir sa panique et il attendit sa

réaction, incertain. *Jirre,* par pitié, pourvu qu'elle ne se comporte pas comme une grosse fille riche et gâtée.

– Qu'est-ce que tu as fait ? demanda-t-elle, toujours soupçonneuse.

– S'il te plaît, dis-lui simplement que je ne suis pas là. S'il te plaît !

Puis il ouvrit la porte sans bruit et se glissa à l'extérieur. Dieu merci, le tueur ne pouvait pas le voir dans la cour de derrière. Il prit son élan pour escalader le mur du fond.

Ce type allait la tuer.

Il se laissa retomber, regagna sa chambre en courant, enfonça le bouton de l'interphone.

– Fais attention, ferme ta porte à clé, ce type est dangereux. Il va te tuer. Appelle les flics ! Tout de suite !

Il ressortit, bondit à nouveau contre le mur et l'escalada.

De l'autre côté, un énorme chien se précipita vers lui.

* * *

Nyathi retrouva Cupido et Griessel dans le couloir.

– Je vous cherchais. Je peux vous voir dans mon bureau ?

Comme toujours, la Girafe ne laissait transparaître aucune émotion.

Il referma soigneusement la porte derrière eux.

– Je vous en prie, asseyez-vous.

Ce qu'ils firent.

– Le général de brigade a reçu un appel de notre directeur. Nous devons transmettre tout ce que nous avons sur cette affaire aux officiers de l'Agence de la sécurité d'État. (Il mit « officiers » entre guillemets, d'un geste.) Et laisser tomber l'enquête.

Griessel vit Cupido qui tentait de croiser son regard, d'un air chargé de sous-entendus. Il craignait que Nyathi ne demande ce qui se passait. Il avait peur des micros.

– Bien, monsieur, répondit-il rapidement.

* * *

Tyrone hurla. Le molosse grondait en montrant les crocs. Il se précipita sur lui.

Par une chaude soirée d'été, alors qu'il traînassait avec des potes à un carrefour de Mitchell's Plain, l'un d'eux avait raconté que si un chien vous attaquait, on devait faire deux choses. Se précipiter sur lui avec les bras tendus devant soi. Parce que les chiens sont entraînés à attaquer les bras. Et ensuite, juste avant qu'il le morde, on lui file un coup sur le museau.

Ce fut la première chose qui lui vint à l'esprit.

Il ne réfléchit pas, se rua simplement sur l'animal en tendant son bras maigrichon. *Jirre*, comme si son corps n'était pas déjà assez douloureux.

Le chien dérapa dans un nuage de poussière et s'immobilisa, et Tyrone aurait juré avoir vu un air de « c'est quoi ce bordel ? » dans son regard. La bête ne bougeait plus. Tyrone en profita pour la dépasser et courir le long de la maison. Il ignorait s'il y avait quelqu'un.

Puis le chien se lança de nouveau à sa poursuite.

* * *

En dépit de tous ses défauts, Vaughn Cupido avait l'esprit vif.

190

Quand Griessel sortit son calepin et son stylo et les posa sur le bureau pour écrire un mot, son collègue comprit que la Girafe allait faire une remarque.

– L'Agence de la sécurité ? Ce sont des conneries ! lança-t-il d'un ton indigné.

Pourvu que Cupido n'en fasse pas trop, se disait Griessel. Il ne s'était jamais adressé ainsi à Nyathi avant. Il gribouilla à toute allure : *Bureau sur écoute ? Parler dehors,* et fit passer le mot au colonel pendant que Cupido continuait :

– Avec tout le respect que je vous dois, bien entendu, monsieur. Mais qu'est-ce que l'Agence de la sécurité connaît aux enquêtes criminelles ?

Nyathi lut et hocha la tête.

– Je suis désolé, messieurs, mais c'est ainsi. Je vous prie de m'apporter tous les documents ayant un rapport avec l'enquête.

Et il écrivit dans le petit calepin de Benny : *5 minutes. Club-house,* répondit ce dernier.

* * *

Il avait presque atteint la haute grille de la maison du voisin. Mais le chien était trop près, Tyrone dut se retourner pour affronter la bête.

Cette fois, l'animal continua sur sa lancée. Il fonça sur lui, se jeta sur son abdomen, son entrejambe, ce qui parut sur le coup horriblement déloyal à Tyrone, tellement inacceptable – quel genre de personne apprend à son chien à mordre le pénis d'un type ? – que la rage l'emporta sur la peur et qu'il frappa à l'aveugle, atteignant le museau du chien. Une douleur irradia dans son poing. Le chien glapit.

– Hé ! fit une voix d'homme depuis une des fenêtres.

Le chien se retourna. Tyrone prit son élan et sauta. L'adrénaline lui donnait des ailes. Il se retrouva de l'autre côté du mur, sur le trottoir, sans savoir comment.

Il continua à courir.

23

Le capitaine Mbali Kaleni était la seule femme de l'Unité de lutte contre les crimes violents de la DPCI. Depuis six longs mois à présent. Elle était courte sur pattes et très grosse. On ne la voyait jamais sans son badge du SAPS accroché à un ruban autour de son cou et son arme de service sur sa hanche rebondie. Elle quittait toujours son bureau avec un énorme sac à main en cuir noir brillant sur l'épaule. Elle paraissait constamment renfrognée, comme si elle en voulait à la terre entière. Il s'agissait d'un mécanisme de défense, mais seuls deux de ses collègues le comprenaient.

Elle avait obtenu sa licence en sciences policières avec mention et possédait un QI très supérieur à la moyenne. Son nom signifiait « fleur » en zoulou. Dans son dos, on la surnommait le « Faucon géant », « la Fleur », « Fleur de cactus » et de temps en temps, quand elle avait une fois de plus contrarié certains de ses collègues masculins avec son intransigeance, « cette *fokken* Mbali ».

Nyathi savait que Mbali Kaleni et Vaughn Cupido n'étaient pas nécessairement sur la même longueur d'ondes.

La Fleur pouvait réciter le moindre article du Code de procédure pénale et le moindre règlement des Hawks.

Elle agissait toujours en se conformant strictement à ces règles, alors que Cupido les voyait comme une ligne de conduite floue et facultative. Ces divergences de points de vue étaient souvent source de conflits, Nyathi le savait. Conflits qu'il devait gérer.

Du coup, il n'avait pas intégré son inspectrice dans l'équipe de Griessel qui enquêtait sur Franschhoek, et elle était donc disponible pour se rendre sur les lieux de la tuerie au Waterfront.

Le commandant du poste de police de Sea Point attendait à la porte du centre commercial. Il vit le capitaine Kaleni arriver vers lui en se dandinant, pleine d'allant et de détermination. Il déglutit : la réputation de Mbali la précédait. Il la savait intelligente mais difficile, aussi.

Il la salua poliment. Puis tendit la main vers la porte.

– Non, dit Mbali, vous ne portez pas de gants.

Comme il voulait juste s'éviter les emmerdes, ainsi qu'à ses coéquipiers, il se garda bien de dire que de nombreuses mains avaient déjà touché cette poignée. Il se contenta d'acquiescer et la regarda sortir une paire de gants de son sac et les enfiler.

– Vous n'avez pas de gants ? demanda-t-elle.

– Dans la voiture.

– Allez les chercher.

Il fit oui de la tête et demanda à un de ses inspecteurs de le faire.

– Vous avez des protections de chaussures ? continua-t-elle.

Il cria à l'inspecteur de les apporter aussi.

Mbali secoua la tête d'un air incrédule.

– Quand vous serez convenablement équipé, vous entrerez. Juste vous.

– Mais le sergent était le premier sur les lieux…

– Je l'interrogerai en sortant.

Elle désigna le deuxième inspecteur du doigt ainsi que le sergent en uniforme.

– Vous, vous gardez cette porte.

Puis elle entra.

* * *

– Qu'est-ce qui te fait croire qu'ils ont mis nos bureaux sur écoute ? demanda Nyathi.

La Girafe, Griessel et Cupido se trouvaient au parking du sous-sol, à côté de l'entrée du club-house, là où personne ne pouvait les voir ni les entendre.

– Elle m'a averti de ne pas en parler, répondit Griessel. « Si je m'aperçois qu'une information a filtré, les coups de fil cesseront. » Elle n'a pas dit « si je m'apercevais », mais « si je m'aperçois ». Je me trompe peut-être, mais ça m'a fait tiquer.

Nyathi resta immobile un long moment, tête penchée sur le côté. Il poussa un soupir.

– Comme ils surveillent déjà notre boîte e-mail et nos conversations téléphoniques, tu pourrais malheureusement bien avoir raison. Et on doit supposer que tu as raison.

– Oui, monsieur.

– Vous retournez au bureau et vous faites des copies, juste vous deux. Ne dites rien à personne. Faites-le simplement. Apportez-moi tous les documents originaux et je les remettrai à l'agent quand il arrivera.

– On continue donc à enquêter monsieur ? demanda Cupido.

– Et comment ! répondit Nyathi.

* * *

Mbali Kaleni avait envie de pleurer.

C'était son plus grand secret, plus grand que les paquets de chips, le poulet de chez KFC ou les chocolats qu'elle mangeait en douce dans son bureau. Plus grand que les fantasmes concernant l'acteur Djimon Hounsou auxquels elle se laissait parfois aller la nuit. Sur une scène de crime, elle avait envie de pleurer. À cause de la perte, de l'absurdité de la tragédie, mais par-dessus tout à cause de la capacité humaine à faire le mal. Cette cruauté la hantait et lui brisait le cœur. Pourquoi des individus, en particulier dans ce pays, violaient, mutilaient et tuaient-ils ? Le lourd fardeau du passé ? Ou cela venait-il du socle même de l'Afrique du Sud, un champ énergétique démoniaque qui perturberait l'esprit des gens ?

Dans le couloir, elle s'était montrée délibérément sévère avec le capitaine parce qu'elle voulait absolument entrer ici seule. Ainsi, personne ne verrait ses larmes. Un seul signe de faiblesse de sa part et ses collègues masculins pousseraient un cri de triomphe, elle le savait. Mais maintenant, au moins, elle pouvait laisser tomber ses épaules et s'autoriser des larmes silencieuses. Elle fouilla dans son sac et en sortit un paquet de mouchoirs, qu'elle serra dans son poing en observant les cinq corps sans vie. Cet après-midi, leurs proches, pères et mères, femmes, enfants, seraient anéantis par le chagrin. Ils disparaîtraient des gros titres au bout de quelques jours, mais les conséquences de cet acte, elles, perdureraient bien au-delà, telle une onde de choc, laissant des gens seuls pour subvenir aux besoins de leur famille, entraînant une pauvreté et une souffrance encore plus grandes, et cela jusque dans un futur lointain, quand le fils ou la fille d'un de ces hommes dirait à un travailleur social ou à un juge : « Mon père est mort quand j'avais quatre ans… »

Elle essuya ses larmes, rangea les mouchoirs dans son sac. Se redressa et commença à étudier la scène de crime.

* * *

Tyrone Kleinbooi traversa August Street en courant, puis le lotissement vide, et se lança à l'assaut du haut mur en ciment de l'école. Il voulait se retrouver parmi des gens, c'était le seul moyen de se mettre à l'abri, ici en haut de Schotsche Kloof, où les maisons se faisaient trop rares et les rues trop larges.

Il escalada péniblement le mur. L'école était silencieuse.

Les vacances, il avait oublié les vacances.

Il dépassa les bâtiments à toute allure, descendit jusqu'à la grille principale, à côté du terrain de netball. Un vigile vieillissant, coiffé d'une casquette militaire de guingois, traversa en claudiquant une aire cimentée et cria en agitant une matraque dans sa direction.

Tyrone continua à courir.

La grille principale était haute et verrouillée, mais la chaîne avait du jeu. Il l'entrouvrit en forçant et y glissa son corps malingre.

Il regarda en arrière.

Personne, mis à part le vieux qui gesticulait comme un fou en criant des mots énigmatiques.

Il était de l'autre côté. Il dépassa les appartements de Schotsche Kloof, des logements sociaux hideux où le linge séchait aux fenêtres en claquant dans le vent. De là-haut, une femme cria : « Hé, regardez-le, celui-là en train de courir ! »

Dieu merci, la rue descendait. Il tourna à gauche, traversa des arrière-cours et déboucha tout en haut de Church Street.

Il regarda une fois encore derrière lui.

Personne.

* * *

Ils se dépêchèrent. Griessel passait les documents et Cupido, plus compétent en matière de technologie, se chargeait du travail.

Le téléphone de Griessel sonna. Il le sortit, ennuyé qu'on l'interrompe alors qu'ils étaient tellement sous pression. Mbali s'affichait sur l'écran.

Il répondit.

— Benny, je suis au Waterfront. Il y a eu une fusillade. Cinq vigiles morts…

Griessel se retint de pousser son habituel « *Jissis* », Mbali n'aimant ni les gros mots ni les jurons.

— Je crois que tu ferais mieux de venir, ajouta-t-elle.

— Mbali, on est débordés…

— Je sais. Mais le colonel nous a briefés sur la fusillade de Franschhoek à la réunion de ce matin, et il a parlé de douilles gravées à l'effigie d'un serpent…

— Oui ?

— Il y en a un paquet ici, Benny. Je veux dire, vraiment un tas.

Fok, se dit Griessel, il n'aurait pas dû lui faire sentir qu'elle le dérangeait – son portable était sur écoute et, maintenant, toute la SSA allait être au courant.

— J'arrive, dit-il.

— Tu peux amener le sergent Davids aussi ? Il y a tout un arsenal technologique à maîtriser.

— Entendu, répondit Griessel avant de couper.

* * *

Nadia Kleinbooi se trouvait avec quelques camarades de cours à une longue table en bois dans un
des restaurants du Neelsie, le centre commercial de
l'université de Stellenbosch. Son portable sonna. Elle
l'entendit à peine, à cause du bruit tout autour, voix
d'étudiants, musique.

TYRONE était inscrit sur l'écran. Le type avait lui
dû rapporter son téléphone.

Elle se boucha une oreille et plaqua le combiné
sur l'autre.

– Allô ?

– Je suis vraiment désolé de vous ennuyer, mais il
n'y a personne à la maison.

La voix de bon samaritain à nouveau.

– Non, je vous en prie, vous ne m'ennuyez pas.
Mon frère travaille en ville, il ne rentrera que ce soir.
Je… vous pourriez peut-être déposer le portable dans
la boîte aux lettres ? Je vais essayer de…

Tyrone vivait dans la pièce au fond de la cour et
elle n'était pas sûre que les musulmans comprennent
que l'appareil était à lui. Elle ne savait pas quoi faire.

– Je vous l'apporte, dit l'homme.

– Non, je suis à Stellenbosch, c'est loin…

– Stellenbosch… (Sa voix s'éclaircit.) Je dois aller
là-bas avant de prendre mon avion.

– Vraiment ?

– Oui. Mon hôtel est là-bas.

– Oh. Vous êtes très gentil.

– Non, non, je sais ce que c'est de perdre son portable. C'est un… *grand dérangement**.

– Vous êtes français ?

– Mais oui.

– C'est super.

– Alors, je vous retrouve où ?

– Ah... oui. J'ai cours jusqu'à 13 heures. Où est votre hôtel ?

– Dans Stellenbosch. Je vous appelle quand j'arrive ?

– D'accord, juste après 13 heures. Appelez-moi juste après 13 heures.

24

Le bureau du chef de la sécurité se trouvait plus loin dans le couloir, dans les entrailles du centre commercial Victoria & Albert. À 12 h 02, Mbali s'installa sur une des chaises réservées aux visiteurs. Un agent de la sécurité métis s'assit en face d'elle. Le commandant du poste de police de Sea Point resta debout contre le mur.

– J'étais de service au Red Shed quand je les ai entendus à la radio, dit le vigile, nerveux et encore sous le choc.

– À quelle heure ? demanda Mbali.

– Je ne peux pas dire exactement.

– Plus ou moins ?

– Mettons dans les 9 heures. Peut-être… peut-être moins le quart, moins dix… Je ne suis pas sûr.

– OK, qu'avez-vous entendu à la radio ?

– Qu'ils avaient attrapé Knippies.

– Qui est Knippies ?

– C'est le pickpocket. On essaie de le coincer depuis un bon moment.

– Il s'appelle Knippies ?

– C'est comme ça qu'on le surnommait. Il…

– Quel est son vrai nom ?

– Je ne sais pas.

– Vos collègues le connaissaient ?

201

– Non. Personne.

– Que savez-vous de lui ?

– On… Il… Ça fait longtemps, deux ans, peut-être plus, qu'on reçoit des plaintes. De gens qui déclarent s'être fait dévaliser. Par un pickpocket. À chaque fois, c'est pareil, ce type, Knippies, il vient vers eux et il leur demande s'ils ont fait tomber cette *knippie*, comment vous appelez ça, une barrette, vous voyez, le truc que les filles se mettent dans les cheveux, avec un papillon ou une fleur dessus. Parfois, il se sert d'un briquet, comme un Zippo, quand il veut détrousser un type. Et ils ont tous dit que c'était un Noir, mince, environ un mètre quatre-vingts, habillé en noir, quelquefois avec un jean bleu. Ça fait plus d'un an qu'on essaie de le repérer, tous les agents de sécurité, qu'on recherche un type noir et maigrichon. Et que le centre de contrôle surveille les écrans et nous prévient quand il y a un suspect.

Mbali l'interrompit d'un geste de la main.

– Le centre de contrôle, c'est là où se trouvent les caméras vidéo ?

– Oui.

– Ce Knippies, il opérait tous les combien ? demanda-t-elle.

– Une fois par mois. Peut-être… Je ne sais pas, parfois deux fois le même jour et puis plus rien pendant des semaines.

– Mais en moyenne, une fois par mois ?

– À peu près.

– D'accord.

Il se tut.

– Continuez.

– Oh. Bon. Je… Oui, une fois par mois. Mais il est malin, il savait où se trouvaient les caméras, alors il

202

agissait toujours dans les coins où il n'y en avait pas. Et puis, il y a environ un an, peut-être moins, peut-être en août… Je ne suis pas sûr…

– Ce n'est pas grave.

– D'accord. Merci. Alors, peut-être en août, ils ont installé des caméras supplémentaires, les petites. Et en mars de cette année – oui, ça devait être mars –, ils l'ont repéré sur l'une d'elles, tout près de l'embarcadère, à côté des panneaux qui proposent des locations. Il était en train d'arnaquer un type, un photographe, il lui a piqué un objectif dans son sac en utilisant le truc du briquet. Mais ils n'ont pas pu le prendre sur le fait, il est très habile, très rapide. Quand le type est venu porter plainte, ils ont repassé la vidéo et c'est là qu'ils l'ont vu. Du coup, on a pu avoir un gros plan… une photo de Knippies. En fait, il est métis, mais avec la peau sombre, vous voyez ? Ils nous ont montré à tous la photo et la vidéo…

– C'est celle qui est sur le mur ? Dans la salle de contrôle ? Celle qui ressemble au type sur l'écran vidéo ?

– Oui, c'est Knippies.

– Très bien. Et ce matin ?

– Je l'ai entendu à la radio.

– Qu'avez-vous entendu exactement à la radio ?

– J'ai entendu le centre de contrôle appeler Gertjie et Louw. Ils patrouillent dans l'amphithéâtre. La sécurité a signalé qu'ils avaient repéré Knippies, et que Gertjie et Louw devaient se mettre à sa recherche. Il y avait beaucoup de monde, le bateau de croisière était là ce matin, alors le centre de contrôle leur donnait des indications. Allez à gauche, allez à droite. Et puis j'ai entendu Louw dire qu'ils l'avaient coincé.

– C'est ce qu'il a dit ?

– Oui, mais en afrikaans. « *Ons het hom, Control, ons bring hom in.* »

– Et ensuite ?

– Ensuite, tout le monde a appelé pour les féliciter. Et le contrôle a répondu : « C'est mal barré pour lui, on l'a sur la vidéo. »

– Et après ?

– Après, j'ai entendu Jerome appeler par radio pour signaler la fusillade.

– Qui est Jerome ?

– C'est un agent.

– Un agent de sécurité ?

– Oui.

– Comme vous ?

– Oui.

– Il était quelle heure ?

– Je ne sais pas. Un peu après 9 heures.

– Comment Jerome a-t-il su pour la fusillade ?

– Il était en pause et il a dit qu'il voulait voir de quoi Knippies avait l'air, alors il s'est rendu à la salle de contrôle et il a découvert tout le monde mort.

– Où est Jerome en ce moment ?

– Aux toilettes. En train de vomir. Tripes et boyaux.

* * *

Tyrone vola un Samsung S3 dans le centre commercial de St Georges, dans la poche d'un gars qui portait un coupe-vent.

Il détestait les Samsung S3 à cause de leurs sept types d'écrans de verrouillage différents. La plupart des gens utilisent le modèle de base, les neuf points qu'on doit relier dans un certain ordre.

Il tenta les trois combinaisons les plus courantes.

Rien. Impossible de débloquer l'appareil.

Il n'avait pas le temps. Il le balança dans une poubelle et se mit en quête de sa prochaine victime.

* * *

Ils se faufilèrent parmi les voitures sur la N1, gyrophare allumé, mais sirène éteinte. Griessel conduisait. Cupido se défoulait sur Mbali.

– La semaine dernière, elle me balance que c'est à l'ambition d'un homme qu'on reconnaît sa valeur. Juste parce que je faisais un break avec Angry Birds. Je veux dire, si on peut pas lever le pied de temps en temps…

– Qui est Angry Birds ?

Davids le Zézayeur, sur le siège arrière, rit.

– Pas « qui », Benny, « quoi », répondit Cupido sans s'énerver. C'est un jeu. Sur mon téléphone. Tu devrais l'essayer, il y a aussi une version iOS. C'est super pour évacuer le stress. Enfin bref, j'ai failli lui dire : « Mbali, si j'avais autant d'ambition que toi, je serais aussi un *doos* », mais après y aurait plus eu moyen qu'elle la boucle sur les gros mots, et puis c'est aussi un signe de faiblesse certain, elle a toujours une putain de citation. Qu'est-ce qu'il y a de mal avec les jurons ? Je veux dire, c'est juste des mots comme les autres. Ce qui me gonfle vraiment, c'est les gens qui pensent *« fokken »* mais qui te balancent *« flippen »* à la place, et du coup ça passe. Mais c'est bidon, putain, ils veulent dire pareil. Et l'intention, c'est les neuf dixièmes du délit, *pappie*. Mais tu peux lâcher *« flippen »* devant Mbali, *daai's* cool. Je veux dire, Benny, y a pas de justice quand il s'agit de cette nana.

– Possession.

– Hein ?

– La possession constitue les neuf dixièmes du délit.

– D'accord. C'est vrai. Mais la possession, ça vaut quoi sans l'intention ?

– Tu as raison.

– *Fokken* Mbali !

Cupido se tut un moment et Griessel repensa à une conversation qu'ils avaient eue un matin, au Wimpy de la station-service Engen de Winelands, sur la N1, au retour d'une enquête à Paarl. Tout en prenant son café, Mbali avait tiré un manuel scolaire de son énorme sac à main. *Droit des contrats sud-africain.*

– Je suis désolée, Benny. J'ai un examen ce soir.

Il ignorait qu'elle avait repris des études alors qu'elle avait déjà une licence avec mention en sciences policières. Alors il s'en était étonné.

– Je fais une licence de droit à l'UNISA.

– Tu veux quitter la police ?

– Non, Benny.

Elle avait hésité, l'avait regardé d'un air circonspect avant de décider qu'elle pouvait lui faire confiance, et avait avoué :

– Je veux être directrice. Un jour.

Il n'y avait aucune arrogance dans cette affirmation, juste une détermination tranquille.

À l'évidence, elle voulait dire directrice de la police nationale et il était resté assis à réfléchir, stupéfait. Sur les gens. Sur lui-même. Lui n'avait jamais voulu être *quelque chose*. Il avait juste voulu *être*.

C'est à l'ambition d'un homme qu'on reconnaît sa valeur.

Voilà peut-être pourquoi il était devenu un alcoolo et un raté. On devrait sûrement avoir des plans sur trois, cinq et dix ans pour soi-même, des aspirations plus élevées. Mais comment faire quand on se débat avec les difficultés de la vie quotidienne ?

Comment régler le problème entre Alexa et lui ?

Sa seule ambition était d'éviter une séance au plumard.

Qu'est-ce que ça disait sur sa valeur ?

Peut-être tout.

Comment mettre ce type de désagrément à l'ordre du jour, se dégotter un plan sur trois nuits. Était-il le seul à se débattre avec ce genre de conneries ?

25

Être pickpocket, Tyrone, c'est la loterie. Tu prends ce qu'il y a. C'est pour ça qu'il te faut plus d'un receleur. Parce que tout a une valeur pour quelqu'un.

Mais qu'est-ce que tu fais, oncle Solly, si tu n'as pas le temps d'aller à la pêche miraculeuse, si tu dois piquer un portable pour une raison précise et que l'occasion ne se présente pas à ta porte ? Et que tu n'y as jamais vraiment pensé avant, et que tu n'as ni le temps ni l'envie d'y réfléchir ? Parce que c'est une course contre la montre et que tu ne peux pas téléphoner à ta frangine d'une cabine publique, vu que justement le problème est qu'elles sont publiques, en particulier celles à pièces et à cartes dans le centre commercial de St Georges. Tu peux pas simplement aller là-bas et dire : « Nadia, je suis dans la merde jusqu'au cou, si les flics t'appellent, dis que tu ignores de qui vient le coup de fil. » C'est bruyant là-bas près des cabines, tu peux pas parler à voix basse. Ou alors, tu te pointes dans un resto et tu dis : « Voilà cent rands, s'il vous plaît, laissez-moi utiliser le téléphone pour une urgence. » Et le maître d'hôtel rôde autour de toi, soupçonneux, pour vérifier que t'es pas en train d'appeler Pékin. En plus, oncle Solly, Nadia va prendre peur et elle va demander : « Mais qu'est-ce qui se passe ? » Et si je ne lui réponds pas, elle va s'inquiéter. Parce que je suis tout ce qu'elle a. J'ai toujours été tout ce qu'elle avait.

Et dans sa hâte, pressé comme il l'était, tandis que ses yeux papillonnaient d'un passant à l'autre, la question lui tomba brutalement dessus, venue de nulle part : Comment le tueur avait-il su où il vivait ?

À cette pensée, Tyrone s'arrêta sur place et fut pris de frissons.

Quand la grosse fille l'avait appelé par l'interphone, il avait tout de suite pensé aux flics. Mais ce n'étaient pas eux et il n'avait pas eu le temps d'approfondir le sujet.

Comment était-ce possible, bordel ?

Est-ce que le tireur l'aurait suivi ?

Sûrement. Il ne voulait pas descendre Tyrone en public. Il ne voulait pas de témoin. Alors il avait suivi le taxi jusqu'à la maison. Il était bon, Tyrone ne l'avait pas remarqué.

Il regarda autour de lui, lentement, soigneusement, cherchant des yeux l'homme à la casquette de base-ball grise. Ou une copie raisonnablement fidèle.

Rien. Il continua à avancer, à l'affût de cibles potentielles.

L'heure, tournait.

Pourquoi ce frangin voulait-il le descendre ?

Parce qu'il avait tout vu.

Pourquoi ce frangin s'était-il pointé là-dedans avec un silencieux, comme un agent secret, et avait-il descendu tous ces vigiles ?

Peut-être un giga hold-up dans le centre commercial ?

Une histoire de drogue, sans doute. Les agents de sécurité étaient tous des dealers qui en palpaient au passage. La seule chose qui aurait pu faire sortir de l'ombre un frangin avec une arme équipée d'un silencieux.

Tyrone chercha un pigeon.

Et soudain, il se dit, quel *blerrie* crétin ! regarde ce que le stress te fait faire. Au lieu de piquer un téléphone, achètes-en un.

* * *

Le commandant du poste de police de Sea Point était toujours appuyé contre le mur. Il écoutait le capitaine Mbali interroger Jerome, premier témoin sur les lieux. Rien que des trucs qu'il aurait lui aussi demandés, se disait-il. On en faisait vraiment tout un plat de son intelligence.

Visiblement, Jerome était encore sous le choc. Blanc comme un linge, il parlait d'une voix sourde et hésitait avant chaque réponse, comme s'il refusait de se remémorer les événements. Il expliqua que le tableau de service était organisé de façon qu'un seul agent soit en pause à la fois. Sa pause à lui commençait à 9 heures, mais il travaillait au parking de Clock Tower et il avait d'abord bavardé avec un copain avant de gagner la salle de repos. Ensuite, il avait voulu voir à quoi Knippies ressemblait en vrai et s'était rendu à la salle de contrôle. Peut-être que le chef ne le laisserait pas regarder le pickpocket, mais il avait décidé d'essayer quand même, vu qu'ils avaient cherché ce type si longtemps.

– Alors vous êtes entré ?

– Oui.

– Et la porte était ouverte ?

– Quelle porte ?

– Celle qui donne dans le couloir.

– Non. Elle était fermée.

– Avez-vous remarqué quoi que ce soit qui sortait de l'ordinaire ?

– Bon sang, madame, je les ai tous vus morts…

– Ce n'est pas ce que je veux dire. Avant d'arriver à la salle de contrôle, avez-vous remarqué quelqu'un ou quelque chose qui vous a paru bizarre ?

– Non. C'était très calme.

– Avez-vous touché quoi que ce soit ?

Le portable du commandant de Sea Point sonna. Le capitaine Kaleni lui lança un coup d'œil désapprobateur. Elle croit peut-être que je peux éviter ça ? se dit-il. Il reconnut le numéro de son poste de police et sortit de la pièce pour répondre.

C'était le bureau des plaintes, et la voix de l'agent de police sentait le drame.

– Capitaine, on a une autre fusillade. En haut de Schotsche Kloof.

– Oui ?

Son cœur se serra mais il resta impassible.

– Une femme a téléphoné à 11 h 33, Ella Street, numéro 18, pour signaler un intrus à sa grille, en train d'escalader la clôture. Je lui ai demandé si les portes étaient verrouillées et elle a dit que oui. J'ai envoyé un véhicule, ils sont arrivés à 11 h 44. La grille était toujours fermée à clé. Ils ont sonné, mais personne n'a répondu…

Le commandant était à bout de patience.

– On l'a tuée ?

– Oui, capitaine. Ils l'ont trouvée à l'intérieur. Une des vitres est brisée…

– J'arrive.

Ce n'était pas son jour.

* * *

Tyrone acheta un téléphone chez les Somaliens d'Adderley Street. Ils essayèrent d'abord de lui refiler un LG E900 Optimus7 pour neuf cents rands.

– Neuf cents pour un téléphone Windows volé. Tu me prends pour un idiot ?

– C'est un bon téléphone. Pas volé. Cool.

– Je me fous que ce soit un bon téléphone. Je paie pas neuf cents pour un téléphone volé. Et je ne veux pas d'un Windows. Personne ne veut d'un téléphone Windows. T'as quoi d'autre ? Pour moins de deux cents ?

– Deux cents ? Rien pour deux cents. On vend que des bons téléphones. Pas des téléphones volés.

Il n'avait pas le temps de dire au Somalien au regard doux et au grand sourire qu'il racontait des conneries. Il hocha la tête, tourna les talons et sortit.

– Attends ! cria le Somalien, comme Tyrone l'avait prévu.

– Deux cents.

– Mais c'est une antiquité ! Cent.

– Cent soixante-quinze. Il a une carte sim. Il fonctionne.

Le type alluma l'appareil.

– Laisse-moi l'essayer.

– Non. Je vais te montrer. Je vais appeler mon ami.

Il composa un numéro et approcha le téléphone de l'oreille de Tyrone pour qu'il puisse écouter. Le téléphone sonna. Quelqu'un répondit.

– Tu vois. Ça marche. Sans abonnement. Rechargeable. Pas volé.

Il l'éteignit.

– Combien de crédit sur la carte ?

– Dix heures.

– OK.

Il ne croyait pas le type. Probablement plus près d'une heure ou deux. Mais cela suffisait. Il sortit le portefeuille volé.

* * *

– Alors, avez-vous touché quoi que ce soit ? demanda à nouveau Mbali.

– Non, répondit Jerome.

– Et la poignée de porte à l'extérieur ?

– Oui, je l'ai touchée.

– Et à l'intérieur ?

– Non, rien. Attendez. J'ai aussi touché la poignée de porte dedans. Et la porte des toilettes, et le lavabo et…

– Je parle de la scène de crime.

– Non, je n'ai rien touché là-dedans.

– D'accord. Avez-vous regardé l'écran vidéo quand vous étiez dans la salle ?

– Oui. Mais juste un instant. Je veux dire, tous mes amis…

– Je comprends. Est-ce que ce Knippies est sur l'écran ?

– Je crois.

– Alors, il y a une vidéo de Knippies qui a été prise aujourd'hui ?

– Oui, ils le surveillaient, et toutes les caméras enregistrent.

– Très bien. Je vous remercie.

* * *

Tyrone courut jusqu'aux jardins de la Compagnie pour pouvoir appeler Nadia sans avoir des centaines d'oreilles à l'affût.

Elle ne répondit pas. Il obtint la boîte vocale, inspira un grand coup, prêt à lui laisser un message, puis changea d'avis et coupa. Que pourrait-il lui dire qui ne l'inquiète pas ?

Son téléphone était sans doute en mode silencieux. Elle devait être en cours. Plus que douze minutes. Elle allait probablement sortir juste après 13 heures.

D'ici là, les flics auraient sans doute mis la main sur le sac, et sur le téléphone aussi.

Il allait être obligé de laisser un message à Nadia. Il dirait simplement qu'il avait changé de numéro… Non, il dirait que c'était un numéro temporaire, qu'il avait perdu son ancien téléphone et qu'elle devait l'appeler d'urgence… Non, qu'il avait un truc important à lui dire. Qu'elle l'appelle aussi vite que possible.

Il prit une profonde inspiration pour qu'elle n'entende pas la panique dans sa voix et composa le numéro.

* * *

Pour la première fois, Mbali remarqua l'impact de balle dans le chambranle de la porte qui menait au centre commercial. Elle l'étudia soigneusement, puis tenta d'en comprendre la signification dans le contexte global de la scène de crime.

Elle ouvrit la porte et entra dans le couloir. Elle avait toujours ses gants et ses surchaussures. Elle chercha des yeux une caméra qui aurait pu couvrir la porte menant à la salle de contrôle.

Elle en trouva une, à dix mètres de là, perchée en haut du mur.

Elle apprécia l'angle d'après la position de la caméra. Elle n'avait peut-être pas filmé la porte, mais on devrait au moins voir une bonne partie du large couloir devant elle.

– Mbali ?

Elle se retourna en entendant la voix familière. Benny Griessel, accompagné de Vaughn Cupido et du Zézayeur. Elle s'arma de courage. Griessel était son collègue favori. La tenue et l'allure du sergent Davids, dit le Zézayeur, avaient un petit côté scandaleux, mais il faisait correctement son travail et savait rester à sa place. Quant à Cupido, elle ne pouvait pas le supporter. Mais en vraie professionnelle, elle devait être capable de tout affronter.

Elle les salua tous les trois, puis alla se poster devant la porte qui débouchait du centre commercial.

– La scène de crime commence ici. Équipez-vous pour ne pas la contaminer.

26

Nadia Kleinbooi sortit de cours.

Derrière elle dans le couloir, un type lança : « Est-ce que ce jean est livré avec le joli petit cul ou c'est en option ? »

Elle le regarda et se mit à rire. Elle apprécia néanmoins l'attention. Elle n'était pas aussi menue que son frère. « Tu as les mollets qu'ils ont oublié de me donner », disait toujours Tyrone.

À quoi elle répliquait : « Et toi, tu as l'allure. »

– Il n'y a rien qui cloche avec ton allure. *Jy's* magnifique.

Mais elle savait que c'était lui, le beau mec. Toutes ses copines avaient l'habitude de traîner autour de la maison d'oncle Solly dans l'espoir que Tyrone soit là. Mais il n'était pas beaucoup là. Même s'il répondait toujours présent quand elle avait besoin de lui.

Ce n'est qu'une fois dehors, sous le pâle soleil d'hiver, qu'elle sortit son téléphone.

Deux SMS firent entendre leur bip immédiatement.

Vous avez deux appels manqués.

Vous avez deux messages vocaux.

Au même moment, le téléphone sonna. Le numéro de Tyrone. Elle répondit.

– Salut, fit le gars en français, de sa voix sexy. Je suis dans Ryneveld Street.

Il le prononçait « Rinerval », ce qui la fit sourire.

– Il y a un bâtiment ici, je crois que ça dit géologie.

– Je sais où c'est. Je suis là dans deux minutes.

– Très bien, dit-il. J'attends à l'entrée du parking. Avec un Nissan X-Trail gris métallisé.

– OK.

Elle raccrocha.

Elle se demanda à quoi ressemblait le Français. Il avait un accent tellement, tellement sexy, et une jolie voix – un brin amusée, comme s'il trouvait la situation globalement très drôle.

* * *

Griessel tenait la douille entre ses doigts gantés.

– C'est le même serpent. Et les mêmes initiales.

– D'accord, dit Mbali, avant de leur faire un résumé point par point de ce qui s'était passé, d'après les agents de sécurité.

– Kobra serait maintenant un pickpocket ? lança Cupido en hochant la tête d'un air dédaigneux.

Mbali l'ignora.

– Ce n'est pas Kobra, ajouta Cupido en montrant du doigt l'écran vidéo, puis la photo sur le panneau d'affichage. Ce type a la peau trop foncée. Et ce n'est pas raciste, Mbali. Juste un fait.

Elle ne le regardait pas. Le plus difficile pour l'instant, expliqua-t-elle à Griessel, était de décider quand le Zézayeur pourrait prendre place devant la console vidéo pour qu'ils regardent les images. Parce que la console se trouvait au milieu de la scène de crime et qu'ils risquaient de brouiller les éléments de preuves s'ils piétinaient tout autour, parmi les morts. Le Gros et le Maigre étaient en route, mais la procédure – enregistrements photo et vidéo, examen sur place du légiste et retrait des corps – risquait de prendre des heures. Plus ils attendraient, moins il y aurait de chances qu'une quelconque preuve vidéo se révèle utile. Et pendant ce temps, le coupable serait loin.

– C'est facile, répondit Cupido. Rien de bien compliqué ici. Il est venu, il a tiré, il est reparti. Et on est déjà sur place. Allons-y.

Mbali ne regardait que Griessel.

– Il a raison, dit-il, mais on doit quand même faire très attention à ne pas déranger quoi que ce soit.

– D'accord, dit Mbali. Mais il y a un autre problème. Étant donné que la fusillade était très localisée et que le commandant de Sea Point a géré habilement la situation il n'y a pas encore eu de vagues. Mais quand la Scientifique, le légiste et les ambulances vont arriver, ce sera une autre histoire. Quelqu'un doit aller prévenir la direction du centre commercial. Il va falloir qu'ils gèrent la curiosité des médias et du public.

– Pas la peine de me regarder, lança Cupido.

– Où est le commandant ? demanda Griessel.

– Il a dû partir. Une autre fusillade ailleurs.

– Quelle fusillade ? fit Griessel, la gorge nouée, car il ne croyait pas aux coïncidences.

* * *

Nadia l'aperçut à côté du X-Trail métallisé. Un blond vêtu d'un jean plus très neuf et d'un T-shirt blanc, un téléphone portable à la main. Il regardait autour de lui, comme s'il cherchait quelqu'un. Cheveux en brosse, hanches étroites, épaules larges, peau hâlée, style surfeur. Peut-être était-ce un surfeur.

Quel dommage qu'il reparte pour la France…

Mais en s'approchant, alors qu'il la regardait d'un air interrogateur et qu'elle agitait la main en hochant la tête, elle se rendit compte qu'il devait avoir dans les trente-cinq ans. Trop vieux pour elle. Quoique…

– Nadia ? demanda-t-il en montrant le téléphone.

– Oui.

Il lui décocha un large sourire. Dents blanches, régulières.

– Comment est-ce que je peux vous remercier ?

Du coin de l'œil, elle aperçut deux autres hommes dans le X-Trail.

– C'est un plaisir, répondit-il en lui tendant l'appareil.

Elle s'apprêtait à le prendre quand il l'empoigna par le bras.

* * *

Deux étudiants dans une Volkswagen Golf City sortaient du parking jouxtant le bâtiment R.W. Wilcocks.

Le passager était occupé avec son portable. Ce fut le conducteur qui vit la scène – le Blanc attrapant la jeune fille métisse. La portière arrière du Nissan X-Trail s'ouvrit et il la tira, en la soulevant à moitié, à l'intérieur du véhicule.

– C'est quoi ce bordel ? dit-il en baissant sa vitre.

– Quoi ? demanda le passager.

– Ce type…

Il vit le X-Trail démarrer calmement.

Il enfonça trois fois l'avertisseur, de petits coups rapides et insistants.

– Qu'y a-t-il, bro ? répéta le passager.

Le X-Trail roulait.

– Hé ! gueula le conducteur par la vitre baissée.

– Du calme, bro, fit le passager.

– Ces types dans le Nissan, ils viennent de kidnapper une fille, juste là…

Il accéléra et se lança à la poursuite du véhicule.

– Quelle fille ?

– La fille qui est dans la bagnole.

– Tu déconnes !

– Pas du tout. Appelle la police !

Le X-Trail tourna à droite dans Crozier.

– Y a pas de fille dans la bagnole…

Le conducteur klaxonna une fois encore, réduisit la distance de façon à coller au véhicule.

– Ils l'obligent à se baisser. Appelle la police, j'te dis. Je l'ai vue.

Le passager n'était pas convaincu.

– Bro, on peut pas appeler la police comme ça.

Le conducteur jura, lâcha une ribambelle d'insultes sur un rythme saccadé. Sortit son téléphone de sa poche de chemise.

– Je vais les appeler moi-même, putain…

Le X-Trail tourna à droite dans Andringa. Ils le suivirent. Le conducteur leva les yeux puis les baissa à nouveau pour composer le numéro.

– Fais gaffe ! cria le passager.

D'un rapide coup d'œil, le conducteur vit que le X-Trail s'était brusquement arrêté. Les portières s'ouvrirent et deux hommes armés en sortirent en courant.

– *Fok*, bro, recule ! hurla le passager.

Mais quand le conducteur freina, dans un bref crissement de pneus suraigu, c'était trop tard. Les hommes étaient là, se déplaçant à une vitesse incroyable. Sans hésitation, l'un d'eux braqua son arme sur le pneu avant. Explosion assourdie suivie du chuintement d'un pneu qui se dégonfle. Ils ouvrirent ensuite les portières de la Golf à la volée, leur arrachèrent les téléphones des mains, claquèrent les portières, coururent jusqu'au X-Trail et bondirent à l'intérieur.

Le véhicule s'éloigna.

Les étudiants ne bougeaient plus.

– *Jissie,* fit le passager.

Le conducteur laissa échapper un son très similaire à celui du pneu en train de se dégonfler.

* * *

Benny Griessel n'utilisa pas son téléphone portable. Il appela le commandant de Sea Point d'un appareil qui se trouvait à côté de la console vidéo.

– On a une douille avec un serpent dessus, lui dit immédiatement le commandant.

– Comment savez-vous cela ?

– J'étais présent lors de l'interrogatoire mené par le capitaine Kaleni au V&A. Elle a parlé de « douilles avec un dessin de serpent » au téléphone…

– D'accord. Qui a été tué ?

– On ne l'a pas encore identifiée. Une jeune femme métisse, apparemment, elle était seule à la maison. L'intrus est entré en cassant une fenêtre de la salle à manger. Il a forcé la porte de la chambre de la jeune femme, la serrure est fracturée. Et il l'a tuée d'une seule balle, en pleine tête.

Jissis, se dit Griessel. C'est quoi ce bordel ? Il essaya de garder son calme.

– OK. Aucun doute, c'est lié à deux autres affaires de meurtres. J'envoie le capitaine Vaughn Cupido, si vous pouvez simplement condamner la scène de crime jusque-là.

– C'est déjà fait, répondit le commandant.

– Merci capitaine. Quelle est l'adresse ?

Griessel était soulagé. Et satisfait, parce que la SSA n'était pas encore au courant de *ce crime-là*.

– Ella Street, numéro 18, en haut de Schotsche Kloof.

Griessel coupa. Et ensuite, tout arriva en même temps.

– Vaughn, je dois t'envoyer dans le Bo-Kaap, dit-il.

– C'est cette fille.

Davids le Zézayeur montra du doigt la console vidéo où une bande était en train de défiler en arrière.

– *Fok !* lâcha Cupido.

– Très peu professionnel comme langage ! lança Mbali.

Le téléphone de Griessel sonna.

– Quelle fille ? demanda Mbali.

– La fille de Facebook. Alvarez, répondit le Zézayeur.

Ils enjambèrent avec précaution les corps des vigiles pour se rapprocher de l'écran.

– Quelle fille de Facebook ? répéta Mbali.

– C'est elle, confirma Cupido.

Le téléphone de Griessel continuait à sonner, mais il gardait les yeux rivés sur l'écran. Lillian Alvarez avait le visage tourné vers la caméra. Elle fixait la barrette à cheveux entre les doigts du pickpocket. Knippies, lui, regardait la jeune femme, effleurant son sac de la main.

– Quelle fille de Facebook ? insista Mbali.

Dehors, on entendit la voix d'Arnold, le gros courtaud de la médecine légale.

– Hellôôô ? Y a quelqu'un ?

Griessel répondit au téléphone.

– Allô ?

– Vous feriez mieux de vous dépêcher, dit la femme

222

qui se faisait appeler Joni Mitchell. La SSA est en route. Ils vont prendre le contrôle de la scène de crime.

– Celle du Waterfront ?

– Oui.

Puis elle coupa.

– Il a volé quelque chose à Alvarez, dit Cupido.

– *Liewe ffff…* lâcha Jimmy le maigrichon quand il vit les cinq corps sans vie.

Et s'interrompit car le capitaine Kaleni lui avait décoché un regard cinglant.

27

– Dehors, lança Griessel au Gros et au Maigre.

– Vous ne croyez pas que c'est vous qui devriez sortir ? répliqua Jimmy. Vous occupez toute la…

– Dehors, répéta Griessel d'un ton plus sec.

Stupéfaits par l'attitude de Griessel, ils restèrent sans réaction.

– Jimmy, s'il te plaît, allez attendre dans le couloir. Et dépêchez-vous.

Ils perçurent l'urgence dans sa voix et obéirent.

– Est-ce que quelqu'un va m'expliquer qui est cette Alvarez ? demanda Mbali.

– Plus tard, Mbali, dit Griessel. On a très peu de temps. La SSA est en route…

– Et merde, fit Cupido.

– La SSA ? demanda Mbali, incrédule. L'Agence de sécurité de l'État ?

– S'il vous plaît, tous. On parlera plus tard. Pour l'instant, il faut qu'on regarde cette séquence. Dépêche-toi, Lithpel, repasse-la.

* * *

Tyrone arpentait l'allée des Jardins de haut en bas. Nadia avait encore oublié de rallumer son téléphone. Ce n'était pas la première fois.

Il rappela.

Entendit sonner. Longtemps.

Il était de plus en plus angoissé. Il allait à nouveau tomber sur la boîte vocale.

Et tout à coup, elle répondit.

– Allô ?

Il comprit à ce simple mot que quelque chose clochait. Les flics l'avaient déjà appelée.

– Nadia, c'est moi. Je peux expliquer, peu importe ce qu'ils t'ont dit, ce n'est pas vrai…

Il entendait un bruit sur la ligne, un ronflement, comme si Nadia était en voiture.

– Ils me retiennent, *boetie*…

Il y avait de la peur dans sa voix, une peur comme il n'en avait jamais entendu, et son estomac se noua.

– Les flics ?

– Est-ce que c'est Tyrone ?

Une voix masculine. Mais pas un accent de flic.

– Qui est à l'appareil ?

– Tyrone, j'ai Nadia et toi, tu as quelque chose que je veux. Si tu me le rends, on la laissera filer. Sinon, je la descends, une balle entre les deux yeux. Tu comprends ?

Tyrone se mit à trembler sans pouvoir se contrôler.

– Je n'ai rien…

– Tu as volé un portefeuille sur le Waterfront ce matin.

Il resta silencieux.

– Tu as ce portefeuille avec toi en ce moment ?

– Peut-être.

225

– Ne joue pas au plus malin, Tyrone. Tu veux que je fasse du mal à ta sœur ?

– Non.

– Tu as ce portefeuille sur toi ?

– Oui.

– Je veux que tu regardes dedans. Il devrait y avoir une carte mémoire à l'intérieur.

Son cœur fit un bond dans sa poitrine. Une carte mémoire ? Il n'y avait aucune carte mémoire dans le portefeuille.

– Il y a juste du liquide et des cartes de crédit, répondit-il.

– Je veux que tu regardes très soigneusement, Tyrone. Prends ton temps.

– Vous restez en ligne ?

– Je reste en ligne.

Il s'assit sur un banc, posa le téléphone à côté de lui, sortit le portefeuille. Les doigts tremblants, il vérifia les billets. Rien ne s'était glissé entre eux.

Le portefeuille possédait trois compartiments pour les cartes de crédit. Il les fouilla l'un après l'autre.

Il trouva la carte dans le rabat arrière, en enfonçant les doigts dans une pochette qui semblait vide de prime abord. Il la sortit.

Une carte bleue, plate et légère. *Verbatim SDXC. 64GB.*

Il reprit le téléphone.

– Je l'ai.

– Je veux que tu regardes bien cette carte, Tyrone.

– C'est ce que je fais.

– Cette carte, c'est la vie de ta sœur. Si tu la perds, elle meurt. Si tu la casses, elle meurt. Si tu l'abîmes de quelque façon que ce soit et que je ne peux pas

226

lire ce qu'il y a dessus, je tuerai ta sœur. Je lui tirerai une balle entre les deux yeux…

– Je vous en prie ! hurla Tyrone en serrant très fort la carte dans sa main. Je vais vous la donner.

– Très bien. Où es-tu ?

– Je suis dans les Jardins.

– Où est-ce ?

– Au Cap.

– Parfait. Tu as appelé ta sœur d'un mobile ?

– Un portable. Oui.

– Et tu vas garder ce téléphone avec toi ?

– Oui.

– Et tu vas le laisser allumé ?

– Oui.

– OK, Tyrone. Je te rappelle.

– Quand ? demanda-t-il d'une voix affolée.

Mais la communication était déjà coupée.

* * *

Le sergent Lithpel Davids leur repassa la bande. Ils virent Knippies, le pickpocket, rattraper Lillian Alvarez et attirer son attention. Lui mettre la barrette à cheveux sous le nez pendant que sa main droite triturait son sac à main.

Aussi doux que de la soie, et rapide. Ils observèrent l'adresse du pickpocket, la nervosité de la femme.

– Lithpel, stop. Qu'a-t-il sorti du sac à main ?

Davids rembobina la vidéo. Ils regardèrent encore, mais la main du pickpocket allait trop vite. Impossible d'identifier l'objet.

– Essaie au ralenti, suggéra Cupido.

– Ça n'aidera pas, répondit le Zézayeur en obtempérant quand même.

L'objet volé n'était toujours qu'une image brouillée marron clair et vite disparue derrière la main de l'arnaqueur.

– On dirait une sorte de paquet, dit Mbali.

– Continue plus loin, demanda Griessel.

La caméra pivota lentement pour suivre Knippies qui s'éloignait, montrant les deux vigiles en train de s'emparer de lui et de l'escorter jusqu'à la porte du centre commercial, avant de disparaître de l'image.

– Ce frangin est un pro, dit Cupido. Mais ils finissent tous par se faire prendre.

– Vous voyez l'écran qui est là ? demanda Mbali en désignant une des caméras de surveillance plus petite.

– Oui, répondit Lithpel.

– Vous pourriez revenir en arrière jusqu'à l'heure du crime ?

– Bien sûr.

– Il faut qu'on se dépêche, le pressa Griessel.

Le Zézayeur manipula la souris, déplaça le curseur sur l'écran de l'ordinateur. Une nouvelle image apparut sur le moniteur principal – celle du couloir du centre commercial à l'extérieur de la salle de contrôle – puis se transforma en un flou comique de gens se déplaçant à toute allure à reculons quand il la rembobina en accéléré. Dans le coin en bas, une horloge affichait les secondes à rebours à la même vitesse.

– Vers 9 heures, dit Mbali.

Le Zézayeur dépassa le plan où on voyait les deux vigiles amener Knippies. Il arrêta la vidéo, appuya sur avance rapide, manqua à nouveau.

– Bon sang, dit-il avant de trouver le moment exact.

L'horloge indiquait 08:49:09. Les vigiles poussaient et tiraient Knippies, le bras du pickpocket remonté haut derrière son dos.

– Maintenant, laissez-la simplement défiler.

– On n'a pas le temps, intervint Griessel. Tu peux l'accélérer un peu ?

– OK.

La vitesse doubla. Les trois personnes disparurent, la caméra continua, plan gauche.

Des clients passaient à toute vitesse. Tous suivaient une trajectoire linéaire, vers l'intérieur ou l'extérieur.

Seul un homme traversa le couloir en diagonale, direction la porte. Puis disparut.

– Stop ! dit Mbali. Ce type.

Le Zézayeur revint en arrière, fit repasser la bande à vitesse normale.

L'homme était athlétique, grand, la peau marron clair. Sa main droite était enfoncée dans une poche de son coupe-vent noir. La tête sous la casquette de base-ball était subtilement mais indubitablement inclinée, comme s'il avait conscience de la présence des caméras. À 08:49:31.

– C'est lui, dit Cupido.

– Je ne sais pas… répondit Griessel.

– C'est lui, *pappie*, insista Cupido.

– Qui ? demanda Mbali.

– Kobra.

Elle inspira un grand coup pour poser une question mais Griessel la devança.

– Je t'expliquerai plus tard, dit-il en consultant sa montre. Lithpel, accélère. Je veux voir qui ressort.

Avance rapide. Cinq minutes à peine, et une silhouette sombre fonça dans le couloir en diagonale.

– Le voilà, dit le Zézayeur.

Il manipula la console, trouva le moment précis. 08:55:02. Vitesse normale. Knippies courait, longues jambes maigres déployées, bras pompant de toutes leurs forces.

— Stop, dit Griessel en s'approchant. Tu peux améliorer la définition ?

— Non, répondit le Zézayeur. Le flou est dû au mouvement, y a rien à faire.

— Très bien.

— Allez-y, sergent, dit Mbali.

Lithpel laissa la bande défiler. Knippies disparut du champ de la caméra. Puis l'homme à la casquette traversa à son tour l'image en courant. Un sac à dos à la main.

— Regardez ! dit Mbali.

— Attendez, dit Griessel.

Il leva les mains, comme pour tout arrêter un instant. Il ferma les yeux, réfléchissant à ce qu'ils avaient là.

Ses collègues le regardaient, dans l'expectative.

Griessel rouvrit les yeux.

— Vaughn, la porte qui mène au couloir. Vérifie si elle ferme de l'intérieur. Si la SSA arrive, retiens-les le plus longtemps possible.

Cupido se fendit d'un sourire ravi et disparut dans la seconde.

— Lithpel, est-ce que tu peux cacher les vidéos ? Ou les mettre sur un logiciel où toi seul les trouveras ?

— Les fichiers sont trop lourds, *cappie,* on n'a pas le temps. Tout ce que je peux faire dans l'immédiat, c'est les détruire.

— Vas-y.

— Benny, on n'a pas le droit de toucher aux preuves, intervint Mbali, très inquiète.

— Mbali, on a déjà vu les preuves. Les gens de la SSA ne sont pas des enquêteurs.

— Tu vas avoir des ennuis.

– Oui, dit-il. Lithpel, efface les bandes.

– OK, *cappie*.

Ils entendirent quelqu'un frapper à grands coups.

Griessel réagit immédiatement. Il sortit son iPhone de sa poche.

– Est-ce que ton téléphone possède une caméra ? demanda-t-il à Mbali.

– Oui.

Griessel braqua le sien sur le panneau d'affichage et prit une photo de Knippies.

– Si tu pouvais prendre la même ? Juste au cas où…

– OK, répondit-elle en fouillant dans son sac.

Des voix indignées beuglaient dans le couloir.

Soudain, une ombre s'encadra dans l'embrasure.

– Tout le monde dehors ! lança le chef de troupeau de l'Agence de sécurité de l'État. Tout de suite !

28

Tyrone était recroquevillé sur le banc des Jardins, téléphone et portefeuille dans une main, carte mémoire serrée dans l'autre. Il entendit à peine les pas traînants qui venaient vers lui et ne prit vraiment conscience d'une présence que quand l'ombre lui tomba dessus.

– Mon frère, dit brusquement la voix, le faisant sursauter.

– Quoi ?

– *Askies,* mon frère, j'savais pas que t'étais en train de méditer.

Il s'agissait d'un *bergie*, un petit homme ratatiné, penché au-dessus de lui. Son sourire d'excuse grimaçant laissait voir une bouche presque totalement édentée.

Tyrone revint à la réalité. Il se leva, fourra d'instinct le portefeuille et le téléphone dans sa poche et s'éloigna.

– Mais où tu vas, mon frère ? Sans vouloir te vexer, cinq rands pour du pain, les enfants ont pas mangé hier soir, t'as de l'argent, j'ai vu.

Plus Tyrone avançait, plus les geignements s'accéléraient. Le mendiant le poursuivit.

– *Moenie soe wies nie*, mon frère, sois pas comme ça. Sois un peu solidaire, sois un peu charitable, juste cinq rands…

Charité. Tyrone s'arrêta.

Le *bergie* fut pris de court devant la tournure des événements. Il recula d'un pas.

N'oublie jamais la charité, Tyrone. Soulager le chagrin d'un autre, c'est oublier le sien.

Tyrone sortit le portefeuille. Il remit la carte avec précaution à l'endroit où elle était auparavant. Une maxime d'oncle Solly lui revint : *Mais tu ne donnes pas seulement quand tu peux. Un os au chien, ce n'est pas de la charité. La charité, c'est quand tu partages l'os avec le chien alors que tu as aussi faim que lui.*

Il sortit un billet de cinquante rands du portefeuille volé et le tendit au mendiant.

– Dieu te bénisse, mon frère.

Les petites mains sales firent disparaître le billet comme par enchantement, puis l'homme s'évanouit lui aussi dans le parc, comme s'il avait peur que Tyrone ne regrette de s'être montré si prodigue.

Tyrone se mit en route vers Queen Victoria Street.

Ne t'arrête jamais.

Il pouvait réfléchir en marchant.

Un pickpocket ne peut pas se permettre de traînasser. Ne t'arrête jamais.

Il maîtrisait mieux l'angoisse s'il continuait à marcher.

Donc, voilà ce qui s'était passé. Il avait volé le mauvais portefeuille, le mauvais jour.

Il ne s'agissait pas d'une affaire de drogue qui avait mal tourné.

Les vigiles du centre commercial étaient morts parce qu'il avait volé le mauvais portefeuille, au mauvais moment.

Et, à présent, ils retenaient Nadia. Pour les mêmes raisons.

Ne t'arrête jamais.

Inutile de battre sa coulpe à propos de ce merdier. Il fallait qu'il sorte Nadia de là. Ensuite, il pourrait s'inquiéter pour lui-même.

Facile. Il suffisait d'échanger la carte contre sa sœur.

Alors pourquoi as-tu aussi peur ?

Il marcha le long de Perth et Vredenburg, en direction de Long Street.

Il avait peur, parce que ce type avec ces drôles d'yeux, ce type qui s'amenait sans se presser, maître de lui, descendait des vigiles, un, deux, trois, quatre, cinq, comme si de rien n'était, sans émotion… Ce type n'allait pas rester là et dire : « Merci mon frère, c'était un plaisir de faire affaire avec toi. » Il allait prendre la carte mémoire et les descendre, sa sœur et lui, juste comme ça.

Il frissonna. Nadia s'était retrouvée embringuée dans cette histoire à cause de lui. S'ils touchaient à un seul de ses cheveux… Le cœur lui battait dans la gorge. Il tourna à gauche dans Long Street et prit vers le sud, direction la montagne.

Ne t'arrête jamais.

Enlève-toi ces idées de la tête. Réfléchis.

Petit à petit, Tyrone Kleinbooi se débarrassa de ses angoisses et il marcha, et il réfléchit. Il reprit toute l'histoire depuis le début. Il devait oublier ce qui lui était arrivé, il devait entrer dans la tête de l'homme aux yeux froids, se glisser dans son esprit, il devait avoir une vue d'ensemble, voilà ce qu'il fallait faire.

Il traversa le carrefour de Buitesingel et remonta Kloof Street, au milieu des étudiants bruyants, des hommes d'affaires, des touristes, des mannequins filiformes et des *bergies* qui tentaient de guider les chauffeurs jusqu'aux places de parking. Il poussa jusqu'à la devanture du Hudsons, The Burger Joint Est. 2009. Puis il s'arrêta, main sur la nuque un instant, profondément plongé dans ses pensées.

Tyrone fit demi-tour et repartit dans la direction opposée en courant.

* * *

Griessel se rendit à Schotsche Kloof avec Mbali, pour pouvoir tout lui raconter. Il ne laissa rien de côté.

Ce ne fut pas facile. Elle était si respectueuse des règles et d'une prudence tellement exagérée quand elle conduisait que c'en était pénible. Et elle était bouleversée. Elle l'interrompit avec un hochement de tête au sujet de l'ingérence de l'Agence de sécurité, des « tendances coloniales » du MI6, de sa complicité dans la destruction de preuves concernant une affaire de vol et cinq homicides.

Griessel poursuivit néanmoins jusqu'au bout. Une fois la voiture garée devant la maison, au 18 Ella Street, à côté de l'ambulance et des six véhicules de patrouille du SAPS, il continua encore cinq minutes.

– C'est complètement inacceptable, dit-elle.

– Je comprends, répondit Griessel. Mais c'est ce qui se passe.

– On est en démocratie, répliqua-t-elle.

– Tu crois ? lança Cupido.

– *Hhayi !* lui renvoya Mbali, comme s'il était en train de proférer un blasphème.

– Voilà pourquoi je vous ai demandé de couper vos portables au Waterfront, reprit Griessel. Parce que je suis désormais absolument certain qu'ils écoutent nos conversations et qu'ils peuvent retrouver notre trace. Pas question qu'ils découvrent qu'on est là. Il ne faut pas oublier qu'ils ont accès aux mêmes moyens technologiques que nous sauf qu'ils n'ont pas besoin d'assignation à comparaître. Et il y a de grandes chances que nos bureaux soient aussi sur écoute.

Mbali secoua la tête.

– On doit le supposer, insista Griessel.

Elle se contenta d'opiner.

– Je vais demander au commandant de Green Point de faire disparaître l'information sur les douilles marquées d'un cobra. Si cette fusillade nous conduit quelque part, ajouta Benny en désignant la grande maison, on aura une longueur d'avance sur eux. Maintenant, parlons de ce qui est arrivé au Waterfront. Avec le pickpocket, je veux dire. Mbali, comment vois-tu ça ?

Il espérait que Cupido allait comprendre ce qu'il tentait de faire et la boucler pour l'instant.

Mbali ne dit rien pendant un bon moment, les mains sur le volant.

Sur le siège arrière, Cupido poussa un soupir impatient.

– Je crois que ce Kobra a kidnappé David Adair et que celui-ci est encore en vie.

Griessel perçut une pointe de détachement dans sa voix. Son franc-parler, son assurance avaient disparu.

– D'accord, dit-il.

– Je pense qu'Adair a contacté Lillian Alvarez parce qu'elle devait lui apporter quelque chose au Cap. Quelque chose que ce Kobra veut. Je pense qu'elle s'apprêtait à le lui remettre au Waterfront quand le pickpocket l'a dérobé.

– J'ai des doutes, intervint Cupido.

– Pourquoi ? demanda Mbali.

– Parce que ce pickpocket est rapide. On n'a pas réussi à distinguer ce qu'il avait volé. Et dans la vidéo au moment du vol je n'ai repéré personne qui ressemblait à Kobra. Alors, s'il n'a rien vu, il ne pouvait pas savoir.

– Il a peut-être parlé à Alvarez juste après le vol de son portefeuille et elle lui aura raconté ce qui s'était passé. Il a peut-être assisté à toute la scène, de loin. Il n'était peut-être pas sûr de ce qui avait été volé. On aurait pu le vérifier avec les autres caméras si on n'avait pas détruit les preuves. Et ensuite, Kobra a suivi les vigiles, il n'était qu'à vingt secondes derrière eux sur la vidéo. Et il a tué tout le monde. Le pickpocket s'est échappé.

– Peut-être… dit Cupido, pas convaincu.

Mbali se tortilla sur son siège et, pour finir, elle se tourna vers eux.

– Le sac est important, dit-elle.

– Pourquoi ? demanda Cupido.

– Le pickpocket l'avait sur le dos lors de son arrestation. Mais quand il s'est enfui en courant, il ne l'avait plus. L'homme qui pourrait être Kobra le tenait dans la main gauche.

– Et ?

Mbali haussa les épaules.

Griessel acquiesça.

– Vaughn ? On dirait que tu as une autre théorie.

– Rien ne prouve que Kobra croyait l'objet volé encore en possession de Knippies. Il a peut-être trouvé ce qu'il cherchait et s'est simplement enfui de la scène de crime en courant…

– Il n'aurait pas couru s'il avait eu ce qu'il cherchait, répliqua Mbali. C'est un professionnel.

– Peut-être. Mais ma théorie tient toujours : Adair a détourné du fric grâce au TFTP. Et Kobra en a après le fric. Alvarez a apporté quelque chose qui explique où se trouve l'argent ou comment on peut y accéder. Un numéro de compte en Suisse…

– Elle aurait pu l'envoyer par e-mail, rétorqua Mbali.

– Peut-être, répondit Cupido.

Griessel hocha la tête et ouvrit la portière.

– Allons-y. On va voir comment tout ça colle avec le reste.

* * *

Assis dans la salle à manger de la grande maison en compagnie du propriétaire effondré, le commandant de Green Point vit arriver les trois inspecteurs.

Mbali, petite et corpulente, marchait en tête, son grand sac à main se balançant sur son épaule, suivie de Vaughn Cupido, plus élancé, dans un manteau noir qui lui donnait un vague air de Batman, et enfin Benny Griessel, dont la taille se situait harmonieusement à mi-chemin de celle de la femme zouloue et du métis. Ses cheveux en bataille auraient eu besoin d'une bonne coupe et il avait d'étranges yeux slaves. Tous ceux qui étaient dans la police depuis plus de dix ans avaient entendu parler de Griessel, l'ancien inspecteur de la brigade des Vols et Homicides, qui s'était une fois pointé sur une scène de crime tellement saoul qu'on avait dû l'embarquer dans l'ambulance avec le cadavre de la victime.

Et dire que c'était ça, les Hawks, pensa le commandant. La crème de la crème. Une *vetgat*, un *windgat* et un *dronkgat*. Une grosse, un vaniteux et un alcoolique.

Qu'allait-il advenir de ce pays ?

* * *

238

Woodstock se trouve à seulement deux kilomètres du centre du quartier d'affaires de la ville du Cap.

Deux cents ans auparavant, ce n'était qu'une ferme et une plage de sable blanc s'étendant à perte de vue sur laquelle le glacial vent du nord recrachait les épaves des voiliers tel du bois flotté. Soixante-dix ans plus tard, elle était devenue la troisième plus grande ville de la colonie du Cap. Et il y avait cinquante ans, une des rares banlieues d'Afrique du Sud où Noirs, métis et Blancs pouvaient vivre paisiblement côte à côte sous le régime de l'apartheid, avant de s'enfoncer toujours plus vite dans la pauvreté, avec la kyrielle de fléaux sociaux qui y sont liés.

Le taxi collectif déposa Tyrone dans Victoria Street. Le voisinage connaissait un renouveau systématique – nouvelles boutiques, magasins de décoration et de meubles d'époque cohabitaient agréablement avec des commerces antédiluviens vendant de la quincaillerie et des pièces de rechange pour voitures. On restaurait des immeubles de bureaux, des entrepôts et des boulangeries désuètes, et, au sud, de plus en plus de yuppies rachetaient les jolies maisons anciennes.

Mais lorsque Tyrone commença à remonter Sussex Street au pas de course vers le nord, cette impression de renaissance s'évanouit rapidement. Malgré la ravissante architecture du vieux Cap, les petites maisons du quartier étaient trapues, pauvres et délabrées. À l'image de celle qui se trouvait au carrefour de Wright Street. Une construction de tôle ondulée arborant un panonceau banal et abîmé, lettres rouges sur fond bleu, pour signaler le siège de PC Technologies.

La véranda était renforcée par de solides barreaux blancs antieffraction, et la porte donnant sur la rue protégée par une grille de sécurité. Apparemment pour tenir les voleurs à l'écart. Mais aussi pour gagner du temps, si jamais le SAPS se pointait avec un mandat de perquisition. Car PC Technologies appartenait à Vincent Carolus, un spécialiste en maintenance, nettoyage et réparation d'ordinateurs neufs, d'occasion *et* volés, ainsi que de matériel apparenté.

Carolus avait grandi dans Begonia Street, Mitchell's Plain, à trois maisons seulement de l'endroit où habitaient Tyrone et sa sœur Nadia, chez oncle Solly. Personne ne savait comment il avait acquis son premier ordinateur, mais tout le monde savait qu'il était déjà un génie de l'informatique à quatorze ans. Depuis, le surnom de « PC » ne l'avait plus lâché.

Seules cinq personnes connaissaient la véritable profession de Tyrone. Et il en faisait partie. Les quatre autres étaient aussi dans le commerce de marchandises volées.

Debout devant la porte en acier, Tyrone essayait de reprendre son souffle. Il enfonça précipitamment le bouton situé sous la caméra vidéo, un brin trop fort, peut-être.

Quatorze secondes et le verrou électronique s'ouvrit.

29

Le propriétaire de la grande maison d'Ella Street pleurait sans honte, incapable de se contrôler. Mbali, assise à côté de lui, tenait sa main serrée dans la sienne, le visage défait par la compassion.

– Comment je vais l'annoncer à ma femme ? ne cessait-il de répéter.

– Je suis tellement désolée, répondait Mbali à chaque fois.

Ils attendirent qu'il se soit un peu calmé et lui posèrent les questions habituelles.

En anglais du Cap, il leur expliqua que sa fille étudiait le design de mode. Elle débordait de projets. Elle n'avait que vingt-quatre ans. « Et maintenant, elle est partie. »

Mbali le réconforta à nouveau.

Ils lui demandèrent si quelque chose manquait dans la maison. Rien qu'il ait remarqué, répondit-il.

Ils lui demandèrent si sa fille s'était rendue au Waterfront dans la journée.

– Non, elle était à la maison. Elle aurait appelé si elle… Elle ne sortait pas beaucoup.

Griessel retrouva la photo de Knippies sur son portable et la lui montra.

– Connaissez-vous cette personne ?

– C'est lui ? dit-il, d'une voix choquée et horrifiée.

– Non, monsieur, nous ne pensons pas que ce soit lui. Vous le connaissez ?

– Oui, c'est mon locataire. Pourquoi me montrez-vous sa photo si ce n'est pas lui ?

– Nous pensons que la personne qui est entrée chez vous aurait pu être à sa recherche. Il vous loue une pièce ?

– Non. Oui… Il vit à l'arrière. Dans les quartiers réservés aux domestiques. Qu'est-ce qu'il a fait ?

– Juste là ? Près de la maison ?

– Oui, derrière le garage.

Cupido se dirigea vers la porte.

– Je vais jeter un coup d'œil.

Griessel acquiesça.

– Est-ce qu'il travaille pour vous ?

– Non, nous louons l'endroit comme appartement… Qu'est-ce qu'il a fait ? À quoi est-il mêlé ?

– Monsieur, s'il vous plaît, dit Griessel, à ce stade, nous en savons très peu. Et nous espérons que vous pourrez nous aider.

– Je suis désolé. C'est seulement que… J'ai toujours pensé… Je ne l'ai jamais cru.

– Nous voulons tout savoir mais, pour l'instant, pourriez-vous s'il vous plaît nous communiquer son nom ?

– Tyrone Kleinbooi.

– Où peut-on le trouver ?

– Je ne sais pas. Il est… Il dit qu'il est peintre. Il fait des chantiers, un peu partout. Nous… Je le vois rarement.

– Très bien. Depuis combien de temps est-il votre locataire ?

– Depuis le début de l'année.

– Connaîtriez-vous son ancienne adresse ?

– Il habitait quelque part à Mitchell's Plain. Je ne sais pas où.

– Avez-vous le moindre renseignement sur sa famille ?

– Je ne sais pas s'il... Je... Je ne sais pas. On a mis une annonce pour l'appartement l'année dernière en novembre. Et il s'est présenté. Il avait de très bonnes manières, semblait être un gentil garçon. Il nous a raconté cette histoire, comme quoi il était orphelin. Lui et sa sœur, ils avaient... Ils vivaient à Mitchell's Plain, avec des personnes âgées qui les ont élevés avant de mourir. Et il a ajouté que sa sœur allait à l'université pour devenir médecin et que lui, il était peintre en bâtiment, et que la plupart de ses chantiers se trouvaient en ville et en banlieue et que donc, il voulait louer. Il avait les arrhes, il payait en temps et heure, tous les mois. Ma femme... (Il se remit à sangloter, ils le voyaient lutter pour reprendre le contrôle de lui-même.) Ma femme l'aimait vraiment bien. Il venait souvent lui parler. Juste parler. Comme s'il voulait... comme il aurait fait avec une mère...

– Monsieur, savez-vous à quelle université sa sœur étudie ?

– Stellenbosch. C'est ce qu'il a dit. Mais je... Je trouvais ça un peu trop triste pour être vrai, cette histoire d'orphelins, vous voyez. Et les études de médecine de sa sœur. J'avais l'impression qu'il nous avait raconté tout ça uniquement pour obtenir l'appartement, parce qu'il n'était pas le seul à être intéressé. Mais ma femme a dit qu'on devait aider les moins chanceux et qu'il avait l'air d'un bon garçon...

Il recommença à pleurer.

– Comment est-ce que je vais le dire à ma femme ?

* * *

– C'est un code super-compliqué, frangin, dit PC
Carolus.

Il avait deux ans de plus que Tyrone, mais était petit
et élégant – toujours vêtu à la pointe de la mode. Même
les grosses lunettes à monture noire étaient branchées.

– Compliqué comment ? demanda Tyrone dans la
pièce obscure.

Ils regardaient tous les deux l'écran d'ordinateur sur
lequel PC avait ouvert la carte mémoire.

– Compliqué du style AES 128 bits.

– C'est-à-dire ?

– AES signifie standard de chiffrement avancé. C'est
vraiment trop complexe.

– Mais tu peux faire tout ce que tu veux.

– Non, pas là. Si j'avais des mois, peut-être.

– Alors c'est quoi ?

– C'est un fichier zip codé, Tyrone.

– Ça me fait une belle jambe !

– Un fichier zip, c'est comme une boîte. Y a quelque
chose dans la boîte, mais tu ne sais ce que c'est
tant que tu ne l'as pas ouverte. Et cette boîte ne peut
pas être ouverte parce qu'il y a un verrou dessus. Un
verrou compliqué, un cryptage 128 bits. Et tu ne peux
l'ouvrir que si tu as la clé. Et je suppose que tu n'as
pas la clé ?

– Non.

– J'en étais sûr.

– Alors qu'est-ce que tu crois qu'il y a dedans ?

– Tyrone, *wiet jy* ce qu'il y a dans une boîte si tu
la *regardes* simplement ?

– Ben, s'il y a marqué fragile dessus, alors tu sais…

244

– Mais y a *fokkol* d'écrit sur la boîte. Ça peut être n'importe quoi – des films pornos, un gros bordel plein de documents, des logiciels piratés… n'importe quoi de numérique. Tu comprends ?

– OK. Tu peux la copier ?

– Bon, que ce soit bien clair. Tu t'amènes ici, on dirait que tu t'es fait tabasser copieusement, tu marches bizarre et avec tout le respect que je te dois, tu m'as l'air super-*kwaai*. Mais tu ne dis rien et tu sais que je ne poserai pas de questions. D'après moi, tu veux monter une arnaque informatique. Toi, qui ne sais même pas ce qu'est un fichier zip ?

– S'agit pas d'une arnaque, PC, c'est une carte maîtresse.

PC hocha la tête.

– Tu sais vraiment ce que tu fais ?

– *Ek wiet, ja.*

– Et tu vas me le dire ?

– Pas maintenant.

– Je vois, cool, mon pote, un homme doit faire ce qu'il a à faire. *Ja,* on peut la copier. N'importe qui peut copier un fichier zip. Simplement, on ne peut pas l'ouvrir si on n'a pas une clé de décryptage.

– D'accord, et tu peux le remplacer par un autre, de façon à ce que personne ne remarque la différence ?

– Si on le décrypte, alors oui, on verra que ce n'est pas la même chose dans la boîte.

– Je comprends ça, mais imagine qu'on fabrique une boîte qui a exactement la même allure que celle-ci. Et quand le type regarde, il voit simplement une boîte, mais il ne sait pas qu'il y a autre chose dedans. Tu peux faire ça ?

– Bien sûr. Si tu fabriques un fichier de la même taille, que tu lui donnes le même nom, et que tu le compresses avec 7-Zip pour cryptage AES, personne ne verra la différence. Mais s'ils essaient de le décrypter, alors là, tu es dans la merde.

Tyrone réfléchit un moment.

– Peut-être que si tu me dis ce que tu veux faire, je peux t'aider, insista PC Carolus.

Tyrone hésita, pesant le pour et le contre.

– Voilà le marché, dit-il enfin. Il y a un type un peu chagrin qui veut récupérer cette carte à tout prix. Mais il a une dette envers moi. Et si je lui donne la carte, il risque de la prendre et de se barrer. Et moi, je me retrouve le bec dans l'eau.

– Alors tu veux une assurance.

– Exactement.

– Pourquoi tu l'as pas dit avant ?

* * *

Les portes du placard et les tiroirs dans la petite pièce où vivait Tyrone Kleinbooi étaient grands ouverts, le sol jonché de vêtements, noirs, gris ou bleu foncé pour la plupart. Des produits ménagers et des torchons, quelques couverts et des documents avaient été éparpillés devant l'évier.

– Même si le pickpocket était très pressé, je ne crois pas que ce soit lui qui ait mis ce bazar. Je penche pour Kobra. Et il cherchait quelque chose, dit Cupido. Mais d'abord, viens voir.

Il entraîna Griessel vers la salle de bains.

Dans un coin de la petite pièce, un fin sweat-shirt noir traînait par terre. Cupido, qui portait des gants en caoutchouc, le ramassa. Il y avait une longue estafilade couverte de sang séché dans le dos.

– Beaucoup de sang, reprit Cupido, il a l'air salement

amoché. Et regarde ici, près de la douche et du lavabo. Du sang, qui a été rincé. Le pickpocket est venu là. Il y a une heure ou deux.

– Le tireur l'aurait suivi ?

– Sûrement. Et il n'y a pas de sang frais. Le pickpocket s'est échappé, à mon avis. Peut-être qu'il a vu Kobra arriver.

– Sa sœur est étudiante, Vaughn, on doit…

– Regarde par terre, là. Ces factures de Stellenbosch. Au nom d'une certaine Nadia Kleinbooi.

Ils ressortirent de la salle de bains. Griessel n'ayant pas ses gants, Cupido ramassa les documents.

– On a une adresse. 21, West Side, Market Street, Stellenbosch, 7613.

Griessel leva les yeux, l'air inquiet.

– Vaughn, le tireur pourrait l'avoir vu aussi.

– *Fok !* lâcha Cupido.

Mbali s'encadra dans l'embrasure juste à cet instant, telle leur mauvaise conscience.

* * *

Tyrone était assis à une des petites tables de Shireen's Kitchen. Les effluves de sandwich Gatsby et de frites Peri Peri lui rappelèrent tout à coup à quel point il était affamé. Il dévora goulûment sa nourriture, la fit descendre avec un Coca. Il avait encore la bouche pleine quand le Nokia sonna, un air ancien. Il ne comprit pas tout de suite qu'il s'agissait de son mobile. Il avala à toute vitesse, sortit le téléphone de sa poche.

Le numéro de Nadia.

– Allô, dit-il en se levant, pour éviter que l'homme derrière le comptoir n'écoute la conversation.

Il sortit dans la cacophonie de Victoria Street. Les

avertisseurs des taxis collectifs faisaient entendre leurs beuglements suraigus et se répondaient mutuellement tels des troupeaux en pleine migration.

– Nadia me dit que tu n'as pas de voiture.

Même voix avec l'accent.

– C'est vrai.

– Mais tu as le portefeuille que tu as volé ?

– Oui.

– Donc, tu as de l'argent.

– Oui.

– Alors tu vas prendre un taxi. Tu connais le terrain d'aviation de Fisantekraal ?

La prononciation était si bizarre qu'il ne comprit pas.

– Le quoi ?

– Terrain d'aviation de Fisantekraal.

– Non, je ne vais pas là-bas.

– Qu'est-ce que tu as dit ?

– Je ne vais pas là-bas. Si vous voulez la carte, je vais vous dire où on va se retrouver.

– Tu veux que je tue ta sœur ?

– Non, je veux que ma sœur vive. Mais vous, vous voulez la carte. Alors je vous explique où on va se retrouver, dit-il, en se demandant si l'homme pouvait entendre les battements déchaînés de son cœur.

30

Tyrone avait commencé à comprendre toute l'histoire une heure plus tôt, en quittant les jardins de la Compagnie.

Il y avait quelque chose sur la carte mémoire que ce type voulait absolument, au point d'entrer d'un pas nonchalant, parfaitement calme, dans le V&A, et de descendre cinq vigiles de sang-froid, sans même un seul clignement de ses yeux glaçants. L'homme l'avait suivi jusqu'à Schotsche Kloof et ensuite, il était allé kidnapper Nadia à Stellenbosch. En plein jour. Des crimes majeurs. C'était du sérieux. Du très sérieux.

On ne fait pas ça pour des photos de vacances sur une carte mémoire mais pour un truc qui a plus de valeur que Tyrone ne pouvait l'imaginer. Et qu'on veut récupérer à tout prix.

Il comprit qu'il pouvait en tirer parti. S'en servir comme moyen de pression. Parce qu'il devait sortir Nadia de ce guêpier, vite fait, bien fait.

Et, à ce moment-là, la colère l'avait envahi. Quel genre de connard impliquait des femmes innocentes ? Si tu veux la carte, fils de pute, tu t'en prends à moi. Mais personne ne déconne avec ma sœur. Il ne l'avait jamais toléré, pas depuis qu'il avait cinq ans. Et il n'avait pas l'intention que ça change.

Tyrone voulait faire du mal à ce fumier. Il voulait le punir. Se venger.

Puis il réfléchit, calme-toi maintenant, ne t'emballe pas. Sors d'abord Nadia de là, mets-la à l'abri.

Mais comment ?

Tu dois te demander, Ty, quelle est ta stratégie de fuite. Peu importe où tu te trouves, il te faut toujours une porte de sortie. Juste au cas où.

Il avait lentement élaboré un plan sommaire auquel il avait ajouté la touche finale avec l'aide de PC Carolus. À présent, debout sur le trottoir de Victoria Street, avec les bus, les camions, les voitures et les taxis qui le dépassaient à toute allure en grondant, Tyrone attendait, dévoré d'angoisse, téléphone collé à l'oreille, que l'homme réponde. Cela prit un certain temps et il eut l'impression que le type couvrait le récepteur avec sa main.

La voix revint brutalement.

– Où ?

– Soyez à Bellville à 3 heures moins dix. Ensuite, vous m'appelez sur ce téléphone.

– Non. C'est toi qui me retrouves près du terrain d'aviation de Fisantekraal à cette heure-là.

– Non.

Avec autant de détermination qu'il en était capable.

– Je vais faire du mal à ta sœur. Je vais lui tirer dans le genou gauche et ensuite dans le droit. Elle sera infirme. Après, je lui tirerai dans les coudes.

Le corps de Tyrone fut pris de tics nerveux mais il n'y avait qu'une façon de se sortir de là vivants, il le savait.

– Si vous touchez à ma sœur, si vous lui faites le moindre mal, je brûle cette carte. Je ne suis pas stupide. Je vous ai vu descendre cinq mecs. Je sais que vous

250

nous tuerez de toute façon quand vous aurez la carte, alors pas la peine d'essayer de me rouler. Je jure de vous la donner si Nadia est là, saine et sauve. Je vous la donnerai quand vous l'aurez laissée partir. Mais si vous la touchez, je détruirai cette carte.

De nouveau des bruits étouffés. Puis :

– Tu te crois très malin. Grosse erreur. Je te préviens : Si tu n'es pas seul, je descends ta sœur et après, je te descends. Si tu ne viens pas, je la tue, je te poursuis et je t'achève à petit feu. Si la carte n'est pas là ou qu'elle est endommagée tu es un homme mort.

– Compris.

Sa voix était rauque de peur.

– Où, à Bellville ?

– Au carrefour de Durban et de Voortrekker. À 3 heures moins dix. Vous m'appelez quand vous y êtes. Et apportez un ordinateur portable ou un truc du genre. Je veux que la carte soit vérifiée. Pas d'embrouille.

* * *

Griessel et Cupido rallumèrent leurs portables dès qu'ils furent sur la N1.

Les engins se mirent à bipper en chœur quand les textos arrivèrent.

Benny avait cinq messages vocaux, dont quatre qui provenaient du même numéro : le bureau des Hawks, à Bellville.

Il écouta. La voix de Nyathi.

– Benny, contacte-moi d'urgence. Tu dois mettre un terme à l'enquête sur Kobra immédiatement et rentrer au bureau. Toi, Vaughn et Mbali, immédiatement !

Il effaça le message et écouta les trois suivants. Tous

de la Girafe, tous dans le même but, mais d'une voix de plus en plus pressante et impatiente.

Le dernier était d'Alexa :

– Benny, je t'ai laissé des repas tout prêts dans le frigo – un pour chaque soir. Tu me manques déjà. Je t'appellerai dans la soirée, quand la réception sera terminée. Je t'aime. Bye.

Il se sentit coupable du soulagement qui l'envahissait. Il allait pouvoir dormir à la maison. Et son petit gredin était en sécurité, pour les quelques nuits à venir, du moins.

Il coupa le téléphone. Cupido avait aussi fini.

– Nyathi ? demanda-t-il.

– *Ja,* fit Griessel. On doit rentrer au Kremlin. Mbali aussi.

– Appelle-la.

– Parce que tu crois que la Fleur va répondre pendant qu'elle conduit ?

Griessel ralentit et passa sur la file de gauche. Ils allaient devoir attendre qu'elle les double et tenter de lui faire comprendre le message à travers la vitre. Quelle perte de temps ! Il fallait qu'il se rende à Stellenbosch. Il était très inquiet pour Nadia Kleinbooi.

* * *

La gare de banlieue de Woodstock avait été rénovée depuis peu. Le bâtiment d'acier et de béton, repeint en vert et en bleu océan, avait déjà l'air miteux.

Tyrone le remarqua à peine. Il attendait le train pour Bellville sur le quai en pensant à son plan. Il ne pourrait pas y arriver seul. Il lui fallait quelqu'un pour l'aider.

Un pickpocket n'a pas d'amis, Tyrone. Parce que tu ne peux faire confiance à personne. Personne. Alors, si tu veux être le boute-en-train de la soirée, si tu veux te faire des amis et avoir de l'influence, va vendre des assurances.

Il allait devoir s'acheter un ami. Et ce n'est jamais bon marché.

Pour commencer, il devait échanger les quatre cents livres anglaises contre des rands. Et on y perdait toujours, car les Nigérians dans le business étaient des arnaqueurs. Le taux de change était de treize rands pour une livre. Avec eux, si on en obtenait huit, on avait de la chance.

Trois mille deux cents rands, c'est beaucoup d'argent si on veut s'acheter des amis. Mais il lui faudrait dépenser un minimum, parce que si tout fonctionnait comme prévu, Nadia et lui seraient obligés de s'enfuir. Et ça allait coûter un max.

Il repassa le plan dans sa tête. *Jirre,* il était truffé d'imperfections.

Mais il n'avait pas d'autre solution.

* * *

Ils s'installèrent autour de la table de conférences circulaire du général de brigade Musad Manie. Le colonel Zola Nyathi jouait avec un stylo d'un air pensif. Griessel et Cupido ressemblaient à deux écoliers coupables. Mbali avait l'air en colère.

– Benny, avez-vous déplacé ou détruit des preuves sur la scène de crime du Waterfront ? demanda le Chameau, d'un ton grave et solennel.

– Non, général.

– Vous n'avez pas effacé les bandes vidéo ?

– Non, général.

Manie regarda Mbali.

– C'est vrai ?

– Oui, monsieur. Benny n'a absolument pas touché à la moindre preuve.

Elle énonça ces paroles avec précaution, choisissant chaque mot comme si elle avançait pas à pas dans un champ de mines. Griessel éprouva une bouffée de gratitude. Il savait combien elle était honnête, combien cette entorse technique à la vérité devait heurter ses principes.

– Je veux que vous compreniez qu'il s'agit d'une affaire extrêmement sérieuse. Le directeur national de la police a appelé. Du bureau de notre ministre. D'après l'Agence de sécurité de l'État, vous auriez délibérément effacé des bandes vidéo, et gêné une équipe d'intervention de la SSA dans leur enquête sur un sujet d'importance internationale. Sécurité internationale, Mbali. Il y a énormément en jeu dans cette affaire. Pas seulement la réputation de cette unité et du SAPS, mais de notre pays tout entier. C'est compris ?

– Oui, monsieur.

– Alors je vous le demande à nouveau : avez-vous ou pas, détruit des preuves au Waterfront ?

– Général, pourquoi on ferait un truc pareil ? demanda Cupido.

– Répondez à ma question.

– Non, général, pas un de nous n'a fait ça, affirma Griessel en suivant la stratégie de Mbali.

Parce que c'était Davids le Zézayeur qui avait détruit les preuves. Et que le général de brigade n'avait pas mentionné le nom du sergent.

Manie les observa l'un après l'autre.

– Si je découvre que vous m'avez menti, je vous suspends tous les trois. C'est clair ?

Ils acquiescèrent en hochant gravement la tête.

– Vous comprenez que vous êtes officiellement démis de cette enquête ?

– Quelle enquête, monsieur ? demanda Mbali.

– Je vous demande pardon ?

– Il semble y avoir plus d'une affaire, monsieur. Il y a celle de Franschhoek, et celle du Waterfront…

Griessel ne voulait pas qu'elle dise quoi que ce soit sur la fusillade de Schotsche Kloof. Pas maintenant, pas *ici*. Pour diverses raisons, dont l'une était que le ciel allait leur tomber sur la tête. Et l'autre, que Zola Nyathi avait peut-être parlé à Manie de possibles micros. Et que Manie coopérait.

– Les deux, Mbali, répondit Manie. Vous devez transmettre absolument tout ce qui pourrait, selon vous, aider nos collègues de la SSA dans ces deux affaires. Me suis-je bien fait comprendre ?

Ce fut son insistance sur « deux » qui donna de l'espoir à Griessel.

– Oui, monsieur, dit Mbali.

– Benny ? Vaughn ?

– Oui, général, répondirent-ils à l'unisson.

– Très bien. Vous pouvez disposer.

Nyathi fit un geste vers Benny, l'index pointé vers le bas.

Griessel comprit.

* * *

Griessel marchait en tête dans le long couloir du bâtiment de la DPCI. Il était pressé, pensait à Nadia Kleinbooi. Elle avait le même âge que Carla, sa fille. Encore une gamine, même si les étudiants se prenaient pour des adultes. Ils allaient devoir aller la chercher et la surveiller. Il leur faudrait l'utiliser comme appât, parce qu'ils n'avaient rien d'autre. Le temps filait, ils nageaient en pleine incertitude, il n'était même pas sûr qu'ils doivent réellement laisser tomber. Apparemment, la tirade de Manie était destinée aux éventuels micros. Il l'espérait. Car si Manie parlait sérieusement, ils avaient un gros problème.

Mais il ressentait aussi un malaise profond, une intuition, qu'il n'avait pas encore eu le temps de formuler.

Ils descendirent au sous-sol. Debout à côté du clubhouse, Griessel attendit qu'ils soient tous en cercle.

– Colonel, il faut qu'on vous dise… commença-t-il.

Nyathi l'interrompit d'un « non » de la tête.

– Il faut vraiment qu'on lâche l'affaire, Benny. La pression sur le général de brigade Manie est énorme. Laissez tomber.

Griessel voulait lui parler de Nadia Kleinbooi, mais ce fut Mbali qui prit la parole :

– Non, monsieur, on ne peut pas laisser tomber.

Elle n'avait pas le ton déterminé qu'elle employait d'habitude et que Cupido prenait pour de l'arrogance. Sa voix était presque désespérée.

Nyathi la regarda en fronçant les sourcils.

– Je crois que vous ne comprenez pas, capitaine. C'est un ordre.

– Je suis désolée, monsieur, mais je ne vais pas arrêter d'enquêter sur cette affaire.

Les trois hommes la dévisageaient, abasourdis. Nyathi fut le premier à reprendre ses esprits.

– Vous n'êtes pas sérieuse.

– Je suis tout ce qu'il y a de sérieux, monsieur.

– Mbali, vous voulez être suspendue ? Vous voulez qu'ils nous virent tous ?

– Qu'ils essaient.

Il n'y avait toujours aucune acrimonie dans la voix de Mbali. Nyathi était déconcerté.

– Capitaine, vous êtes très, très près de l'insubordination. Quelle mouche vous a piquée ?

– Monsieur, je me pose la même question à votre sujet et à celui du général…

– Capitaine, je vous avertis officiellement que vous allez trop loin. Un mot de plus, et vous êtes suspendue.

– Monsieur, vous pouvez me suspendre ou me virer, je m'en fiche.

Nyathi plissa ses paupières et prit une inspiration pour répondre, mais le capitaine Mbali se mit à parler avec une passion et une conviction qu'aucun d'entre eux n'avait entendues avant.

– Mon père me racontait souvent qu'il n'osait pas utiliser son téléphone parce que la police de Sécurité était toujours en train de les surveiller. Il faisait partie de la Lutte, colonel. À l'époque où les services secrets menaient toutes les enquêtes criminelles importantes, où ils disaient quoi faire à la police. À l'époque où tout le monde espionnait tout le monde. Et que les médias se taisaient. Et que le public n'en savait rien. Aujourd'hui, ça recommence. Le Parlement est en train de faire passer le projet de loi sur la sécurité. Pourquoi ? Parce qu'ils veulent dissimuler des choses. Et maintenant, c'est notre tour. L'Agence de sécurité qui nous espionne et prend la main sur une enquête criminelle. Exactement comme au temps de l'apartheid. On est en train de détruire notre démocratie et je ne vais pas rester là les bras ballants à attendre que ça arrive. Parce que ça arrivera, si nous ne réagissons pas. Je dois le faire par respect pour la lutte que mes parents ont menée et par respect pour mon pays. Le général de brigade et vous aussi. Vous le devez à tous les camarades qui ont donné leur vie pour la Lutte. Alors non, je n'arrêterai pas. Et si vous essayez de m'en empêcher, j'irai trouver les journaux et je leur raconterai tout.

31

Zola Nyathi, l'énigmatique, était immobile, son intense regard fixé sur la corpulente capitaine. Pour la première fois peut-être, Griessel vit le visage du colonel exprimer de l'émotion : de la rage, peu à peu remplacée par une autre expression. Des regrets ? De la honte ?

La Girafe leur tourna soudain le dos et leva les yeux vers la portion de Market Street qu'on apercevait entre le mur du fond et l'entrée des véhicules. Il joignit les mains devant sa poitrine d'étrange manière, presque comme s'il priait.

Silence. Juste la rumeur lointaine de la circulation sur Voortrekker Road et la sirène d'une ambulance en route pour l'hôpital de Tygerberg. Les secondes s'égrenaient, Nyathi demeurait absolument immobile.

Il les regarda enfin.

– Qu'est-ce que tu en penses, Vaughn ?

– Je n'aurais jamais cru pouvoir dire ça, colonel, mais je suis d'accord avec Mbali.

Griessel songeait qu'il n'avait aucune légitimité à être du même bord que ses collègues sur le plan politique. Il avait servi dans la police sous le régime précédent et ne pouvait prétendre avoir été autre chose que ce qu'il était. Mais Nyathi ne lui fit pas de cadeau.

– Et toi, Benny ? dit-il en le fixant droit dans les yeux.

– Monsieur, je ne crois pas qu'on ait le choix. Il y a une jeune femme à Stellenbosch qui pourrait courir un véritable danger et nous sommes les seuls à le savoir…

– Quelle jeune femme ?

Griessel lui expliqua la situation.

– Nom de Dieu ! fit Nyathi.

Encore une première, pour autant que Griessel se souvienne.

Le colonel leva les mains en un geste de frustration et les laissa retomber. Il les observa tous les trois, puis tourna les yeux vers l'entrée du bâtiment.

– Oh, quelle inextricable toile nous tissons[1]…

– Amen, dit Mbali.

– Et tu as pensé à la façon dont tu vas aborder l'affaire ? demanda Nyathi.

Griessel n'y avait pas réfléchi.

– Monsieur, je… (Ses pensées galopaient tandis qu'il parlait.) Je veux Mbali et Vaughn dans l'équipe, monsieur. (Puis les mots pour exprimer son malaise et ses soupçons trouvèrent leur chemin et il ajouta :) Et Bones. On doit essayer de découvrir pourquoi l'Agence de sécurité veut contrôler la situation. Il s'agit d'Adair, l'affaire tourne autour de lui en réalité, et Bones est le seul… Juste nous quatre. Nous vous ferons notre rapport. Ici, où personne ne peut nous espionner. Mais on doit aller à Stellenbosch rapidement et on doit se procurer des téléphones neufs.

– Je peux me procurer des téléphones, dit Cupido.

– Où ?

– Mieux vaut ne pas le savoir, monsieur.

1. Tiré de *Marmion* (1808), poème épique de Walter Scott.

Nyathi resta silencieux. Il hocha la tête, comme s'il s'apprêtait à faire un truc de cinglé, genre sauter d'une falaise. Puis il reprit son masque impassible.

– Il ne s'agit pas seulement de perdre notre job. S'ils découvrent ce qu'on fait, ils nous poursuivront en justice. Sans pitié. Au pire, ils nous enverront en prison. Ou, dans le meilleur des cas, ils nous mettront au placard définitivement. Nous ne travaillerons plus jamais pour l'État. Vous comprenez ?

– Oui, monsieur.

– J'ai des enfants. Toi aussi, Benny.

– Oui, monsieur.

– Je vais essayer de tenir le général Manie en dehors de cette histoire. Le plus longtemps possible. Je ne veux pas détruire sa carrière en prime. Alors vous feriez mieux de ne pas vous tromper. Compris ?

– Oui, monsieur.

– Coupez vos téléphones. Vérifiez que vos voitures n'ont pas de dispositifs de pistage. Au boulot !

* * *

Griessel demanda à Cupido de trouver cinq téléphones : pour eux deux, Nyathi, Bones et Mbali.

– En attendant, je pars pour Stellenbosch, retrouve-moi à l'appart de la fille. Vaughn, on ne sait pas si on est filés. Garde un œil sur ton rétroviseur.

– Œil de lynx, *pappie*, c'est mon deuxième prénom.

Il demanda à Mbali d'emmener Bones au parking du sous-sol et de le mettre au courant de tout.

– Tu dois lui expliquer en détail et lui laisser le choix. Lui aussi a une famille. Bones a dit qu'il creusait un peu plus la piste d'Adair. Demande-lui s'il a trouvé quelque chose et appelle-moi sur le nouveau téléphone.

Et je veux que Bones et toi contactiez tous les hôtels et les guest-houses en ville. Utilisez vos lignes fixes en attendant. On prend un risque, mais je suis sûr que ce sont nos portables qu'ils vont mettre sur écoute, et de toute façon, il y a trop de lignes Telkom vers l'extérieur. (Il espérait ne pas se tromper.) Vérifiez dans les hôtels si une Lillian Alvarez a été enregistrée. Elle doit bien loger quelque part. Commencez par le City Lodge, ce genre d'endroit – c'est une étudiante, elle ne va pas descendre au Cape Grace…

Il lut le doute sur le visage de Mbali et ajouta :

– On cherche une aiguille dans une botte de foin, mais sait-on jamais ? Notre plus gros problème est qu'on n'a aucune piste.

– D'accord, dit-elle d'un ton solennel avant de s'éloigner.

– Mbali ! cria Griessel dans son dos.

Elle se retourna.

– Merci de n'avoir rien dit à propos de la vidéo. Je sais ce que ça a dû te coûter.

– Non, Benny. Mon père disait qu'il avait dû mentir souvent, du temps de l'apartheid. Il était convaincu que, dans la plupart des cas, la vérité libère. Mais dans certaines circonstances, un mensonge peut avoir le même effet. Je prie souvent pour qu'on me donne la sagesse de déterminer lesquelles.

– Tu as toujours été une femme avisée.

– Je sais, répondit-elle le plus sérieusement du monde.

* * *

Il était allongé sous son véhicule de service, une BMW série 1, à chercher un éventuel mouchard quand son téléphone sonna. Il faillit se cogner la tête sur le châssis. Il aurait dû éteindre ce foutu engin. Griessel se tortilla pour sortir. Numéro inconnu.

Il se doutait de la provenance.

– Griessel, dit-il en se redressant.

– Il y a des micros dans les bureaux de Musad Manie et de Werner du Preez, fit la voix féminine : Joni Mitchell.

Le colonel Werner du Preez dirigeait les CATS, l'unité de recherche des crimes contre l'État, qui faisait partie des Hawks. Logique que la SSA l'ait aussi mis sur écoute, mais Griessel était furieux. Pourquoi cette femme continuait-elle à le harceler ? Elle faisait partie de ceux qui avaient pris l'affaire en main à présent.

– Et vous autres, vous espionnez nos portables, dit-il d'un ton coléreux.

– Nous autres ? lui renvoya-t-elle, comme s'il s'agissait d'un jeu sans conséquence.

– Vous bossez pour la SSA.

– Conclusion intéressante. Comment en êtes-vous arrivé là ?

Toujours espiègle et taquine.

– Ma ligne a été mise sur écoute par la SSA, mais vous m'appelez à ce numéro. Ce qui veut dire que vous savez quand vous pouvez le faire sans risque.

– J'avais effectivement entendu dire que vous n'étiez pas stupide.

– Que voulez-vous ?

Il ne voyait pas l'intérêt de cette conversation et n'avait pas beaucoup de temps.

– Des informations. Je vous ai donné un renseignement, vous me devez autre chose en retour. Nous avions un accord.

– On nous a retiré l'affaire. Vos informations n'ont plus aucune valeur pour moi.

– J'avais espéré que vous ne vous laisseriez pas décourager aussi facilement.

– Que voulez-vous dire ?

– Juste ce que j'ai dit. J'espérais que vous continueriez à mener discrètement l'enquête.

Griessel était abasourdi.

– Pourquoi voudriez-vous… ?

Il en avait assez de ce jeu de cache-cache.

– Je ne peux pas vous parler, là, j'ai du travail.

Il monta dans la BMW.

– Quel travail ?

Il mit le moteur en marche.

– J'ai d'autres affaires. Au revoir.

Il coupa. Et démarra.

Son téléphone sonna immédiatement.

Inconnu.

Elle l'avait prévenu, au Waterfront, que la SSA était en route. Et maintenant : *J'espérais que vous continueriez à mener l'enquête avec discrétion.*

Il s'arrêta à la sortie de Market Street.

– S'il vous plaît, on doit s'entraider, reprit-elle d'un ton grave quand il répondit.

– Pour quelle raison ?

– Je sais que vous avez découvert quelque chose au Waterfront. Sur la vidéo que vous avez effacée. Je sais qu'ensuite vous avez tous les trois éteint vos portables et que vous vous êtes rendus quelque part, où vous êtes restés plus de quarante minutes. Je pense que ça avait aussi un rapport avec l'enquête. Et à mon avis vous n'allez pas laisser tomber aussi facilement, juste parce qu'un autre département veut prendre la main.

– Je n'ai vraiment rien de plus à vous dire.

– Vous n'avez pas besoin de me dire quoi que ce soit. Simplement, n'abandonnez pas.

Pour la première fois, elle semblait désespérée.

Il n'arrivait pas à comprendre à quel jeu elle jouait.

– Vous êtes là ?

– Attendez, dit-il en sortant de sa poche les écouteurs de son iPhone pour les caler dans ses oreilles. Je vais perdre mon boulot si j'enquête sur l'affaire.

– Ils n'en sauront rien.

– Qui ça, « ils » ?

– Je travaille pour eux. Mais je ne partage pas leurs priorités. Je vous en prie.

– Je ne vous crois pas.

– Je peux le comprendre. Demandez-moi ce que vous voulez.

– Qu'est-ce que vous faites à la SSA ?

Elle hésita.

– Vous êtes dur en affaires.

Il ne répondit pas.

– Je suis responsable du programme de surveillance.

– Et vous nous espionnez.

– Oui.

Voilà pourquoi elle pouvait appeler.

– Quel est votre nom ?

Silence de nouveau. Puis : « Janina. »

– Et votre nom de famille ?

– Mentz, lâcha-t-elle avec un soupir résigné.

Janina Mentz. Joni Mitchell. Les mêmes initiales. Pas très original.

– Pourquoi la SSA veut-elle qu'on laisse tomber l'affaire ? demanda-t-il.

– Je n'en mettrais pas ma tête à couper, vous devez le comprendre. Je fais partie de la direction mais pas des cadres décideurs, je n'ai pas accès à toutes les informations. Cela dit, j'ai une théorie, basée sur une rumeur persistante qui court dans le service, selon laquelle Adair voulait mettre le gouvernement britannique dans l'embarras. Il y a deux ans, il a publié un rapport sur Internet dans lequel il expliquait qu'une nouvelle version de son algorithme allait permettre de dévoiler tout un réseau de transactions bancaires douteuses et que l'Angleterre et les États-Unis avaient l'obligation morale de l'appliquer.

– Le protocole d'Adair, dit Griessel.

Elle ne réagit pas immédiatement.

– Je vous ai sous-estimé. On ne m'y prendra pas deux fois.

– Continuez, dit-il.

– Nous le soupçonnons d'avoir mis en œuvre ce nouvel algorithme par l'intermédiaire du système SWIFT, sans autorisation. Nous le soupçonnons d'avoir obtenu par ce biais des informations sur des mouvements de fonds illégaux impliquant des parlementaires britanniques, à une échelle beaucoup plus grande que ce qui était déjà connu. Des pots-de-vin provenant de médias détenus par Murdoch, de fabricants d'armes, de groupes de pression. De grosses sommes virées sur des comptes bancaires en Suisse. Et les plus hautes sphères de l'État sont concernées. Ensuite, il a essayé de faire chanter le gouvernement britannique. En substance : « Utilisez le protocole contre le crime organisé ou je rends toute l'affaire publique. »

– Ça n'explique toujours pas pourquoi la SSA veut diriger l'enquête.

– Si on arrive à trouver Adair, capitaine, on pourra mettre la main sur toutes ces informations. Et dans les milieux diplomatiques, elles ont une valeur inestimable. Vous savez que le Département britannique pour le développement international veut retirer son aide financière à l'Afrique du Sud en 2015 ?

– Non.

– Nos dirigeants sont très mécontents de cette situation. Et ce genre de renseignements pourrait incontestablement pousser le gouvernement britannique à reconsidérer la question.

Il réfléchit un instant à ce qu'elle venait de lui dire.

– OK. Mais pourquoi faites-vous ça ?

– Vous connaissez le principe de Spider-Man ?

– Le quoi ?

– Le principe de Spider-Man. Plus on a de pouvoir, plus on a de responsabilités. De telles informations donneraient un pouvoir considérable à notre gouvernement, capitaine. Et je le pense incapable d'assumer d'aussi grandes responsabilités.

32

En temps normal, Tyrone Kleinbooi aimait bien la gare de Bellville. Elle lui rappelait les histoires d'oncle Solly sur le District Six – le *mengelmoes* de gens et de couleurs, l'activité débordante, la musique qui beugle dans tous les coins, en concurrence avec celle du voisin, les effluves de nourriture et de café qui flottent jusqu'à vous quand on passe devant les échoppes. Son magasin de vêtements favori juste au coin, dans Durban Road : H. Schneider, Maison de confection. Un nom continental. *Maison de confection !* La sophistication même, à l'image de leurs costumes à fines rayures, de leurs chaussures et de leurs gilets chatoyants. Et là, sur la place de Kruskal Avenue, parmi les étals illicites qui parsemaient les allées et les centres commerciaux, on trouvait plus de personnages hauts en couleur et d'escrocs au mètre carré que n'importe où ailleurs au Cap. Où qu'on regarde, il y avait des vêtements et des accessoires de contrefaçon venus de Chine ; une telle quantité, un tel racket, qu'on ne pouvait même pas prendre de photo. Quand on sortait son téléphone pour prendre un cliché vite fait, les propriétaires s'en apercevaient tout de suite, « non, mon frère, pas de photos ». Même s'ils intervenaient gentiment, une vague menace se profilait derrière ces paroles.

La population n'était pas idéale pour son business – essentiellement des pauvres et des gens de la classe moyenne –, pour lui, cet endroit était un lieu de détente, où il pouvait observer ce qui se passait, bavarder. L'autre grande caractéristique de la gare était qu'on n'y voyait pratiquement jamais de policiers. La police fermait les yeux sur les marchandises illégales et probablement aussi sur celles qui avaient été volées, parce que rien de vraiment grave n'arrivait ici. On ne faisait que passer dans ce quartier et il n'y avait pas grand-chose à dérober. Peut-être aussi parce que les escrocs et les revendeurs faisaient leur propre police.

Les flics ne grattent pas là où ça ne démange pas, et ici, ils ne vous cherchaient pas d'ennuis.

Ce qui l'arrangeait bien dans la situation présente.

La logique lui soufflait qu'on était déjà à sa recherche. Une chasse à l'homme nationale, pour retrouver le tueur du Waterfront en fuite. Demain matin, son visage ferait la une de tous les journaux mais pour l'instant, son futur moment de gloire sur les bandes vidéo de la CCTV était probablement figé en tirage sur papier dans la poche de poitrine de n'importe quel policier.

Donc il avait encore un peu de temps pour trouver un assistant par ici. Mais la recherche ne s'annonçait pas facile. Il y avait bien quelques métis qui faisaient du business, essentiellement dans le Bellstar Junction, en face de la gare. Des types pleins aux as, qui n'allaient pas se lancer dans une combine avec un frangin pour quelques centaines de rands. On pouvait aussi éliminer les Nigérians qui changeaient l'argent et les dealers. Ils avaient le chic pour se rendre invisibles dans de petits appartements aux deuxième et troisième étages des immeubles du secteur. Et ils n'étaient pas bon marché non plus.

En revanche, au niveau de la rue, on était dans Little Somalie.

Mais le problème avec les Somaliens, c'est qu'ils se déplacent sans bruit. Ils font attention où ils mettent les pieds. À cause des attaques xénophobes. Et parce que bon nombre d'entre eux sont des clandestins. Ils ne font confiance à personne sauf à leurs anciens compatriotes. Cela se voit dans leurs yeux de Somaliens sceptiques. Si on n'achète rien dans leur échoppe, si on s'attarde ou si on leur propose un plan, ils vous examinent d'un air inquiet et craintif. Et le non, d'un mouvement de tête, vient très vite, non, non merci, pas intéressé.

Pourtant, il devait se dépêcher de trouver un acolyte. L'heure tournait. Il était 2 h 20.

* * *

Griessel demanda à Janina Mentz de lui envoyer son numéro par texto. Il allait réfléchir et la rappeler. Puis il éteignit son téléphone et prit la direction de Stellenbosch par la route Bottelary, plus facile à surveiller quand on craint d'être suivi.

Au moment où il traversait la R300, sans cesser de contrôler le rétroviseur, la situation lui apparut brutalement dans son ensemble. Tel un poids soudain et écrasant.

Et comme toujours, dans la foulée, l'envie de boire s'empara de lui : il sentit instantanément la fraîcheur du verre dans sa main. Un petit verre. Sec. Sans glace. Pas d'eau gazeuse, juste le goût brut, généreux, du Jack Daniel's sur sa langue, et cette chaleur dans sa gorge. Il frissonna et serra le volant plus fort, son corps réclamait la brûlure de l'alcool, maintenant. *« Jissis »*, murmura-t-il. Son cerveau lui soufflait où aller, ici à

Kraaifontein, des *sheebens* et quelques bars, personne n'en saurait rien.

Mais Nadia Kleinbooi ?

Rien qu'un petit arrêt. Cinq minutes. Brackenfell ou Kuils River, un petit détour, deux doubles à la vitesse de l'éclair, alignez-les, garçon. Nom de Dieu, cette félicité qui lui coulerait dans les veines, se faufilerait, se glisserait au plus profond de lui... Deux verres seulement, pour le soulager de tout, lui permettre de tenir jusqu'au lendemain. Demain, tout irait mieux à nouveau.

La salive lui vint à la bouche, ses mains se mirent à trembler. Sa dernière crise de manque incontrôlable remontait à plusieurs mois. Une partie de lui avait conscience de ce qui était en train de se jouer. Il connaissait le déclic. Le « déclic secondaire » comme l'appelait doc Barkhuizen. Ce moment où il prenait conscience de son inutilité, de son manque de valeur, de son déphasage. Il lui fallait alors un verre pour corroborer cette impression et un autre pour s'en remettre.

Appelle le doc.

Fok, doc. Le doc ne comprenait pas. La vie du doc était en ordre, pas la sienne. Lui, il était lamentable, inutile, nul. Son travail devenait peu à peu une vaste rigolade. Il avait foutu sa vie en l'air en buvant, perdu sa femme, le respect de ses enfants. Il le sentait dans la voix de Fritz quand il parlait à son fils. Fritz le tenait simplement au courant de ce qu'il faisait, mais c'est à sa mère qu'il parlait vraiment. Certains jours où il n'était pas en forme, ses collègues en concluaient immédiatement qu'il avait recommencé à boire. Ils le toléraient, pas plus, avec cette compassion gênée dont on fait preuve envers les handicapés. Et Alexa Barnard, elle le laisserait tomber dès qu'elle aurait repris le contrôle sur sa vie et son problème d'alcool, dès qu'elle l'aurait percé à jour et aurait compris vraiment quel connard il était. Lui qui mentait, qui esquivait et l'évitait, parce que son putain de gredin n'arrivait pas à suivre. Et pourquoi il n'arrivait pas à suivre ? Parce qu'il avait bu sa libido, comme le reste de sa vie.

Il mit son clignotant pour tourner à gauche dans Brackenfell Boulevard. Il y avait des bars près de l'hypermarché, ses anciens repères d'avant, du temps où il avait l'habitude de s'en jeter un dernier avant de rentrer chez lui.

Des endroits douillets par ce temps venteux. Accueillants.

Et Nadia Kleinbooi ? susurrait une voix au fond de son cerveau. Elle avait l'âge de Carla. Bon Dieu, irait-il boire s'il s'agissait de *sa* fille ?

Il ôta son clignotant. Un petit arrêt à Stellenbosch irait plus vite. Rien qu'une petite bouteille. Pour l'après-midi et la soirée.

Voilà, c'était décidé.

Après avoir dépassé l'entrée du golf de Devondale, il se posa quand même des questions. Pourquoi se haïssait-il autant ? Pourquoi cette envie irrépressible de boire ?

Mbali Kaleni avait parlé avec passion de la destruction de la démocratie. Et ensuite, Janina Mentz était persuadée que le gouvernement actuel ne pouvait assumer ses responsabilités. Le merdier, c'est qu'elles avaient toutes les deux raison. Et là résidaient deux gros problèmes. Le premier et le plus important, le sentiment de *déjà-vu**. Il se rappelait encore le temps de l'apartheid. Il avait beau se convaincre qu'il menait alors une juste croisade contre le crime, qu'il était du côté des gentils, une petite voix persistante. Le regard des autres et les médias restaient emplis de suspicion quant aux agissements douteux voire monstrueux de la brigade des Vols et Homicides de l'époque. Et ce soupçon vous usait lentement, parce que lorsque l'on côtoie quotidiennement la mort et la violence dans son travail, qu'on fait des heures impossibles pour un salaire ridicule, alors si l'on ne croit pas que l'on agit pour le bien et la justice, on perd le respect de soi-même et on doute.

Voilà une des raisons pour lesquelles il s'était mis à boire. Ils avaient tous besoin d'adoucir les angles acérés de la réalité.

Et puis la nouvelle Afrique du Sud était arrivée, et avec elle tant d'espoir. Ils pouvaient enfin travailler dans une optique de justice et de respect.

Le SAPS avait réussi à traverser les dix années d'après l'apartheid, surmonter la pagaille créée par la valse des directeurs de la police nationale qui tombaient en disgrâce. Et voilà que tout recommençait. Le gouvernement se délitait peu à peu. La gangrène gagnait. La corruption, la mauvaise gestion et la cupidité prenaient une nouvelle fois le dessus. La méfiance publique se réinstallait. Le Service s'enfonçait de nouveau dans les sables mouvants de l'inefficacité. Malgré le nouveau directeur national et tous ses efforts, malgré le travail de milliers de policiers dévoués et honnêtes, malgré des officiers supérieurs dont l'intégrité était au-dessus de tout soupçon, à l'image de Musad Manie et de Zola Nyathi.

Et, comme à l'époque, il répugnait de plus en plus à dire aux gens qu'il était policier.

Mais il était coincé : un rat sur un navire en train de couler. Il avait une fille à l'université et un garçon qui voulait entrer dans une *fokken* école de cinéma abominablement hors de prix. À quarante-cinq ans, il n'avait connu que la police et ne savait rien faire d'autre.

Ce qui l'amena au second problème, mis en lumière par les paroles de Mbali et de Mentz : son incapacité à réfléchir à des sujets tels que les pouvoirs du gouvernement, les lois sur l'information et la Lutte. Pourquoi n'arrivait-il pas à analyser objectivement les événements et les fondamentaux comme Mbali le faisait avec tant de passion et d'intégrité ?

Qu'est-ce qui n'allait pas chez lui ? Il n'avait plus sa place dans une profession qui demandait une réflexion, une perspicacité et une intelligence toujours plus approfondies. Dans un pays et un monde qui changeaient tellement vite qu'il était incapable de s'adapter.

Qu'est-ce qui n'allait pas chez lui ?

À peu près tout.

Mais rien qu'un petit verre ne puisse régler.

* * *

L'ironie de la situation n'échappait pas à Tyrone Kleinbooi.

Un mendiant ne peut pas choisir, se disait-il, mais choisir un mendiant ?

Il n'avait pas d'autre solution : le temps filait, et vite. Il survola du regard l'échoppe qui se trouvait devant le Bellstar Junction pour dégotter un acolyte, un coéquipier, quand ce *ou* se matérialisa à son côté, aussi brusque et inattendu, aussi silencieusement embarrassant qu'une pollution nocturne. Crasseux, et avec pas mal d'années de galère au compteur. Mais sous les couches de peau sale et le manque d'hygiène personnelle, il s'aperçut avec surprise que le type était un Blanc. Il portait une veste bleu délavé sur un polo orange élimé et avait des yeux d'un bleu intense dans un visage tanné par le soleil.

– Mon frère, dit-il, je n'ai pas mangé aujourd'hui.

« Mon frère » ? faillit lui rétorquer Tyrone, comment ça, mon frère ? T'es frère avec tous ceux qui vivent et qui respirent à présent, c'est quoi cette histoire ? Mais il se ravisa et l'observa de plus près. Ce type pourrait passer pour un métis.

Il n'avait jamais pensé demander à un Blanc. Ceux à qui on pouvait faire confiance ne lèveraient pas le petit doigt pour un métis qui avait des emmerdes. Quant aux autres…

– Montre-moi tes mains…

– Excuse-moi ? fit le type.

– Montre-moi tes mains.

L'homme les leva lentement, paumes vers le haut. Tyrone les observa. Pas de tremblement.

– Tu ne prends pas de *tik* ? demanda-t-il.

– C'est pas ma came.

– Et c'est quoi ta came ?

– De la *beu*, répondit l'homme avec une certaine fierté.

– Quand est-ce que tu as fumé de l'herbe pour la dernière fois ?

– Avant-hier. Mais aujourd'hui j'ai faim, mon frère.

– Tu t'appelles comment ?

– Bobby.

– Bobby comment ?

– Bobby Van der Walt.

Le nom lui parut tellement incongru pour un clochard que Tyrone eut presque envie de rire.

– OK, Bobby, alors tu veux te faire un peu de fric ?

– S'il te plaît.

– Tu peux le gagner, Bobby.

L'intérêt du type s'évanouit immédiatement.

– Juste un petit boulot facile, s'empressa d'ajouter Tyrone.

Regard bleu soupçonneux.

– Quel genre de boulot ?

– Un boulot légal. De l'argent facile. Cent rands pour dix minutes de travail.

– Qu'est-ce que je dois faire ?

– Tu vois cet échangeur routier ?

Tyrone lui montra du doigt l'échangeur de la M11 qui passait haut dans les airs, par-delà les bâtiments de la gare, sur des piliers en béton.

– Je fume, mais j'suis pas stupide, rétorqua Bobby Van der Walt. Je le vois. C'est l'échangeur Tienie Meyer.

– Très bien, mon frère, dit Tyrone. Maintenant, laisse-moi t'expliquer ce que tu dois faire.

* * *

Quand Benny Griessel arriva à Stellenbosch et qu'il commença à scruter Bird Street pour trouver un magasin de spiritueux, il se dit : Quatre cent vingt-trois jours d'abstinence. Quatre cent vingt-trois longs jours difficiles. Il ne menait pas une lutte politique, il menait une lutte contre l'alcool, une lutte pour la vie. Tout son être lui disait, au diable tout ça, mais dans un coin de sa tête, une petite voix s'y opposait : il faudra que tu expliques au doc pourquoi tu as bazardé quatre cent vingt-trois jours. Il faudra aussi que tu l'expliques à Alexa.

Au feu d'Adam Tas, il s'arrêta.

Appelle le doc.

Impossible. Son téléphone devait rester éteint.

Appelle le doc. La SSA ne pourrait tirer aucune conclusion évidente de sa présence à Stellenbosch.

Il ralluma son téléphone en soupirant.

33

À 14 h 40, Tyrone se trouvait devant le Sport Station
du centre commercial de Bellstar Junction. L'enseigne
du magasin figurait sur un immense panneau accroché
au mur derrière lui. Quand il avait vu le logo la première fois, il l'avait trouvé absurde car l'unique S géant
utilisé pour commencer les deux mots ne marchait pas
vraiment : on lisait *Sport Tation*.

Mais dans l'immédiat, il avait d'autres préoccupa-
tions en tête. Téléphone à la main, il gardait un œil
sur l'heure. Il tremblait, son cœur cognait dans sa
poitrine, trop vite, trop fort. Il pensait à Nadia, à la
panique qui devait être la sienne. Que lui avaient-ils
fait ? Était-elle ligotée ? Blessée ? Il ne voulait pas
y penser… Il devait se persuader qu'elle allait bien,
qu'elle se déchaînerait contre lui après, telle une furie,
une tigresse crachant et sifflant. Quand elle était très
en colère, ses yeux prenaient une drôle de couleur et
les mots se bousculaient à ses lèvres en un torrent
incontrôlable, une cascade. « À quoi tu pensais, Ty ?
Tu es malade ? Je croyais te connaître. »

Mais peu importe, tant qu'elle allait bien.

Il avait commencé à concocter une histoire qu'il
comptait lui débiter, mais n'était pas sûr qu'elle la

gobe. Et si les flics montraient la bande-vidéo à la télé, il allait avoir du mal à s'en tirer.

Jirre, pourvu qu'elle aille bien.

S'ils s'avisaient même de la toucher…

14 h 43.

Il avait une bonne perspective d'où il se trouvait, depuis la vaste galerie du centre commercial qui s'étirait entre des arches d'acier triomphantes jusqu'à l'entrée du Bellstar Junction. Par chance, on pouvait voir de l'autre côté de Charl Malan Street, sous l'autoroute. Même si la vue n'était pas parfaite, à cause des gens qui allaient et venaient sans cesse.

Il apercevait Bobby Van der Walt, silhouette abandonnée là-haut, à côté de la rampe en béton de la M11. Bobby ne le quittait pas des yeux. Tyrone pouvait entendre le vrombissement des véhicules qui passaient à toute allure derrière lui.

Il ne bougea pas, ne fit aucun mouvement, de peur que Bobby ne croie qu'il s'agissait *du signe.* Il fallait être prudent avec les fumeurs d'herbe, leurs neurones ne se déclenchaient pas toujours au bon moment.

Ce *blerrie* petit Blanc, il avait intérêt à assurer aujourd'hui, clochard ou pas.

14 h 46.

Quand il avait recruté Bobby et lui avait expliqué soigneusement ce qu'il aurait à faire, ce dernier lui avait demandé :

– C'est tout ?

– C'est tout. Mais tu dois attendre que je te fasse signe.

Sourcils froncés, regard toujours méfiant.

– Pour cent rands ?

– Je t'avais dit que ce serait du fric facile.

À voir son expression, Bobby trouvait cela un peu trop facile. Il devait y avoir un piège quelque part.

— C'est un boulot important, Bobby. C'est pour ça que je te paie correctement.

— D'accord.

Tyrone avait compris comment le gars fonctionnait. Bobby était content qu'on soit venu le chercher pour un « boulot important ».

Puis il l'avait emmené chez le marchand somalien de fringues et de sacs à dos. Bobby écoutait, tout ouïe, avide de savoir comment allait se dérouler sa journée de travail.

Le Somalien s'appelait Hassan Ikar.

— Hassan, je veux acheter ce sac à dos, avait dit Tyrone en lui montrant un sac noir compact.

— Je te fais un bon prix.

— Non, Hassan, je ne veux pas que tu me fasses un bon prix. Je veux payer plein pot, et même un peu plus, mais j'ai besoin d'un service.

Et il lui avait rapidement expliqué de quoi il retournait : Il allait payer cent vingt rands de plus pour le sac à dos. Sur ce supplément, le vendeur devait donner cent rands à Bobby Van der Walt et garder le reste. Mais seulement quand Tyrone l'aurait appelé pour lui dire que Bobby avait fait son boulot correctement.

— On est d'accord ?

Ikar avait réfléchi. N'y avait vu aucun risque. Et avait acquiescé.

— Donne-moi ton numéro de téléphone.

Tyrone avait composé le numéro pour vérifier qu'il était opérationnel. Bobby suivait la conversation et avait fini par acquiescer à son tour.

Le plan était au point.

Mais allait-il fonctionner ?

14 h 47.

Tyrone vérifia la batterie du téléphone portable. Plus qu'assez chargée, un des rares avantages du Nokia 2700. Une technologie dépassée, mais au moins, il n'y avait pas un millier d'applications qui pompaient toute l'énergie.

Un groupe d'ouvriers métis arrivait du quai.

– Les trains sont à l'heure ? demanda Tyrone.

– Presque, lui cria l'un d'eux. Quelques minutes de retard.

Quelques minutes de retard, ça irait. Parce qu'il avait calculé au plus juste. Si tout se passait comme prévu, si Nadia et lui s'en sortaient, il voulait attraper le train 3526 qui partait pour Le Cap à 15 h 08 du quai numéro 9. Et il aurait peut-être besoin de « quelques minutes » en plus au cas où.

Tyrone inspira profondément. Secoue-toi, il faut rester calme, posé et maître de soi. Il leva à nouveau les yeux vers Bobby Van der Walt – la silhouette était toujours là-haut, solitaire. Continue à me regarder, Bobby, ne te déconcentre pas…

14 h 49.

L'agent de sécurité s'approcha de lui, un jeune Noir avec un béret rouge sur lequel était accroché un insigne fantaisiste.

– Je peux vous aider ?

– Non, merci, j'attends ma sœur.

– OK.

Le téléphone se mit à sonner et il fit un bond. L'agent lui jeta un regard pénétrant.

– Ce doit être elle, dit-il d'une voix rauque.

L'agent de sécurité ne bougea pas d'un pouce.

Tyrone regarda l'écran. Le numéro de Nadia. Il répondit.

– Allô ?

– Je suis au carrefour de Durban et de Voortrekker Road.

Même voix, même accent.

– Ma sœur est avec vous ?

– Oui.

Il aurait voulu l'entendre, mais l'agent de sécurité, toujours planté à côté de lui, le tenait à l'œil.

– Vous devez venir jusqu'à la gare de Bellville. Il y a plein de places pour la voiture…

– Je ne sais pas où est la gare.

– D'accord. Vous continuez tout droit dans Durban Road, jusqu'au bout. Au croisement avec Church Street, vous commencez à chercher une place. Il y en a toujours. Et ensuite, vous me rappelez.

L'homme ne répondit pas. Tyrone attendit, le cœur battant à tout rompre. L'homme finit par briser le silence :

– OK.

Tyrone coupa. Le vigile lui jeta un dernier regard, fit demi-tour et s'éloigna. Tyrone leva les yeux vers le pont de la M11.

Bobby avait disparu.

* * *

Griessel eut du mal à trouver l'entrée de West Side dans Market Street, à Stellenbosch, où vivait Nadia Kleinbooi. Les immeubles étaient cachés par une vieille maison victorienne, les grilles coulissantes s'ouvraient avec un système électronique. Une fois garé, il gagna l'entrée et s'aperçut qu'aucun gardien n'était mentionné sur la plaque d'interphone.

Plutôt une bonne nouvelle, se dit-il. S'ils avaient

voulu lui faire du mal, ils auraient eu des difficultés pour entrer.

Il enfonça le numéro 21. L'appartement de Nadia. Pas de réponse.

Il appuya sur 20 dans l'espoir qu'un voisin serait chez lui.

Silence.

Il continua en remontant à partir de 22.

Finalement, au numéro 26, une voix d'homme bourrue crissa dans l'interphone.

– Oui ?

– Capitaine Benny Griessel, SAPS. Je cherche à joindre Nadia Kleinbooi, au numéro 21.

– Je ne la connais pas.

– Vous pouvez ouvrir, s'il vous plaît ?

– Et comment je suis sûr que vous êtes bien de la police ?

– Vous n'avez qu'à descendre voir.

Dix secondes plus tard, la grille commença à coulisser sur son rail.

* * *

La panique s'empara de Tyrone à la vitesse d'un feu de veld. Il ne pouvait détacher les yeux de la rampe en béton, visible juste au-dessus de la banderole du Shoprite qui hurlait U SAVE en lettres rouge et jaune criardes. Bobby avait disparu.

Ne jamais faire confiance à un Blanc. La mise en garde d'oncle Solly lui revint comme un bruit de tonnerre. *Ne jamais faire confiance à un Blanc, tu les arnaques, mais tu ne fais jamais affaire avec eux, parce qu'au moment décisif, nous, les métis, on est les premiers à se faire jeter.*

283

Mais il n'avait pas eu le choix, ni le temps. Il regarda l'heure. 14 h 51.

Le type ne mettrait pas plus de quatre ou cinq minutes pour trouver une place pour se garer dans Durban Road. Et trois autres pour marcher jusqu'au bout de Kruskal.

Ce qui lui en laissait sept pour retrouver la trace de Bobby Van der Walt. Et la carte mémoire. Qui était dans la poche de la veste bleue crasseuse.

34

Pas de panique, pas de panique, pas de panique.

Mais il paniqua quand même parce qu'il ne savait pas quoi faire d'autre. Il y avait presque trois cents mètres pour rejoindre l'endroit où le pont autoroutier Tienie Meyer plongeait sur Modderdam, permettant ainsi d'accéder à la M11. Il avait fait prendre le raccourci à Bobby – en escaladant deux hautes clôtures grillagées. Pas difficile, mais cela demandait du temps. Qu'il n'avait pas. Il lui faudrait au moins quatre minutes en courant pour rejoindre le carrefour de Modderdam, d'où il aurait une vue d'ensemble sur l'autoroute. Si, alors, il ne repérait pas Bobby, il était dans la merde, à tous points de vue. Parce qu'il serait trop tard pour revenir se poster à son point de départ.

Et que la carte mémoire était dans la poche de Bobby.

Jirre.

Il n'arrivait pas à se décider, il essayait de maîtriser sa respiration et ses genoux en coton, il ne devait pas paniquer, à cause de ce foutu vigile qui rôdait dans le coin et touchait sûrement des pots-de-vin de tous les propriétaires d'échoppes pour tenir les curieux à l'écart.

C'était lui qui avait mis Nadia dans cette panade. Maintenant, il avait intérêt à la sortir de là.

14 h 54.

Il devait rester et attendre, il n'avait pas le choix.

Si le type appelait, il lui faudrait essayer de gagner du temps.

Mais son planning était à l'eau. Le train suivant ne partait qu'à 15 h 35, quai 11, et avec le retard, ça voulait dire 15 h 40 ou 45, ce qui laissait au type vingt minutes pour les retrouver, Nadia et lui, et les descendre avec son arme équipée d'un silencieux. S'il pouvait entrer au Waterfront et tirer sur des gens dans tous les coins, ce n'est pas la gare de Bellville qui allait lui faire peur.

L'image brouillée d'un camion passa à toute allure sur le pont, mais Bobby était toujours invisible. Cet idiot se serait-il tenu trop près de la route et se serait-il fait expédier dans l'autre monde avec la carte mémoire ?

14 h 55.

Le téléphone sonna dans sa main.

Tyrone inspira un grand coup.

– Oui ?

– Je suis garé.

– D'accord. Trouvez Wilshammer Street, vous devriez être juste à côté. Ensuite, descendez-la vers... (Il dut se concentrer très fort sur les directions, le soleil se levait de ce côté) vers l'est, jusqu'au carrefour avec Kruskal.

– Le carrefour de quoi ?

– Kruskal.

Il l'épela en anglais, en articulant lentement.

– Compris.

De nouveau, il eut envie de demander si Nadia était là, si elle allait bien, mais il se retint. Le type devait croire qu'il pouvait les voir.

– Appelez-moi quand vous y serez. Mais pas avec

le téléphone de Nadia. Vous lui rendez le sien et à partir de maintenant, vous utilisez le vôtre.

Et il coupa.

* * *

Après deux volées de marches, Griessel frappa au 21 West Side. Les yeux rivés sur la porte en partie vitrée, il ne vit aucun mouvement, n'entendit aucun bruit à l'intérieur.

Peut-être se trouvait-elle sur le campus. En sécurité.

Il frappa à nouveau, conscient que l'appartement était vide.

Il se détourna, balaya Stellenbosch des yeux. « Volvoville », comme l'appelait Cupido. Avec son habituelle tirade : « Des Volvo, Benny ? Pourquoi des Volvo ? *Daais* les bagnoles les plus emmerdantes de toute l'histoire automobile. Et moches. Mais les Blancs friqués de Stellenbosch conduisent tous des Volvo. Faut que tu m'expliques. Ça prouve simplement que c'est pas parce qu'on a du fric qu'on a du style. »

La soupape de sécurité de Cupido, c'étaient les injures, pas la boisson. Griessel devrait peut-être essayer.

Il entendit un bruit de pas qui montaient l'escalier à sa droite. Un jeune homme apparut. Grand et athlétique, épaules larges, dans une veste de cuir patinée à la mode. Les mains de Griessel descendirent jusqu'à son arme de service. Le jeune homme l'observa, curieux.

– *Middag*, dit Griessel.

– *Goeie middag.*

Griessel se détendit en entendant l'afrikaans. Cheveux noirs, yeux marron foncé, souriants. De l'âge de Carla. Un étudiant, sûrement.

– Vous vivez à cet étage ?

– Au 23, répondit-il en dépassant Griessel.

– Je cherche Nadia Kleinbooi.

L'étudiant s'arrêta.

– Oh.

Il observa l'appartement, puis Griessel. Fronça les sourcils.

– Je suis de la police, ajouta Griessel. Vous la connaissez ?

– La police ?

Comme s'il venait de comprendre quelque chose.

– Pourquoi vous cherchez Nadia ?

– Vous la connaissez ?

L'étudiant se rapprocha. Si le froncement de sourcils avait disparu, son visage affichait une angoisse d'une autre nature.

– C'est au sujet de l'enlèvement ?

– Quel enlèvement ?

– Sur le campus. Toute la fac est au courant. (L'inquiétude perçait dans sa voix.) C'était Nadia ?

– Je ne suis pas au courant d'un enlèvement, dit Griessel.

Le jeune homme plissa les yeux.

– Vous êtes vraiment de la police ?

* * *

Improvise, se dit Tyrone, il n'y avait rien d'autre à faire à présent. Il gardait les yeux rivés sur le pont de la M11, dans l'espoir de plus en plus faible de voir apparaître Bobby Van der Walt. Improvise. Le clodo ne se rendait donc pas compte qu'il était en train de foutre cent rands par la fenêtre ? Voilà ce qui arrive quand on fait du business avec des fumeurs de *dagga*.

Sur la pointe des pieds, Tyrone essayait de repérer le tireur du Waterfront et Nadia du côté des échoppes. Rien.

Du coin de l'œil, il perçut un mouvement, quelqu'un qui se précipitait vers lui à sa droite. Il fit un bond, en alerte.

C'était Bobby, les yeux écarquillés, hors d'haleine, la bouche grande ouverte.

– Désolé, mon frère, désolé. Y a un *fokken* agent de la circulation qui s'est arrêté là… (Il pointa un doigt sale dans la direction de l'autoroute.) Il m'a demandé si j'avais l'intention de sauter. Et j'ai répondu : « J'ai l'air de quelqu'un qui va sauter ? » et le *doos* a dit : « Oui… »

Bobby, mains sur les genoux, aspirait l'air à grandes goulées, la respiration sifflante.

– Tu y crois ?

Tyrone avait envie de rire et de pleurer en même temps.

– Où est la carte mémoire ? demanda-t-il.

Bobby tapota la poche de sa veste.

– Juste là.

– Très bien, dit Tyrone, en réfléchissant.

– Tu y crois ? continuait Bobby, qui commençait à reprendre son souffle. Ce flic me dit : « Pour moi, t'as vraiment la tête de quelqu'un qui va sauter. » Et je lui réponds : « *Nooit,* j'admire seulement la vue. » Alors il me balance qu'il veut pas se quereller avec moi et qu'il veut pas d'encombrement sur le pont. Si j'ai envie de sauter, j'ai qu'à sauter, mais s'agit pas que je trucide quelqu'un là-dessous en tombant. Alors j'me suis tiré. Désolé, frangin, on fait quoi maintenant ?

Tyrone ne l'entendait pas. Son cerveau faisait des heures sup. Dans le plan initial, Bobby devait attendre son signal et lancer du pont la carte mémoire dès que le type aurait relâché Nadia. Le ravisseur aurait alors récupéré la carte. Persuadé que Tyrone était sur le pont, il aurait réalisé qu'il ne pouvait pas l'atteindre. Et Bobby aurait alors été hors de danger. Une fois Nadia libre, Tyrone l'aurait saisie par le bras juste avant le Sport Station et ils auraient couru pour attraper le train...

Nom de Dieu, qu'est-ce qu'il allait faire à présent ?

Son téléphone sonna.

Bobby attendait, les yeux écarquillés et d'un bleu impossible.

Tyrone observa l'écran. Ce n'était pas le numéro de Nadia, mais il lui semblait familier. Le sien. Le téléphone qui se trouvait dans le sac à dos au Waterfront.

Il répondit.

* * *

– Qu'est-ce qui vous fait penser qu'il s'agit de Nadia ? demanda Griessel.

– Sur Twitter, ils ont dit que c'était une métisse, répondit l'étudiant, mais son attitude avait changé, comme s'il se méfiait.

– La fille qui a été enlevée ?

– *Ja*. Si vous êtes de la police, comment se fait-il que vous ne soyez pas au courant ?

Griessel l'entendit à peine.

– Vous avez un portable ?

– Évidemment que j'ai un portable.

– Pourriez-vous s'il vous plaît passer un coup de fil pour moi ?

– Vous n'avez pas vos propres téléphones ?

L'étudiant recula d'un pas.

Griessel sortit son portefeuille de sa poche et lui montra son identifiant du SAPS.

– *Meneer,* s'il vous plaît, pouvez-vous passer un coup de fil ? Le mien est hors d'usage.

Le langage corporel de l'étudiant exprimait l'hostilité à présent. Il étudia la carte.

– Désolé, dit-il, mais elle a l'air fausse.

Il fit mine de s'éloigner en direction des marches. Griessel soupira, ouvrit son portefeuille et la rangea.

– Je vais vous demander une fois encore de passer un coup de fil.

– Vous devenez bizarre.

Griessel sortit son arme et la pointa sur le jeune homme.

– Quel est votre nom ?

L'étudiant s'immobilisa, leva les mains.

– Waxen. Johan.

– Prenez votre téléphone, Johan.

Mains en l'air, l'étudiant ne bougeait pas.

– Baissez les mains, sortez votre téléphone et appelez le commissariat.

Il ouvrit et ferma la bouche deux fois de suite puis comprit ce que Griessel venait de lui dire.

– Vous voulez que j'appelle la police ?

– Absolument. Le commissariat de Stellenbosch.

– Je ne connais pas le numéro, lança le jeune homme, visiblement soulagé. Je peux regarder sur Google ?

* * *

– Je suis au carrefour de Wilshammer et de Kruskal, dit l'homme au téléphone.

Tyrone observa fixement le long passage, les environs de Charl Malan Street et l'allée entre les échoppes,

291

mais il y avait trop de monde, il ne voyait ni l'homme ni Nadia. Et il devait d'abord donner de nouvelles instructions à Bobby, un deuxième plan concocté à la hâte et qui avait peu de chances de réussir, mais il manquait de temps, il était coincé.

– Attendez là, dit-il. Mettez-vous au milieu, entre les échoppes, pour que je puisse vous voir. Que je puisse m'assurer que Nadia va bien.

Silence.

– On est au milieu.

– Parfait, dit Tyrone. Je vous rappelle.

– *Merde**, fit l'homme.

Tyrone ignorait ce que cela voulait dire. Il coupa.

– Écoute attentivement, dit-il à Bobby.

35

L'étudiant composa le numéro du SAPS à Stellen-bosch.

– Dis-leur que tu veux parler au général de brigade Piet Mentoor, dit Griessel.

L'étudiant suivit les instructions avec une toute nouvelle autorité dans la voix.

– Maintenant, dis-lui que tu vas lui passer le capitaine Benny Griessel, des Hawks.

L'étudiant l'observa avec un mélange de respect mêlé d'excuse et murmura un *« Fokkit »* à voix basse. Puis, Piet Mentoor ayant pris la communication, il débita sa tirade et tendit l'appareil à Griessel.

– Général ?

– Benny, qu'est-ce qui me vaut cet honneur ?

– J'ai entendu dire qu'il y aurait eu un enlèvement ce matin, sur le campus.

– Les gars, vous ne chômez pas, *nè*. C'est un truc bizarre, Benny.

– Comment ça ?

– Un seul témoin oculaire qui jure à qui veut l'entendre qu'il a vu une fille métisse se faire embarquer de force dans une voiture, un Nissan X-Trail, dans Ryneveld Street. Alors il a suivi le véhicule en voiture. Dans Andringa Street, le Nissan s'est arrêté, deux Blancs ont bondi du véhicule, ont tiré sur les pneus de la bagnole, ont arraché aux occupants leurs téléphones portables et se sont enfuis. Cinq personnes ont vu ce qui s'était passé. Mais pas une d'entre elles n'a aperçu la fille dans le Nissan. On est au moins sûrs pour le vol de téléphones.

Griessel tentait d'y voir clair.

– À quelle heure est-ce arrivé, général ?

– Juste après 13 heures, quand les cours s'arrêtent pour le déjeuner. Pourquoi vous intéressez-vous à cette affaire, Benny ?

Griessel hésita.

– Général, il se peut que ça ait un rapport avec l'affaire de Franschhoek. Dimanche.

– *Bliksem*. Une idée de l'identité de la fille ?

Il allait devoir mentir.

– Non. À ce que je comprends, il y avait plus d'une personne dans la voiture qui poursuivait le X-Trail ?

– Oui, le témoin oculaire du kidnapping et son ami. Des étudiants, tous les deux. Le problème, c'est que le copain n'a rien vu. Ils n'ont aperçu qu'un bout de la plaque minéralogique. On essaie de remonter cette piste. Mais ce n'est pas tout. Ces foutus étudiants ont ramassé les deux douilles sur la route…

Griessel savait ce qui allait suivre.

– Calibre 45 ?

– C'est exact…

– Avec un serpent gravé dessus.

– Putain, Benny…

Le général de brigade laissa sa phrase en suspens. Griessel devina qu'il était en train de faire le rapprochement.

– Général, est-ce que les témoins sont vraiment certains qu'il y avait deux tireurs ?

– Oui, Benny. Et sans doute un autre gars au volant.

– Trois au total ?

Il n'arrivait pas à y croire.

– C'est ce qu'ils disent presque tous.

– Et les deux tireurs ont utilisé leur arme ?

– Ils ont crevé un pneu avant chacun.

– Le serpent – est-ce qu'il était sur les deux douilles ?

– Les deux. Elles sont ici, dans les mains des inspecteurs, totalement contaminées bien entendu. Tu peux venir y jeter un coup d'œil.

– *Fok !* fit Griessel.

* * *

– Très bien, dit Tyrone au téléphone. Regardez vers le sud. Il y a une grande bannière indiquant Shoprite, U Save. Vous la voyez ?

– Oui, répondit le tueur du Waterfront.

– Je veux que vous marchiez dans cette direction. Lentement.

– *D'accord**.

– Parlez anglais s'il vous plaît.

– Très bien.

– Et restez en ligne.

Tyrone se déplaça sur la droite, juste devant chez A. Gul Cash & Carry, pour pouvoir s'abriter derrière le coin opposé du centre commercial. Le type savait exactement de quoi il avait l'air et il ne voulait pas se faire repérer. Mais sa plus grande inquiétude était que Nadia l'aperçoive et se précipite vers lui. Ou fasse un geste qui risque d'alerter le tueur.

Des gens lui bloquaient la vue. Il dut se pencher d'un côté et de l'autre pour voir. Il se concentra sur

Charl Malan Street, en face de l'entrée flamboyante du Bellstar Junction.

Toujours rien.

Au moins Bobby Van der Walt était-il toujours à son poste dix mètres plus loin, devant la vitrine de Hello Mobile, les yeux fixés sur Tyrone, le front plissé par la concentration.

Puis Tyrone vit Nadia, et il eut un coup au cœur. Tête baissée, elle semblait effrayée et abandonnée, fixant le sol comme quelqu'un qui a perdu tout espoir. Le grand sac à bandoulière qu'elle emportait toujours en cours semblait trop lourd à présent. Le flot de passants s'ouvrit une seconde et Tyrone aperçut l'homme à côté d'elle. Il lui tenait fermement le bras droit, camouflant son autre main sous sa veste grise, capuche baissée sur les yeux. Mais à voir l'angle du coude et de l'avant-bras, Tyrone sut qu'il portait une arme.

Il doit avoir un kit mains libres, se dit-il. C'est pour ça qu'il ne tient pas de téléphone.

– Stop ! cria Tyrone dans le combiné.

L'homme à la capuche et Nadia marquèrent une pause.

La capuche tourna lentement la tête. Il vérifiait tout.

Il avait l'air d'être blanc. Il ne ressemblait pas vraiment au type du matin. Mais peut-être était-ce à cause de la capuche. Le malaise de Tyrone augmenta.

– Maintenant, traversez la route. Lentement.

Il les perdit à nouveau de vue dans la foule. Se contorsionna, se baissa, tendit le cou pour voir par-dessus les épaules, en faisant attention à ne pas trop se dévoiler, et aussi pour éviter que Bobby ne prenne ses acrobaties pour un signal.

Il les aperçut à nouveau.

– Continuez à marcher jusqu'à ce que vous soyez pile sous le panneau Shoprite.

C'est alors qu'il fit signe à Bobby : il leva l'index en l'air, pour lui faire comprendre que l'échange allait bientôt avoir lieu. « Mais après, tu ne me regardes plus, Bobby, lui avait-il expliqué dans l'urgence un peu plus tôt. C'est crucial, tu comprends ? »

Il constata avec irritation que Bobby levait le pouce, pour montrer qu'il avait saisi le message.

Tyrone agita la tête avec véhémence.

Bobby se détourna.

Le clochard s'était souvenu de la consigne.

Peut-être que son plan allait fonctionner, après tout.

L'homme à la capuche avait traversé avec Nadia. Il la fit passer derrière le rail en acier, juste sous l'enseigne Shoprite.

– Très bien. Stop, je vous vois clairement. Vous êtes venu avec un ordinateur portable ?

– Oui.

– Il est où ?

– Sur mon dos.

Pendant un instant, ils disparurent à nouveau derrière un groupe de gens. Quand la foule s'éclaircit, Tyrone aperçut l'homme à la capuche, de profil. Le sac à dos visible à présent.

Tyrone inspira un grand coup. Tout dépendait des quelques minutes à venir.

– Maintenant, écoutez très attentivement. Vous savez qu'il y a un fichier zip sur la carte mémoire ? 56 gigabits.

– Oui.

– Et vous savez que le fichier possède un mot de passe ?

– Oui.

– Très bien. J'ai fait réencoder le fichier. Avec un mot de passe différent. Vous comprenez ?

– *Va te faire foutre, connard !**

– Je vous demande pardon ?

– Tu veux jouer au plus fin avec moi, *connard**. Je vais descendre ta sœur. J'ai une arme.

– Je sais que vous avez une arme. Je vous préviens, si vous ne suivez pas mes instructions, vous n'aurez jamais le mot de passe. Si vous faites du mal à Nadia, si vous ne faites pas ce que je veux, je ne vous donnerai pas le mot de passe.

Tyrone récita une prière éclair. Pourvu qu'il arrive à répéter correctement les paroles que PC Carolus lui avait si patiemment enseignées.

– Le cryptage est protégé par AES 128 bits. Il vous faudra des milliers d'années pour décrypter le fichier sans le mot de passe. Vous comprenez ?

Fureur tangible dans le silence.

– Oui, répondit l'homme à la capuche.

– Parfait. Vous devez aussi savoir que je n'ai pas écrit le mot de passe. Il est dans ma tête. Donc, si vous me tuez, vous ne l'aurez jamais.

Pas de réponse.

– Le mot de passe possède seize lettres. N'oubliez pas. D'abord, je vous donne la carte. Ensuite, vous pouvez la tester sur votre ordinateur. D'accord ?

– Oui.

– Quand vous aurez chargé le fichier, on commencera à l'ouvrir avec la clé de déchiffrement. Mais là, vous direz à Nadia de marcher, lentement, droit devant elle, de tourner au coin du bâtiment, après le coiffeur. Au fur et à mesure qu'elle avancera, je vous donnerai une lettre de la clé. Compris ?

– Oui, s'énerva-t-il.

– Maintenant, je veux que vous regardiez au bout du passage, entre les magasins. Droit devant, ajouta Tyrone.

L'homme ne bougea pas, mais son visage, dissimulé par la capuche, était tourné dans la bonne direction.

– Vous voyez le magasin avec la grande enseigne verte Hello Mobile ?

– Oui.

– Vous voyez le type en veste bleue, debout à côté de la porte ?

– Oui.

– C'est lui qui a la carte, et il vous la donnera quand vous arriverez à sa hauteur. Si vous lui faites du mal, vous pouvez dire adieu au mot de passe.

– Pigé, répondit Capuche.

– Marchez vers lui maintenant. Lentement.

36

Griessel contemplait les montagnes de Stellenbosch, l'étudiant à côté de lui momentanément oublié.

Au domaine de Petit Margaux, il avait vaguement pressenti que l'assaillant ne devait pas être seul, mais le cobra sur les douilles avait semé la confusion dans son esprit. Dessin identique, donc même tireur. Conclusion logique, et pourtant son instinct lui soufflait l'inverse. Il avait commis la même erreur qu'Interpol. Et leur rapport n'avait fait que renforcer sa méprise.

Il aurait dû savoir. Deux gardes du corps hautement entraînés, un système de sécurité plutôt correct, l'enlèvement d'un homme qui faisait tout pour qu'on ne lui mette pas la main dessus – il y avait forcément plus d'un exécutant. Ça paraissait évident à présent.

Kobra n'était pas un tueur à gages isolé. Il s'agissait d'un groupe.

Ce qui expliquait les spéculations du commissaire divisionnaire Marie-Caroline Aubert sur les différentes armes utilisées. Et le fait que certains meurtres ne portaient pas la marque de fabrique de Kobra.

Cela changeait sacrément la donne.

Entre autres, le fait qu'un seul exécutant était toujours plus difficile à coincer. Trois hommes travaillant de concert, qui devaient rester ensemble, voyager ensemble, se déplacer ensemble, étaient peut-être plus facilement repérables.

Griessel se retourna vers la porte de Nadia Kleinbooi, vit l'étudiant qui attendait devant, impatient. Il allait devoir tempérer son enthousiasme.

– Johan, que ce soit bien clair, dit-il d'un ton sévère. Tu ne dois pas répéter un mot de ma conversation avec le général de brigade. Ce sont des informations très sensibles. Si jamais il y a des fuites, je me verrai obligé de t'arrêter pour entrave à l'autorité de la police.

– Bien sûr, capitaine.

Mais Griessel perçut la déception dans sa voix. Il sortit vingt rands de son portefeuille.

– Je dois passer un autre coup de fil, dit-il en lui tendant l'argent.

– Pas la peine, capitaine, gardez-les, répondit l'étudiant.

– Tu adorerais sûrement raconter à tes amis ce que tu vas encore entendre, mais si j'apprends que tu as répété un seul mot, je te boucle. Pas de Twitter ni de Facebook ou de What's Up…

– WhatsApp.

– C'est ça. Compris ?

– Oui, capitaine, acquiesça gravement le jeune homme.

– Merci.

Griessel observa le téléphone dans sa main. Un BlackBerry Z10. Écran verrouillé.

– Tu peux me montrer comment on se sert de ce truc ?

L'étudiant entra son code, fit apparaître le clavier et tendit l'appareil à Griessel, qui composa le numéro du fixe de la DPCI et demanda à parler à Mbali Kaleni.

– Benny, lui dit-elle immédiatement, Ulinda Radebe a appelé d'O.R. Tambo. Il pense avoir identifié Kobra.

* * *

Tyrone observa l'homme à la capuche et Nadia qui montaient lentement les marches sous la bannière du Shoprite et se dirigeaient vers Bobby.

Ne me regarde pas, Bobby – quoi que tu fasses, ne me regarde pas.

Bobby ne bougeait pas. Il avait l'air inquiet. Il jeta un coup d'œil autour de lui, mais pas du côté de Tyrone.

– Quand le type vous aura donné la carte, dites-lui de s'en aller.

Pas de réponse.

Nadia semblait toujours dans le brouillard. Elle continuait à fixer le sol, comme inconsciente de ce qui se passait.

L'avaient-ils droguée ?

Quatre mètres jusqu'à Bobby. Trois. Deux.

Bobby les vit.

Ne me regarde pas, Bobby. S'il te plaît.

Capuche et Nadia étaient à sa hauteur.

– Tu as la carte ? demanda l'homme.

Un couple d'obèses passa devant Tyrone et lui masqua la vue une seconde. Puis il vit Bobby qui sortait la main de sa poche. Trop loin pour voir si la carte y était, mais Capuche sembla prendre quelque chose.

– Tu peux y aller, entendit Tyrone.

Bobby tourna la tête vers lui.

Ne me regarde pas, abruti.

Bobby le regarda malgré tout, comme s'il voulait s'assurer qu'il avait gagné son argent, qu'il pouvait vraiment filer.

Tyrone se plaqua contre le mur du magasin. L'homme l'avait-il repéré ? Il compta jusqu'à cinq. Jeta un coup d'œil. Vit Bobby qui s'éloignait vers Kruskal. Direction Hassan Ikar, le Somalien, pour toucher son fric. Aucun doute.

Bien joué, petit Blanc, même si tu as regardé quand tu n'aurais pas dû.

– Votre sœur n'est pas encore là ?

La voix prit Tyrone par surprise, toute son attention était focalisée sur l'homme à la capuche.

C'était le vigile au béret rouge. Il vint se poster devant lui, trop près, l'empêchant de voir Nadia. Aucun respect pour l'espace vital, ce mec.

Tyrone fit non de la tête. Impossible de parler pour l'instant, ça allait embrouiller Capuche, il allait chercher autour de lui. Et identifier Tyrone, s'il ne l'avait pas déjà fait.

– Vous ne pouvez pas rester là, continua Béret rouge. Allez attendre sur le quai.

Probablement un commerçant qui s'était plaint : Ce type jouait à quoi, planté là ?

Tyrone acquiesça. Barre-toi, s'il te plaît, se disait-il.

Béret rouge l'observait d'un air désapprobateur.

– D'accord, dit Tyrone en lui montrant le téléphone, mais en veillant à recouvrir le micro de sa main. Encore quelques minutes, s'il vous plaît. Elle dit qu'elle est presque arrivée.

Béret rouge ne bougea pas. Puis, après ce qui sembla une éternité à Tyrone, il s'éloigna vers la gauche en plastronnant.

Tyrone regarda avec anxiété du côté de Capuche.

Nadia tenait le petit ordinateur portable, devant la rangée de logos NTM jaune vif qui décoraient la vitrine de Hello Mobile. Les doigts du type s'activaient sur le clavier.

– Tout est en ordre ?

– Une minute, répondit Capuche.

Tyrone aperçut Béret rouge qui l'observait de l'autre côté du passage, bras croisés, moue contrariée.

Ça va être trop juste, les trains arrivent. Il lui fallait combien de temps pour vérifier la carte ?

Il jeta un coup d'œil sur le portable : 15 h 04. Vraiment ? Il lui semblait être là depuis un temps infini. Il lui restait neuf minutes, peut-être dix, avant le départ du train 3526 pour Le Cap. En comptant cinq minutes de retard. Par pitié.

– Tout est correct, annonça enfin le tueur.

– Très bien, dit Tyrone. La première lettre du mot de passe est Y. Maintenant, dites à Nadia de commencer à marcher vers le magasin de sport qui se trouve devant elle. Sport Station. On l'aperçoit de là où vous êtes. Quand elle y sera, elle doit aller à gauche, vers l'entrée de la gare. Je la vois et je donnerai une lettre pour chaque pas qu'elle fera, jusqu'à ce qu'elle ait tourné le coin. Mais vous, vous ne bougez pas. Vous restez exactement où vous êtes. Ou j'arrête.

– OK.

– Dites-lui.

Cinq écoliers en polos couleur rouille et blazers se faufilèrent entre eux. Puis il entrevit l'homme qui tenait l'ordinateur dans sa main gauche et parlait à l'oreille de Nadia.

Elle se mit en route.

– La lettre suivante est le chiffre zéro.

* * *

Griessel avait oublié que Radebe et Ndabeni se trouvaient à l'aéroport O.R Tambo. Dans la confusion qui avait suivi la fusillade du Waterfront, personne n'avait pensé à les rappeler.

– Ulinda a envoyé une photo, lui dit Mbali d'une voix excitée. Prise par le détecteur de l'aéroport. Il pourrait s'agir de lui, Benny. Il est arrivé samedi matin, par un vol en provenance de Paris. Il porte une casquette de base-ball grise et des lunettes noires. Un métis, très athlétique. Ils ont fait un recoupement avec les fichiers de contrôle des passeports, et il s'est avéré qu'il voyageait sous le nom d'Hector Malot, citoyen français. Vusi a vérifié tous les vols à destination du Cap et le même type se trouvait sur l'un d'eux, un vol de la SAA qui a atterri au Cap samedi peu après 14 heures.

– Bon travail, Mbali. Est-ce qu'Ulinda et Vusi sont encore à O.R. Tambo ?

– Oui, Benny. On a dû les rappeler, évidemment. Ils attendent leur avion.

– Dis-leur d'annuler. Dis-leur que Kobra n'est pas seul. Ils sont au moins trois. On va avoir besoin de tous les noms.

* * *

À chaque pas qui rapprochait Nadia de lui, Tyrone donnait une lettre.

– U… M… zéro…

Capuche, l'ordinateur sous le bras, ne notait rien. Ça n'avait aucun sens, mais ce n'était pas le problème de Tyrone.

– T… H… Le chiffre 3… R…

Nadia se trouvait maintenant devant la porte de Hair International, à cinq mètres du coin du bâtiment, à huit

305

mètres de lui. Elle ne levait pas les yeux, ni à droite ni à gauche. Elle se contentait d'avancer, lentement.

– F... U... C...

C'est alors qu'il vit Béret rouge la regarder. Intensément. Et se diriger vers elle.

37

Mbali demanda à Griessel comment il avait su que Kobra n'était pas seul. Il lui expliqua qu'il parlait dans un téléphone d'emprunt et ne pouvait répondre pour l'instant.

– Oh. Très bien, Benny, je leur transmets.

– Rappelle-leur de te téléphoner d'abord d'une cabine.

– Bien sûr.

– Qu'a dit Bones ? Il est dans le coin ?

– Oui, il est là.

– Est-ce que Vaughn a apporté les téléphones ?

– Non, pas encore.

– S'il te plaît, dis-lui que je suis à l'appartement de Nadia Kleinbooi. Je vais tâcher de trouver un gardien pour me faire ouvrir et fouiller les lieux.

Griessel vit l'étudiant qui hochait la tête. Il lui lança un regard interrogateur.

– Vous ne connaissez pas *oom* Stoffel, dit le garçon.

* * *

Béret rouge marcha droit sur Nadia.

Tyrone savait pourquoi. Elle avançait comme une somnambule.

– Lettre suivante ? demanda l'homme au bout du fil.

Béret rouge était tout près de Nadia. Il lui parla, d'un ton agressif.

Elle le dévisagea, hébétée.

– Quelle est la lettre suivante ? répéta Capuche, menaçant.

Tyrone n'arrivait pas à se rappeler où il en était.

– Attendez, dit-il.

C. Il avait donné le C en dernier.

– K, dit-il.

Béret rouge agrippa le bras de Nadia.

Elle sursauta, s'écarta et jeta un coup d'œil autour d'elle d'un air perdu.

Tyrone comprit qu'il devait intervenir.

– Le chiffre 3.

Il s'avança vers Nadia. L'homme à la capuche allait le voir, mais il n'avait pas le choix.

– Il y a encore une lettre. Je vous la donnerai quand Nadia sera à l'abri.

Il était assez proche pour entendre Béret rouge demander à sa sœur :

– Tu as bu ?

Il arriva à leur hauteur.

– Laissez-la, dit Tyrone. C'est ma sœur. Elle est malade.

Nadia le regarda. Il sut alors avec certitude qu'on l'avait droguée. Sa peur et son angoisse cédèrent le pas à la fureur.

– *Boetie*, lança-t-elle avec un sourire forcé.

– *Sussie*.

Il avait envie de pleurer.

– Elle a l'air saoule, affirma Béret rouge.

Tyrone passa son bras autour des épaules de Nadia.

– Viens, dit-il. On doit se dépêcher.

Il l'entraîna, il fallait qu'ils partent de là. Il savait que l'homme à la capuche les avait repérés à présent, le train était déjà à quai, ils allaient devoir courir pour l'attraper. Mais Nadia semblait en être incapable.

– Hé, je te parle, lança Béret rouge en tirant sa matraque d'un anneau accroché à sa large ceinture noire.

Il faillit lui dire d'aller se faire voir mais il se retint.

– Quelle est la dernière lettre ? insista Capuche au téléphone.

Ils avaient passé le coin, ils étaient hors de vue.

– R, dit Tyrone avant de couper.

Puis il glissa son bras dans le dos de Nadia, lui agrippa fermement l'épaule et la poussa avec précaution vers l'avant pour l'aider à courir.

Béret rouge se matérialisa à côté d'eux, matraque levée, menaçant.

– Stop ! dit-il.

Et juste devant Tyrone se matérialisa le tueur du matin, le type du Waterfront, le métis à la casquette de base-ball et aux yeux qui vous filaient des frissons. Il bloquait l'entrée de la gare. Pointant droit sur le front de Tyrone le même pistolet équipé d'un silencieux.

Bizarre, fut le seul mot qui lui vint à l'esprit à cet instant. Comment ce type était-il arrivé là ?

Il plongea d'instinct, tirant Nadia d'un coup sec pour la mettre à l'abri du danger. Mais elle trébucha, affaiblie par les drogues et le sac pesant rempli de manuels et de cahiers et de Dieu sait quoi encore. Un de ses genoux céda. Elle tomba, l'entraînant avec lui.

La visée du pistolet les suivit. Il y eut un tir, un bruit assourdi, et le corps de sa sœur tressauta quand elle retomba en arrière sur lui.

* * *

Griessel et le jeune homme descendirent l'escalier.

– *Oom* Stoffel est un *drol*. Un trouduc pas commode, expliqua le jeune homme. Il ne vous ouvrira jamais. À moins d'avoir dix papiers prouvant que Nadia, sa grand-mère et le président vous ont donné leur permission.

– On verra bien, répondit Griessel.

– Vous pouvez toujours menacer de le descendre, lui aussi, affirma l'étudiant avec délectation.

* * *

Tyrone serra Nadia dans ses bras et hurla, libérant toute sa peur, toute sa tension, tout son désespoir, dans un unique mugissement enragé.

Les gens se retournèrent pour les regarder.

Le tireur attendait patiemment, pistolet braqué devant lui, que Tyrone arrête de bouger pour pouvoir le descendre sans bavure.

Béret rouge, caché derrière Tyrone et Nadia, les contourna, matraque levée. Il déplaçait étonnamment vite son corps plutôt replet. Il cria un *« Hhayi ! »* de reproche. Le tireur réagit promptement et en douceur. Il pointa son arme sur le vigile et appuya sur la détente, une fraction de seconde à peine avant que la matraque ne s'abatte sur son poignet droit. Tyrone sentit le sang gicler sur son visage, vit Béret rouge s'effondrer. Le pistolet tomba avec fracas sur le dallage en brique. Le tireur poussa un juron, se pencha pour essayer de ramasser l'arme de la main gauche ; la droite pendait, flasque.

Tyrone, désespéré, lui balança un coup de pied si violent qu'il en perdit l'équilibre, Nadia pesait de plus en plus lourd dans ses bras. C'était leur unique chance de survie. Il atteignit l'homme de profil, mâchoire, pommette et tempe, de toute la plante du pied. Il sentit la douleur de l'impact et en éprouva un moment de satisfaction. Le tireur s'écroula comme un bœuf.

Relever Nadia et s'enfuir.

Le pistolet était par terre, juste devant lui.

Il stabilisa sa sœur du bras gauche, se pencha pour ramasser l'arme, la fourra à toute vitesse au fond de sa poche de pantalon, puis souleva Nadia et la tint délicatement serrée contre lui. Il y avait du sang sur son sein gauche. « *Sussie* », murmura-t-il. Un sanglot. Il devait l'emmener à l'hôpital. Plus question de prendre un train. Il courut vers la droite, la sortie est du Bellstar Junction, titubant sous le poids de Nadia à présent inconsciente.

Il aperçut une camionnette de livraison dans Charl Malan Street, une Kia blanche. Deux frangins en train de décharger des cartons à l'arrière. « Ossie, Viande halal », écrit sur le côté. Il s'approcha d'eux en chancelant, et hurla :

– Ma sœur, s'il vous plaît, on vient de lui tirer dessus, je dois l'emmener à l'hôpital.

Il entendait sa voix haut perchée et stridente, sentait l'éclaboussure de sang sur son visage convulsé, voyait le sang de Nadia briller sur sa main.

Les deux hommes s'interrompirent et le regardèrent fixement, bouche bée.

Il courut vers eux.

– Je t'en prie, mon frère, implora-t-il. Elle est tout ce que j'ai.

Le plus âgé réagit en premier.

– Monte, dit-il.

Il regarda son collègue et lui montra les cartons sur le trottoir.

– Tu surveilles la marchandise, *nè*.

* * *

Oom Stoffel, le gardien, était un homme aigri d'une soixantaine d'années. Son appartement se trouvait en face, dans le bâtiment I. Il ouvrit la porte sans un mot, sans même les regarder. Se contenta de montrer du doigt le panonceau sur le mur. « Gardien. Horaires : 9 heures à 12 heures. 13 heures à 15 heures. » Il fixa sa montre avec ostentation. Puis entreprit de refermer la porte.

Griessel coinça son pied dans l'entrebâillement.

– SAPS, dit-il. Refaites ça et vous aurez des ennuis.

Oom Stoffel avait haussé ses sourcils broussailleux et le regardait par en dessous.

– SAPS ?

– Oui, je suis Benny Griessel…

Il sortit son portefeuille et son badge d'identification.

– Il fait partie des Hawks, *oom*, ajouta l'étudiant pour aider.

– Les quoi ?

– La Direction des enquêtes criminelles prioritaires, répondit Griessel en lui montrant son badge. Pouvez-vous s'il vous plaît venir nous ouvrir l'appartement 21 ? C'est une scène de crime à présent.

Oom Stoffel sortit ses lunettes de lecture de sa poche de poitrine, les chaussa et étudia le badge.

– Il est vraiment des Hawks, *oom*, insista l'étudiant.

– Où sont vos papiers ? demanda le gardien à Griessel.

– Ici.

Il lui agita sa carte de flic sous le nez.

– Non. Où est votre mandat ?

– Vous êtes vraiment sûr de vouloir jouer à ça, *meneer* ?

– Je connais la loi, répondit le bonhomme d'un air buté.

– Dans ce cas, vous devriez être informé des articles 25 à 27 du Code de procédure pénale.

– Tout ce que je sais, c'est que vous ne pouvez pas entrer là-dedans.

– Maintenant écoutez-moi, *meneer*…

– Il a une arme, lâcha Johan, l'étudiant.

– La ferme ! lui lança Griessel.

Il regarda de nouveau *Oom* Stoffel.

– Si vous voulez dormir dans votre lit ce soir, vous feriez mieux d'écouter. L'article 25, 3B stipule que je peux pénétrer dans les lieux si je pense que l'obtention d'un mandat risque d'aller à l'encontre de l'objet dudit mandat. L'article 27 stipule que j'ai légalement le droit de fouiller toute personne ou tout lieu, que j'ai le droit d'utiliser la force dans les limites du raisonnable pour vaincre la résistance éventuelle de quiconque s'opposerait à une telle fouille ou voudrait m'empêcher d'entrer dans les lieux, y compris en cassant toute porte ou toute fenêtre dudit lieu, à condition d'avoir d'abord demandé de manière explicite à entrer et d'avoir explicité la raison pour laquelle je cherchais à entrer. Je vous annonce donc, en présence d'un témoin civil, que la résidente légale du numéro 21 est la victime présumée d'un crime. Ouvrez cette porte ou je vous enferme avant de la défoncer.

– Il ne plaisante pas, *oom* Stoffel, renchérit l'étudiant, qui savourait chaque minute.

* * *

Tyrone tenait Nadia serrée contre lui.

– Des gangsters ? demanda l'homme au volant.

– Un truc comme ça, répondit Tyrone, sans quitter des yeux le visage de sa sœur.

– Tygerberg ?

– Non, *uncle*. Il y a un hôpital privé juste de l'autre côté, près du poste de police.

– Louis Leipoldt. Ça appartient au groupe Médiclinic. C'est hors de prix.

– Je sais, *uncle*. Mais c'est ma sœur.

– Très bien.

Au moment de tourner dans Broadway, Tyrone se souvint de Bobby. Il sortit son téléphone et appela Hassan Ikar.

38

Les gens de la clinique allaient appeler les flics, Tyrone le savait. C'était la loi, quand on réceptionnait un blessé par balle. Il était d'autant plus angoissé que ça dure autant.

Ils avaient installé Nadia sur une civière des urgences. Tyrone prévint les infirmiers que quelqu'un l'avait droguée, mieux valait qu'ils le sachent.

Une femme chargée de l'administration s'approcha.

– Quelles drogues ?

Il répondit qu'il n'en savait rien.

– Quelles drogues est-ce qu'elle prend, monsieur ? demanda-t-elle en afrikaans, un afrikaans de Blancs, strict et inflexible.

La colère s'empara de lui.

– Elle ne prend pas de drogues. On l'a droguée. Elle étudie pour devenir médecin, ce n'est pas une *hierjy*. Il faut que les médecins la voient maintenant, s'il vous plaît.

– Calmez-vous, monsieur. D'abord, on a besoin d'informations sur son assurance médicale, ajouta la réceptionniste.

Il sortit son portefeuille, prit trois mille rands en liquide et les lui tendit.

– Il n'y a pas d'assurance médicale, *auntie*. Je pense

que ça devrait suffire pour aujourd'hui. S'il vous faut plus, dites-le-moi, mais je vous en prie, faites-la entrer pour qu'elle voie un médecin.

Elle se radoucit un peu.

– Emmenez-la, dit-elle aux infirmières, puis elle se tourna vers Tyrone : C'est une blessure par balle. On doit avertir la *polieste*.

D'un ton normal, cette fois.

– Allez-y, *auntie*, elle n'a rien à cacher. Elle est nickel.

– Votre petite amie ?

– Non, *auntie*. C'est ma sœur. Moi, je ne vaux rien, mais elle, elle est bien.

– *Nè,* un homme qui prend soin de sa sœur comme ça, c'est nickel aussi.

– Merci, *auntie*.

– Où est-ce qu'ils lui ont tiré dessus ?

Il hésita.

– Je dois demander, la police voudra le savoir.

– Près de la gare, *auntie*.

– Bellville ?

– Oui.

Elle secoua la tête, horrifiée.

– Les gangsters… (Puis elle le regarda.) Vous savez de quoi vous avez l'air, avec tout ce sang sur vous ?

– Non, *auntie*.

– Voilà son sac, soit vous le gardez avec vous, soit vous nous laissez l'enregistrer pour le mettre au coffre. Venez, on va vous nettoyer et après vous me donnerez les informations dont j'ai besoin pour son admission.

Il demanda à aller aux toilettes d'abord. Il voulait transférer le pistolet dans le sac à dos qu'il avait acheté chez Hassan Ikar. Puis il revint et s'assit à côté de la réceptionniste pour remplir le formulaire d'admission. Et aussi pour voir quand elle appellerait les flics.

* * *

Oom Stoffel ne cessa de marmonner en descendant les escaliers du bâtiment I, continua pendant qu'ils traversaient le parking et grimpaient les marches du bâtiment II. À voix basse, mais Griessel parvenait à saisir une phrase par-ci, par-là.

– Peux pas réciter les articles de loi, mais je connais mes droits…

Il avait l'habitude des gens comme le gardien qui abusaient avec acharnement du peu de pouvoir qu'ils possédaient, après avoir été eux-mêmes toute leur vie des victimes. Il n'y avait qu'une façon de les prendre : leur injecter une dose de leur propre médication. Et là ils s'effondraient.

Griessel laissa l'homme partir devant pendant qu'il allait chercher sa mallette de scène de crime dans le coffre de la BMW. L'étudiant trottinait avec enthousiasme derrière lui.

Ils rejoignirent *oom* Stoffel chez Nadia, alors qu'il cherchait la bonne clé dans un énorme trousseau. Il la trouva, déverrouilla la porte, recula et leva le bras en un geste théâtral.

– Et voilà, dit-il.

Griessel sortit une paire de gants de sa mallette.

– S'il vous plaît, attendez-moi ici.

– J'ai des choses à faire, rétorqua le gardien.

– Comme quoi ? demanda l'étudiant.

– C'est pas vos affaires, répliqua *oom* Stoffel.

– J'encourage les Hawks, lui renvoya l'étudiant.

Le vieil homme émit un grognement sarcastique.

Griessel entra et referma derrière lui, avec un certain soulagement.

L'appartement était en ordre. Une petite kitchenette sur la droite, un salon et la chambre derrière, à gauche.

Pressé, il survola rapidement les lieux du regard. Rien ne suggérait que quelqu'un avait fouillé l'appartement. Apparemment, elle avait été la dernière à y venir.

Un bol à porridge, une cuillère et une tasse à café séchaient sur l'égouttoir à vaisselle. Il y avait quelques photos sur le frigo. Des étudiants, en groupe de quatre ou cinq. Sur l'une d'elles, il reconnut Tyrone Kleinbooi, pour l'avoir vu le matin même sur les vidéos du centre commercial. En compagnie d'une fille, sûrement Nadia : il tenait sa sœur par l'épaule, protecteur.

Griessel sortit un sachet plastique de la mallette, prit la photo sur le frigo et la glissa dedans.

Le salon comprenait un vieux canapé en velours côtelé beige un peu effiloché, mais propre, et une table basse en pin sur laquelle étaient posés deux livres. Celui du dessus montrait une jeune femme séduisante qui mangeait des pâtes dans une assiette creuse. *Nigellissima. Instant Italian Inspiration.*

Il se rendit dans la chambre.

Un lit simple, fait. Un ours en peluche, adossé à l'oreiller, qui le regardait de ses yeux en verre. Un vieux fauteuil recouvert d'un tissu rouge passé. Un des pieds avait été réparé, solidement, mais sans trop d'habileté. Sur une longue table en pin poussée contre le mur, il vit une souris et un câble de branchement, mais pas d'ordinateur. Des manuels alignés contre le mur. D'autres livres encore sur une petite étagère sous la fenêtre.

Griessel ouvrit la penderie encastrée.

Effluves subtils d'un parfum agréable. Des vêtements de jeune fille remplissaient la moitié de l'espace. Jeans, chemisiers, quelques robes, une veste en denim. Dessous, six paires de chaussures. À gauche, sur différentes étagères, soigneusement pliés et empilés, des sous-vêtements, des polos, des T-shirts, du parfum et un coffret à bijoux. Et le carton d'emballage d'un iPhone 4. Il attrapa la boîte et l'ouvrit.

Il découvrit à l'intérieur une fiche de renseignements Vodacom pour un compte prépayé. Avec le numéro IMEI et celui du portable.

Il saisit la fiche et se dirigea vers la porte d'entrée et sortit. *Oom* Stoffel était là, bras croisés, visage courroucé. À son côté, l'étudiant paraissait très content de lui.

– Pouvez-vous appeler ce numéro s'il vous plaît ? demanda Griessel en lui montrant la carte Vodacom.

– Ça veut dire quoi ? Les policiers n'ont pas leurs propres téléphones ? lança le vieux.

– Le sien est hors d'usage, répliqua l'étudiant. Alors je l'aide.

– Typique. (Grognement désobligeant.) Dieu vienne en aide à notre pays !

– S'il vous plaît, passez-le-moi dès que ça sonne, précisa Griessel.

L'étudiant composa le numéro, attendit un moment et lui tendit l'appareil.

Il l'écouta sonner, sans beaucoup d'espoir.

* * *

Ils étaient assis côte à côte devant un ordinateur du bureau des admissions.

– C'est votre téléphone ? demanda la réceptionniste en entendant la sonnerie.

Tyrone était épuisé. Le poids de cette terrible journée l'accablait, jetait comme un voile sur son esprit. Et il s'inquiétait pour sa sœur – ses pensées étaient à l'intérieur, avec elle.

– Non, répondit-il.

Puis il se rendit compte que le bruit venait du sac de Nadia. Capuche avait dû jeter l'appareil dedans. Il le sortit, observa l'écran. Un numéro. Si ç'avait été un des contacts de Nadia, il y aurait eu un nom.

– Vous feriez mieux de répondre, dit la réceptionniste.

– Allô, dit-il.

– Qui est-ce ?

Une voix de Blanc.

– À qui voulez-vous parler ?

– À Nadia Kleinbooi.

De l'autorité dans la voix.

– Elle n'est pas joignable.

L'adrénaline coulait à nouveau et la fatigue avait disparu.

– Qui est au bout du fil ?

Ça sentait la police. Il savait qu'*auntie* écoutait, mais il ne devait pas rester en ligne. On pouvait faire beaucoup de choses avec un portable, le localiser.

– Très bien, dit Tyrone, pour le bénéfice de la réceptionniste. Très bien, je lui fais passer le message. OK, bye.

Il coupa et remit le téléphone dans le sac de cours de Nadia.

– Une de ses camarades de fac, dit-il. On en était où ?

* * *

C'est Tyrone, se dit Griessel, le téléphone à la main. Ce ne pouvait être que lui. Il ne savait pas ce qui se passait, il ne savait pas comment les choses étaient liées les unes aux autres, mais son instinct lui soufflait qu'il s'agissait du pickpocket. Une pointe de Cape Flats était perceptible dans son accent mais aussi de la prudence, de la méfiance, de la circonspection.

Et il se trouvait avec des gens devant lesquels il ne pouvait pas parler.

Les Kobra le tenaient, lui aussi.

C'était la seule explication.

Il sortit à nouveau son portefeuille, y pêcha trente rands en billets qu'il fourra dans la poche du blouson en cuir de l'étudiant.

– Non, capitaine, vraiment, ce n'est pas…

Griessel en avait marre d'être obligé de se débattre avec les téléphones des autres et cette foutue situation.

– Prenez-les, dit-il, puis réalisant le ton de sa voix, il ajouta : S'il vous plaît. Je dois passer un autre coup de fil.

– À votre disposition. C'est notre devoir d'aider la police, ajouta Johan, en regardant avec insistance *oom* Stoffel.

Le vieil homme poussa un nouveau grognement.

Griessel appela Mbali.

– On doit localiser un numéro, Mbali, dit-il quand elle décrocha. De toute urgence.

– *Ingels,* fit *oom* Stoffel. Voilà le problème, notre police obligée de parler anglais…

39

Il devait partir d'ici.

S'il appelait PC Carolus, ce dernier saurait combien de temps il fallait pour remonter la trace d'un téléphone, sans doute pas beaucoup, les flics n'avaient qu'à vérifier sur leurs ordinateurs. Il disposait peut-être de dix minutes, grosso modo, avant qu'ils ne se pointent.

– *Auntie*, s'il vous plaît, je dois retourner travailler, ils vont me virer sinon, mais d'abord je dois savoir si ma sœur va bien.

– J'ai votre numéro dans l'ordinateur. Je vous tiens au courant.

Il réfléchit. Les flics allaient bientôt débarquer à l'hôpital. Et tout découvrir. Que Nadia était ici et qu'on lui avait tiré dessus. Ils lui poseraient des questions quand elle irait mieux. Et lui annonceraient que son frère, un pickpocket, avait tué des gens au Waterfront. Elle allait avoir un choc, dans son état. Et il n'y pouvait absolument rien, que dalle, parce qu'elle ne pouvait pas sortir de là pour l'instant, elle avait besoin de soins importants.

Mais, au moins, elle serait en sécurité. Il l'appellerait, lui expliquerait qu'elle ne devait pas se fier aux apparences, que dans un premier temps il fallait qu'elle récupère et qu'après il lui raconterait tout.

Dans l'immédiat, il devait filer d'ici. Se débarrasser de ce nouveau téléphone, car le numéro était enregistré dans l'appareil de Nadia depuis qu'il avait parlé à Capuche. On pouvait remonter jusqu'à lui.

Il devait redevenir invisible. Pour faire ce qu'il y avait à faire.

L'heure de la vengeance était arrivée.

– Ça va ? demanda *auntie*.

– Est-ce que je peux avoir votre numéro s'il vous plaît, *auntie*, je ne suis pas autorisé à recevoir des coups de fil au boulot.

– Ah bon, mais dans quoi travaillez-vous ? Ils comprendront sûrement si vous leur dites que votre sœur est à l'hôpital.

– Une entreprise de peinture en bâtiment, ces gens sont *kwaai*, *auntie*, vraiment pas cool.

Elle secoua la tête devant tant d'injustice.

– La police va vouloir vous parler de ce qui s'est passé, reprit-elle d'un ton grave.

Il réfléchit.

– Pas de problème, donnez-leur mon numéro. Mais je dois y aller. Si vous pouviez juste jeter un coup d'œil vite fait pour voir si elle va bien. S'il vous plaît.

– Signez ici en attendant, dit-elle en lui montrant le formulaire qu'elle avait imprimé. Ensuite, je verrai ce que je peux faire.

* * *

Griessel avait demandé à Mbali de retenir Vaughn Cupido au bureau de la DPCI quand il rapporterait les téléphones. Il barricada la porte du numéro 21 avec du ruban jaune et menaça le gardien de représailles atroces s'il laissait entrer qui que ce soit.

– Sauf s'ils balancent aussi l'article 60B, marmonna le vieil homme.

Griessel ignora le sarcasme.

Il remercia l'étudiant une fois encore.

– À votre service, capitaine, quand vous voulez.

– Et pas un mot sur tout ça.

– Mes lèvres sont scellées.

Pour combien de temps, se demanda Griessel, en dévalant l'escalier pour regagner la BMW. Il brancha la sirène, colla le gyrophare bleu sur le tableau de bord et s'éloigna aussi vite qu'il le pouvait.

Sur la N1, juste après l'Engen de Winelands, il ralluma son portable. Le téléphone bipa. Quatre messages vocaux.

Il les écouterait plus tard, il ne voulait pas perdre de temps maintenant à mettre ses écouteurs.

* * *

L'anxiété de Tyrone ne cessait d'augmenter au fur et à mesure que s'égrenaient les minutes, les flics devaient déjà être en route. Il dressait l'oreille, à l'affût d'une sirène. Rien.

Peut-être qu'il faut un certain temps pour localiser un téléphone. Et s'il prenait la poudre d'escampette, *auntie* trouverait cela suspect.

À son grand soulagement, elle revint avec un sourire.

– Votre sœur va s'en sortir. Apparemment, elle a eu beaucoup de chance, la balle a dû heurter quelque chose, parce qu'elle n'a que quelques côtes cassées de ce côté. (D'un geste, elle lui montra sa cage thoracique.) Il n'y a pas de dégâts ou d'hémorragie interne, la blessure est superficielle. Mais les côtes, c'est très douloureux. Son état est stable, vous pouvez cesser de vous inquiéter.

Cesser de s'inquiéter. Pas une minute.

– Merci beaucoup, *auntie*.

Il se demandait ce qui avait pu stopper la balle.

Il revit l'instant précis, Nadia qui trébuche et tombe devant lui, le pistolet qui fait entendre son aboiement assourdi. Et soudain, il eut une intuition, ramassa le sac de Nadia et commença à le vider sur le bureau. Il souleva le lourd manuel : *Chimie et Réactivité des composants chimiques : Kotz, Treichel & Weaver*. Le bouquin était entaillé tout en haut, un morceau de l'épaisse couverture cartonnée et un bon paquet de pages de la fin avaient disparu.

– Sauvée par la chimie, dit la réceptionniste. On croit rêver.

– Je vais laisser le sac ici, *auntie*. Pour qu'elle puisse le récupérer quand elle aura besoin de ses affaires.

– Pas de souci.

– Elle va rester longtemps ?

– Je ne sais pas exactement, mais je dirais quatre ou cinq jours.

– Je dois apporter combien encore, *auntie* ?

– Par sécurité, mettons trois mille de plus, on réglera tout à sa sortie.

Il ne serait sans doute pas là à sa sortie, il était recherché. Traqué. Mais il acquiesça, la remercia de nouveau, prit congé et partit.

* * *

Alors qu'il roulait à cent quarante-cinq kilomètres heure sur la N1, Benny Griessel sentit le dégoût l'envahir. Dégoût de lui-même et de la SSA. À cause d'eux, il ne pouvait pas utiliser son portable. Il avait dû passer des coups de fil devant deux idiots. Avec un *fokken* téléphone d'emprunt.

Il aurait dû rappeler le numéro de Nadia. Il aurait dû parler à Tyrone. Si c'était bien lui. Mais de qui d'autre pouvait-il s'agir ? Tout le ramenait à Tyrone. Les douilles sur le lieu de l'enlèvement étaient la signature des Kobra. Le témoin affirmait que c'était une jeune métisse qui avait été kidnappée. Les Kobra avaient fouillé la chambre de Tyrone au Bo-Kaap et savaient que Nadia étudiait à Stellenbosch. Ils s'étaient lancés à sa recherche. Et l'avaient trouvée. Pour parvenir jusqu'à Tyrone, parce qu'il avait en sa possession quelque chose qui les intéressait. Les Kobra n'étaient pas d'ici. Ils ne parlaient pas afrikaans. C'était forcément Tyrone.

Dieu sait comment il avait récupéré le téléphone de sa sœur.

Emprunté peut-être ?

Cela n'avait aucun sens. Il aurait dû rappeler. Il aurait dû dire : « Viens. On ne t'arrêtera pas, viens simplement, et raconte-nous tout. Ce n'est pas toi qu'on cherche, on veut retrouver les Kobra. Et ta sœur. »

Mais il ne pouvait pas appeler *ce* numéro avec son propre téléphone. Parce qu'il rendrait service à la SSA.

Il poussa un juron, quitta la N1 pour la route de Durban, sirène toujours hurlante. Les véhicules s'écartaient devant lui. Il espérait seulement que Cupido serait là avec les nouveaux téléphones.

* * *

– *Jissis,* fit PC Carolus. Dans quoi tu t'es fourré ?

Portable à l'oreille, Tyrone remontait Duminy Street pour aller prendre un taxi à Frans Conradie.

– Rien que je ne puisse gérer. Maintenant, dis-moi quelles infos ils peuvent obtenir à partir d'un téléphone portable.

– Tout, Tyrone. Où tu te trouves, où tu es allé. Qui tu as appelé, qui t'a appelé. SMS, tout le bazar. Ils peuvent même lire tes SMS, mon frère, alors j'espère que t'as fait le ménage.

– D'accord. Il faut combien de temps ?

– Ça dépend. Qui sont les gens qui veulent tracer ton téléphone ?

– Je ne les connais pas.

– Tu mens. Des particuliers ou des flics ?

– Quelle différence ça fait ?

– Les flics doivent d'abord obtenir un mandat. Ça prend du temps. Les particuliers peuvent faire ce qu'ils veulent, s'ils ont l'équipement nécessaire. En l'espace d'une demi-heure, ils peuvent t'avoir retrouvé.

Il faillit jeter le téléphone. Direct. Parce que ces types, l'homme à la capuche et le tireur du Waterfront, on ne savait pas de quoi ils étaient capables. Ils avaient enlevé Nadia en un tour de main, savaient où il créchait, l'avaient filé à la gare. De rusés salopards. Et ils voulaient sa peau.

– Très bien, merci, PC…

– Me remercie pas. Arrête les combines. T'es pas de taille, t'es juste un pickpocket, putain de bordel !

* * *

Cupido était en train d'installer les cartes sim dans les portables quand Griessel entra dans le bureau de Mbali.

Elle parlait au téléphone.

– Alvarez, dit-elle dans le combiné. Avec un « z » à la fin. Non, je n'attends pas. C'est une enquête policière de première importance. Vous restez en ligne et vous me donnez les renseignements. Vous savez que je suis un officier de police parce que je vous dis que j'en suis un. Et je ne veux pas de numéro de chambre, je veux seulement savoir si vous avez une réservation !

Elle leva les yeux vers Griessel et secoua la tête de frustration.

– Vaughn, j'ai besoin d'un téléphone, dit Benny en désignant ceux qui étaient posés sur le bureau.

– Celui-ci est prêt, répondit Cupido en lui en tendant un. La batterie n'est pas encore complètement chargée. ZTE F 900, désolé, Benny, je n'ai rien trouvé d'autre. Les écouteurs sont encore dans l'emballage.

Griessel n'avait jamais entendu parler d'un ZTE. C'était un téléphone tout simple, avec un clavier. Au moins, il saurait comment s'en servir.

– Merci, dit-il en sortant la fiche de renseignements Vodacom de sa poche.

Il composa le numéro.

Laissa sonner longtemps.

– Merci, dit Mbali. Ce n'était pas si difficile.

Elle raccrocha.

– Allô ? répondit une voix dans le ZTE de Griessel.

– Nadia ? lança-t-il, surpris.

– Non, je suis Abigail Malgas, de la clinique Louis Leipoldt. Qui est à l'appareil ?

La porte du bureau de Mbali s'ouvrit à la volée et le visage de Bones apparut.

– J'ai localisé Lillian Alvarez, lança-t-il, triomphant. Hotel Protea, Fire & Ice !, New Church Street.

– Allô ? continuait l'infirmière Malgas. Vous êtes là ?

40

T'es pas de taille,¦ t'es juste un pickpocket, putain de bordel !

Pas de taille ?

Oui, se disait Tyrone, devant Brights Electrical, je ne suis qu'un pickpocket. Et, en général, il suivait les règles que lui avait enseignées oncle Solly. *Ne vole qu'aux riches. N'aie jamais recours à la violence. Respecte les moins chanceux.*

Il n'avait jamais joué dans la cour des grands. Jusqu'à aujourd'hui. Jusqu'à ce que ces types changent le jeu. Jusqu'à ce qu'ils introduisent tout un tas de règles nouvelles. Jusqu'à ce qu'ils lui tirent dessus et le pourchassent. Jusqu'à ce qu'ils déconnent avec sa sœur, qu'ils l'enlèvent et la droguent, et Dieu sait quoi d'autre encore qu'il préférait ne pas envisager. Et qu'ils tirent sur elle.

Ça suffisait comme ça. Règles ou pas, on ne fait pas ce genre de choses. Pas aux Kleinbooi de Mitchell's Plain.

Maintenant, il fallait compter avec lui. Maintenant, ils allaient payer. Nadia était en sécurité à l'hôpital, la police allait bientôt être sur les lieux et lui, il était dans la merde jusqu'au cou.

Il composa son ancien numéro. Pourvu qu'ils l'aient

toujours et qu'il soit allumé. Le téléphone sonna et sonna. Capuche finit par répondre.

– Oui.

Compassé et un peu agacé, comme un homme qui reçoit un coup de fil de sa belle-mère. Ce qui mit Tyrone en joie. Capuche ne devait pas être ravi d'entendre sa voix, il le savait. Il avait balancé un tel *snotskoot* au métis à la casquette qu'il espérait bien lui avoir filé la migraine pendant une semaine.

– Salut, fils de pute, tu m'as pris pour un abruti ?

– Tu veux quoi ?

– Et toi, tu veux quoi ? J'ai une petite surprise.

– Ah oui ?

– Je ne suis pas idiot. Je savais qu'un type qui s'amène et dézingue des gens comme ça est un taré de fils de pute. Alors, j'ai pris une petite assurance.

– Quelle assurance ?

– Ce fichier sur la carte, c'est de la foutaise. Tu as utilisé le mot de passe que je t'ai donné ?

– Oui.

– Et tu as vu un autre fichier zip ?

– Oui.

– Si tu utilises le même mot de passe, ce fichier va s'ouvrir. Et tu vas découvrir cent deux photos en couleurs haute résolution des merveilles du Cap, de quoi te réjouir les yeux. Tu veux essayer tout de suite pour voir si je te fais marcher ?

Silence au bout du fil.

Et va te faire foutre.

L'homme reprit la parole au bout d'un moment.

– Où est le fichier original ? demanda-t-il d'un ton calme et posé.

– Juste là, dans le fameux portefeuille volé. Tu le veux ?

– T'es un homme mort.

C'était une constatation dénuée d'émotion, et Tyrone fut parcouru de frissons, mais il continua :

– Je t'emmerde. Tu veux le fichier original ?

Silence d'un battement de cœur, puis :

– Oui.

– Alors tu vas payer.

– Combien ?

Il y avait longuement réfléchi depuis qu'il avait quitté la clinique. Son instinct lui soufflait un million, puis il s'était dit, ces types ne sont pas d'ici, l'accent est continental, ils bossent en euros et en dollars, un million, c'est des clopinettes.

– Deux cent mille euros. Ça fait à peu près deux millions quatre cent mille rands. Et c'est comme ça que je les veux. En monnaie locale.

– Impossible.

Sans hésitation.

– Pas de bol, connard. Dans ce cas, tu peux dire adieu au fichier. Reste pendu à mon téléphone. Je rappellerai plus tard ce soir, au cas où tu aurais changé d'avis.

Il balança dans une poubelle devant chez Brights Electrical le téléphone, toujours allumé, qu'il avait acheté chez les Somaliens. Les flics ou le gang de Capuche pouvaient toujours remonter sa trace à présent.

Qu'ils aillent tous se faire voir.

Il courut chercher un taxi.

* * *

Dans le bureau de Mbali, Griessel leva la main pour demander le silence. Puis il expliqua à l'infirmière qu'il était le capitaine Benny Griessel, de la Direction des enquêtes criminelles prioritaires du SAPS, et qu'il cherchait à joindre Nadia de toute urgence.

– Oui, le téléphone appartient à Nadia. Vous avez beaucoup de chance, capitaine, je m'apprêtais à emporter ses effets personnels au coffre quand vous avez appelé. Elle a été admise il y a environ une heure, pour une blessure par balle. Nous l'avons déjà signalé au poste de police de Bellville. Ils ont dit qu'ils viendraient dès que…

– C'est sérieux ? l'interrompit Griessel tandis que ses collègues l'observaient en silence.

– Non, Dieu merci, son état n'est pas critique. On s'occupe d'elle en ce moment, et elle est consciente.

– Merci beaucoup. On arrive.

Il mit fin à la conversation et transmit les informations à ses collègues. Mbali dit quelques mots en zoulou qui sonnaient comme une prière d'action de grâces.

– Bones, est-ce que Lillian Alvarez est à l'hôtel ?

– Je n'ai pas demandé, Benny. Mais elle y est enregistrée, aucun doute.

– Vaughn, vous pouvez aller vérifier, Bones et toi ?

– Bien sûr qu'on peut, répondit Bones d'un ton enthousiaste.

Il faisait partie de la section Crimes prévus par la loi de la Brigade financière des Hawks. Sa routine journalière consistait en grande partie à se battre avec des états financiers, mais comme la plupart des inspecteurs, il ne perdait jamais une occasion de participer à une enquête de l'Unité de lutte contre les crimes violents.

Cupido éclata de rire.

– Il y a un téléphone et un chargeur pour chacun. Surveillez les batteries, chargez-les dès que vous le pouvez. Je dépose celui de la Girafe en sortant. Et je vous envoie les numéros par SMS.

Griessel le remercia.

– Allons parler à Nadia, dit-il ensuite à Mbali.

* * *

Le taxi s'arrêta devant la morne petite gare de Parow. Tyrone en sortit et se dirigea vers Station Street, un marché animé, bordé d'échoppes colorées. C'était différent de Bellville, on trouvait surtout des Sud-Africains qui faisaient du commerce – bric-à-brac chinois bon marché, fruits et légumes, bonbons, cigarettes. Mais entre les boucheries, les fast-foods, les magasins de vêtements et de meubles le long du trottoir, on comptait au moins sept boutiques de téléphonie mobile. Et l'une d'elles s'appelait Moosa Mobile.

Il s'y rendit, aussi vite qu'il le put malgré son corps perclus de fatigue, son dos douloureux, malgré son envie de s'allonger sur un lit moelleux et de dormir.

Mange d'abord tes légumes, Ty. Travaille et ensuite, tu joueras.

C'est ce que je fais, oncle Solly.

Il avait choisi Moosa Mobile parce que le bruit courait dans sa branche d'activité que si on voulait fourguer un téléphone volé dans les banlieues Nord, Moosa était la bonne personne. Tyrone ne faisait pas de business dans ce secteur et par conséquent Moosa ne le connaissait pas. Il cherchait trois téléphones d'occasion impossibles à tracer.

Il entra et annonça tout de go ce qu'il voulait. Le petit homme lui jeta un drôle de regard, sûrement à cause de son aspect épouvantable, mais au moins on ne pouvait le prendre pour un flic infiltré. L'homme alla chercher trois téléphones au fond du magasin, sans emballages ni accessoires, juste les appareils et leurs

333

chargeurs. Des trucs pas chers, qu'il glissa dans un sac plastique de chez Pick'n Pay. Puis Tyrone acheta trois cartes sim prépayées. Vodacom. MTN. Cell C. Il mit soixante rands de temps de communication dans chacune.

Il se dirigea ensuite vers les échoppes et acheta une petite valise bon marché, deux chemises, une bleue et une blanche. Un pantalon noir élégant, un pull gris, un coupe-vent violet – la seule couleur qu'ils avaient dans sa taille –, six slips, quatre paires de chaussettes noires et une veste en tweed gris foncé. *Parce qu'une veste, ça le fait,* disait toujours oncle Solly.

Il retourna ensuite à la gare. Il aurait aimé rester auprès de Nadia. Mais ça ne l'aurait pas aidée, il ne pouvait pas se permettre de traîner là-bas, les flics n'attendaient que ça. Malgré tout, il éprouvait une envie très forte d'être à côté d'elle. De la protéger. Il devait faire le bon choix. Les banlieues Nord étaient un territoire inconnu. Il fallait qu'il retourne en ville. Sur son terrain de chasse. Là où il se sentait chez lui.

* * *

L'infirmière Malgas raconta à Griessel et à Mbali ce qu'elle savait. Quelqu'un avait drogué Nadia Kleinbooi et ensuite, on lui avait tiré dessus à la gare de Bellville. Son frère Tyrone l'avait amenée à la clinique.

Griessel sortit la photo de Tyrone et Nadia de sa poche et la lui montra.

– Oui, c'est le frère.

Il voulut savoir si Tyrone était toujours dans le coin, bien que connaissant d'avance la réponse.

Avait-il laissé un numéro où le contacter ?

L'infirmière répondit que le numéro était dans l'ordinateur – elle le chercha et le lui donna.

– Il ne peut pas recevoir d'appels, ajouta-t-elle en expliquant que le patron de l'entreprise de peinture était très strict.

Griessel hocha la tête comme s'il la croyait et demanda s'ils pouvaient voir Nadia.

Non, ils devaient attendre. Peut-être d'ici une heure.

Elle avait parlé des affaires personnelles de Nadia. Pouvaient-ils y jeter un coup d'œil ?

Elle devait en aviser le responsable. Elle téléphona, obtint le feu vert et alla les chercher.

En attendant, Griessel appela le commandant du poste de police de Bellville pour avoir de plus amples détails sur la fusillade. Il apprit qu'un vigile avait été mortellement touché et qu'une fille avait été admise à la clinique Louis Leipoldt. Le commandant ne pouvait rien lui dire d'autre pour l'instant, ses inspecteurs étaient encore sur la scène de crime, où ils interrogeaient les témoins. Mais à son avis, c'était un règlement de comptes, sans doute une histoire de drogue.

– Colonel, à quelle heure la fusillade a-t-elle eu lieu ?

– Juste après 15 heures.

Pendant qu'il était à Stellenbosch, les Kobra tiraient sur des gens, à moins d'un kilomètre du quartier général des Hawks.

– Nous sommes à Louis Leipoldt en ce moment pour interroger la jeune fille blessée. Si vous retrouvez des douilles, tenez-moi au courant. Et quand les inspecteurs auront terminé, dites-leur de m'appeler. Nous pensons que cette affaire est liée à une enquête urgente sur laquelle nous travaillons.

– Entendu.

L'infirmière revint avec un sac à bandoulière ventru

qu'elle posa sur le bureau devant eux. Mbali sortit des gants en caoutchouc du sien, tout aussi énorme, les enfila et commença à tout déballer : manuels de biologie, de chimie, de physique et de maths.

– Regardez, dit l'infirmière en leur montrant l'endroit où la balle avait touché le livre.

Deux carnets. Une trousse à fermeture Éclair jaune vif pour les stylos et les crayons. Une boîte à déjeuner en plastique transparent contenant un sandwich et deux bâtonnets de fruits secs. Un iPhone et son chargeur. Une petite trousse de toilette avec un peigne, du maquillage et des trucs de fille. Un porte-monnaie en denim dans lequel se trouvaient la carte d'étudiante de Nadia, une carte bancaire de la FNB, quelques tickets de caisse pour des légumes chez Checkers, un reçu de temps de communication chez Vodacom, et un peu plus de cent cinquante rands en liquide. Deux paquets de chewing-gum, dont l'un à moitié vide. Un préservatif solitaire. Et enfin, un porte-clefs arborant le signe du yin yang en noir et blanc, avec une puce électronique ronde pour ouvrir une grille et une clé qui devait sûrement être celle de son appartement.

Griessel prit le téléphone et fit défiler le registre d'appels. Entre 10 heures du matin et peu après 13 heures, ils émanaient tous de Tyrone. Son frère n'avait cessé de l'appeler. Ou elle. Ensuite, les numéros affichés n'apparaissaient pas dans sa liste de contacts. Le dernier appel avant celui de Griessel, numéro inconnu, avait été passé juste avant 17 heures.

La batterie était presque à plat mais il se servit néanmoins de l'appareil pour appeler Tyrone.

Peut-être répondrait-il.

Le téléphone sonna longtemps avant de basculer sur la boîte vocale.

« Salut, c'est Ty. Vous me cherchez. Pourquoi ? »

Même voix que celle qui avait répondu à son appel un peu plus tôt.

Désappointé, Griessel raccrocha sans laisser de message, avec un sentiment de frustration pesant.

Tout s'était joué à la gare de Bellville. Et c'est là que l'arrêt de mort de David Patrick Adair avait dû être signé.

41

– Cool, lança Vaughn Cupido en voyant la multitude de néons, l'aménagement élégant en verre et bois de l'hôtel Protea Fire & Ice !

– Branché, ajouta Bones.

Ils se dirigèrent vers la réception, les longs pans du manteau de Cupido valsant dans l'air.

Bones montra son badge du SAPS à la réceptionniste.

– Major Benedict Boshigo, Direction des enquêtes criminelles prioritaires du SAPS.

Cupido entendit à son ton à quel point son collègue se délectait en se présentant. Ceux qui travaillaient à la Brigade financière étaient essentiellement des ronds-de-cuir qui n'avaient pas l'occasion de brandir leur carte plastifiée tous les jours.

– Comment puis-je vous aider, messieurs ?

– Nous avons appelé un peu plus tôt au sujet d'une certaine Lillian Alvarez. Vous nous avez dit qu'elle était enregistrée ici.

– Ce devait être notre service de réservation, monsieur.

– Pourriez-vous s'il vous plaît nous communiquer son numéro de chambre ?

La jeune femme hésita.

– Je… Notre politique… Je dois vérifier auprès de mon responsable, monsieur.

– Vous pourriez appeler ce monsieur pour nous ?

– Cette dame. Attendez un instant.

Cupido observait un iPad posé sur le comptoir. Des photos des chambres y tournaient en boucle, avec le tarif du jour affiché au-dessous : 899 rands la nuit, petit déjeuner non compris.

– Elle ne doit pas trop mal gagner sa vie comme chercheuse pour pouvoir se payer ça, dit Cupido. À moins que ce ne soit un cadeau du papy gâteau qui détourne du fric sur Internet.

– Ce n'est rien si tu viens d'Angleterre, *nè,* précisa Bones. Moins de soixante livres.

Cupido se contenta de hocher la tête, peu disposé à laisser tomber sa théorie de la maîtresse et du fraudeur.

Une femme avança vers eux juchée sur de hauts talons noirs, escortée de la réceptionniste. La trentaine, ensemble jupe et blazer noir, chemisier blanc, léger sourire. Elle savait que le SAPS n'apportait jamais de bonnes nouvelles.

– Messieurs, que puis-je pour vous ?

Bones mourait d'envie de parler. Cupido resta en retrait.

Bones expliqua la situation à la gérante. Elle demanda à voir leurs badges de police et les étudia soigneusement. Puis elle releva les yeux.

– Il y a un problème ?

– Non, elle a été victime d'un pickpocket ce matin. Nous aimerions simplement lui en toucher un mot.

– Un pickpocket ? Ça ne me semble pas particulièrement prioritaire.

– Heu…

Pris par surprise, Bones resta sans voix. Cupido s'avança.

– Madame, s'il vous plaît, ne nous compliquez pas le travail.

Il avait une expression sévère mais parlait d'une voix basse et courtoise.

Le sourire de la gérante s'évanouit totalement. Elle regarda Cupido, réfléchit un instant, puis fit un signe de tête à la réceptionniste.

– Vous pouvez leur donner le numéro de la chambre.

Pendant que la jeune femme consultait son ordinateur, la responsable ajouta :

– S'il y a quelque chose que je devrais savoir…

– Nous vous le dirons, bien entendu, promit Cupido. Merci.

* * *

Griessel et Mbali durent attendre à la cafétéria de l'hôpital avant de pouvoir questionner Nadia.

Ils marchèrent des urgences, dans Voortrekker Road, jusqu'à Fairway Street, où se trouvait la nouvelle aile de l'hôpital. Griessel avançait derrière sa collègue, réfléchissant à sa frustration quand il était tombé sur le répondeur de Tyrone. Au moins la fille était-elle à l'abri.

Et il n'avait pas bu aujourd'hui, même si le boulet était passé près, tellement près, putain. Il frissonna comme si quelqu'un avait marché sur sa tombe. Le risque de replonger était toujours là quand l'enquête se révélait si chaotique, avec trop de précipitation et de stress. Et d'emmerdes. Simplement, il ne devait pas laisser la bataille perdue contre les Kobra foutre la pagaille dans son esprit aussi. Il voulait d'abord tester sa théorie sur Mbali.

Il la regarda, la vit remonter le col du coupe-vent bleu du SAPS pour se protéger du vent froid de fin d'après-midi. Une sorte de force tranquille se dégageait de sa démarche. Sur le trajet de l'hôpital, elle n'avait pas dit un mot, et durant l'interrogatoire de l'infirmière, elle s'était montrée aussi solennelle que d'habitude. Mais elle était ainsi depuis le matin, depuis la conversation dans la voiture devant la maison de Schotsche Kloof où la jeune fille avait été tuée. La moue de désapprobation, l'attitude déterminée, presque arrogante, avaient cédé la place à une autre expression – le désarroi.

Il pensait savoir pourquoi. Et il comprenait.

Il était passé par là lui aussi, en démarrant à la brigade des Vols et Homicides – et avant qu'il ne commence à boire. Nom de Dieu, cela semblait si loin. À l'époque, il était tellement fougueux et imbu de sa personne, de son statut et de ses responsabilités de serviteur de la Justice, d'inspecteur. Parce que quand on bossait à la brigade des Vols et Homicides, votre rôle s'écrivait en lettres majuscules. Ce qu'on faisait *comptait*.

Sa suffisance venait en partie du fait qu'à cette époque il avait commencé à se frotter aux plus grands. Les légendes vivantes, les types dont les enquêtes, les découvertes, les techniques d'interrogatoire et les mots d'esprit faisaient le tour des séminaires, des salons de thé et des bars, provoquant des hochements de tête admiratifs. Ils étaient ses exemples et ses héros bien avant qu'il les rejoigne – au début, il avait les yeux écarquillés de respect et de crainte.

Mais plus il avait travaillé avec eux – durant des jours et des nuits exaltés, des semaines et des mois où il apprenait à les connaître vraiment –, plus il s'était rendu compte qu'ils n'étaient que des colosses aux pieds d'argile. Tous, sans exception. Chacun avait des faiblesses, des manques, des démons, des complexes et des traumatismes que la pression inhumaine, la violence, les meurtres et la poudrière qu'était la politique mettaient à nu.

Ce constat le déprimait. Il essayait de le combattre, de le rationaliser et de le refouler. Plus tard, il avait compris que s'ils étaient faillibles, alors il l'était aussi.

Ainsi que le système.

Il se souvint avoir eu un moment de clairvoyance après quelques années à la brigade des Vols et Homicides, quand il contrôlait son alcoolisme et qu'il passait encore du temps à réfléchir à ce genre de questions : La vie n'est qu'une longue succession de désillusions, qui nous guérit des mythes et des fictions de l'adolescence.

Mbali traversait la même phase à présent et il ne pouvait pas grand-chose pour elle.

Mais elle s'en sortirait mieux que lui. Les femmes étaient plus fortes. Une autre leçon qu'il avait apprise au fil des ans. Et Mbali était une des plus fortes entre toutes.

* * *

Cupido frappa à la porte de la chambre 303. Doucement, sans précipitation ; il voulait donner l'impression que c'était le service d'étage.

Au cas où Lillian Alvarez serait là. Ce dont il doutait beaucoup.

Ils attendirent en silence devant la porte. Il avait un œil collé au judas, à l'affût d'un mouvement, d'une ombre.

Rien.

Il leva à nouveau la main pour frapper, peut-être un peu plus fort. Puis l'œilleton s'obscurcit. Une voix de femme, effrayée, répondit :

– Qui est-ce ?

– Mademoiselle Alvarez ? demanda Cupido.

– Oui ?

– Je suis le capitaine Vaughn Cupido, des Hawks. Nous aimerions vous parler, s'il vous plaît.

– Des quoi ?

– Les Hawks. L'unité d'élite pour les enquêtes criminelles du SAPS.

L'œilleton s'éclaircit. Bones et Cupido se regardèrent. On est au troisième, se dit Cupido, il n'y avait pas de balcon ni d'escalier de secours, elle n'allait sûrement pas…

La porte s'ouvrit.

Et voilà que se trouvait devant eux la femme qu'ils avaient vue en photo sur Facebook et en vidéo au Waterfront. Pas loin de la trentaine, magnifique et sensuelle, encore plus saisissante dans la réalité.

Ses grands yeux noirs passèrent de l'un à l'autre, du coureur de marathon maigrichon au grand Cupido large d'épaules. L'émotion gâchait sa beauté – sa bouche généreuse était tordue, ses yeux étaient rouges et pleins de larmes.

– Je vous en prie, assurez-moi que vous faites vraiment partie de la police.

– C'est le cas, répondit Bones.

– Pourquoi êtes-vous ici ?

– À cause de David Adair et de ce qui s'est passé au Waterfront ce matin.

– Il va bien ? S'il vous plaît, dites-moi qu'il va bien.

– Nous essayons de le retrouver, mademoiselle. C'est pour cela qu'on est là. Nous espérons que vous pourrez nous aider.

– Oh mon Dieu ! s'exclama-t-elle.

Puis ses traits se froissèrent et elle se mit à pleurer. Quand Bones tendit la main pour lui toucher l'épaule en un geste de réconfort, elle s'avança d'instinct pour qu'il la prenne dans ses bras.

– Je suis désolée.

– Ne soyez pas désolée. La journée a dû être difficile.

Bones la réconforta et jeta un regard entendu à Cupido.

– Je suis si contente que vous soyez venus, dit-elle avant de se remettre à sangloter.

Et merde, songea Cupido, pourquoi n'est-ce pas moi qui lui ai mis la main sur l'épaule ?

* * *

Le restaurant Sunwind était minuscule. Griessel ne voyait pas le rapport entre le nom, l'hôpital ou la nourriture. Sans doute une façon d'évoquer Le Cap. Mais pas cet hiver sans soleil.

Ils étudièrent le menu au comptoir du self-service. Tombèrent d'accord sur le *Grilled Beef* pour lui et le *Chicken Burger* pour Mbali, et pour trente rands seulement. « Mais pas de roquette s'il vous plaît, précisa-t-elle, et les frites doivent être chaudes. » Avec moins d'autorité que d'habitude.

– Je veux tester ma théorie sur toi, dit-il pendant qu'ils attendaient leurs plats.

– Je t'en prie, Benny.

D'après lui, elle avait raison : Lillian Alvarez avait apporté quelque chose appartenant à David Adair et sur lequel les Kobra voulaient mettre la main. Elle s'apprêtait à le leur remettre au Waterfront quand Tyrone Kleinbooi l'avait dérobé. Ils savaient que les

Kobra s'étaient rendus à la maison de Schotsche Kloof. Peut-être avaient-ils suivi le pickpocket jusque là-bas, mais il s'était débrouillé pour leur échapper, l'objet volé encore en sa possession.

Mbali acquiesça. Jusque-là, rien à redire.

Il y avait une facture de l'université dans la chambre de Tyrone, poursuivit Griessel, avec l'adresse de Nadia. Mais les Kobra ne l'avaient pas kidnappée dans son appartement, l'enlèvement avait eu lieu sur le campus. Il ne comprenait pas pourquoi. La seule hypothèse plausible était que le tireur du Waterfront avait emporté le sac à dos en partant. Et qu'il avait trouvé à l'intérieur de quoi identifier Nadia et la suivre sur le campus.

— C'est possible, dit Mbali.

— Et une fois qu'ils tenaient Nadia, ils savaient comment contacter Tyrone. Pour organiser une rencontre et un échange : l'objet volé contre sa sœur. Échange qui a eu lieu à la gare ferroviaire de Bellville. Et au cours duquel elle a été blessée.

— Oui.

— Ce qui veut dire qu'à présent ils ont ce qu'ils cherchaient, Mbali. Plus besoin d'Adair.

Elle hocha de nouveau la tête, découragée. Puis ajouta :

— Pour l'un d'eux, on a le nom sur le passeport. S'il continue à voyager en l'utilisant, on pourra l'appréhender à l'aéroport.

— On devrait peut-être mettre la SSA au courant. Ils ont sûrement de meilleurs logiciels pour suivre les voyageurs à la trace.

— Non, Benny, ne fais pas ça, répondit-elle tranquillement, alors que leurs plats arrivaient.

42

Cupido demanda à Lillian Alvarez de les accompagner jusqu'au salon de l'hôtel, sachant qu'une chambre ordinaire n'était pas faite pour que trois personnes puissent s'y asseoir confortablement.

Elle leur demanda de l'excuser un instant, disparut dans la salle de bains.

Ils attendirent patiemment.

– Elle est très belle, murmura Bones.

– Oui, répondit Cupido. Mais tu es un homme marié.

– Et elle sent bon, ajouta-t-il taquin, parce que c'était dans ses bras qu'elle s'était abandonnée et qu'il avait vu combien son collègue en avait été impressionné.

– Tu as payé une grosse *lobola* aux parents de ta femme, *pappie*. Ne m'oblige pas à l'appeler, rétorqua Cupido.

– Mais j'ai le droit de regarder, *nè*. Et de me laisser enlacer. Drôle d'accent, continua Bones. Elle n'est pas anglaise.

– On dirait une Sud-Américaine.

– Latino-Américaine, le corrigea Bones sur un ton de maître d'école. Quand j'étudiais aux États-Unis…

– Et c'est reparti, lança Cupido pour plaisanter.

Bones adorait parler du temps qu'il avait passé là-bas

– il était très fier de sa licence en économie au Metropolitan College de l'université de Boston.

Bones se fendit d'un grand sourire.

– *Ja, ja.* Mais sérieusement, à Boston, il y avait plein de filles latino-américaines. Toutes à tomber. Et je n'étais pas marié à l'époque…

La porte de la salle de bains se rouvrit. Alvarez s'était brossé les cheveux, maquillée, et avait retrouvé son aplomb. Elle était magnifique.

– Laissez-moi prendre mon sac. Et mon téléphone, dit-elle avec un petit sourire embarrassé devant leur admiration évidente. Au cas où le professeur Adair appellerait.

Elle fit disparaître l'appareil dans son sac en cuir marron.

– Comment m'avez-vous trouvée ? demanda-t-elle dans l'ascenseur. Je veux dire…

– On vous expliquera tout dans une minute.

– Mon Dieu, que c'est bon de sortir de cette pièce.

Son trouble avait disparu et son soulagement était perceptible.

– Vous êtes restée dans votre chambre toute la journée ? demanda Cupido avec sympathie.

– Oui, je ne savais pas si David – le professeur Adair – allait appeler…

– Quel dommage, dit Cupido en lui posant doucement la main sur l'épaule.

Elle se contenta de lui sourire avec reconnaissance.

* * *

Pendant que Mbali mangeait, le burger et les frites de Griessel refroidissaient. Parce que son sens du devoir l'avait poussé à appeler Nyathi – impossible de retarder le coup de fil plus longtemps.

Il mit le colonel au courant des événements de l'après-midi. La Girafe fit claquer sa langue quand il lui parla de Nadia Kleinbooi et dit qu'il appellerait personnellement les commandants des postes de police de Stellenbosch et de Bellville pour leur demander de ne pas divulguer l'information sur les douilles gravées.

– Je pense qu'ils ont ce qu'ils veulent à présent, monsieur, ajouta Griessel. On peut juste tenter de les appréhender s'ils essaient de quitter le pays en passant un poste frontière important. Il faudrait diffuser un communiqué aux douanes. On a déjà les coordonnées d'un passeport.

– Je m'en occupe, Benny. (Bref silence, puis un profond soupir.) La question étant, est-ce qu'ils vont tuer Adair ?

– Oui, monsieur.

Ils pensaient à la même chose : si on retrouvait le cadavre d'Adair quelque part au Cap, ils allaient en baver avec les médias. Et si ces derniers commençaient à creuser et découvraient les manœuvres d'intimidation de la SSA et les tentatives des Hawks pour faire disparaître des preuves, tout le monde se verrait à nouveau traîné dans la boue, ici et à l'étranger. Et ce genre d'agissements finissait toujours par remonter à la surface, parce que qui disait cafouillages, disait boucs émissaires et blâmes, pour sauver la peau, la carrière et la réputation de certains.

– Merci, Benny. Je serai là à ton retour.

* * *

Ils s'installèrent dans un coin tranquille du salon, sur les canapés et les fauteuils design, et demandèrent à Lillian Alvarez si elle voulait boire quelque chose.

– Oh, mon Dieu, oui, un whisky, s'il vous plaît.

Cupido fit signe au garçon et commanda un scotch pour elle et des cafés pour eux.

– Nous savons que vous avez traversé beaucoup d'épreuves, mademoiselle Alvarez, commença Cupido sur un ton compréhensif.

Il sortit son calepin et son stylo de sa poche intérieure.

– Nous savons ce qui s'est passé ce matin au Waterfront. Nous savons que vous travaillez pour David Adair à l'université. Et nous savons qu'il a disparu. Mais nous voudrions que vous nous disiez...

– Il a disparu ? Je veux dire, je sentais que quelque chose n'allait pas, mais je croyais...

Elle regarda Cupido d'un air interrogateur.

– Si vous nous donnez votre version de l'histoire, nous pourrons peut-être expliquer, répondit-il. Voulez-vous nous raconter, s'il vous plaît ?

– Vous ignorez où il se trouve ?

– En ce moment précis, oui. Mais vous pouvez peut-être nous aider à le retrouver. Je vous en prie, dites-nous ce qui s'est passé.

– Eh bien, je... Le professeur Adair m'a appelée lundi matin, très tôt...

– Mademoiselle, désolé, serait-il possible de commencer par votre... vous travaillez pour lui, c'est exact ?

– Oui. Je suis son assistante.

– Un genre de secrétaire ?

– Non, non, je suis son assistante de recherche. Je prépare ma maîtrise en analyse computationnelle appliquée. Je suis chercheuse au département de mathématique appliquée et de physique théorique où enseigne le professeur Adair. C'est mon superviseur. Mais je l'aide aussi pour certains de ses projets.

Cupido nota qu'elle se penchait en avant, grave et concentrée. Et un peu tendue. Et cette façon de parler du « professeur Adair » avec tellement d'insistance, se dit-il, avec chaque fois une inflexion de voix un peu trop accentuée et forcée. Ou était-ce son imagination ?

– Vous n'avez pas du tout l'accent anglais, dit Bones.

– Oh, non, je viens des États-Unis.

– Où, aux États-Unis ?

– Kingsville, au Texas. Une petite ville, personne n'en a jamais entendu parler. Pas loin de San Antonio.

– J'ai couru le marathon Rock'n Roll de San Antonio, répondit Bones. Joli comme endroit. Mais la chaleur…

– Vous avez vu !

Cupido était sûr que Bones allait en profiter pour ramener le sujet de ses études sur le tapis. Il lui coupa l'herbe sous le pied.

– Si on pouvait en revenir au professeur Adair ?

– Bien sûr. Où en étions-nous ?

– Depuis combien de temps travaillez-vous pour lui ?

– Depuis le début du trimestre de printemps.

– C'est-à-dire ?

– Janvier dernier.

– Et vous le voyez tous les jours ?

– Pas tous les jours, non. Il est très occupé. Peut-être deux à trois fois par semaine, au département.

– Quand l'avez-vous vu pour la dernière fois ?

– Le jeudi de l'avant-dernière semaine.

– Où ?

– Au DAMTP.

– Sur le campus.

– Eh bien… oui, dans son bureau.

Durant les onze années où il avait été inspecteur,

Vaughn Cupido avait interrogé des centaines de personnes – d'abord au poste de police de Mitchell's Plain, puis quand il travaillait pour l'Unité de lutte contre le crime organisé à Bellville Sud, et enfin les dernières années, chez les Hawks. Grâce à cette expérience, et aux nombreux cours et conférences qu'il avait suivis auprès de la section de psychocriminologie du SAPS, il en avait appris beaucoup sur l'art du mensonge. Il savait que la capacité à faire gober une contre-vérité varie radicalement d'une personne à l'autre. Certains le font avec un tel naturel, une habileté si bien rodée, qu'on ne peut que les admirer, même après les avoir arrêtés. D'autres envoient tous les signaux apparents du mensonge avec une évidence et une maladresse stupéfiantes, mais tellement inconscients de ce qu'ils sont en train de faire qu'ils se montrent indignés quand on les met devant le fait accompli. Et puis il y a ceux qui se situent quelque part sur l'échelle entre les deux extrêmes. Lillian Alvarez n'était pas une menteuse consommée, mais elle s'en sortait plutôt pas mal. Ce n'était pas son regard, son langage corporel ou ses gestes qui la trahissaient, mais le rythme et la tonalité de ses mots. Cette avidité à se rendre utile, à contenter son interlocuteur, cette sincérité un brin trop évidente. « Regardez, voyez comme je suis honnête. »

La meilleure façon de s'y prendre avec ce genre de personnes était de faire semblant de les croire, de leur lâcher la bride, de les laisser se piéger eux-mêmes.

– Et il était... Avez-vous remarqué quoi que ce soit de différent ?

– Pas du tout. Il était aussi spirituel que d'habitude. Il peut être très drôle – il fait tout le temps des jeux de mots mathématiques.

– Je vois, fit Cupido comme s'il comprenait. Et il n'a pas parlé d'un voyage ?

– Non.

– Et donc, tout à coup, il vous appelle hier matin ?

– Non, lundi… Oh si, hier ! Ça paraît plus loin… En fait, j'avais rendez-vous avec lui la semaine dernière pour un suivi, mais il n'était pas au bureau et personne ne semblait savoir où il était passé. Cela dit, ce n'est pas du tout inhabituel. À cause de son travail pour l'industrie financière et la lutte contre le terrorisme, vous voyez…

– Vous voulez parler de son algorithme.

– Exactement. En général, il m'envoie un texto ou un e-mail pour annuler. Alors je ne me suis pas trop inquiétée.

Le garçon apporta le whisky et les cafés. Bones fit mine de sortir son portefeuille, mais Cupido le devança.

– Gardez la monnaie, dit-il.

Quand l'homme se fut éloigné, Cupido reprit :

– Et avant son appel hier matin, personne ne vous a contactée à son sujet ?

– Non.

– D'accord. Hier matin donc… Vous avez dit qu'il était très tôt. Vous vous souvenez de l'heure ?

– Environ 3 heures du matin. C'est peut-être pour cela que ça paraît si lointain…

– Heure anglaise ? intervint Bones.

– Oui.

– Environ 5 heures en Afrique du Sud ? insista-t-il.

– Je suppose…

– L'appel, il venait de son propre téléphone ? demanda Cupido.

– Comment voulez-vous… ? Oh, vous voulez dire, est-ce que son numéro s'est affiché sur mon écran ?

– Oui.

– C'est une bonne… Je ne me souviens pas. Je ne pense pas avoir regardé. Il était… Il m'a réveillée, j'étais un peu endormie.

– Pourriez-vous y jeter un coup d'œil maintenant ? À votre téléphone ?

– Bien sûr, j'aurais dû y penser.

Elle ouvrit son sac à main et en sortit l'appareil. Ses doigts agiles effleurèrent l'écran avec dextérité, jusqu'à ce qu'elle trouve ce qu'elle cherchait.

– Non, dit-elle, surprise. Ça vient d'un numéro différent… Et il était 3 h 07 du matin.

– Pourriez-vous me lire le numéro ?

Elle s'exécuta. Le numéro commençait par +44. Cupido le griffonna dans son calepin.

– Reconnaissez-vous ce numéro ?

– Absolument pas.

– Très bien. Alors que disait-il ?

– Il s'est excusé pour l'heure et j'ai répondu que ce n'était pas grave. Puis il m'a demandé si je pouvais lui rendre un grand service…

– Comment vous a-t-il semblé ?

– Contrit.

– Pas anxieux ?

– Non, je ne dirais pas qu'il était anxieux… Il est très calme, toujours, alors je… Non, pas stressé.

– Bon, et ensuite ?

– Eh bien, j'ai dit qu'évidemment j'allais lui rendre ce service. Et il a ajouté qu'il était un peu embarrassé par ce qu'il allait me demander car cela signifiait que j'allais devoir parcourir la moitié du globe, mais il me le demandait parce que j'avais dit plus d'une fois que j'adorerais visiter l'Afrique. Et il a ajouté qu'il comprendrait tout à fait si je refusais. Alors j'ai répondu :

« Waouh, ça a l'air excitant, quand est-ce que je dois partir ? » Et c'est là qu'il a avoué qu'il m'avait déjà réservé un billet. Vous voyez, avec cette courtoisie très anglaise, il a dit qu'il espérait vraiment que ça ne me dérangeait pas mais qu'il avait pris la liberté de réserver un vol à mon nom qui décollait à 19 h 30 lundi, de Heathrow, pour Le Cap, en Afrique du Sud.

43

Griessel terminait son assiette, sans plaisir. Mbali écarta la sienne, vide, s'essuya les doigts sur la serviette en papier et dit :

– Bones a trouvé quelque chose d'intéressant sur David Adair.

– Ah oui ?

– Apparemment, Adair fait partie d'un collectif de scientifiques anglais qui est en train de monter un groupe de pression en faveur de la transparence gouvernementale et contre l'intrusion dans la vie privée des citoyens.

Griessel haussa les sourcils.

– Nous aussi on a trouvé ça bizarre, Bones et moi, continua Mbali. Parce que c'est exactement le propos de l'algorithme d'Adair. Il empiète sur la vie privée de tous ceux qui utilisent les services d'une banque.

– Ils ont pour projet de lancer un groupe de pression ?

– Eh bien, Bones dit qu'il n'y est fait référence qu'une fois et que c'est peut-être significatif. D'après lui, il y avait tellement de données sur Internet concernant Adair et son protocole, son algorithme, et le reste de son travail universitaire, qu'il a failli passer à côté. Il est tombé sur un petit article dans un hebdomadaire scientifique américain. Il y était écrit qu'un groupe de chercheurs anglais avait participé à une conférence sur l'Association... non, le Projet pour la transparence gouvernementale. Organisée par une association ou une fédération d'experts américains, à la fin de l'année dernière, à St Louis. Le chef de la délégation anglaise, un professeur de sciences politiques, a déclaré au journal qu'il était dans leur intention de lancer un projet similaire au Royaume-Uni. Et qu'ils étaient très inquiets de la manière dont leur gouvernement dissimulait des informations, mais aussi de l'utilisation détournée des nouvelles technologies pour empiéter sur la vie privée des citoyens. D'après la liste fournie par le magazine, un des membres de l'équipe anglaise était le professeur D.P. Adair.

Griessel tenta de faire cadrer cette information avec ce qu'ils savaient. Ça n'avait aucun sens.

– J'ai réfléchi, Benny. On sait que l'ambassadeur du Royaume-Uni a parlé à notre ministre de la Sécurité d'État. Qu'ensuite, le MI6 et la SSA se sont très vite retrouvés impliqués et qu'on nous a retiré l'affaire. Alors, maintenant, je me demande si toute cette histoire d'Adair ne tournerait pas autour de son logiciel bancaire. À mon avis, ça concerne la transparence gouvernementale. Et comme notre gouvernement est en train de faire passer une loi qui va rendre les choses encore plus opaques... Cela expliquerait pourquoi ils semblent si empressés d'apporter leur coopération aux Anglais.

* * *

Lillian Alvarez but une gorgée de whisky et continua :
– Ça a achevé de me réveiller et j'ai dit c'est une vraie surprise, ce serait génial, mais je n'ai pas besoin

d'un visa ou un truc dans le genre ? Selon lui, non, les citoyens américains n'avaient pas besoin de visa. Il m'enverrait le billet par e-mail un peu plus tard. Alors je lui ai demandé combien de temps je devais rester, vous voyez, pour savoir quoi mettre dans ma valise. Il ne m'a pas répondu sur le coup, il a simplement ajouté qu'il avait besoin d'un autre service. J'ai dit bien sûr, et il a expliqué que je devais me rendre à son bureau pour y chercher un livre. Il m'a indiqué où le trouver sur l'étagère et où regarder entre les pages parce qu'il y avait une carte mémoire à l'intérieur et que je devais la prendre…

– Quel genre de livre ? demanda Bones Boshigo.

– *On Numbers and Games*. Le grand classique de John Horton Conway…

Elle vit qu'ils n'avaient pas la moindre idée de ce dont elle parlait.

– Le célèbre mathématicien anglais. C'est un des héros de David – du professeur Adair. Ce livre traite de la théorie du jeu. La carte mémoire était scotchée à la première page de la première partie, qui est en réalité la deuxième… C'est une de ces blagues mathématiques entre initiés qu'il adore.

– Très bien. Donc, il vous dit d'aller chercher la carte…

– Oui. Il m'a demandé d'y aller tôt, quand les bureaux étaient encore vides. Et il a ajouté que je ne devais parler à personne de son coup de fil, ni de la carte, qu'il m'expliquerait plus tard, mais que ça concernait son travail sur la sécurité informatique et que prudence est mère de sûreté. Il s'est à nouveau excusé, m'a remerciée, et a dit qu'il rappellerait dans la matinée. Puis il a coupé.

– Vous a-t-il rappelée ?

– Oui, à…

Elle se souvint brusquement qu'elle pouvait donner l'heure exacte, sortit à nouveau son téléphone et consulta le registre des appels.

– À 10 h 07.

– Hier matin ?

– Oui.

– Heure anglaise.

– Oui.

– Du même numéro ?

– Oui.

– Très bien, et donc, après ce premier coup de fil, que s'est-il passé ?

– J'ai réglé le réveil sur 6 heures et j'ai essayé de me rendormir, ce qui n'était pas évident tellement j'étais excitée…

– Et pas inquiète ?

– Non, pas du tout. Je veux dire, vous savez… J'avais droit à un voyage gratuit dans un endroit cool, il s'agissait d'aider cet homme que je respecte tellement pour un projet très important et…, intéressant, vous voyez ? Mais ensuite, j'ai trouvé un peu bizarre qu'il ne m'indique pas l'endroit où j'allais loger ni la durée du voyage… Il est pourtant si organisé, si méthodique…

– Puis vous vous êtes rendue à son bureau ?

– À 7 heures précises.

– Comment êtes-vous entrée ?

– J'ai une clé.

– Et vous avez trouvé le livre ?

– Oui.

– Et la carte mémoire ?

– Oui. Exactement là où il avait dit qu'elle serait.

– Pourriez-vous décrire cette carte ?

– C'est une de ces cartes SD, 64 gigabits. Verbatim, bleu et violet. Pas la micro SD. La normale.

– Qu'y avait-il sur la carte ?

– Je n'en ai aucune idée.

– Vous n'avez pas regardé ?

– Non !

– Et qu'en avez-vous fait ?

– Je l'ai mise dans mon portefeuille.

– Et elle y est restée ?

– Oui. Jusqu'à ce matin. Le portefeuille était dans ce sac. Je pensais que ce serait sûr. Je garde toujours le sac avec moi. Toujours. Et puis cet enfoiré l'a volé.

Le mot le fit sourire.

– Est-ce que quelqu'un vous a vue dans le bureau d'Adair ?

– Pas que je sache. 7 heures, c'est tôt pour le département.

– Ensuite, vous êtes rentrée chez vous ?

– Oui.

– Et il a rappelé, juste après 10 heures.

– Oui. Mais avant, j'ai reçu un e-mail avec le billet électronique.

– De son adresse habituelle ?

– Non, cela venait d'un certain Morris, ce qui m'a paru un peu étrange, alors je lui ai posé la question et il m'a dit de ne pas m'inquiéter, qu'il avait pris un nom d'emprunt, par sécurité.

– Paul Morris 15, chez Gmail ?

– Oui, c'était de ce genre-là. Je peux vérifier.

– Non, ce n'est pas la peine. Vous lui avez demandé ça pendant le second coup de fil ?

– Oui.

– Comment vous a-t-il semblé ?

– Plus posé.

– De quoi d'autre avez-vous parlé ?

– Il m'a dit qu'il allait faire un virement pour mes frais d'hôtel au Cap et m'a demandé si je pouvais réserver ma chambre moi-même. Et il a ajouté que si je le voulais, je pouvais rester une semaine, qu'il allait virer mille cinq cents livres sur mon compte, ce qui devrait être suffisant pour un bon hôtel et de l'argent de poche. Ensuite, il m'a expliqué que mon vol arriverait au Cap juste avant 8 heures du matin et qu'en sortant de l'avion, je devais rallumer mon téléphone, vérifier qu'il fonctionnait bien avec le réseau local et envoyer un e-mail à l'adresse d'où provenait le billet, l'adresse Gmail. Afin de confirmer que j'étais arrivée. Il a insisté : c'était très important. Puis je devais me rendre directement au Waterfront en taxi sans passer d'abord à l'hôtel. Et en arrivant là-bas, je devais mettre un vêtement rouge vif, une veste par exemple, et trouver l'amphithéâtre. Il me l'a décrit. Il y avait une scène et je devais attendre au pied des marches. Il a ajouté que je ne devais parler à personne, juste attendre, qu'un homme me contacterait et me demanderait la carte et que je devrais la lui remettre. Mais seulement s'il la demandait spécifiquement. Après, je pouvais aller à l'hôtel et passer de jolies vacances.

– Et c'est tout ?

– Non… Je… Je lui ai demandé… comment je pouvais être sûre qu'il s'agissait de la bonne personne, et il a répondu que je n'avais pas à m'en faire, que seules quelques personnes étaient au courant de mon arrivée, et que si l'homme demandait spécifiquement la carte, je devais la lui donner. Après, il a répété tout ce qu'il venait de dire : tester mon téléphone, envoyer un e-mail, aller directement au Waterfront et porter un vêtement rouge vif. Il m'a à nouveau remerciée et il a coupé.

– A-t-il transféré l'argent pour l'hôtel ?

– Oui.

– Depuis son compte habituel ? demanda Cupido.

– À vrai dire, non. Sous son nom d'emprunt. Morris. Une banque de Zurich.

– Je vois, fit Cupido.

Il comprit qu'il l'avait coincée.

– Savez-vous de quelle banque il s'agit ? intervint Bones.

– Eh bien, je peux vérifier…

– Plus tard, peut-être, répondit Cupido. Alors qu'avez-vous fait ? Après le dernier coup de fil ?

– Je suis allée faire des courses. Pour le voyage. Ensuite, j'ai pris le métro jusqu'à Heathrow. Le vol était différé. J'ai commencé à m'inquiéter, est-ce que le type serait toujours là si je ratais l'heure ? Mais le retard n'était que de vingt minutes et je me suis dit que ça irait. Et quand je suis arrivée, j'ai envoyé l'e-mail, changé deux cents livres pour le taxi et je me suis fait emmener au Waterfront. Mais je me suis rendue compte que j'avais ma valise. J'ignorais la distance jusqu'à l'amphithéâtre et je ne voulais pas la traîner avec moi. J'en ai parlé au chauffeur de taxi qui a proposé de la déposer à l'hôtel pour cent rands, environ dix dollars, et j'ai accepté. Et après, tout est allé de travers.

44

– Pourriez-vous nous raconter précisément ce qui s'est passé au Waterfront ? demanda Cupido.

– Tout est allé tellement vite, répondit-elle, assise au bord du fauteuil. J'ai demandé au chauffeur de taxi où se trouvait l'amphithéâtre, il ne savait pas, et comme il y avait un vigile, je lui ai posé la question et il m'a renseignée. Donc, je marchais, il y avait beaucoup de monde, j'étais vraiment surprise, tous ces Blancs, je veux dire, vous voyez, on s'attend… Sans vouloir vous offenser, mais vous savez, quand on vient en Afrique… Bref, j'ai aperçu l'amphithéâtre et j'étais presque arrivée quand cet abruti a commencé à m'embêter avec une histoire de barrette à cheveux. J'étais pressée, un peu inquiète, le professeur Adair ne m'avait pas contactée, j'avais une demi-heure de retard à cause de l'avion, et en arrivant, je ne pensais pas…

– Vous attendiez un coup de fil du professeur ? l'interrompit délibérément Cupido.

Il percevait son anxiété au rythme de plus en plus rapide de sa narration, à son ton qui montait dans les aigus. Elle disait probablement la vérité mais en fournissant des détails inutiles – depuis la veille, elle avait dû se rejouer l'incident encore et encore dans sa tête pour essayer d'en comprendre le sens, pour rationaliser.

– Non, non, je veux dire, oui, je suppose, d'une certaine façon. J'avais traversé la moitié de la planète en avion, je pensais que peut-être, s'il avait reçu l'e-mail, il appellerait…

– Et il ne vous a pas recontactée ?

– Non.

– Pas d'e-mail, rien ?

– Non.

– Même après le Waterfront ? Cet après-midi ?

– Non.

– Mais vous espérez encore qu'il vous appellera ? insista Cupido en désignant son portable.

– Vous savez, je me suis inquiétée, après ce qui s'est passé…

Elle souligna sa remarque d'un petit geste de la main : c'était normal, non ?

– D'accord. Je vous en prie, continuez.

– Bon. Donc ce type est venu m'importuner et j'ai cru un instant que c'était peut-être lui, vous voyez, pour la carte, mais en fait non. Je me disais : David m'a bien recommandé de ne parler à personne… Je crois que n'importe qui, vu les circonstances, se serait senti… Écoutez, je ne suis pas stupide, je me suis peut-être effectivement laissée emporter par le côté secret, clandestin, de l'affaire, et j'ai pris ce type pour, disons, l'ennemi, un terroriste, vous comprenez ? Du coup, j'ai un peu paniqué. Alors j'ai essayé de me débarrasser de lui et ce salaud m'a volé mon portefeuille sans que je m'en aperçoive. Bref, le pickpocket s'éloigne, je commence à courir, je suis en retard, j'aperçois l'amphithéâtre, je cherche les marches qui mènent à la scène, j'en suis encore à une dizaine de mètres, et tout à coup, un gars avec une casquette de base-ball et des lunettes de soleil surgit devant moi et me lance : « Vous avez la carte ? » Vous comprenez, je ne suis même pas près des marches, je suis encore un peu désorientée par l'histoire de la barrette, je suppose. Il répète : « Vous avez la carte ? » Je flippe un peu et je réponds : « Je ne suis pas censée vous la donner ici. » J'étais… Vous devez comprendre, j'avais passé la nuit dans l'avion, à penser à ce que Da – le professeur Adair – m'avait dit de faire, j'étais fin prête et je m'attendais à un… Je ne suis vraiment pas raciste, mon grand-père paternel vient du Mexique, ne vous méprenez pas, je vous en prie, mais je m'attendais à, vous voyez, un Anglais, un Blanc…

– Mademoiselle Alvarez, l'interrompit Cupido.

– Oui ?

– Je veux que vous respiriez un grand coup.

Elle le dévisagea, sans comprendre, et inspira profondément.

– J'allais un peu vite, c'est ça ? dit-elle.

– Tout va bien.

– Et vous n'avez pas à vous inquiéter de vous être attendue à voir un Blanc, ajouta Bones. On comprend.

– Merci.

Elle but une gorgée de whisky, leur adressa un petit sourire gêné et reprit une grande goulée d'air.

– Mais, à ce moment-là, les choses sont devenues vraiment bizarres. Ce type s'agite à côté de moi, tout près de moi, il a un drôle d'accent, et quand je dis, « Je ne suis pas censée vous la donner ici », il sort de sa poche un pistolet avec un silencieux noir et me le colle dans les côtes. Il y a du tapage derrière nous, les gens poussent des petits cris, je veux regarder et…

Elle s'était remise à parler à toute vitesse sous le coup de l'angoisse. Elle s'en rendit compte et se contrôla.

– Désolée, dit-elle en avalant une autre gorgée de whisky.

Elle reprit plus calmement.

– J'étais complètement paniquée et flippée. Et il me lance : « Cet homme vous a volé quelque chose, vous avez toujours la carte ? Vérifiez. Maintenant. » Il jette un coup d'œil vers le tumulte par-dessus mon épaule, je veux l'imiter, alors il m'enfonce un peu plus le pistolet dans les côtes en disant : « Regardez-moi. » Je me suis figée d'un coup. Il m'a attrapé le bras et m'a secouée en redemandant la carte, j'ai glissé la main dans mon sac, le portefeuille avait disparu, j'ai cru que j'allais m'évanouir tellement j'avais peur. « Vous l'avez ? » J'ai répondu : « Mon portefeuille n'est plus là. » « Elle était dans le portefeuille ? » « Oui », et il a continué : « Vous êtes sûre ? » J'ai fouillé dans mon sac en faisant signe que oui et je me suis mise à pleurer comme une gamine. Il a disparu en courant et je me suis retrouvée au milieu de tous ces gens qui n'avaient pas la moindre idée de ce qui venait de se passer...

* * *

Tyrone mentit.

Il avait peaufiné son histoire dans le train, avait bien réfléchi à tout ce qu'il devrait dire, juste au cas où.

Il entra dans le B&B Cape Calm, à De Waterkant, avec sa veste neuve, sa petite valise neuve. Il avait l'air honnête, il s'en était assuré en regardant dans le miroir des toilettes pour hommes de la gare du Cap. Il s'était lavé le visage, s'était peigné. Bon, d'accord, il ne sentait peut-être pas la rose, mais après tout, il voyageait.

– Bonjour, lança-t-il dans son meilleur anglais à

l'hôtesse, une femme exagérément aimable, de cette amabilité qui va de pair avec la culpabilité d'être blanc. Je m'appelle Jeremy Apollis. J'aimerais une chambre pour la nuit. Je peux payer d'avance en liquide ?

Oncle Solly avait raison, la veste ouvrait les portes, et l'avance en liquide ne faisait pas de mal non plus.

– Bien sûr, bien sûr, répondit-elle aussitôt, vous venez d'où ?

Il avait aussi préparé sa réponse.

– Johannesburg, mais je suis originaire d'ici. J'habitais à Schotsche Kloof. (Prononcé « scots kloef », à la manière des Anglais.)

– Vous êtes ici pour le travail ?

Il s'attendait à cette question et ne voulait pas en rajouter – un mensonge trop détaillé peut se révéler dangereux –, alors il répondit simplement :

– Non, je viens voir ma sœur. Je reprends l'avion demain soir.

Il signa le registre et paya les six cent cinquante rands. Le lit et le petit déjeuner avaient intérêt à être sacrément *lekker*, vu le prix. Elle lui montra sa chambre. Après son départ, il verrouilla la porte et posa sa valise sur le lit. Puis il sortit le pistolet, le silencieux et les trois téléphones portables, et les aligna sur le lit. Il enleva sa veste, l'accrocha dans la penderie. Il devait se concentrer, songea-t-il en observant les téléphones. N'en utiliser qu'un seul à la fois. Et se souvenir duquel il se servait. Où et quand.

Une fois déshabillé, il ouvrit les robinets de la douche et passa un long moment sous le jet. Une explosion d'eau chaude, apaisante, afin d'éliminer tous les soucis de la journée, de calmer la douleur dans son dos.

Sans grand résultat.

* * *

Griessel sentait qu'il aurait dû réconforter Mbali. Lui dire qu'il y avait du positif dans tout cela – que la rivalité entre Cupido et elle avait disparu, qu'ils avaient trouvé un terrain d'entente. Que la vie et l'univers fonctionnaient par cycles. Les choses allaient reprendre leur place, la roue allait tourner. Il en était toujours ainsi.

Il aurait voulu lui dire qu'il y avait plus de bas que de hauts et qu'il fallait quand même faire avec.

Mais il préféra se taire. Pourquoi diable devrait-elle croire un poivrot d'âge mûr qui était déjà là du temps de l'apartheid ?

Il n'avait aucune crédibilité.

Il songea qu'il ferait mieux d'appeler Radebe à O.R. Tambo pour voir s'ils avaient du nouveau. Plus ils auraient de noms, plus ce serait facile d'arrêter les Kobra à un poste frontière. À cela près qu'il ne pouvait pas appeler Ulinda, la SSA surveillait aussi son téléphone portable.

Je t'en foutrai, des portables. *Jissis,* ils s'en étaient passés pendant tant d'années, et ils n'avaient pas arrêté moins de criminels pour autant. Peut-être même plus. Avec la bonne vieille méthode. Enquêter. Monter des dossiers petit à petit, grâce aux investigations de terrain approfondies. Faire travailler leurs méninges, réfléchir, peser le pour et le contre, s'engueuler et discuter, tester différentes théories, manipuler les suspects dans les salles d'interrogatoire avec des ficelles astucieuses. Ils avaient appris à repérer un mensonge à des kilomètres rien qu'en observant un suspect.

Et maintenant ? Maintenant, la technologie était reine. En cas d'échec, beaucoup de jeunes inspecteurs se contentaient de dire que l'affaire ne pouvait pas être résolue.

Il détestait qu'on puisse le joindre partout, à toute heure. Il détestait taper un texto sur un minuscule clavier avec ses gros doigts. Les gens envoyaient des messages à la première connerie qui leur passait par la tête, dans un langage que l'on mettait une demi-heure à déchiffrer, et quand on avait le malheur de ne pas répondre, ils voulaient savoir pourquoi.

Par-dessus le marché, la SSA aussi pouvait les espionner, les retrouver, les suivre ; la technologie fonctionnait à double sens – si on pouvait mettre la main sur un criminel, eh bien eux aussi pouvaient le faire.

Il soupira et tenta de penser à autre chose, mais tout ce qui lui vint à l'esprit fut son dilemme avec Alexa.

Et pas question d'en discuter avec Mbali ou qui que ce soit d'autre. Peu importait le silence oppressant qui régnait à leur table.

Il se sentit soulagé en voyant Abigail Malgas approcher.

L'infirmière portait le gros sac de Nadia sur l'épaule.

– La jeune fille est à présent dans une chambre, dit-elle. D'après le médecin, elle va pouvoir vous parler. Mais seulement une demi-heure, et elle doit d'abord donner son accord.

Nadia n'avait pas le choix, mais Griessel n'en dit rien. Ils suivirent l'infirmière.

– Ils ne savent toujours pas quelle drogue on lui a donnée, ajouta-t-elle dans l'ascenseur, mais ça n'a pas l'air trop grave.

Elle les fit attendre à l'extérieur de la salle et disparut derrière le rideau couleur crème qui dissimulait le lit.

45

– Ensuite, qu'avez-vous fait ? demanda Cupido.

– J'ai essayé d'appeler le professeur Adair, mais il n'a pas répondu. Alors j'ai laissé un message et envoyé un texto…

– Quel message ?

– Je disais juste… les choses ne se sont pas passées comme je l'espérais, je regrette.

– Je peux y jeter un coup d'œil ?

– Je… euh… désolée, je l'ai effacé.

– Qu'avez-vous fait ensuite ?

– J'ai commencé à marcher. Que pouvais-je faire d'autre ? Prévenir la police était exclu. Il s'agissait des recherches du professeur sur la sécurité informatique, il m'avait recommandé de n'en parler à personne, vous comprenez. Je ne pouvais pas aller trouver les policiers et tout déballer : Voilà, il s'agit… Vous comprenez, quel intérêt de leur expliquer quoi que ce soit si je devais leur en cacher une partie ?

– C'est pourtant ce que vous faites en ce moment.

– Bien sûr, mais vous, vous êtes au courant. Pour le professeur Adair et le pickpocket. Ce matin, j'étais… perdue. Effrayée. Et tout s'est passé si vite. Le type s'est volatilisé à toute allure, on m'avait volé la carte et je me disais, le professeur va finir par appeler, je lui expliquerai.

– D'accord. Où êtes-vous allée ?

– J'ai marché jusqu'à l'hôtel. Le voleur avait embarqué mon portefeuille, avec tout mon argent liquide dedans. Dieu merci, j'avais laissé mes cartes de crédit dans ma valise, ainsi que mon passeport. Mais comme je n'avais pas de quoi payer un taxi, j'ai demandé mon chemin et j'ai marché. Il pleuvait un peu et j'avais sacrément froid sans ma veste. Elle était aussi dans la valise puisque je devais porter du rouge. L'hôtel se trouvait beaucoup plus loin que je ne l'aurais cru, j'étais lessivée. Et j'avais tellement peur d'avoir fait capoter toute l'affaire.

– Vous n'y êtes pour rien, dit Bones.

– Je sais.

– Juste pour bien comprendre, quand vous parlez de « son travail sur la sécurité informatique », vous faites référence à l'algorithme – pour débusquer les terroristes ? insista Cupido.

– C'est exact.

– Vous avez dit travailler avec lui sur certains de ses projets. L'algorithme aussi ?

– Oh non, il travaillait seul là-dessus.

– Combien a-t-il d'assistants ?

– Quatre.

– Et pourquoi vous a-t-il choisie, vous ?

– Je vous demande pardon ?

– Pourquoi David Adair vous a-t-il choisie, vous, pour apporter la carte au Cap ?

– Parce que… Je suppose qu'il me faisait confiance. Ou qu'il savait que j'adore voyager et que j'ai toujours voulu visiter l'Afrique…

– Quand il a transféré l'argent sur votre compte, pourquoi n'a-t-il pas demandé vos coordonnées bancaires ?

– Je… Il… Je n'ai pas dit ça.

– Vous a-t-il demandé vos coordonnées ? Lors de ce second coup de téléphone, hier, à 10 heures. Vous a-t-il demandé vos coordonnées bancaires pour virer l'argent ?

– Eh bien, je… Oui, je crois.

– Mais vous avez expressément déclaré que l'argent ne venait pas de son compte habituel. Qu'il provenait d'une banque à Zurich.

– Oui, mais je…

Elle se rendit compte qu'elle s'était piégée elle-même.

– Étiez-vous payée pour votre travail à l'université ?

– Oui.

– Par David Adair ?

– Non.

– Alors comment pouviez-vous savoir que ça ne venait pas de son compte habituel ?

Elle ne répondit pas.

– Vous ne nous dites pas toute la vérité, n'est-ce pas ?

* * *

Nadia Kleinbooi jeta un regard effrayé à Griessel, puis à Mbali, et ses yeux revinrent se poser sur l'inspecteur.

Ils se tenaient tous les deux du même côté du lit.

– Vous n'avez pas à avoir peur, dit Mbali.

– On est ici pour vous aider, ajouta Griessel.

– Vous savez où est mon frère ?

Elle était pâle et fatiguée, parlait d'une voix rauque.

– Non. Mais nous savons que c'est lui qui vous a conduite ici.

– Il va bien ?

– Comment vous sentez-vous ? intervint Mbali.

– J'ai mal, répondit Nadia en touchant ses côtes.

– On peut vous poser quelques questions ?

– Oui. Je ne… Ils m'ont fait une piqûre dans le bras. J'étais très somnolente, je ne me souviens pas du tout de ce qui s'est passé…

– Racontez-nous simplement ce dont vous vous souvenez, la pria Griessel.

– Et si vous êtes fatiguée, dites-le.

– D'accord.

– On aimerait tout connaître. Sur le…

Griessel s'interrompit en entendant sonner un portable. Il crut qu'il s'agissait du sien – le timbre était identique –, palpa sa poche et constata qu'il était éteint.

– C'est le mien, dit Nadia en regardant la chaise à côté de lui.

Il ouvrit le sac, vit l'écran allumé et lui tendit l'appareil.

– Connaissez-vous ce numéro ? demanda-t-il.

– Non.

Elle répondit.

– Allô ?

Elle écouta un instant, puis son visage s'illumina.

– *Boetie !* Tu vas bien ?

* * *

Tyrone s'était lavé, avait passé des vêtements propres. Il coinça le pistolet dans son dos, sous sa veste. Rangea le portefeuille volé qui contenait la carte dans sa poche intérieure. Prit deux des téléphones qu'il glissa dans les poches latérales et se dirigea vers le Cape Quarter Lifestyle Village, sur Somerset Road.

Il n'aurait pas dû ressasser les événements de la

matinée. Voilà pourquoi il commit une erreur. Mais il ne put s'en empêcher, le Waterfront et Schotsche Kloof se trouvaient juste à côté. Il se souvenait de tous les détails – le type qui lui tirait dessus, la fuite éperdue pour sauver sa peau, le chien qui avait failli le bouffer. Il ressentit de nouveau la peur, se revit à la gare de Bellville au moment où il avait compris que sa sœur avait été droguée. Et revécut l'instant déchirant où ils avaient tiré sur Nadia. Tout cela le rendit furieux, une colère noire l'envahit, la soif de vengeance dominait tout le reste.

Il était encore sous l'emprise de cette colère quand il alluma le téléphone à l'entrée du Food Spar et composa le numéro de Nadia.

Le numéro de Nadia. À quoi pensait-il ? Quel idiot ! se dirait-il par la suite. En fait, il avait prévu d'appeler l'hôpital pour parler à l'infirmière, mais il n'avait que la vengeance en tête et il était fatigué, à bout, vidé après cette journée de dingue. Il manquait terriblement de concentration. Le téléphone sonna et sonna, et soudain, à sa grande surprise, sa sœur répondit. Son cœur battit à tout rompre. Était-elle seule ?

– Je vais bien, *sussie*. Et toi ?

– Où es-tu ? Pourquoi tu n'es pas là ?

– *Sussie,* tu vas bien ? Que disent les médecins ?

– Ils disent que j'ai eu de la chance. Deux côtes fêlées, j'ai perdu un peu de sang...

– Qu'est-ce que ces enfoirés t'ont fait prendre ?

– Je ne sais pas. Un truc qui m'a rendue très *dof*, complètement endormie. Ils m'ont fait une piqûre dans le bras... Où es-tu, *boetie* ?

Il perçut de la peur dans sa voix.

– En train de régler le problème. Je viens te chercher, dès que j'aurai fini.

– Quel problème ? Fini avec quoi ? Tu ne leur as pas donné ce qu'ils voulaient ? Je ne me souviens pas bien, *boetie*… La *polieste* est là. Viens leur parler.

Exactement ce qu'il avait pensé. C'est pour cela qu'il avait appelé d'ici. Il se trouvait rapide, malin et vigilant. Il devait mettre un terme à la conversation, mais ne voulait pas la quitter brusquement.

– Ne t'inquiète pas, *versta'jy* ? Tout va s'arranger. Tu dois récupérer. Dis-moi simplement, il y avait combien de types quand tu as été enlevée ?

– Quel problème tu dois régler, Tyrone ?

Elle ne l'appelait Tyrone que quand elle était fâchée. C'était bon signe qu'elle soit en colère.

– Ne t'inquiète pas. Combien ?

– Quatre, je crois. Mais ne me dis pas de ne pas m'inquiéter. Quelle carte est-ce qu'ils cherchaient ? Comment tu t'es retrouvé embringué avec des gens pareils, Tyrone ?

– Je t'expliquerai, *sussie*. J'ai seulement voulu aider quelqu'un et il y a eu un énorme malentendu…

Il s'interrompit. L'heure n'était pas aux explications, il ne savait même pas ce que les flics lui avaient raconté. Ils étaient là, près d'elle, peut-être même qu'ils écoutaient. Il devait conclure.

– Remets-toi. Tu as besoin de quelque chose ?

– J'ai besoin de savoir ce que tu veux dire par « dès que j'aurai fini ».

Il entendit à sa voix qu'elle n'allait pas trop mal, elle allait s'en sortir.

C'est alors qu'il commit sa deuxième erreur, par pur soulagement, et parce qu'il était encore sous le coup de la colère et de la soif de vengeance.

– Personne ne touche à ma sœur. J'ai quelque chose

qui les intéresse. Maintenant, il faut compter avec moi. Et ils vont payer.

Les mots lui échappèrent et il les regretta immédiatement.

– Non ! *Boetie*, non ! Ces gens ne sont pas comme nous. Laisse la *polieste* s'en occuper.

– Garde ce téléphone avec toi. Je dois y aller. Et souviens-toi : je t'aime très fort.

Il coupa avant d'avoir pu entendre sa réaction, puis éteignit le portable. « Et merde ! » lança-t-il à voix haute. Il sortit du centre commercial sans attendre, d'un pas décidé.

– *Jirre*, Tyrone, tu fais n'importe quoi. Reprends-toi, espèce d'idiot, murmura-t-il, arrivé à cinquante mètres de là.

46

Lillian Alvarez pleurait.

Bones lança un coup d'œil furibond à Cupido.

À l'évidence, il ne comprenait rien au mécanisme de défense spontané d'une femme prise en flagrant délit de mensonge.

– Je sais que vous essayez de le protéger, reprit Cupido avec compassion. Mais si vous voulez qu'on le retrouve, il va falloir nous dire la vérité.

Bones se leva, sortit un mouchoir immaculé de sa poche et le tendit à la jeune femme.

– Il n'y a vraiment rien à dire.

Elle prit le mouchoir, se tamponna les yeux et le nez, puis dévisagea Cupido d'un air implorant.

Bones se rassit.

– On ne va pas appeler l'université pour leur raconter que le bon professeur entretenait une liaison avec sa belle et jeune étudiante.

Elle fixait le tapis.

– Peut-être que ce n'est pas le cas, Vaughn, glissa Bones.

– Peut-être, répondit Cupido, d'un ton plein d'ironie.

– Je sais ce que vous êtes en train de faire, lança Lillian Alvarez.

– On essaie de sauver votre amant.

– Je regarde la télévision. Vous jouez au bon et au mauvais flic… Le sauver ? Qu'est-ce que vous voulez dire, le sauver ?

– David Adair a été kidnappé, mademoiselle. Par les gens qui voulaient mettre la main sur cette carte mémoire. Donc, plus tôt vous commencerez à tout nous raconter, plus vite on pourra tenter de le sauver.

Elle les observa d'un air choqué et plein de reproches, bouche bée, les yeux remplis de larmes, luttant contre ses émotions.

– Je le savais, dit-elle enfin.

Avant de se remettre à pleurer.

* * *

– Mon frère, dit Nadia Kleinbooi d'une voix bouleversée. Il a apparemment de gros ennuis.

Elle enfonça la touche rappel, mais une voix enregistrée débita : « La personne que vous appelez n'est pas joignable. Veuillez recommencer ultérieurement. »

– Que voulez-vous dire ? demanda Griessel.

– D'après Tyrone, ils vont payer, parce qu'il a quelque chose qui les intéresse. Et il voulait savoir combien ils étaient. Ces gens vont le tuer.

– Votre frère détient quelque chose qu'ils veulent ? Une carte ?

– Oui. Il dit que maintenant, il faut compter avec lui.

– Compter avec lui ? répéta Mbali.

– Je ne sais pas ce que ça signifie. Je n'aime pas ça.

– Les gens qui cherchent la carte sont ceux qui vous ont kidnappée ?

– Oui.

– Il a encore un objet qu'ils essaient de récupérer ?

Elle acquiesça d'un air affolé.

– Savez-vous de quoi il s'agit ? insista Griessel.

– Je croyais… Je l'ignore. Ce doit être la carte. Mais je pensais… Tout était très confus…

– Quel genre de carte ? Une carte de crédit, une carte bancaire ?

– Le Français, il a appelé Tyrone après m'avoir enlevée. Pour lui dire que le portefeuille qu'il avait volé contenait une carte mémoire et que j'allais servir de monnaie d'échange…

– Une carte mémoire ? Quelle carte mémoire ?

– Je ne sais pas.

– Mais… Attendez…

Griessel luttait pour intégrer cette nouvelle information.

– Ce n'est pas ce qui s'est passé à la gare de Bellville ? Tyrone leur a donné quelque chose et vous a récupérée.

– J'étais dans le brouillard. J'ai cru aussi…

– Nadia, c'est très important. Que vous rappelez-vous ?

Elle ferma les yeux, secoua la tête.

– Je ne sais pas… Le type me serrait tellement fort, d'abord on est allés vers un homme en veste bleue. Il a tendu un objet. Je ne voyais pas quoi exactement, c'était petit…

– Attendez, doucement. Quel type vous tenait ?

Nadia rouvrit les yeux.

– Je ne suis même pas sûre que ça s'est vraiment déroulé ainsi.

– Dites-nous simplement ce que *vous croyez* qu'il est arrivé, lui conseilla Mbali.

– D'accord, répondit-elle avec conviction.

* * *

– Quand votre liaison avec Adair a-t-elle débuté ? demanda Cupido.

Lillian Alvarez contempla l'entrée de l'hôtel, essuya ses larmes et se moucha. Regard fixé devant elle, comme s'ils n'existaient pas.

– Bones, si elle ne veut pas coopérer, on devrait peut-être laisser tomber. Ce n'est pas un citoyen sud-africain. Le consulat de Grande-Bretagne s'en chargera.

Bones comprit son petit jeu.

– Mais ils n'ont pas les moyens nécessaires, Vaughn. Et sa vie est réellement en danger.

Cupido se leva.

– Si elle, elle s'en fiche, pourquoi on devrait s'en préoccuper ?

Bones hésita puis l'imita.

– Bonne journée, mademoiselle Alvarez, dit-il.

– Et bonnes vacances, ajouta Cupido en se dirigeant vers la sortie, Bones sur les talons.

– Attendez ! cria Lillian Alvarez avant qu'ils aient fait quatre pas.

* * *

Nadia Kleinbooi leur raconta tout ce dont elle se souvenait. Ils l'avaient poussée de force dans le Nissan X-Trail, deux hommes. Des Français, d'après la langue qu'ils parlaient entre eux. L'un était blond et blanc. On aurait dit un surfeur. L'autre était chauve. Blanc aussi. Du chauffeur, elle n'avait vu que l'arrière de la tête, coiffée d'une casquette. Le blond avait appelé Tyrone et aussitôt après, on lui avait fait une piqûre dans le bras. Elle s'était sentie partir et tout était devenu aussi flou que dans un rêve.

Ensuite, l'effet de la drogue s'étant légèrement dissipé, elle se rappelait qu'ils avaient roulé dans Durban Road. Il y avait un autre homme dans la voiture. Devant, à gauche. Métis, à son avis.

Quatre, alors ?

Oui, quatre.

L'un d'eux avait passé tout son temps au téléphone, à parler de la carte. Ils s'étaient arrêtés. Blondie l'avait fait sortir. Elle avait les genoux en coton. Il l'avait entraînée avec lui en jurant. Jusqu'à la gare. Elle se souvenait des échoppes, de leurs couleurs. Ils avaient fait une pause. C'était comme si elle se réveillait lentement. Puis ils avaient rejoint un homme débraillé en veste bleue, une veste d'ouvrier, « avec une fermeture Éclair ». Elle ne pouvait affirmer avec certitude si l'homme à la veste bleue avait remis la carte. Mais il avait donné quelque chose à Blondie. Elle avait dû tenir l'ordinateur portable. Ensuite, Blondie lui avait ordonné de marcher jusqu'à ce qu'elle voie Tyrone. Elle avait marché longtemps, c'est du moins l'impression qu'elle avait eue, et tout à coup Tyrone s'était dressé là, près d'elle. Ensuite, tout s'embrouillait. Un Noir lui avait dit qu'elle était saoule. Elle aurait voulu protester mais les mots ne sortaient pas, à sa grande contrariété. Elle se souvenait du métis, celui qui lui avait tiré dessus. L'autre homme, qui n'était pas dans le Nissan à Stellenbosch.

Peut-être lui avait-il tiré dessus parce que Tyrone ne lui avait pas donné la carte. Mais tout le reste était confus. Hormis Tyrone qui la tenait dans ses bras dans une camionnette, sur le chemin de l'hôpital.

– Votre frère a en sa possession quelque chose qui les intéresse, c'est sûr ? demanda Griessel.

– Oui.

– Qu'il va leur vendre ?

– Oui.

– Nadia, si vous me montrez le numéro, on pourra peut-être retrouver sa trace.

Elle tenait le téléphone contre sa poitrine.

– Vous savez qui sont ces gens ? demanda-t-elle.

– On croit le savoir.

– Et comment Tyrone s'est-il retrouvé mêlé à cette affaire ?

– De quoi vit votre frère ? demanda Mbali avant que Griessel ait pu intervenir.

– Il est peintre. Peintre en bâtiment. Il travaille tellement dur…

– Nous pensons qu'il s'est retrouvé mêlé à cette histoire par erreur, dit Mbali. C'est pour ça que nous voulons l'aider.

Griessel comprit la raison de ce pieux mensonge. Bouleverser Nadia maintenant en lui révélant la vérité – que son frère était pickpocket – risquait de leur coûter sa coopération.

– Oui, c'est ce que je me suis dit. C'est quelqu'un de très doux. Ils vont le tuer.

– On peut l'aider. Montrez-moi le numéro.

– Mais il a éteint le téléphone.

– Si on a le numéro, on peut retrouver l'endroit d'où il a appelé.

– Il vit à Schotsche Kloof. Je peux vous donner son adresse.

– Il n'y est plus. On est déjà allés voir.

Elle réfléchit un instant, hocha la tête et lui tendit l'appareil.

* * *

Cupido et Bones reprirent leur place dans les fauteuils.

La jolie Lillian Alvarez posa les pieds sur le tabouret et plia les genoux, bras autour des jambes, sans les regarder. Elle se mit à parler d'une voix si basse qu'ils ne purent la comprendre.

– Je suis désolé, vous pouvez répéter ?

– Nous n'avions pas de liaison.

Ils restèrent silencieux.

– Une liaison, c'est quand un des deux est marié. Une liaison, c'est quelque chose de… bref. Là, c'est différent.

– Et c'est comment, alors ? demanda Cupido.

– Vous allez faire beaucoup de dégâts.

– Personne n'en saura rien, suggéra Bones en implorant Cupido du regard.

– C'est exact, répondit ce dernier. On veut seulement retrouver le professeur.

Il rapprocha son fauteuil. Bones fit de même.

Elle les observa tour à tour.

– Vous promettez ?

– Oui, répondirent-ils à l'unisson.

47

Lillian Alvarez ne reprit pas immédiatement la parole. On aurait dit qu'elle rassemblait ses forces. Et quand elle se lança, plus rien ne laissait supposer qu'elle mentait.

Elle ne s'attendait vraiment pas à une histoire d'amour avec son directeur de recherches. Elle éprouvait un tel bonheur d'avoir été acceptée au DAMTP pour sa maîtrise qu'elle avait hâte de rejoindre l'Angleterre, de commencer son aventure britannique. Elle avait peu voyagé jusque-là. Personne dans sa famille n'avait beaucoup voyagé. Son père était allé à Washington DC. Elle avait fait ses études supérieures à l'université de Californie, campus de Los Angeles, avait visité Vegas et San Francisco avec ses copains de fac, mais pas un membre de sa famille de la classe moyenne n'avait vu New York ou Chicago. Jamais. Sans parler de traverser l'Atlantique.

Et puis elle avait été acceptée à Cambridge. Cambridge ! Une des meilleures universités de la planète. Un autre pays, une autre culture, une histoire plus que millénaire. L'univers des Beatles, de Lady Di et de la reine, du prince William et de Kate. Aux portes du continent européen. La possibilité de passer des week-ends à Paris, Milan ou Madrid.

Cupido prêta soudain l'oreille. Il connaissait l'art de

la confession. Quand les interlocuteurs se mettaient à tout déballer, il fallait la boucler et les laisser parler, les laisser se libérer. Parfois, cela impliquait de longs détours.

L'université était tout ce dont elle avait rêvé. La première fois qu'elle avait vu la chapelle de King's College – vieille de près de six cents ans –, elle en avait eu le souffle coupé. Étudier les mathématiques dans l'institution même qui avait donné naissance à des génies tels que Newton, Lord Kelvin et Lord Rayleigh. Et Charles Babbage, le père des ordinateurs...

– Une semaine après mon arrivée, continua-t-elle, sachant qu'elle ne pouvait plus temporiser, je suis entrée dans le bureau de David Adair et je suis tombée amoureuse. Comme ça, ajouta-t-elle en claquant les doigts.

Cette stupéfaction était encore perceptible quand elle en parlait. Cela avait été une telle joie, un tel choc. C'était une première. Elle avait attendu si longtemps pour tomber passionnément amoureuse qu'elle commençait à croire que ça ne lui arriverait jamais. Elle avait eu des aventures auparavant – une histoire d'amour au lycée et deux petits copains, chacun pendant plus d'un an, à UCLA. Elle les aimait, bien sûr, mais n'avait jamais éprouvé un amour aussi intense. Peut-être parce que aucun d'entre eux ne lui arrivait à la cheville intellectuellement, expliqua-t-elle d'un ton pensif et sans la moindre arrogance.

Et David Adair était entré en scène.

Ce n'est que bien plus tard qu'elle avait pris conscience des vingt-cinq ans qui les séparaient. Il aurait pu être son père, avait-elle ironisé, avec l'auto-dérision de quelqu'un qui a déjà formulé ce constat. Mais ça n'avait aucune importance, leurs âmes avaient le même âge. Elle le répéta deux fois.

Ils n'arrêtaient pas de discuter. De mathématiques, du monde, de la vie. Des gens et de leur façon d'être. De nourriture. C'était un gourmet. Et un fin cuisinier aussi. Le week-end, il leur préparait des plats délicieux, juste pour eux deux. Chopin sur la chaîne hi-fi, les journaux du dimanche, une bonne bouteille de vin français, et David aux fourneaux.

Mais cela ne vint que plus tard. Elle s'était soigneusement gardée de lui montrer son amour, le croyant à sens unique. Il avait fallu près de deux mois à David pour confesser qu'il avait « des sentiments » pour elle.

Elle parlait d'une voix forte en se remémorant la scène, essayant de le décrire comme un véritable gentleman. Il lui avait demandé de l'accompagner en voiture. L'avait emmenée dans un restaurant de Huntingdon, car il voulait s'entretenir avec elle ailleurs que dans son bureau, où dominait le rapport de force entre professeur et étudiant. Il l'avait invitée à déjeuner. À la fin du repas, le visage soudain grave, il lui avait annoncé qu'il avait longuement réfléchi et qu'il ne pouvait plus se taire. Il éprouvait des sentiments pour elle. Elle avait voulu lui répondre, pleine d'allégresse, avait prononcé son nom, mais il l'avait arrêtée en posant une main sur la sienne. S'il te plaît, laisse-moi terminer, avait-il dit. Il était sincèrement désolé. Il comprendrait tout à fait qu'elle veuille changer de directeur de recherches. Il l'aiderait dans ce sens, en assumerait la responsabilité, expliquerait que son emploi du temps trop chargé ne lui permettait plus de continuer. Afin de lui éviter tout embarras. Mais ses sentiments étaient si forts que tôt ou tard, il allait commettre une bêtise. C'est pourquoi il préférait le lui annoncer maintenant, avant de s'humilier et de la mettre dans une situation impossible.

– À la fin, je lui ai dit : « David, je t'aime tellement. »

* * *

Pendant que Mbali essayait d'obtenir une description aussi précise que possible des quatre « Français », Griessel sortit dans le couloir pour appeler le colonel et lui expliquer brièvement : il y avait une chance que les Kobra soient encore au Cap parce qu'ils n'avaient toujours pas mis la main sur ce qu'ils cherchaient. David Adair était peut-être encore en vie.

Nyathi paraissait distant et Griessel se demanda si quelqu'un d'autre se trouvait dans le bureau.

– Voyons-nous dès que tu reviens, Benny.

– Oui, monsieur.

Il tenta d'analyser le sentiment étrange qu'il éprouvait – alors qu'une demi-heure plus tôt, il était résigné à l'idée que les Kobra leur échappent, il entrevoyait à présent une autre issue.

Tyrone Kleinbooi leur avait fait gagner du temps. Combien, il l'ignorait.

Et leurs chances étaient minces. Retrouver rapidement dans cette ville des hommes munis de faux passeports, qui prennent des précautions de pros pour éviter de se faire repérer, tenait de l'impossible.

Mais il existait une alternative. Un peu plus favorable.

Tout dépendait de Nadia et de ses souvenirs.

Il inspira à fond et retourna dans la chambre.

* * *

Cupido la trouvait super-intelligente et jolie, mais terriblement immature sur le plan émotionnel. Il se tut malgré tout et la laissa poursuivre son histoire. Adair et elle étaient convenus de tenir leur relation secrète jusqu'à ce qu'elle ait obtenu son diplôme. Car même s'ils étaient deux adultes sans entrave ni engagement vis-à-vis d'une tierce personne, une liaison entre un maître de conférences d'un certain âge et une étudiante beaucoup plus jeune demeurait un problème épineux dans les couloirs de l'université. En prime, il était au sein du DAMTP le directeur de recherches le plus à même de l'aider pour sa thèse. L'option la plus logique aurait été un transfert dans une autre université, mais ni l'un ni l'autre ne le souhaitait. Il avait insisté pour qu'un quatrième examinateur indépendant siège lors de son examen et avait obtenu la présence d'un expert de l'Institut de technologie du Massachusetts. Afin qu'on ne les montre pas du doigt quand elle décrocherait son diplôme d'ici un an et demi et que leur liaison serait révélée au grand jour.

Par ailleurs, ce qu'elle appelait « la situation » de David posait de sérieux problèmes : d'un côté, ses recherches sur des algorithmes hautement protégés, de l'autre, sa croisade contre les autorités britanniques et européennes et le monde de la finance. La situation en question signifiait que pour des raisons de sécurité il était sous haute surveillance, mais aussi que différentes factions avaient à cœur de le faire taire, de le museler et le contrôler, si tant est qu'elles aient les bonnes cartouches en main.

– Quelles factions ? l'interrompit Bones pour la première fois.

Elle répondit trop hâtivement. Son empressement, le ton de sa voix la trahissaient à nouveau.

– Des politiciens, pour commencer. Il a beaucoup fait parler de lui quand il s'est opposé aux violations de la vie privée, et il a publiquement critiqué le gouvernement en l'accusant de ne pas aller assez loin dans la lutte contre le crime organisé, par exemple. Ensuite, le crime organisé lui-même. Vous devriez voir les menaces qu'il a reçues...

– Quelles menaces ? demanda Cupido.

– Des menaces de mort.

– De qui ?

– Ils n'ont pas signé, mais il savait qu'elles émanaient de mafieux. Il s'est contenté d'en rire, en prétextant que ce n'était rien de plus que des tentatives d'intimidation et des gesticulations. Ils n'oseraient pas le tuer, a-t-il ajouté, sinon le gouvernement serait obligé d'agir. La Mafia n'avait donc pas intérêt à aller jusqu'au bout.

– D'autres gens ? Les factions, je veux dire.

– À peu près toutes les organisations terroristes du monde, évidemment. Vous voyez... Vous pouvez imaginer, je suis sûre. Enfin, un tas de groupuscules. On devait faire très attention.

– Je n'ai pas l'impression que vous nous disiez tout, lança Cupido.

– Je vous jure que si.

Il laissa courir.

– Donc, vous deviez être très discrets.

– Très.

– Comment connaissiez-vous sa banque habituelle ?

– David me virait de l'argent de temps en temps pour acheter un billet d'avion ou de train et aller passer le week-end avec lui à Bruxelles, Paris ou Zurich.

– D'accord. Pour en revenir à la semaine précédente, pourriez-vous nous dire exactement comment cela s'est déroulé ?

– Pas très différemment de ce que je vous ai raconté. J'ai menti en disant que je l'avais vu pour la dernière fois au département, le jeudi précédent. En fait, on a passé le dimanche à Ipswich, et une grande partie de la soirée du lundi chez moi. David m'a quittée juste après minuit cette nuit-là…

– Où est-il allé ?

– Chez lui. Vous comprenez pourquoi j'ai été aussi surprise de ne pas le trouver le lendemain matin en arrivant au bureau – on avait un rendez-vous officiel. Je veux dire, il me prévenait toujours quand il devait partir en voyage. Et il avait effectivement évoqué la possibilité, avec toutes ses responsabilités, qu'il doive s'absenter inopinément. Si bien que je ne me suis pas vraiment inquiétée sur le coup. Mais quand j'ai constaté, au bout de quatre jours, qu'il ne m'avait toujours pas appelée… On n'est jamais restés séparés aussi longtemps.

– Vous n'aviez aucune idée de l'endroit où il se trouvait ?

– Non.

– Et le coup de téléphone de lundi matin ?

– D'accord, ce n'était pas le premier. David m'a appelée vendredi dernier, vers 23 heures. Un coup de fil très court, très pressé. Il a seulement dit qu'il allait bien, qu'il avait dû partir de toute urgence à cause de son travail et qu'il risquait d'être absent un moment. Et il a ajouté que je ne devais parler de cet appel à personne.

– C'est tout ?

– Il a dit qu'il m'aimait.

– Et le coup de téléphone du lundi matin, aux aurores ?

– Ça s'est passé presque comme je vous l'ai rapporté. Je lui ai effectivement demandé où il se trouvait, en avouant que je m'étais inquiétée, et il a répondu qu'il comprenait, qu'à cause de son travail il ne pouvait rien dire mais que tout allait bien. Puis il a ajouté qu'il avait besoin de mon aide. C'est là qu'il m'a demandé de me rendre au Cap.

– Rien d'autre ?

– Avant qu'il ne raccroche, je lui ai dit que je l'aimais. Il a répondu que lui aussi. Mais…

Elle secoua légèrement la tête, comme si elle hésitait.

– Mais ?

– Je ne sais pas. Il a dit qu'il m'aimait, seulement, il m'a semblé bizarre… Comme s'il était un peu embarrassé. Comme si… Je ne sais pas, comme si quelqu'un écoutait.

– Peut-être. Et le second appel ?

– J'ai voulu savoir où il logeait. Habituellement, il nous réservait un hôtel, vous comprenez. Il a répondu qu'il était dans un hébergement officiel. Je lui ai demandé quand je le verrais, ici, au Cap. Peut-être mardi, a-t-il dit, s'il avait terminé son travail. Oh, et dans l'avion, je… Je sais que je n'aurais pas dû, mais je me suis dit que personne n'en saurait rien et puis j'étais tellement curieuse. Je veux dire… Écoutez, quand on est à fond dans ce genre d'études, l'algorithme d'Adair, c'est comme le saint Graal. C'est avant-gardiste et forcément brillant, David est tellement… Enfin bref, je me suis dit, si je jette un simple coup d'œil sur le code, quel mal y aura-t-il à cela ? Alors j'ai mis la carte mémoire dans mon MacBook Air. Et j'ai vu qu'il y avait un fichier zip. Avec mot de passe protégé. Rien à faire. J'ignore absolument ce qu'il y a sur cette carte.

– Autre chose ?

– Non.

– Vous n'avez pas trouvé un peu étrange qu'il ne lui soit pas possible de vous rencontrer au Cap ?

– Bien sûr que si. Mais c'était la première fois que David m'associait à son autre travail. J'ai pensé que c'était peut-être sa façon de procéder pour tout ce qui touchait à la sécurité informatique.

– Qui l'a kidnappé ? demanda Cupido.

– Je n'en sais rien, répondit-elle, un peu trop véhémente.

– Je vous soupçonne de penser à un groupuscule en particulier.

Cupido leva les deux mains, index et majeurs mimant des guillemets.

– Non, je ne…

– Si, vous savez.

– Non.

– C'est une question de vie ou de mort, mademoiselle Alvarez, intervint Boncs.

Ils la voyaient se débattre intérieurement. Elle serrait les poings, pinçait sa jolie bouche, lançait des coups d'œil alentour.

– La vie et la mort de l'homme que vous aimez, ajouta Cupido.

– Je… ne peux pas vous dire.

– Même si ça entraîne la mort de David Adair ?

– Oh, mon Dieu…

– Nous sommes de votre côté, mademoiselle. Nous sommes les gentils.

– Je ne suis vraiment pas certaine de pouvoir vous parler de ça. C'est… très, très délicat.

– Croyez-vous que ce groupe délicat soit à l'origine de son enlèvement ?

– Je… peut-être.

– Voulez-vous le sauver ?

– Évidemment, répondit-elle, catégorique. Mais il m'a confié des informations ultrasecrètes parce qu'il me faisait confiance et je ne sais tout simplement pas… Je veux dire, cela pourrait avoir des implications énormes. Au niveau international.

– Voulez-vous le sauver ? répéta Cupido, lentement et posément.

Elle se mit à pleurer.

– Je ne sais pas quoi faire.

– Faites selon votre conscience, dit Bones.

– Oh mon Dieu…

Elle baissa la tête et ses épais cheveux noirs lui cachèrent la figure.

Cupido était impuissant. Ils devaient attendre.

Elle releva la tête, les yeux encore pleins de larmes.

48

Tyrone acheta deux sandwichs poulet-mayonnaise et un demi-litre de Coca au Pick'n Pay Express de la station-service BP, de l'autre côté de Somerset Road. Puis il se dirigea vers l'hôtel Rockwell All Suite, dans le vent de nord-ouest glacial. Il s'assit sur le muret qui séparait l'hôtel de la station-service, à côté de la grande poubelle de recyclage verte, protégé des rafales par un mur.

Le pistolet frottait contre ses reins et il dut le déplacer un peu pour éviter l'irritation. Il aimait sentir l'arme à cet endroit. Une véritable impression de pouvoir. Il sourit dans la demi-pénombre.

Un pickpocket avec une arme. Oncle Solly devait se retourner dans sa tombe.

Il avala deux analgésiques avec une gorgée de Coca. La douleur lancinante ne cessait d'augmenter dans ses épaules.

D'où il se trouvait, il pouvait surveiller l'entrée du Cape Quarter Lifestyle Village. Voir combien de temps il faudrait aux flics pour arriver.

Il but et mangea. Et réfléchit.

Comment récupérer l'argent ? Comment conclure la transaction sans se prendre une balle dans la tête ?

La solution de facilité aurait été l'ordinateur, mais

oncle Solly l'avait mis en garde longtemps auparavant : *Tiens-toi à l'écart des banques, Ty. Ce sont de vraies pieuvres, tu ne veux pas laisser de traces, tu ne veux pas qu'on puisse te relier à un quelconque papelard si un receleur se retrouve devant un tribunal, tu ne veux pas que les gars des impôts viennent te poser des questions. Le liquide, y a que ça de vrai.*

Il y aurait beaucoup de questions si un métis originaire de Mitchell's Plain se retrouvait soudain avec deux millions quatre sur son compte en banque.

L'échange devait se faire de la main à la main. En espèces, à la dure. Mais comment ? Impossible d'impliquer qui que ce soit d'autre, ces types étaient des machines à tuer. Il suffisait de voir ce qui s'était passé à la gare de Bellville, même après qu'il leur avait remis la carte. Quoi de plus stupide ? S'ils l'avaient tué, ils n'auraient plus qu'une série de photos du Cap en leur possession.

Ils l'avaient sous-estimé, l'avaient pris pour un simple péquenaud du cru, trop bête pour être de la partie.

Surprise, surprise, fils de pute. *Ma' nou weet hulle,* ils ne commettraient pas deux fois la même erreur.

Mais n'empêche, il allait devoir se montrer extrêmement rusé s'il voulait en sortir vivant. Lui aussi, il avait fait une grosse boulette. En croyant que le type aux yeux bizarres opérait seul. Alors qu'ils étaient peut-être quatre.

Quatre. Contre un.

Mal barré.

Il réfléchit une heure. Le vent enflait et la fatigue recommençait à se faire sentir. Il élabora lentement un début de plan. Jusqu'à ce que les rafales, détestables, ne virent au froid polaire, et qu'il ait pu constater que les flics n'étaient pas particulièrement rapides quand il s'agissait de localiser un portable. Il se leva, remonta Somerset vers l'ouest, jusqu'au carrefour avec Ebenezer. Entra dans l'hôtel Victoria Junction, passa devant la réception et se dirigea vers le bar tel un habitué.

Il profita un moment de la chaleur. Il n'y avait que quelques clients – trois hommes d'affaires au bar, quatre personnes, hommes et femmes, sur des canapés et des fauteuils disposés en carré au centre de la grande pièce.

Il s'installa à l'une des petites tables contre le mur, là où personne ne pouvait l'entendre. Sortit son portable numéro deux.

Un garçon s'approcha, amical et fringant. D'un signe de tête, Tyrone lui fit comprendre qu'il ne voulait rien.

Quand le serveur se fut éloigné, il alluma le téléphone et attendit d'obtenir un réseau.

Il composa son ancien numéro.

Cette fois, le type répondit un peu plus vite.

– Oui.

– Salut, fils de pute, comment va ? lança Tyrone.

– Je vais bien, parce que j'ai un avenir. Pas toi.

– Tu veux la carte d'origine ?

– Oui.

– Tu as le fric ?

– Pas encore.

– Tu l'auras quand ?

– Demain matin. Peut-être 9 heures.

– OK, voilà ce que tu vas faire : demain matin, tu vas empiler ce fric sur une table et prendre une photo. Ensuite, tu trouves un sac et tu mets l'argent dedans. Tu prends une autre photo du sac rempli. Après, tu demandes à ton pote de te tirer le portrait, avec le sac. En pied, que je voie exactement à quoi tu ressembles et ce que tu portes. Pigé ?

– Oui.

– Pour finir, tu m'envoies le tout par SMS. Et je te rappelle pour te donner les instructions.

– Pas question que tu rappelles ce numéro. On va détruire le téléphone.

– Non.

– Si. Non négociable.

– Alors comment je te contacte demain ?

– Avec le numéro d'où on enverra les photos.

Tyrone réfléchit. Ça devrait aller.

– D'accord.

– On sait que ta sœur est à l'hosto, ajouta le type.

– Si vous vous approchez encore de ma sœur, je bousille la carte, répliqua-t-il en se concentrant pour chasser la panique de sa voix.

– On sait lequel. Si tu ne nous files pas la carte ou si quelque chose déconne dessus, on y va et on la descend.

– La police la protège.

Le type rit doucement.

– Tu crois que ça va nous arrêter ?

La main de Tyrone se mit à trembler.

– J'envoie les photos demain matin, reprit le type avant de couper.

* * *

Ils s'étaient retrouvés dans le club-house, le bar clandestin de légende où seuls les membres des Hawks avaient le droit d'entrer : Nyathi, Griessel, Mbali, Cupido et Bones Boshigo. L'unique porte était verrouillée.

Griessel n'y venait pas souvent, mais parfois, le vendredi après-midi, il passait un moment dehors avec les gars devant un *braai*. Un bon début de blague : « Un alcoolo est enfermé dans un bar de la police... »

Il se rendit compte que tout le monde attendait qu'il prenne la parole.

– Vaughn, tu veux faire ton rapport en premier ?

À l'évidence, son collègue brûlait d'envie de partager ses informations avec eux.

– La CIA, *pappie,* lança Cupido. Lillian Alvarez dit que c'est la CIA qui a enlevé Adair.

Un silence ébahi s'ensuivit.

– Et elle sait ça comment ? demanda Zola Nyathi, très sceptique.

– C'est une longue histoire, colonel.

Cupido leur résuma brièvement les aventures de Lillian Alvarez la semaine précédente.

– Mais je laisse Bones vous parler de l'aspect financier.

– Il semblerait, commença celui-ci, que le bon professeur ait lâché dans la nature une nouvelle version de son algorithme, il y a environ six semaines, *nè.* Nouvelle, améliorée, amplifiée. Tout ça au nom de la chasse aux terroristes. Pour fonctionner, cet algorithme utilise la banque de données SWIFT afin de retrouver l'origine de l'argent – pays, banque et compte bancaire – et des schémas de transactions uniques, car les terroristes reçoivent, retirent et utilisent l'argent de façon très spécifique, pour ne pas attirer l'attention. L'algorithme génère des schémas et le logiciel d'exploration de données d'Adair identifie alors les suspects potentiels et étudie les noms et nationalités de tous ceux qui détiennent un compte et font transiter de l'argent, avant de recracher les suspects les plus vraisemblables au Renseignement, qui se charge de remonter la piste. Mais les terroristes ne sont pas complètement idiots. Ils connaissent l'existence de l'algorithme et ont commencé à modifier leur stratégie financière ainsi que les canaux par lesquels ils faisaient transiter l'argent. Adair a donc conçu un nouveau logiciel pour s'adapter au nouveau comportement. Et, apparemment, il est le premier à recevoir les résultats quotidiennement, car il doit les étudier pour vérifier que le système dans son entier fonctionne correctement, *nè* ?

Le dernier « *nè* » était une question et tout le monde hocha la tête. Ils suivaient encore.

– Mais Adair a identifié une catégorie inédite de suspects avec le bon profil financier – ou le mauvais, tout dépend de quel côté de la barrière on se situe –, mais qui ne correspondaient à aucun des paramètres du logiciel en termes de nationalité, origine et autres critères signalant des terroristes. Alors il a creusé, sans en parler à personne, parce qu'il avait très peur que le logiciel ait foiré. Et il s'est rendu compte que ce groupe de suspects inconnus correspondait probablement à des espions. Des opérateurs clandestins, travaillant pour des agences de renseignements. D'après Lillian Alvarez, ce qui lui a vraiment mis la puce à l'oreille, c'est qu'en remontant la trace de l'argent jusqu'à la source, il s'est aperçu qu'une grosse partie des capitaux provenait de comptes chinois ou russes particulièrement obscurs. Le genre de choses que les gouvernements enterrent sous les tracasseries administratives, les sociétés fictives et les noms bizarres. Et il y avait autant d'opérations dans l'autre sens – en provenance des Américains et des Britanniques et à destination d'individus ou de petites sociétés du Moyen-Orient, de Russie et de Chine…

Cupido ne put s'empêcher d'intervenir.

– Donc, en gros, il était en train de monter une liste de tous les agents secrets, agents dormants et même agents doubles des plus grandes agences de renseignements mondiales. Et il était le seul à détenir toutes ces informations.

– Pourquoi en avoir parlé à Lillian Alvarez ? intervint Nyathi. C'est une étudiante, non ?

– Longue histoire, colonel. Disons simplement qu'ils entretiennent une liaison torride et qu'il était très perturbé par l'affaire des espions. Elle n'arrêtait pas de lui demander ce qui n'allait pas, pourquoi il était aussi déprimé, si elle l'avait contrarié, elle n'arrêtait pas de le harceler, alors il a fini par tout lui confier. Le pauvre type devait vouloir partager toute cette pression avec quelqu'un…

– Comment la CIA l'a-t-elle su ?

– Eh bien, il y a environ trois semaines, Adair s'est montré très astucieux. Il s'est rendu au MI6 et leur a fait part de ce qu'il avait découvert. Évidemment, ils lui ont demandé de leur remettre toutes les données, mais il a répondu qu'il voulait négocier. Si les gouvernements britannique et américain acceptaient de s'attaquer aux banques qui blanchissaient l'argent, de faire un réel effort pour utiliser les données financières afin de contrer le crime organisé, alors il leur fournirait les informations sur les espions. Mais en échange d'une loi et de résultats concrets. Il avait aussi certaines requêtes concernant l'intrusion dans la vie privée des citoyens et l'encadrement de la surveillance gouvernementale. Le MI6 était furieux. Ils l'ont menacé de toutes les poursuites légales possibles et imaginables, mais il n'a pas cédé, *nè*. Et donc, ils l'ont empêché d'accéder au système SWIFT, ainsi qu'à son propre logiciel, et ils ont mis leurs experts sur le coup pour essayer de dénicher les informations par eux-mêmes. Mais Adair avait senti le vent venir. Avant de se rendre au MI6, il avait détruit son nouveau programme et chargé l'ancienne version à la place. Les infos avaient tout bonnement disparu.

– Et elles se trouvent sur la carte mémoire, ajouta Griessel.

– Exactement, répondit Cupido. D'après la fille, le MI6 n'enlève pas ses propres ressortissants. Si ça tourne mal, ils veulent pouvoir opposer un démenti. Garder les mains propres. Sauf que, bien entendu, le MI6 est très ami avec la CIA, et que la CIA n'a aucun scrupule. Tout le monde est au courant pour Guantanamo Bay, les attaques de drones, toutes ces conneries. Si c'est la CIA qui a kidnappé Adair, tout baigne.

Mbali secoua la tête, écœurée.

– Ça expliquerait pourquoi notre SSA a tellement envie de mettre la main sur lui, ajouta Bones.

– Tout juste, *pappie*, répliqua Cupido. Pense un peu à tous ceux qu'ils pourraient manipuler avec ces noms. En parlant de marchandage…

Zola Nyathi serra lentement les mains l'une contre l'autre, en un geste solennel. Ce n'était pas bon signe, Griessel le savait.

– Je pense que la fille se trompe, lança la Girafe. Ou qu'elle ment.

Ils attendirent qu'il s'explique. Nyathi regardait ses mains.

– Au cours de l'entretien que Benny et moi avons eu avec Emma Graber, la femme du MI6, au consulat de Grande-Bretagne, l'impression dominante a été qu'ils ignoraient tout de l'enlèvement d'Adair, sans parler de l'identité des kidnappeurs. S'il s'agissait de la CIA, ils n'auraient même pas pris la peine de nous impliquer, pas plus que l'Agence de sécurité d'État. Ils auraient répondu de façon très différente à nos demandes concernant les passeports.

Ils digérèrent la logique de la remarque en silence, désappointés.

– Alors, c'est peut-être les Russes, risqua Cupido, plein d'espoir. Ou les Chinois…

Nyathi secoua la tête.

– Malheureusement, je ne le crois pas. Vous n'êtes pas les seuls dans cette unité à avoir eu un après-midi chargé. Mais mes nouvelles sont mauvaises et peut-être moins tournées vers les conspirations internationales, dirons-nous. Je me vois dans l'obligation de vous mettre en garde. Si nous décidons de poursuivre cette enquête… (le colonel regarda Mbali droit dans les yeux) nous risquons d'être encore plus déçus par notre gouvernement et nos carrières en prendront un sacré coup. On s'attirera sans doute de gros ennuis, parce qu'on a très peu d'éléments pour étayer nos dires. Alors j'aimerais laisser à chacun la possibilité d'abandonner, tout de suite. Je le comprendrais tout à fait.

49

Le vent de nord-ouest soufflait violemment quand Tyrone remonta Somerset Street avant de tourner vers le sud et de grimper la colline par Dixon et Loader. Il était épuisé, il n'avait qu'une envie : se mettre au chaud dans sa chambre douillette du B&B, s'allonger et dormir parce que le lendemain, il devait avoir l'esprit clair et alerte.

Mais il lui restait encore deux choses à faire. Pour le moment, il ne voulait pas penser à la première, l'ultime appel à passer. Il se concentrait sur son autre tâche, la dernière précaution.

Il grimpa jusqu'au sommet, là où Strand Street fait tout le tour de Signal Hill. Impossible de s'abriter du vent ici, il hurlait dans ses oreilles, le tiraillait, le ballottait. Il attendit que la circulation s'éclaircisse et traversa la rue à petites foulées. Une fois de l'autre côté, il plongea dans les broussailles.

Quand il fut certain que personne ne le voyait, il sortit le pistolet. Libéra maladroitement le cran de sûreté à la faible lueur de l'éclairage urbain, visa un tronc massif à environ huit mètres de là et pressa la détente.

L'arme produisit un son assourdi et se cabra entre ses mains.

Il s'approcha de l'arbre.

Complètement raté.

Jirre.

Pourvu que ce soit à cause des rafales.

* * *

Dans le club-house des Hawks, personne ne bougeait.

– Vous êtes sûrs ? demanda Nyathi.

Ils acquiescèrent, l'un après l'autre.

– Très bien. Que je vous raconte mon après-midi. Le général de brigade Musad Manie et moi avons eu une conférence téléphonique avec le directeur de la police nationale et le chef de la DPCI. On nous a demandé si nous avions mis un terme à notre enquête. Plusieurs fois. Le général a répondu ce qu'il croyait être la vérité. J'ai menti. Plusieurs fois. J'en ai honte, Musad Manie est un homme bien et il me fait confiance. Je ne suis pas certain que les directeurs nous aient crus. Ensuite, ils ont voulu savoir si on avait détruit des preuves, à cause des fortes présomptions dans ce sens. Manie et moi leur avons répondu ce que nous pensions être vrai. Je ne vais pas vous reposer la question, mais s'ils parviennent à réfuter nos déclarations, on peut dire adieu à nos carrières, et on entraînera le général avec nous dans la chute. Quoi qu'il en soit, les deux directeurs subissaient clairement une très forte pression venue d'en haut. On sait tous ce que ça signifie. Environ quarante minutes plus tard, Manie a reçu un coup de fil du directeur intérimaire du Renseignement intérieur. Lequel lui a annoncé qu'ils envoyaient une équipe pour, je cite, « superviser la fin de notre enquête et inspecter nos systèmes afin de vérifier leur conformité ». Ils arrivent de Pretoria ce soir. Je les attends d'un moment à l'autre.

– *Hhayi*, fit Mbali à voix basse.

– Oui, Mbali, reprit Nyathi, avec empathie.

Vaughn Cupido siffla entre ses dents, un son qui ressemblait beaucoup à un juron réprimé.

– Alors ce n'est probablement pas une histoire d'espions ni de CIA, ajouta Bones.

– Non, probablement pas, répondit Nyathi.

L'hypothèse de Mbali était juste, se disait Griessel. Il s'agissait des petits secrets du gouvernement sud-africain. Mais pour que le Renseignement soit impliqué à un aussi haut niveau, il s'agissait probablement de petits secrets très particuliers. Il était en effet de notoriété publique que le chef de cette unité recevait fréquemment des appels des plus hautes instances du pays.

– Je dois vous dire, reprit Nyathi, taciturne et circonspect, que je n'ai pas eu le choix. Après cette conférence, j'ai tout raconté à Manie. Je lui ai offert ma démission. Il a refusé. Et m'a demandé de lui présenter des excuses pour avoir douté de son soutien. Ensuite, il a voulu savoir ce que je comptais faire. Je lui ai répondu que j'allais avoir une entrevue avec vous tous et tout vous dire. Et la vérité, aussi noble la cause soit-elle, est qu'on n'a rien. On enquête sur nous, on nous surveille, on nous écoute. Nous n'avons aucune marge de manœuvre. Nous ne découvrirons pas ce qu'il y a sur cette carte mémoire et nous ne sauverons pas David Adair. Alors posez-vous la question : Pourquoi mettre vos vies et vos carrières en danger en poursuivant des moulins à vent ?

Personne ne bougeait. Dans l'atmosphère pesante, les têtes étaient baissées.

Toutes, sauf celle de Griessel.

* * *

Tyrone avait récupéré le troisième téléphone au B&B. Malgré le vent qui le poussait d'une main invisible et le froid qui pénétrait sous sa veste, il se concentrait sur le coup de fil. Il avait pensé appeler l'hôpital, mais se demandait si ce serait utile. Mieux valait parler directement aux flics. Et se montrer persuasif.

Comment Capuche et ses hommes avaient-ils su que Nadia était à l'hôpital ?

Qui étaient ces types ?

Qu'y avait-il sur cette *fokken* carte mémoire ?

En tirant sur sa sœur, ils devaient se douter que sa première réaction serait de la conduire à l'hôpital le plus proche. Ils connaissaient le nom de Nadia et le sien. Pas besoin d'être un génie.

Il fallait absolument que les flics la surveillent. Et pas qu'un seul. Ces types n'avaient peur de rien.

Si quelque chose lui arrivait… Un instant, il envisagea de tout laisser tomber. De dire simplement au mec, je dépose la carte quelque part, prenez-la et barrez-vous, laissez-nous tranquilles.

Ça ne valait pas la peine.

Sauf que bien sûr, ce n'était pas si simple.

Même en oubliant la colère et ce qu'ils leur avaient fait subir, à Nadia et à lui, il ne pouvait pas continuer comme ça. Son activité de pickpocket était de plus en plus périlleuse. Il y avait des caméras partout. Des flics, des patrouilles, des vigiles ; partout où il y avait des pigeons à plumer, il y avait des représentants de la loi. Et il avait deux objectifs : que Nadia puisse étudier et qu'il puisse survivre. Il y arrivait de moins en moins et la pression ne cessait d'augmenter. Et plus elle augmentait, plus il prenait de risques. Et prendre

405

des risques n'apportait que des ennuis, il n'y avait pas à tortiller.

Deux millions quatre.

Beaucoup d'argent.

C'en serait fini des ennuis. De la pression. Des risques.

C'était la sécurité à long terme.

Les frais d'études de Nadia. Il pourrait peut-être, lui aussi, améliorer sa situation – terminer l'école, étudier pour tenir un commerce. Une boutique modeste, un magasin de chapeaux pour hommes, ou de fringues de luxe, par exemple. Maison de confection Tyrone. Il aimerait bien.

Et peut-être ce voyage en train à travers l'Europe.

Mais seulement s'il obtenait des flics qu'ils protègent Nadia.

Il s'abrita sur le seuil d'une grande porte fermée, à quelques mètres du restaurant Zanzibar, dans Castle Street, déserté par ce temps.

Il appela les renseignements et obtint le numéro du poste de Bellville.

* * *

– Peu importe ce qu'il y a sur la carte, lança Griessel dans le silence oppressant.

Ils le regardèrent, surpris par la note positive dans sa voix. Alors que la déception et la désillusion flottaient dans la pièce, il avait soudain eu un moment de fulgurance et de clarté : personne à part lui ne savait ce qu'on ressentait en bossant dans un système déglingué. Il était déjà passé par là. Même s'il était un alcoolique et une épave. Peut-être parce qu'il était un alcoolique et une épave. Autrefois, durant les années les plus sombres de l'ancien système, il devait trouver une raison de se lever le matin pour faire son travail, en dépit de tout le reste. C'était son seul rempart contre le désespoir complet, la dévastation totale.

Le Benny Griessel qui se trouvait là, maintenant, se sentit soudain à nouveau utile. À sa place. Pour la première fois depuis des mois. Ou des années, impossible de s'en souvenir. C'en était presque euphorisant : il pouvait réfléchir à des choses plus importantes que les menues frustrations dénuées de sens de la vie quotidienne. Il pouvait apporter sa contribution. Faire une différence. C'est pour ça qu'il y avait de l'excitation dans sa voix.

Et maintenant, il devait trouver les mots justes pour expliquer ce qu'il ressentait. Sans se ridiculiser complètement.

– Peu importe pourquoi la SSA, le Renseignement ou le MI6 sont impliqués, commença-t-il. Peu importe d'où vient la pression ou que nous soyons déçus par notre gouvernement, nos chefs…

Il vit Mbali le regarder, blessée et désappointée.

– On ne travaille pas pour le président, ou le ministre ou le directeur de la police, continua-t-il. On travaille pour les gens qui ont été tués à Franschhoek et au Waterfront, et pour leurs familles. Ils n'ont que nous. Nous, la police. Nous représentons la loi, et la loi dit que si on tue quelqu'un, on doit payer. Alors, voilà mon but : attraper ces salauds et les faire payer. C'est la seule chose dont je sois capable. Et je me disais…

Il se demanda d'où sortaient toutes les conneries qu'il s'apprêtait à ajouter, mais il poursuivit néanmoins, persuadé que Cupido allait exploser de rire :

– Si nous tous… Si tout le monde dans ce pays

essayait simplement de faire de son mieux, alors tout irait bien.

On n'entendait que le bourdonnement du gros frigo rempli de bières.

– Benny, c'était magnifique, dit Mbali.

Bones acquiesça. Et un petit sourire apparut sur le visage habituellement imperturbable de Zola Nyathi.

Vaughn Cupido, quant à lui, n'était pas l'homme des moments solennels.

– Mais comment on les attrape, Benny, si on ne sait pas ce qu'il y a sur la carte ?

– Comme tu me l'as appris, répondit Griessel. Avec la technologie. Les téléphones portables.

– Benny, avec le Renseignement qui se ramène, impossible de faire appel à l'IMC. Ils vont tout filtrer. J'ai déjà mis un terme à toutes les recherches sur les portables existants, rétorqua Nyathi.

– Monsieur, on peut contacter un opérateur extérieur, dit Griessel. Un indépendant.

Ils n'allaient pas être emballés, il le savait. D'après le Code de procédure pénale, le SAPS n'avait pas le droit de faire appel à des opérateurs indépendants pour tracer des téléphones. Là était le gros hic. Toute preuve ou tout témoignage recueillis de cette manière seraient rejetés immédiatement par le tribunal et ils se feraient crucifier dans les médias. De plus, les détectives privés spécialisés dans le numérique n'étaient pas bien vus de la police, parce qu'ils travaillaient souvent dans l'ombre, à la limite de la légalité, et soudoyaient parfois les employés détenant des postes clés chez les fabricants de téléphones.

Mais ils étaient rapides et généralement efficaces.

– On ne cherche pas de preuves, ajouta Griessel

quand il vit que personne ne répondait. On veut seulement retrouver le pickpocket.

– Et ces types n'ont pas besoin de mandat, renchérit Cupido avec un enthousiasme croissant. Ils sont impossibles à repérer, monsieur.

– Mais on va devoir les payer.

Nyathi ne semblait pas particulièrement enthousiasmé. Griessel se demanda s'il craignait une fuite.

– Monsieur, reprit-il, les opérateurs privés doivent se montrer discrets. C'est leur seule façon de durer.

Le colonel regardait fixement ses mains.

– On a des téléphones à tracer ? demanda Bones Boshigo.

– Oui, répondit Griessel. Un, pour commencer. Mais il va nous falloir un peu de chance.

– On parle de quelle somme ? demanda enfin Nyathi.

50

Arrivé sur le parking, Griessel ralluma son iPhone. Sept messages vocaux.

Il soupira, il n'était pas d'humeur pour le moment. Ils avaient un plan, peu de temps et il voulait que les choses se mettent en branle. Il voulait choper ces enfoirés.

Il appela son répondeur. Le premier message venait de Janina Mentz, de la SSA.

– J'ai des informations qui peuvent aider. Appelez-moi.

Je t'emmerde, se dit-il avant d'effacer.

Le second provenait d'Alexa.

– Hello, Benny, je voulais juste te dire que je suis bien arrivée. N'oublie pas les plats dans le frigo. Ça va tellement me manquer ce soir de ne pas t'avoir à côté de moi dans le lit. Je t'aime, ne travaille pas trop dur. Bye.

Il effaça.

Le troisième émanait d'Emma Graber, du consulat de Grande-Bretagne.

– Capitaine, j'apprécierais vraiment si vous pouviez m'appeler.

Elle lui laissait son numéro personnel et concluait par « C'est vraiment urgent ».

Je t'emmerde, se dit-il avant de l'effacer.

Le quatrième : encore Janina Mentz.

– Nous sommes raisonnablement certains à présent de la raison pour laquelle les Britanniques ont obtenu aussi facilement la coopération de notre gouvernement. Cela pourrait vous aider. Appelez-moi.

Il effaça, non sans une certaine satisfaction. Tous ces messages – conjointement à l'arrivée du Renseignement et aux appels du directeur de la police nationale et du chef de la DPCI – signifiaient une seule chose : ces enfoirés de la SSA n'avaient pas progressé d'un iota. Ils étaient tous aux abois.

Le cinquième message venait du commandant du poste de Bellville.

– Benny, il y a du nouveau. Appelle-moi, s'il te plaît.

Il appela.

– Le bureau des plaintes a reçu un drôle de coup de fil, Benny, lui annonça le commandant. D'après un type, la fusillade de la gare aurait été commise par des gangsters des Flats. Et la fille à l'hôpital serait une cible, elle connaît leurs chefs, elle détient des informations qui pourraient leur créer beaucoup de problèmes. Et il y aurait un contrat sur sa tête. Dis-moi, ça colle avec ton enquête ?

Il fallut un moment avant que Griessel comprenne de quoi il retournait.

– Oui, commandant.

– Alors il y a un vrai risque ?

– Oui, commandant. Pouvez-vous détacher des hommes pour sa protection ?

– J'ai déjà envoyé deux agents.

Griessel secoua la tête. Deux agents en tenue, contre les Kobra.

– Ça risque de ne pas suffire. Ces types sont vraiment dangereux.

Le commandant soupira.

– Je n'en ai pas vraiment d'autres, Benny. Et mon budget heures sup... Tu sais ce que c'est.

Griessel réfléchit au problème. Aucun membre de l'équipe ne pouvait donner un coup de main. Pas avec le Renseignement en chemin, et la SSA qui les espionnait constamment. Pas si celui qu'ils désigneraient risquait de perdre son job et de bousiller sa carrière. Mais il avait des arguments.

– Je comprends, commandant. Mais vous le savez, si les médias apprennent que vous étiez au courant du danger...

Le commandant du poste de police poussa un profond soupir.

– Oui, je sais. Je vais voir si je peux en réquisitionner deux autres.

Même quatre agents n'y suffiraient pas.

Il n'y avait plus qu'à espérer que l'affaire se règle autrement et que Nadia n'ait pas besoin d'une protection renforcée.

Le sixième message avait été laissé par Jeanette Louw, de Body Armour.

– Capitaine, j'aimerais savoir où en est l'enquête. Rappelez-vous, vous aviez promis.

Que pourrait-il lui dire ?

Et, techniquement parlant, c'était le problème de la SSA à présent.

Il effaça son message.

Le septième avait été envoyé par Ulinda Radebe.

– Benny, on est rentrés. Tu es où ? On a cinq photos et cinq noms. Cinq pistes possibles. Appelle-moi.

* * *

Il regagna le bureau de Nyathi en courant pour discuter de cette dernière avancée.

– On ne peut pas les impliquer, eux aussi, répondit la Girafe. Ulinda a quatre gosses. Vusi a sa mère à charge. Si on leur laisse le choix, je suis sûr qu'ils vont insister tous les deux pour en être, mais il n'en est pas question. Laisse-moi m'en occuper. Je vais récupérer les noms et les photos et je leur dirai qu'on nous a retiré l'affaire.

– Oui, monsieur.

– Je te rappelle.

– Merci, monsieur.

Il courut jusqu'au parking, où l'attendaient les autres.

* * *

Mbali, Cupido, Bones et Griessel se rendirent tous à Sea Point, où habitait Dave Fiedler, l'opérateur free-lance le plus respecté dans sa branche.

En chemin, Benny testa sa théorie sur ses collègues. D'après lui, la clé de la chasse à l'homme se trouvait dans le sac à dos que Tyrone Kleinbooi portait au Waterfront. La vidéo effacée prouvait qu'il l'avait lors de son arrestation par les vigiles. Ce qui n'était plus le cas pendant sa fuite, après la fusillade. Mais le type qui faisait partie des Kobra en tenait un identique à la main quand il s'était lancé à sa poursuite.

Pour Griessel, le téléphone de Tyrone se trouvait dans ce sac et restait leur seul moyen de coincer les meurtriers.

– Pourquoi en es-tu aussi sûr ? demanda Cupido.

– Parce que les Kobra, répondit Benny, n'ont pas

suivi Nadia jusqu'à Stellenbosch grâce à l'adresse qui apparaissait sur la facture découverte dans la chambre de Tyrone. Celle-ci correspondait à son appartement. Or, Nadia a été en cours toute la matinée. Ensuite, quelqu'un l'avait appelée du téléphone de Tyrone, prétendument trouvé sur un trottoir en ville, pour convenir d'un rendez-vous sur le campus. Là où ils l'ont kidnappée.

– Je ne comprends toujours pas, dit Bones. Comment on peut les coincer sur la base de cette information ?

– D'après Nadia, pour autant qu'elle se souvienne, les Kobra se sont servis du téléphone de Tyrone pour parler à son frère. Tout l'après-midi.

– Donc, Tyrone en a un autre.

– Je pense que Tyrone en a deux autres. Trois au total. Ou au moins, un autre appareil et deux cartes sim.

– Comment tu vois ça, Benny ? demanda Cupido, son mentor en technologie, qui mettait souvent en doute les capacités de son apprenti à saisir toutes les nuances.

– Il y a le téléphone qui était dans le sac. Appelons-le Téléphone Un. C'est celui que les Kobra ont à présent.

– OK.

– Il y a le téléphone dont Tyrone s'est servi aux environs de 13 heures pour appeler Nadia sur son iPhone. Le numéro figurait dans le registre des appels de Nadia. Téléphone Deux.

– D'accord.

– Mais ce soir, pendant que nous étions auprès de Nadia à l'hôpital, il l'a rappelée d'un autre numéro, sans aucun doute d'un portable. Téléphone Trois.

– Compris. Ce pickpocket est malin.

– Et maintenant, on sait que Tyrone veut continuer à négocier avec les Kobra. Et comment va-t-il les contacter ?

– En appelant le numéro du téléphone qui se trouvait

dans son sac à dos, compléta Mbali. Téléphone Un. Que les Kobra ont toujours.

– Espérons-le, dit Griessel.

– Alors on essaie de tracer le téléphone de Tyrone ? demanda Bones.

– On essaie de tracer les trois, répliqua Griessel. Pour pouvoir les retrouver, lui et les Kobra.

Cupido conduisait, mais il observa un instant Griessel avec une fierté amusée.

– Qui a dit qu'on n'apprenait pas à un vieux singe à faire la grimace ?

– Je fais ce que je peux, répliqua Griessel, content de lui.

– On a intérêt à se bouger, avec Dave Fiedler. Avant que le pickpocket n'aille jusqu'au bout de sa vengeance.

* * *

Tyrone aligna les trois téléphones sur la coiffeuse de la chambre. Vérifia par deux fois qu'ils étaient éteints. Mit le numéro trois en charge pour être sûr qu'il serait totalement opérationnel le lendemain.

Il accrocha sa veste, son pantalon et sa chemise dans l'armoire. Sortit des sous-vêtements propres. Posa le pistolet à côté du lit.

Il avala deux autres analgésiques et se glissa dans le lit.

Jirre, que c'était bon.

Un jour, quand tous ces ennuis seraient terminés, il aimerait bien demander à l'*auntie* quel genre de matelas c'était.

Il pourrait sûrement s'en offrir un avec deux millions quatre en poche.

Puis il repensa à Nadia et pria pour que les flics aient

pris son appel au sérieux. Il avait parlé son meilleur afrikaans des Flats, employé l'argot des gangs, laissé échapper quelques noms de chefs de bande, raconté qu'il y avait de l'argent à la clé pour le premier gangster qui se pointerait à l'hosto et tirerait sur elle.

Ça n'avait pas été facile, parce qu'en le disant il visualisait la scène dans sa tête.

Et c'était surtout ce qu'il ne voulait pas voir. Parce que tout était de sa faute.

Mais il ne devait pas penser à ça pour l'instant. Mieux valait réviser son plan. Étape par étape, pas à pas. Il avait choisi un terrain connu.

Bosse dans les endroits familiers, Ty.

Il avait tout organisé de sorte qu'une fois la transaction terminée il puisse rejoindre rapidement sa sœur.

Juste au cas où. Il n'avait pas l'intention d'arnaquer qui que ce soit, il voulait simplement respecter sa part du contrat.

Mais on ne sait jamais. Et il était armé à présent.

À l'extérieur, la pluie déchaînée se mit soudain à cingler les carreaux.

Au moins, son plan était-il relativement à l'épreuve des intempéries. Sauf s'il pleuvait au point d'empêcher les trains de circuler.

* * *

Au moment où ils quittaient Buitengracht pour s'engager dans Helen Suzman Boulevard, le ZTE de Griessel sonna.

– Benny, commença Zola Nyathi, on est à peu près sûrs qu'il y a cinq Kobra. Les photos ne montrent pas grand-chose de leur visage, probablement parce qu'ils faisaient attention aux caméras, baissaient la tête et portaient tous de quoi se camoufler – chapeau, casquette, lunettes, bandana, écharpe. Mais ils ont dans les trente-cinq ans, vraisemblablement. Des militaires, semble-t-il. Mais on n'est pas sûrs, bien entendu. Et il y a les noms. Je ne suis pas certain de la prononciation : Hector Malot, Raoul de Soissons, Jean-Baptiste Chassignet, Xavier Forneret et Sacha Guitry. Je te les envoie par SMS. Vusi a eu une idée, pendant qu'ils attendaient leur avion. Il a cherché les noms sur Google. Et c'est pour ça que je suis sûr qu'ils font tous partie du même groupe. Tous les noms ont été empruntés à des auteurs français. Des auteurs décédés.

51

Dave Fiedler rendit à Griessel son badge d'identification du SAPS.

– Ça doit être une blague, mon pote, dit-il d'une voix chaude de baryton.

Il était trapu et poilu – barbe et moustache taillées court, poils qui lui sortaient des oreilles, du nez, mais aussi du col de son pull-over gris, comme des plantes cherchant la lumière.

Ils étaient à l'étroit sous le petit auvent qui s'avançait au-dessus de la porte du 2A, Worcester Street, la maison à deux étages où vivait et travaillait Dave Fiedler. La pluie tombait en un épais rideau qui chuintait derrière eux.

– Ce n'est pas une blague, répondit Griessel. On pourrait se mettre à l'abri ?

Fiedler s'écarta et leur fit signe d'entrer, ses luxuriants sourcils haussés en signe d'incrédulité.

– J'espère que vous avez un mandat, dit-il quand Griessel passa devant lui.

– On n'a pas besoin d'un mandat, on a besoin de votre aide.

– Pas étonnant qu'il tombe des cordes, putain ! répliqua Fiedler en refermant la porte derrière Bones.

– Je ne tolère pas ce genre de langage, lança Mbali. Un peu de respect. Je suis une dame.

– Oh, nom de Dieu ! lança Fiedler, mais si doucement que seul Bones, juste devant lui, put l'entendre.

Il les précéda jusqu'à une grande pièce – sans doute un salon avant qu'il ne l'ait convertie en espace de travail. À gauche, contre le mur, une table avec machine à café, tasses, sucre et lait, en jouxtait une autre autour de laquelle étaient disposées huit chaises. À droite, un long bureau bas sur lequel étaient posés deux ordinateurs. Accrochées au mur, des affiches de films.

D'après la rumeur, Fiedler avait quitté Israël sept ans auparavant pour s'installer ici ; il serait un ancien haut gradé de la légendaire unité d'élite 8200 de l'armée israélienne. Cette unité aurait non seulement produit les ex-étudiants en technologie les plus recherchés au monde, mais également mis au point une grande partie des programmes et de l'équipement qu'utilisait à présent Fiedler dans son travail d'enquêteur numérique auprès des détectives privés, des boîtes de surveillance, des particuliers.

Personne ne savait pourquoi il appelait « mon pote » tous ceux qu'il rencontrait.

– Je vous en prie, asseyez-vous, dit-il en leur montrant la table. Le café vient d'être fait, servez-vous. J'espère que vous avez apporté les beignets…

La blague leur échappa. Il secoua la tête.

– C'est quoi le truc avec toutes ces affiches ? demanda Cupido.

– Vous avez vu les films ?

American Pie, Tonnerre de feu, En direct sur EDtv, Ennemi d'État, La Mort dans la peau, Minority Report, Les Nerfs à vif, 1984, Osterman week-end, La Zona, propriété privée.

– Certains.

– Qu'ont-ils en commun ?

Cupido hocha la tête en signe d'ignorance.

– Films d'espionnage, dit Fiedler. Et tous à côté de la plaque. Alors ce que je dis tout d'abord à un nouveau client, s'il réclame du matos comme au ciné, c'est d'aller au ciné.

Debout à côté de la table, il semblait encore visiblement mal à l'aise.

– Tout ça est très bizarre, mais j'accepte de jouer le jeu. Qu'est-ce que je peux pour vous ?

Griessel sortit son calepin et déchira une page.

– On veut que vous retrouviez la trace de ces trois numéros.

Il fit glisser la feuille sur la table de travail.

– On veut savoir où se trouvent les téléphones et à partir de quels numéros ils ont été appelés aujourd'hui.

– Pour commencer, ajouta Cupido.

Fiedler dévisagea Griessel avec la tête de quelqu'un qui attend la chute de l'histoire. Comme rien ne venait, il lança :

– Vous faites partie des Hawks, d'après votre badge.

– Vous feriez mieux de le croire, répliqua Cupido.

– Et vous voulez que je trace trois numéros pour vous ?

– Oui, dit Griessel.

– Et vous ne devrez jamais en parler à quiconque, ajouta Cupido. Si on entend seulement murmurer que vous avez lâché un mot sur cette affaire, un seul, on fera de votre vie un enfer.

Fiedler laissa échapper un gros rire de gorge. Ils ne réagirent pas.

– C'est pas la fin du monde, dit-il. Sans déc.

Mbali émit un grognement désapprobateur.

– Vous allez me payer ? demanda Fiedler.

– Si tu veux parler d'argent, tu t'adresses à moi, intervint Bones. Quel est ton tarif ?

– C'est vrai. C'est vraiment vrai, dit Fiedler en tirant une chaise pour s'asseoir. (Il examina les numéros.) Où sont les IMEI ?

– On ne les a pas.

– J'aurais dû m'en douter. Dans ce cas, mon pote, ça va prendre un bout de temps.

* * *

– Le second numéro est stationnaire à Bellville depuis 16 heures, annonça David Fiedler à 22 h 35, posté devant un de ses ordinateurs.

Ils étaient assis autour de la grande table. Ils avaient l'habitude d'attendre. Chacun ruminait ses pensées.

– Où, à Bellville ? demanda Griessel.

– Boston. Frans Conradie Drive, à environ mi-chemin de Duminy et de Washington. D'après Google Earth, un endroit appelé Brights Electrical.

– Il y est encore en ce moment ? lança Cupido.

– Ouais.

Griessel se leva.

– Statique. Complètement statique au même endroit ?

– Ouais. Le téléphone est allumé mais aucun appel ni texto. Le dernier appel remonte à 15 h 52.

Griessel s'approcha de l'écran.

– Vous pouvez situer la position du téléphone avec quelle précision ?

– Environ quinze mètres. Mais comme il n'a pas bougé, je dirais plutôt dix.

Cupido s'approcha à son tour. Ils observèrent l'écran sur lequel Fiedler avait ouvert Google Streetview.

– Il y a des appartements à côté de Brights, dit Cupido. Des deux côtés.

– Il pourrait être dans l'un d'eux ? demanda Griessel en montrant l'écran.

– Oui. Probablement celui de droite.

– Et c'est proche de l'hôpital, ajouta Griessel. Allons-y.

Ils se dirigèrent rapidement vers la porte. Griessel s'arrêta brusquement.

– Et les autres appareils ?

– Je vous dirai dans dix…

– Appelez-moi à ce numéro, l'interrompit Griessel en griffonnant à la hâte sur une page de son calepin qu'il arracha et lui tendit.

* * *

Ils remontèrent la N1 avec la sirène allumée et le gyrophare en équilibre sur le tableau de bord, qui tombait régulièrement sur les genoux de Griessel.

Fiedler les contacta juste après la N7.

– Celui que vous appelez Téléphone Un est éteint depuis deux heures et demie, mon pote. D'après l'ordi, il n'a pas arrêté de bouger aujourd'hui. Centre-ville, Waterfront, et ensuite Stellenbosch puis Bellville.

– Vous l'avez repéré où en dernier ?

– Sur la R304.

– C'est où, ça ?

– La route qui va de Stellenbosch à Malmesbury. Avant qu'on ne le coupe, le téléphone se trouvait à environ trois kilomètres du carrefour avec la R302. Celle qui va de Wellington à Durbanville.

Griessel connaissait l'endroit.

– Mais il n'y a rien là-bas.

– Exact, mon pote.

– Vous avez déjà le registre des appels ?

– Non. Mais ça arrive.

– Et le Téléphone Trois ?

– Le Trois a été allumé onze minutes seulement, il y a environ trois heures. Un appel a été passé. De Somerset Road, près du centre commercial Cape Quarter.

Quand Tyrone avait appelé Nadia à l'hôpital.

– C'est tout ? Juste cet appel ?

– Juste celui-là. Ensuite, on l'a éteint.

* * *

Cupido coupa la sirène et le gyrophare en quittant Mike Pienaar Drive pour tourner dans Frans Conradie.

Ils allaient devoir utiliser le vieux truc bien connu pour entrer sans mandat : raconter aux résidents qu'un meurtrier très dangereux et lourdement armé rôdait dans les parages. Et qu'il se cachait peut-être en ce moment même dans un des appartements. Ils voulaient seulement vérifier, par sécurité.

– Ensuite, on se concentre sur ceux qui refusent de nous laisser entrer.

Bones se fendit d'un grand sourire.

– T'es un vieux routier, dit-il avec respect.

Deux par deux, ils allèrent frapper doucement à toutes les portes de la résidence Darina, Douzième Avenue, Boston. Des visages blancs et métis apparaissaient. L'équipe montrait son badge, s'excusait pour le dérangement et débitait son baratin.

Tous les occupants les laissèrent entrer, attendant à la porte, l'air effrayé, les yeux écarquillés, qu'on fouille leur humble deux-trois pièces à la recherche de Tyrone Kleinbooi.

Moins d'un quart d'heure plus tard, ils étaient de retour sur le trottoir.

– Peut-être ce bâtiment là-bas, dit Mbali en désignant le second immeuble qui jouxtait l'imposante façade rouge de Brights.

Là non plus, ils ne trouvèrent rien, mis à part des résidents choqués et inquiets, pas plus que dans les chambres situées au-dessus de la supérette Boston.

Ils rappelèrent Dave Fiedler, qui vérifia à nouveau dans ses ordinateurs et leur assura que le téléphone était encore là, pile à l'endroit où ils se trouvaient.

Ce fut Cupido, toujours impulsif, qui repéra la longue rangée de poubelles alignées devant la grille métallique de Brights et dit : « Il l'a balancé. »

Aucun d'eux n'avait envie de quitter l'abri exigu de l'auvent pour aller braver la pluie glaciale qui tombait à verse et fourrager dans les poubelles crasseuses.

À 23 h 52, Mbali sortit le téléphone des détritus.

Un Nokia 2007.

52

Griessel ramena ses collègues au quartier général de la DPCI. Dave Fiedler venait de l'avertir qu'un appel avait été passé sur le Téléphone Un de Tyrone Kleinbooi – celui que les Kobra avaient certainement en leur possession. Le numéro avait été activé durant seize minutes dans Castle Street et ensuite, on avait coupé.

– Dormez un peu, mon pote. Je vous appelle s'il y a du nouveau.

Ils retrouvèrent Nyathi au sous-sol et l'informèrent des derniers progrès.

La Girafe leur transmit les photos des cinq Kobra potentiels prises à l'aéroport O.R. Tambo – pas très exploitables, mais mieux que rien.

– Voilà nos cinq auteurs français. Emportez-les. Ça aidera peut-être.

Griessel tomba d'accord avec Bones, Cupido et Mbali : ils appelleraient dès qu'il y aurait du nouveau. Il rentrait chez lui se reposer un peu, il n'habitait qu'à cinq ou dix minutes de chez Fiedler, et leur ferait savoir s'il y avait le moindre signe d'activité.

Il regagna la maison d'Alexa en voiture, tout en ruminant sur les événements des deux dernières heures.

Le pickpocket avait sciemment abandonné dans une poubelle de Brights le Téléphone Deux, un « spécial prépayé » qu'on trouvait dans n'importe quelle boutique douteuse pour environ deux cents rands à en croire Cupido. Toujours allumé. Comme s'il se doutait que quelqu'un allait remonter la trace du numéro et essayer de déterminer la position du téléphone.

Ça se défendait. Tyrone savait qu'ils allaient mettre la main sur l'iPhone de Nadia à l'hôpital et l'analyser.

Donc, il n'était pas tombé de la dernière pluie. Il s'y connaissait en matière de technologie. Voulait en quelque sorte envoyer un message, « Je suis à Bellville », peut-être ?

Et passer le coup de fil suivant depuis De Waterkant ?

Qui n'était pas trop loin de Schotsche Kloof, là où Tyrone louait sa chambre.

Était-il revenu en ville, au Bo-Kaap, parce qu'il se sentait chez lui là-bas ? En sécurité ?

C'est ce que font souvent les fugitifs quand la pression s'intensifie, que l'étau se resserre et que leur fuite devient chaotique.

Et juste après le coup de fil de Tyrone à Nadia, un nouveau numéro inconnu avait appelé le Téléphone Un, actuellement aux mains des Kobra.

Jissis, se dit Griessel. Combien de téléphones avait cet enfoiré ?

Il lui revint soudain que l'homme était un pickpocket. Il avait autant de téléphones qu'il voulait.

Et quand on négocie avec des types capables d'entrer au Waterfront en plein jour et de descendre cinq vigiles de sang-froid, on s'assure doublement qu'ils ne pourront pas vous retrouver grâce à la technologie cellulaire.

Une grande détermination s'empara de lui. Il devait garder son calme, avec tous ces téléphones, toutes ces alternatives techniques. Il devait prouver qu'il était devenu un inspecteur à la page. Même si Cupido le traitait de « vétéran » et que Bones faisait des blagues sur les « vieux routiers ».

* * *

En arrivant chez Alexa, Griessel appela Dave Fiedler et lui demanda aussi une analyse et une surveillance complètes du numéro duquel on avait appelé le Téléphone Un depuis Castle Street.

– Pas de souci, mon pote, mais le compteur tourne.

– Prévenez-moi simplement dès qu'il y a la moindre activité sur un de ces téléphones.

Il traversa la maison froide et vide jusqu'à la cuisine. La pluie tambourinait violemment sur le toit.

Et soudain, Alexa lui manqua. Sa présence, sa joie en le voyant, ses étreintes, sa conversation, tous les soirs si intense et joyeuse, comme s'il comptait vraiment pour elle. Comme si elle l'aimait réellement.

Il prenait conscience de tout cela, maintenant qu'elle n'était plus là.

Il sortit du frigo le plat qu'elle avait acheté exprès pour lui chez Woolworths – poulet brocolis, son préféré – et ressentit une petite pointe de culpabilité en repensant au soulagement qu'il avait éprouvé un peu plus tôt à l'idée d'avoir les lieux pour lui seul.

Il plaça la barquette dans le micro-ondes qu'il régla sur deux minutes trente secondes.

Que faire, coincé comme il l'était entre le marteau et l'enclume : d'un côté, les questions qu'il se posait sur lui-même et son incapable de gredin, de l'autre, l'attirance profonde qu'il éprouvait pour Alexa. Et le plaisir qu'il ressentait en sa compagnie. Elle était tellement… vivante. Enthousiaste. Parfois, il aurait

427

aimé que sa joie de vivre, son exaltation, sa naïveté déteignent sur lui.

Elle était son contraire absolu. Il ne voulait pas, n'imaginait pas, ne pouvait pas la perdre. En dépit de tout, il avait commencé à vraiment l'aimer. Et ce soir, après avoir retrouvé une certaine légitimité en tant que policier, en tant que membre des Hawks – pour la première fois dans sa carrière –, il se sentait optimiste. Il voulait que cette histoire avec Alexa fonctionne.

S'il pouvait seulement trouver une solution à son problème.

Griessel dîna.

Quand il eut fini, il lava son assiette et la posa sur l'égouttoir, puis appela l'hôpital Louis Leipoldt. Il demanda à être mis en relation avec la chambre de Nadia Kleinbooi, déclina son identité auprès de l'infirmière de garde pour obtenir des nouvelles de la patiente.

– On lui a donné un somnifère, capitaine. Elle dort paisiblement.

Il la remercia et lui demanda de veiller à ce que les quatre agents aient régulièrement du café, afin qu'ils ne s'assoupissent pas et restent en alerte.

L'infirmière lui répondit qu'elle le ferait.

Il raccrocha.

Au moins maintenant, il était sûr qu'il y avait bien quatre hommes de garde.

Il prit une douche, enfila son pyjama, qui sentait encore vaguement le sexe. Vérifia que ses deux téléphones étaient allumés. Régla l'alarme de l'iPhone sur 7 heures, convaincu que Dave Fiedler l'appellerait bien avant.

Puis il s'endormit.

53

5 h 40.

Tyrone se réveilla en sursaut, échappant ainsi à un cauchemar dans lequel un homme coiffé d'une casquette grise tirait sur Nadia sans discontinuer. Il sentait le corps de sa sœur tressauter entre ses bras et tentait de la protéger de ses mains. En vain, les balles traversaient, laissant d'énormes trous dans ses paumes, il n'y avait pas de sang, seule Nadia saignait. Il se réveilla enfin et le soulagement l'envahit.

Ce n'était qu'un rêve.

Avait-il hurlé dans son sommeil, comme il s'était entendu le faire dans son rêve ?

Il se sentit perdu un moment ; pièce inconnue, bruit de l'eau qui gouttait d'un toit devant la fenêtre.

Et soudain, la réalité lui sauta à la figure, pleine et entière. Il se trouvait au B&B. Le jour J. Il était courbaturé, avait mal au dos.

Est-ce que Nadia allait bien ?

Il faillit appeler l'hôpital.

Mais il ne pouvait pas téléphoner de cet endroit.

Il se leva et se rendit à la salle de bains.

* * *

Tyrone était assis au bout du lit, lavé, habillé. Il avait rangé ses affaires. Malgré deux analgésiques, la douleur dans son dos persistait, lancinante. Les téléphones portables étaient soigneusement alignés sur la coiffeuse, le pistolet posé à côté.

Appelle l'hôpital. Vérifie que Nadia va bien.

Allume le téléphone sur lequel les types vont envoyer les photos.

À 6 h 20 ? Tu es trop angoissé, Tyrone. Reprends-toi. Respire profondément. Ne fais pas tout foirer.

Allume la télé. S'il y a eu une agression à l'hôpital, ce sera aux infos.

Il alluma. Les voix haut perchées et exubérantes d'un programme pour enfants retentirent soudain, trop fortes et stridentes dans le silence matinal. Il enfonça brutalement le bouton volume de la télécommande, plusieurs fois de suite, jusqu'à presque couper le son. Chercha SABC2 et *Morning Live*. Interview d'un type noir inconnu de lui. Les informations allaient sûrement passer à la demie.

Respire. Révise le plan.

Il voulait juste vérifier que Nadia allait bien. Regarder les infos. S'il n'y avait rien, il appellerait plus tard, quand il aurait quitté cet endroit.

Il devait prendre un petit déjeuner, la journée allait être mouvementée.

Acheter du chewing-gum, pour coller la carte mémoire.

Vérifier une dernière fois les horaires de train.

Attendre les photos de l'argent, de la valise, du type.

Et ensuite, lumière, caméra, action.

Il regarda l'écran.

6 h 24.

Le temps fait du surplace quand on est stressé.

* * *

L'alarme de l'iPhone réveilla Griessel à 7 heures.

Il l'arrêta et se rallongea une seconde, téléphone en main, soulagé d'avoir pu dormir six heures d'affilée. Avant de réaliser qu'il ne s'était donc rien passé et de se demander si son plan allait fonctionner.

Les téléphones n'étaient peut-être plus allumés.

Classique, non : juste quand il commence à maîtriser toute cette technologie, cela se révèle inutile.

Il se leva, d'un seul mouvement impatient et inquiet, marcha jusqu'aux toilettes et se soulagea.

Il réprima son envie d'appeler Dave Fiedler immédiatement.

S'il y avait eu du nouveau, il l'aurait su.

Il s'approcha ensuite du lavabo. Il devait en finir et aller chez Fiedler.

* * *

Journal télévisé, 7 h 04, *Morning Live* : « Le porte-parole de la police du Cap-Occidental, Wilson Bala, a démenti l'information selon laquelle le SAPS enquêterait sur une fusillade ayant eu lieu hier au Waterfront Victoria & Albert, au Cap. Ceci, malgré les plaintes des familles de vigiles travaillant sur place et les affirmations de témoins oculaires selon lesquelles des forces de police et du personnel médical se trouvaient en grand nombre dans le centre commercial hier matin. La direction et la société de sécurité Blue Shield se sont toutes deux refusées au moindre commentaire. La fusillade en question aurait même attiré l'attention du Parlement aujourd'hui… »

C'est quoi ce bordel ? se demanda Tyrone.

Avant d'éprouver un profond soulagement. Son visage n'était pas apparu à la télé.

Pourquoi ?

Il regarda les infos jusqu'au bout, réfléchissant aux possibles explications, le cœur empli de crainte à l'idée qu'une fusillade soit annoncée à l'hôpital.

Rien.

Sauf que, maintenant, il ne comprenait plus rien. Si les flics se défendaient d'enquêter sur la fusillade du Waterfront… Fusillade dont il avait été témoin…

Que se passait-il ?

Le besoin de bouger, de passer à l'action, de prendre de l'avance, le submergea. Il devait sortir d'ici. Appeler Nadia.

Et ensuite, le petit déjeuner, même s'il se sentait à présent nauséeux.

* * *

7 h 27.

Griessel, une tasse de café à la main et la bouche pleine de toast au Marmite[1], entendit le ZTE sonner.

– Allô, répondit-il en avalant rapidement.

– Mon pote, il vient juste d'y avoir de l'action. Le Téléphone Trois a été activé il y a quatre minutes et a contacté le même numéro qu'hier après-midi. La communication n'a duré que trente-sept secondes.

– Ne quittez pas…

Benny posa lourdement la tasse à moitié pleine et courut prendre sa veste dans la chambre.

---

1. Pâte à tartiner anglaise à base de levures utilisées pour la fermentation de la bière.

Il s'empara du calepin dans la poche, le feuilleta jusqu'à ce qu'il ait trouvé ce qu'il cherchait.

– Ce numéro ?

Il le lut à voix haute.

– Celui-là même.

L'iPhone de Nadia. Tyrone.

– Où est le téléphone à présent ? Le Trois.

– Envolé, l'appel était trop court pour obtenir une position précise, mais il a été passé aux environs du carrefour de De Waterkant et de Loop Street, à cinq cents mètres près.

– J'arrive.

Griessel coupa et courut jusqu'à la porte d'entrée tout en appelant ses collègues.

* * *

Tyrone était assis sur le cache-pot en marbre noir devant Atterbury House, dans Lower Burg.

Nadia allait bien.

Façon de parler.

Elle était remontée contre lui.

– Tyrone, viens ici et laisse tomber cette affaire, la *polieste* dit que tu n'auras pas d'ennuis, s'il te plaît, *boetie*.

– Tout va bien, *moenie worrie nie*. Les flics veillent sur toi ?

– *Ja*, Tyrone, et c'est parce que tu ne veux pas laisser tomber cette histoire.

– Tout ira bien, *sussie*.

Puis il avait mis fin à la conversation et avait marché jusqu'ici.

Il était temps de vérifier s'ils avaient envoyé la photo du fric.

Il alluma le second téléphone.

* * *

En chemin, Griessel appela Nadia.

Oui, lui dit-elle, son frère l'avait contactée, il voulait avoir de ses nouvelles.

Il prit congé en entendant un autre appel entrant et répondit.

Dave Fiedler.

– C'est marrant, mon pote. Ce quatrième numéro, sur lequel vous m'avez demandé de garder un œil, celui qui a appelé le Téléphone Un de Castle Street hier soir...

– Oui.

– Il vient de se rallumer. J'essaie de le localiser en ce moment même. Attendez... Bon sang !

– Quoi ?

– Encore envolé. Tout ce que je peux vous dire, c'est qu'il est en ville.

Les vieux routiers ne croient pas aux coïncidences. Deux téléphones qui appellent l'un après l'autre du même endroit ?

Le Téléphone Quatre aussi appartenait à Tyrone.

* * *

7 h 51.

Tyrone commanda un Big Breakfast au McDonald's du Golden Acre. Et un café Premium Roast.

D'une main, il tenait avec précaution le plateau, de l'autre, il tirait sa valise. Il s'installa de façon à pouvoir surveiller la porte, sans vraiment savoir pourquoi.

Trois sucres dans le café.

Le café était correct, la nourriture insipide.

Il devait se débarrasser de la valise, pas question de la traîner avec lui toute la journée, il fallait voyager léger. Être très mobile. L'heure de lever le camp avait sonné et il serait peut-être obligé de courir.

Il n'avait eu besoin de la valise que pour jouer le jeu au B&B. Il la laisserait ici, après avoir glissé les sous-vêtements, chaussettes et chemises dans le sac à dos.

Quand il eut terminé son repas, il ralluma le téléphone. Le temps de constater qu'il n'y avait encore aucune photo de l'argent, du sac ou du type.

54

8 h 12.

Heure de pointe, la circulation en ville était démente, même s'il ne pleuvait pas – le soleil perçait à travers des nuages impressionnants, les rayons étaient d'une luminosité aveuglante sur la route mouillée.

Typique du Cap, songea Griessel en se garant enfin devant la maison-bureau de Fiedler. Quand il menaçait de pleuvoir, tous les *fokker* de la Péninsule prenaient leur bagnole pour aller au boulot, même s'ils allaient mettre deux fois plus de temps.

Il sortit du véhicule. Son ZTE sonna. Fiedler.

– Je suis devant chez vous, répondit-il.

– Le Téléphone Quatre a été allumé trois minutes.

– J'arrive.

– Trois minutes et on l'a éteint à nouveau, continua Fiedler en ouvrant. Encore dans le centre. Je ne peux pas le localiser précisément.

– Alors ça fait deux fois ?

– Oui, mon pote. Deux fois, trois minutes à chaque fois, puis coupé, cinq minutes environ.

– Il attend quelque chose. Un appel ?… Et il a peur de se faire repérer.

– Quand on vérifie comme ça, c'est qu'on attend un e-mail ou un texto, le corrigea Fiedler. Pas un appel.

– D'accord, admit Griessel. On pourrait intercepter un texto ?

– Je craignais que vous me demandiez ça.

– Pourquoi ?

– Parce qu'il est illégal d'accéder au serveur.

– Vous pouvez le faire ?

– Pour un Hawk ? Vous êtes dingue ?

– Vous pouvez le faire ou pas ?

– Bien sûr que je peux, mon pote. Mais ça va coûter un peu plus. Et vous allez devoir signer un papelard. Pas question que je me compromette.

– Combien en plus ?

* * *

8 h 17.

Griessel rappela Nadia Kleinbooi. S'excusa de la déranger encore. Elle demanda d'une voix anxieuse s'ils avaient du nouveau.

– Non, répondit-il. Mais je voudrais savoir si Tyrone possède une adresse électronique.

Elle répondit sans hésiter par la négative.

– Vous en êtes absolument certaine ?

– Pourquoi ?

– On veut juste être sûrs.

Cette fois, elle réfléchit un peu avant de répondre.

– Non, ça ne l'intéresse pas.

– A-t-il une voiture ?

Il aurait dû vérifier depuis longtemps.

– Non.

– A-t-il accès à la voiture de quelqu'un d'autre ?

– Non. Je… Non, je ne crois pas.

Griessel la remercia et coupa. Tyrone en savait assez côté technologie pour se méfier des téléphones et piéger les Kobra à l'aide d'une carte mémoire. Il n'était pas sûr qu'elle ait raison.

Si le pickpocket possédait une adresse électronique et qu'il communiquait de cette manière avec les Kobra, alors ils étaient foutus. Complètement.

* * *

Le Metrorail 2561 en partance du quai 10 de la gare du Cap était plein.

À 8 h 26, Tyrone se faufila dans le compartiment de troisième classe qui se trouvait au milieu et resta dans le couloir.

Il attendit 8 h 30 passées, quand le train se fut ébranlé avec une secousse, pour rallumer le téléphone.

Il le tenait de façon que les gens collés à lui ne regardent pas l'écran.

Il le vit chercher le réseau, le trouver. C'était toujours un peu aléatoire quand on roulait.

Au moins était-il en mouvement. Et allait-il le rester, jusqu'à ce que cette affaire soit terminée.

Il regarda le temps s'écouler sur l'écran.

Une minute.

Le train prit de la vitesse.

Deux minutes.

Le train commença à ralentir.

Trois minutes.

Il sentit les freins entrer en action tandis que le convoi décélérait en gare de Woodstock.

Il attendit l'arrêt complet.

Les portes s'ouvrirent. D'autres personnes montèrent.

Il coupa le téléphone.

Toujours pas de photos.

Jirre.

* * *

8 h 49.

Mbali arriva la première.

– Rebrousse chemin et va à la gare de Bellville, dit Griessel à Cupido qui se trouvait au bout du fil. On pense qu'il est dans un train – on l'a repéré à Woodstock et de nouveau à Maitland, il est resté connecté environ trois minutes… Ne quitte pas, Mbali arrive…

Griessel montra à celle-ci les écrans devant lesquels s'agitait Dave Fiedler.

– On pense que Tyrone a pris un train. Vois si tu peux jeter un coup d'œil aux horaires. On a besoin de savoir lequel.

Il revint à Cupido, toujours en ligne.

– Vaughn, tu es là ?

– Je suis là. J'ai fait demi-tour au niveau de la N7, mais la circulation est dingue, *pappie*, ça va me prendre un bout de temps pour revenir à Bellville.

– OK. On essaie de trouver dans quel train il pourrait être.

– Tu es vraiment sûr qu'il s'agit d'un train ?

– Il n'a pas de bagnole et il ne pourrait pas aller aussi vite avec un bus ou un taxi à cette heure-ci. Dave dit que trois minutes ne suffisent pas pour le localiser précisément, mais à chaque fois il se trouvait à moins d'un kilomètre des gares, et le téléphone apparemment se déplace.

– D'accord, Benny, tu me tiens au courant.

– Je suis en train de regarder les horaires du Metrorail, cria Mbali.

La sonnette de la porte d'entrée retentit.

439

– Nom de Dieu, lâcha Dave Fiedler, on dirait une foutue ruche ici.

Mbali fit claquer sa langue.

– Ce doit être Bones, dit Griessel. Je vais lui ouvrir.

* * *

9 h 01.

Tyrone entra d'un pas vif dans la gare de Parow pour vérifier les horaires accrochés au mur, juste pour être sûr.

Le train 3412 retournait au Cap dans cinq minutes, à 9 h 06, départ du quai 11.

Il trottina jusqu'au quai. S'arrêta. Ralluma le téléphone. Fixa l'écran.

Signal trouvé.

Il attendit.

Il ne pouvait pas continuer ainsi toute la journée, quand est-ce que ces types allaient lui envoyer la photo ?

Essayaient-ils de le localiser ?

Tu peux toujours courir, fils de pute.

Le train 3412 entra en gare.

Toujours pas de photo, ni de message.

Et merde.

Il monta dans le train, direction Le Cap.

* * *

– Je pense que c'est le 2561. Il était à Woodstock à 8 h 33 et à Maitland à 8 h 42.

– Il est à nouveau en ligne ! cria Dave Fiedler. Attendez, la localisation arrive.

Griessel regarda ses notes.

– Mbali, je crois que tu as raison.

440

– Il devrait être à Parow à présent.

– Oui, c'est Parow, confirma Fiedler.

– À quelle heure est-ce que ce train arrive à Bell-ville ? demanda Griessel.

– À 9 h 06.

– *Fok*, lança Griessel.

C'était trop tôt. Cupido n'y serait jamais.

– Je te pardonne pour cette fois, dit Mbali, également consternée.

55

À 9 h 14, Tyrone descendit à la gare de Goodwood.
Il ralluma le portable.

Le premier SMS apparut.

Il vit la photo sur le minuscule écran. L'argent,
empilé sur une table : des billets de cent et deux cents
rands attachés en liasses avec un élastique.

Son cœur fit un bond. Est-ce que cela pouvait faire
deux millions quatre ? Ça paraissait si petit.

La seconde photo arriva.

Un sac à dos noir, l'argent visible par la fermeture entrouverte. Le sac était agréablement plein. Ça
s'annonçait mieux.

Troisième photo. Un homme en coupe-vent bleu et
bonnet noir. Pommettes hautes, barbe naissante sur le
menton. Sac sur le dos.

Tyrone sentit son cœur battre à tout rompre. Il n'avait
jamais vu ce visage auparavant. Ce n'était ni Capuche,
ni le tireur du Waterfront. Mais celui-là avait l'air...
carrément terrifiant.

Le téléphone tremblait dans sa main.

Tu t'en tiens à ton plan, Tyrone.

Il se calma, composa le numéro.

Sonnerie.

Le type répondit immédiatement.

– Non. Ne me téléphone pas. Envoie des textos.

– Pourquoi ?

La ligne était déjà coupée.

* * *

Griessel, Mbali et Bones Boshigo regardaient fixement la photo sur l'écran de Dave Fiedler.

– Ça fait un paquet de fric, dit Fiedler.

– Au moins un million, un million cinq, à mon avis, ajouta Bones.

– Retrouvez le numéro qui l'a envoyé, demanda Griessel.

– Je m'y emploie. Il vient de l'appeler.

– Qui a appelé quoi ?

– Le type du train.

– Tyrone. Nommez-le Tyrone.

– Compris. Tyrone vient de faire le numéro d'où les photos ont été expédiées. Il est toujours à Goodwood. J'obtiens une meilleure position, attendez. Oui, aucun doute, à la gare ou tout près.

– Il est malin, dit Mbali. Il les a obligés à lui envoyer une photo de l'argent. Il est en train de leur vendre la carte mémoire…

– Il y en a une autre, la coupa Fiedler. Et encore une autre…

Sa main experte manipulait la souris à toute vitesse.

Les nouveaux clichés apparurent sur l'écran, côte à côte.

– *Hhayi*, fit Mbali quand elle vit la dernière, celle du type au sac à dos. C'est un des Kobra.

– Un Kobra ? demanda Fiedler.

Mbali fila jusqu'à la table de travail sur laquelle étaient étalés les clichés, pris à l'aéroport, des cinq

Kobra supposés. Elle les passa en revue et trouva celle qui correspondait. Elle revint au trot.

– C'est celui-ci.

Elle colla la photo à côté de l'écran. La ressemblance était évidente.

– Imprimez cette photo, Dave, ordonna Griessel. Et envoyez-la au capitaine Cupido.

– Donnez-moi son numéro, dit Fiedler.

Griessel le chercha dans son répertoire et le lui montra.

– Tyrone est très intelligent, ajouta Mbali.

Griessel n'écoutait pas, son cerveau était trop occupé dans l'immédiat. Tyrone dans le train. Tyrone avait délibérément pris le train à la gare du Cap. Il aurait pu utiliser un taxi. Ou sauter dans le bus, mais il ne l'avait pas fait.

Pourquoi ?

Tyrone, qui était allé jusqu'à Parow et revenait à présent au Cap.

– On a un nouveau texto, lança Fiedler, qui lut : « Pourquoi est-ce que je dois seulement envoyer des SMS ? » Ça vient du téléphone de Tyrone vers le numéro des autres.

– Les Kobra, précisa Griessel, qui voulait que leurs échanges soient très clairs.

Ce qui les attendait promettait d'être assez confus comme ça.

– Qui sont les pu… Qui sont les Kobra ?

– Les méchants.

Griessel lut le SMS par-dessus son épaule.

Pourquoi est-ce que je dois seulement envoyer des SMS ?

– Ils ont dû lui interdire d'appeler, en déduisit Griessel.

– Mais pourquoi ? lança Bones. On peut quand même les localiser et remonter leur piste, non ?

– Je crois que je sais, intervint Fiedler, mais vous allez devoir m'expliquer ce qui se passe là-bas, nom de Dieu.

C'était nécessaire à présent, Griessel le savait.

– Tyrone essaie de vendre un objet de très grande valeur à des gens particulièrement dangereux. On les appelle les Kobra, c'est une longue histoire. Tyrone essaie d'organiser un échange, l'objet contre l'argent de la photo.

– C'est un gang ? Il y a combien de Kobra ?

– Cinq, au moins.

– Très bien. Je pense qu'ils préfèrent les textos pour pouvoir communiquer rapidement. Envoyer un message vocal peut se révéler compliqué aux heures d'affluence – notre réseau cellulaire déconne complètement quand on se déplace et qu'on n'a pas le même fournisseur d'accès.

Ils lurent la réponse des Kobra : *Parce que c'est comme ça.*

La grande pièce de Dave Fiedler était plongée dans le silence. Tous essayaient de saisir le sens des messages.

– Ils sont en train de lui tendre un piège, reprit Mbali.

– Sûrement, répondit Griessel.

Fiedler travaillait sur un autre ordinateur pendant que les inspecteurs continuaient à fixer l'écran sur lequel étaient apparus les photos et les textos. Le temps s'étirait en longueur.

Allez à la gare de Bellville.

– Ça vient de Tyrone, dit Bones.

– J'ai localisé le téléphone du Kobra, lança Fiedler.

Nouveau texto : *Non.*

– Les Kobra refusent ? demanda Bones.

445

– Où est le portable du Kobra ? renchérit Griessel.

– Il se déplace sur la R304, vers le sud, direction la N1.

Vous voulez la carte ?

Personne ne dit mot, attendant la réponse.

Gare de Bellville trop dangereuse après hier. Choisis un autre endroit.

– C'est de bonne guerre, fit Bones.

Rien sur l'écran.

– Les Kobra sont sur la N1 maintenant, en direction de la ville, continua Fiedler.

Griessel aurait voulu pouvoir réquisitionner l'hélicoptère du SAPS, ou avoir le temps et les hommes nécessaires pour établir un barrage routier.

Son téléphone sonna. Cupido.

– Vaughn, on n'a toujours rien, je te rappelle.

– OK, Benny.

– Pourquoi est-ce que Tyrone ne répond pas ? demanda Bones.

– Parce qu'ils ont fichu son plan en l'air, expliqua Mbali.

Allez à la gare de Parow.

– Les trains, dit brusquement Griessel.

Ils le regardèrent d'un air interrogateur, mais il sortit son ZTE de sa poche et rappela Nadia.

Elle mit du temps à répondre, mais finit par décrocher avec un « Allô ? » angoissé.

– Nadia, est-ce que Tyrone prend beaucoup le train ?

– *Ja,* il vient souvent me voir à Stellenbosch. Il dit toujours qu'il adore le train.

– Quelle classe ?

– Troisième, je pense.

– Merci, Nadia. On n'a toujours pas de nouvelles mais je vous tiendrai au courant dès qu'on en aura.

– Merci.

Il coupa. Il entendit Fiedler et Mbali se parler, mais ne les écouta pas. Il voulait s'assurer que son raisonnement fonctionnait, qu'il comprenait Tyrone. Il tenta de se mettre dans la tête du pickpocket. Pas de voiture. Les taxis et les bus étaient tributaires de la circulation. Imprévisibles, dans le meilleur des cas. Et sans intimité, pour passer des appels ou recevoir des photos. Les trains de banlieue présentaient peu d'imprévus. Le matin, ils circulaient régulièrement. Il y avait d'autres passagers, mais si on voulait téléphoner, on pouvait toujours se lever et s'isoler un peu plus loin.

En plus, Tyrone se sentait en terrain connu.

Et maintenant, la Grande Transaction. Les trains offraient à Tyrone un lieu d'échange mobile – les dangers n'étaient pas les mêmes qu'à un coin de rue ou dans un immeuble abandonné où les Kobra auraient pu se cacher ou le suivre.

Tyrone était intelligent, comme l'avait fait remarquer Mbali. Il connaissait les trains et, apparemment, les gares aussi. Sûrement de bons endroits pour faire les poches des voyageurs, soit dit en passant. Les usagers, possibles témoins oculaires, devaient avoir un côté rassurant. Les Kobra se montraient prudents à juste titre en refusant de retourner à Bellville. Sur le réseau ferré, Tyrone pouvait faire des allers-retours incessants, les obligeant constamment à deviner où il se trouvait. Et les gares, situées à quelques minutes les unes des autres, étaient autant d'issues.

Il appela Cupido.

– Où es-tu ?

– Je viens de dépasser Karl Brenner, sur la N1. La circulation est un peu meilleure de ce côté.

– Tyrone est en train de revenir au Cap.

– *Jissis,* Benny, il se fout de nous.

– *Ja.* À mon avis, tu dois quand même aller à la gare. Prends le premier train pour Le Cap.

– Je vais me retrouver sans voiture.

– Je sais, mais je pense que tout va se passer dans le train. Il connaît bien le réseau ferré et ça lui offre de nombreuses possibilités.

– On prend un gros risque, Benny.

– On n'a pas le choix.

56

– Bones, tu vas rester ici et nous servir de super-viseur, dit Griessel.

– Moi ? fit-il, incrédule.

– Oui. Mbali et moi, on doit se rendre à la gare. Je crois que Tyrone va effectuer la livraison quelque part sur la ligne. Dans une gare ou un train. Et la façon la plus rapide d'aller d'une gare à une autre, c'est en train.

Griessel fouilla dans ses poches pour prendre les écouteurs du ZTE. Il les brancha sur le téléphone et se les enfonça dans les oreilles.

– Dave, vous allez devoir nous aider. Il faudra appeler le capitaine Cupido et lui donner les instructions, mais attendez que j'explique ce qu'il doit faire à Bones.

– Ça roule, mon pote.

– Bones, appelle-moi sur ce téléphone. Dis-moi tout ce qui se passe.

– Je ferai de mon mieux, répondit Bones, nerveux.

– Ça va aller, le rassura Mbali en ajustant son pistolet sur sa hanche.

– Cache ton arme, dit Griessel. Et ta plaque. On y va incognito.

* * *

Tyrone se trouvait dans le train 3414, qui va de Goodwood au Cap.

Il retenait son souffle et attendait la réponse de Bonnet noir.

Il n'avait pas prévu qu'ils refuseraient d'aller à Bellville. Il aurait dû y penser, ça tombait sous le sens, lui non plus n'avait pas envie de se pointer là-bas pour le moment.

Mais son organisation se compliquait. Les trains étaient moins fréquents jusqu'à la fin de l'après-midi.

Il devait d'autant plus rester concentré.

Le téléphone vibra dans sa main.

OK.

Il lâcha un brusque soupir de soulagement.

C'était parti.

* * *

Griessel et Mbali dans la BMW, sirène et gyrophares allumés.

Le ZTE sonna.

– Bones ?

– Tyrone bouge à nouveau, train 3414 en direction du Cap.

– D'accord.

Il réfléchit un instant puis parla très fort, de façon que Bones au bout du fil et Mbali à côté de lui puissent l'entendre clairement.

– Il se déplace entre la ville et Parow. Bones, regarde les horaires, est-ce que c'est là qu'on trouve la majorité des trains ?

– Attends… Tyrone vient de répondre aux Kobra : « Prévenez-moi quand vous serez à la gare de Parow. »

– Dave a appelé Vaughn ?

– Oui. Vaughn est dans le train 3214 qui a quitté Bellville à 10 heures, direction Le Cap. Juste après celui de Tyrone.

– Très bien, dis-lui qu'on est incognito. Pas de badge, pas d'arme visible.

– OK… Benny, tu avais raison. Avant 16 heures, la plupart des trains circulent entre Eerste River et le Cap. Seulement vingt pour cent environ vont jusqu'au Strand.

– Très bien, Bones. Je crois que ça va se passer entre la ville et Parow, peut-être Bellville. Quand est-ce que Vaughn sera à Parow ?

– Il l'a déjà dépassé, si on en croit l'horaire. Il devrait être à Thornton maintenant.

– Dis-lui de descendre à Maitland. À moins que tu ne voies Tyrone quitter son train quelque part.

– Tyrone a l'air d'être toujours en mouvement.

– Reste en ligne.

Griessel se faufila dans la circulation de Strand Street. Il devait se concentrer sur la route. Mbali ne bougeait pas, les yeux écarquillés, serrant son grand sac à main noir sur ses genoux.

Ils se retrouvèrent de l'autre côté d'Adderley, le long de la gare. Griessel repéra une zone de chargement, coupa la sirène et se gara. Mbali avait déjà ouvert sa portière, comme soulagée de sortir de la voiture.

– Mbali ! cria-t-il en courant vers la gare. On prend deux trains différents, histoire de couvrir plus de bases.

– Oui, répondit-elle, déjà essoufflée.

* * *

Tyrone descendit à Woodstock.

Où était Bonnet noir ? Pourquoi lui fallait-il si long-temps pour aller à la gare de Parow ?

Ils allaient tout faire foirer.

Il consulta de nouveau les horaires. Il fallait attendre.

Il pouvait commencer à mâcher le chewing-gum. Il fouilla dans sa poche, sortit le paquet, s'en fourra six dans la bouche et se mit à mâchouiller.

Son portable vibra.

On est à Parow.

Il tressaillit. Est-ce que son plan allait fonctionner ?

Il avait les doigts qui tremblaient en tapant la réponse :

OK. Je sais que vous êtes 4. Celui avec fric... (il vérifia les horaires) *prend train 3520, quitte Parow à 10:36, quai 9. Doit être seul, ou pas de carte. Carte cachée dans train 3515, arrivée Parow 10:50. Quand j'ai l'argent, vous dis où est la carte.*

Et il attendit leur réponse.

* * *

Bones transmit la nouvelle à Griessel d'une voix suraiguë et presque paniquée.

– Très bien, Bones, Mbali vient de quitter la gare dans ce train-là, on est couverts. Je vais l'appeler tout de suite et la prévenir. Dave et toi, débrouillez-vous pour que Vaughn le prenne lui aussi, Mbali va avoir besoin de renfort.

– OK, terminé.

– Non, attends. Où est Tyrone ?

– Woodstock.

– D'accord, j'y vais.

* * *

Si carte pas dans le train, on tue ta sœur. Juste quatre flics à l'hosto.

Comment le savaient-ils ? Ils y étaient donc allés ?
Bien sûr qu'ils y étaient allés, espèce de crétin.

Il devait récupérer l'argent, prendre le pistolet, et filer rejoindre sa sœur, ces types ne demandaient qu'à tuer.

Respire à fond, Tyrone.

Si argent OK, carte est là.

Le train 3515 entra en gare de Woodstock.

Tyrone se précipita.

Le moment était venu de coller la carte sous un siège.

* * *

Mbali Kaleni vit le pickpocket courir vers le train.

– Je l'ai repéré, annonça-t-elle à Griessel, téléphone à l'oreille, absolument sereine.

– Bien.

– Il monte dans le train…

– Compris.

– Il est dans le wagon suivant, je le vois… Il enlève son sac à dos. Il s'assied… Il ouvre son sac à dos, il y prend quelque chose. Je ne peux pas distinguer ce que c'est. Il l'a sur les genoux. Attends. Il vient de sortir un truc de sa bouche. Il regarde autour de lui. Désolée, Benny, j'ai dû tourner la tête.

– D'accord.

– Il… Benny, je crois qu'il a collé la carte sous le siège. À présent, il se lève, le train va s'arrêter à… Salt River. Je pense qu'il va descendre.

– Mbali, va vérifier si la carte est là.

Elle attendit que Tyrone soit sur le quai. À cet instant précis, elle se sentit désolée pour lui tant il semblait effrayé et désorienté.

Elle resta néanmoins à sa place jusqu'à ce que les

portes se referment et que le train s'ébranle avec une secousse.

Alors elle se leva et se dirigea vers le siège qu'il venait de quitter. Elle aperçut Tyrone, qui observait fixement la rame en partance.

Un jeune Noir était assis sur le siège en question. Il avait coiffé des écouteurs et agitait la tête au rythme de la musique.

Mbali se planta devant lui.

– Pouvez-vous vous pousser ? lança-t-elle.

Il ne l'entendit pas.

Elle lui tapota le genou et il leva les yeux, agacé par cette intrusion. Elle lui fit signe de changer de place.

Il la regarda fixement, d'un air de défi.

– Vous pouvez vous asseoir ailleurs, lui dit-il.

Elle lui décocha une tape sur l'oreille, comme on le ferait avec un enfant désobéissant.

Choqué, il plongea en avant pour éviter une deuxième claque et s'exclama :

– Ça va pas, la tête ?

Mais voyant son expression sévère, sa détermination, il se décala de trois sièges en secouant la tête d'un air incrédule, histoire de conserver un semblant de dignité.

Mbali l'ignora, s'assit, posa son sac à côté d'elle et se pencha en avant. Elle tâtonna sous le siège, jusqu'à ce qu'elle trouve la boule de chewing-gum. Elle la décolla.

– J'ai la carte, dit-elle à Benny.

57

Griessel attendait toujours le train 2319 à la gare du Cap.

– Tyrone vient d'envoyer un message aux Kobra, dit Bones au téléphone. « Carte cachée dans le train. Prévenez-moi quand l'argent sera à la gare de Maitland. » Le Kobra a répondu « OK. » Mais il y a un problème. Je n'ai pas pu joindre Vaughn à temps, il dit qu'il n'y avait pas de réseau. Il a manqué le train de Mbali.

– Merde.

– Tu veux que je fasse quoi ?

– Tu peux me dire où est Tyrone en ce moment ?

– Toujours à la gare de Salt River.

– Dis à Vaughn de descendre là.

– Très bien, Benny.

Il coupa.

Au quai numéro 7, Griessel vit enfin les portes s'ouvrir. Il trotta jusqu'au train et y grimpa.

Il resta debout, se tenant à la barre métallique du plafond.

Mbali allait devoir affronter un des Kobra toute seule – celui qui viendrait récupérer la carte mémoire dès qu'il serait monté, probablement à Parow. Le temps manquait, il n'y avait aucun renfort. Il devait la prévenir.

Vaughn Cupido descendit du train à Salt River et repéra immédiatement Tyrone Kleinbooi assis sur un banc. Le pickpocket concentrait toute son attention sur le téléphone qu'il tenait à la main.

Cupido s'éloigna calmement le long du quai, appela Dave Fiedler pour le prévenir.

– Ne quitte pas, mon pote, fit ce dernier.

Cupido entendit Bones discuter avec lui.

– Le capitaine Griessel sera là dans cinq minutes, reprit enfin Fiedler. Il veut simplement que tu gardes un œil sur Tyrone.

* * *

Griessel appela Nyathi et lui expliqua qu'à cause d'une convergence d'événements inattendue, Mbali se trouvait seule dans un train où elle allait devoir faire face au Kobra venu récupérer la carte, juste après la gare de Parow.

– Monsieur, si vous pouviez attendre le train à Bellville, on n'a pas d'autres renforts.

– Je prends Ulinda avec moi, répondit Nyathi. On a combien de temps ?

– Pas plus de dix minutes.

Pas d'anxiété, ni de reproche. Juste :

– On y sera.

* * *

La carte entre les doigts, Mbali se demandait quelles informations désastreuses elle pouvait contenir pour avoir provoqué la mort d'au moins neuf personnes, et manqué de peu en tuer une dixième, une jeune étudiante innocente.

Elle la rangea avec précaution dans une poche latérale de son grand sac à main. Fit rouler le chewing-gum entre ses doigts pour former de nouveau une boule qu'elle recolla exactement à l'endroit où elle l'avait trouvée.

Puis elle sortit du sac, à l'aide d'un mouchoir en papier, un petit flacon de gel désinfectant de chez Woolworths et se nettoya soigneusement.

Ensuite, les deux mains camouflées dans les profondeurs de son fourre-tout, elle attrapa son Beretta et s'assura qu'il était armé.

Elle sortit sa main gauche mais laissa la droite plongée à l'intérieur, serrée autour de la crosse.

Benny l'avait prévenue qu'un Kobra allait monter à Parow pour récupérer la carte.

Elle l'attendait de pied ferme.

* * *

Benny Griessel descendit du train à Salt River et appela Cupido.

– Où es-tu ?

– Sur le quai.

– Je ne te vois pas.

– Quai 11.

– D'accord, je suis de l'autre côté, j'arrive. Tu peux voir Tyrone ?

– Il est à dix pas de moi. En train de taper un texto.

– Je suis là dans deux secondes.

Griessel descendit à toute vitesse l'escalier qui menait à l'autre quai.

Bones allait appeler d'un instant à l'autre pour lui communiquer le message de Tyrone.

Si le pickpocket était encore là, c'est qu'il allait recevoir l'argent ici.

Bonne nouvelle, Cupido et lui étaient là, eux aussi. Un pour attraper le Kobra, et l'autre pour filer Tyrone et l'argent.

Le ZTE sonna, comme il s'y attendait.

– Le Kobra a dit qu'il venait de passer Maitland, et Tyrone a renvoyé : « Quand le train s'arrêtera à Salt River, attends jusqu'à la fermeture des portes et alors tu balances le fric. Ne sors pas. Reste dans le train. Jette simplement le sac. Si c'est correct, je te dis où est la carte. »

– Ils ont répondu ?

– Non… oui, ça vient d'arriver. Juste « OK ».

– Combien de temps avant que ce train arrive à Salt River ?

– Trois minutes.

Griessel commença à courir.

– Très bien, je t'appelle quand j'ai du nouveau.

* * *

Cupido vit Griessel courir vers lui, manteau battant dans le vent, cheveux ébouriffés. Il alla à sa rencontre.

Griessel attendit d'avoir rejoint son collègue pour lui expliquer d'une voix basse et essoufflée ce qui allait se passer.

– Je vais monter dans ce train, Vaughn. Tu suis Tyrone et l'argent. Si les Kobra surveillent aussi son téléphone, c'est un homme mort. Protège-le.

– Pigé, fit Cupido.

Griessel s'éloigna vers le quai.

Le train où se trouvait l'argent approchait, à un kilomètre de là.

* * *

Tyrone se planqua derrière un pilier, le cœur battant à tout rompre. Il avait posé son sac sur le quai. Il leva les yeux rapidement pour vérifier que personne ne le voyait, glissa la main dedans et en sortit le pistolet. Il l'enfonça sous son coupe-vent violet, referma le sac et le remit sur son dos.

C'était le moment de vérité.

Peut-être qu'ils allaient essayer de le descendre.

Peut-être qu'ils allaient simplement balancer le fric.

Quoi qu'il en soit, il était plus prêt qu'il ne le serait jamais.

Ça vaut le coup, ça vaut le coup, l'avenir de ma sœur…

Il prit le téléphone, tapa le message : *Carte dans voiture 3, troisième classe, collée au milieu du siège central, côté Table Mountain.*

Il l'enverrait quand il serait sûr que tout était en ordre.

Le train entrait en gare.

Debout derrière son pilier, il se tint prêt, observant attentivement l'arrivée de la rame.

Qui s'arrêta.

Quelques personnes approchèrent.

Quelques personnes descendirent.

Quelques personnes montèrent.

Le train était toujours à quai.

Le sifflet retentit.

Ses yeux passaient en revue toutes les voitures, d'un bout à l'autre.

Un souffle d'air quand les portes se refermèrent.

Où était l'argent ?

Tout au bout, loin de lui, le sac à dos rebondit une fois, deux fois sur le quai.

Le train s'ébranlait.

Tyrone attendit.

Personne d'autre ne sortit.

Il suivit le Metrorail des yeux.

Soudain, à travers la vitre, il aperçut Bonnet noir, qui le cherchait du regard.

D'instinct, il plongea derrière le pilier.

Attendit.

Le train avait disparu.

Le sac à dos était par terre.

Il regarda autour de lui.

Vit un métis de haute taille, vêtu d'un manteau, qui lui tournait le dos, au loin. On aurait dit qu'il tenait un téléphone.

Tyrone attendit.

Le sac à dos était toujours là.

Le métis au manteau commença à s'éloigner.

Tyrone se rua sur le sac.

Il s'en empara, regagna l'abri du poteau, l'ouvrit.

L'argent y était.

Il expédia le texto.

58

Benny Griessel commit une erreur fatale.

À cause de la matinée chaotique, des nombreuses ficelles auxquelles il avait dû s'accrocher et qu'il avait dû manipuler comme un marionnettiste, de l'adrénaline et du rythme insensé de la poursuite, de sa détermination à coincer les Kobra.

Il aurait dû s'arrêter un instant et réfléchir, mais il n'en fit rien.

D'instinct, il ajusta son arme de service pour l'avoir à portée de main. Et s'élança comme un dingue dans la voiture.

Debout à la fenêtre de la voiture centrale, il avait repéré l'endroit d'où le sac avait été balancé. Il se faufila entre les voyageurs pour y arriver, deux voitures plus loin. Sans remarquer l'avertissement affiché en grand au-dessus des portes sous forme de pictogrammes.

Passer d'un wagon à un autre est interdit.

Ne pas monter à bord du train quand il est plein.

Ne pas maintenir les portes ouvertes pendant que le train roule.

Personne ne l'arrêta quand il passa de la voiture du milieu à la suivante. Il aperçut le Kobra, celui de la photo, bonnet noir et coupe-vent bleu, de l'autre côté de la dernière porte. Il posa la main sur son Beretta, ôta le cran de sûreté, se concentra sur l'homme qui regardait attentivement par la fenêtre.

Griessel ne vit pas le contrôleur approcher, il ne prit conscience de sa présence qu'au moment où l'homme d'un certain âge fut à sa hauteur et lui dit : « Vous ne pouvez pas passer d'une voiture à l'autre. »

– Je suis de la police, répondit Griessel, de façon à ne pas attirer l'attention, en particulier celle du Kobra.

Il dépassa le contrôleur. Le train était bruyant et il n'entendit pas si l'homme lui avait répondu ou non. Il s'apprêtait à ouvrir la porte de communication quand celui-ci le saisit par l'épaule droite, pour l'arrêter.

– Vous ne pouvez pas y aller, dit-il, c'est interdit.

– Je suis policier, répéta Griessel d'une voix forte et impatiente.

Le Kobra perçut le mouvement, tourna la tête, le regarda.

Griessel ouvrit la porte d'une secousse, sortit son arme de service.

Le contrôleur le poussa, lui faisant perdre l'équilibre.

Le Kobra était rapide et expérimenté. Il sortit la main droite du coupe-vent, braqua un pistolet. Qu'il pointa vers Griessel tout en avançant vers le centre de la voiture.

Les portes commencèrent à coulisser automatiquement.

Le temps était comme suspendu. Griessel ignorait l'épaisseur du verre, il devait tirer avant que les portes se referment, avant que le Kobra fasse feu, impossible de viser. Il projeta son épaule en avant et pressa la détente.

La détonation assourdissante se répercuta dans le compartiment. Les passagers hurlèrent. Le sang gicla en fines éclaboussures autour de la tête du Kobra, maculant la vitre derrière lui. Il s'effondra. Le contrôleur plongea sur Griessel, essayant de lui arracher son arme.

Griessel tenta de lui décocher un coup de poing, le pistolet était chargé et dangereux, qu'est-ce que cet imbécile fabriquait ? Son coude heurta l'homme en plein visage et l'autre tomba. Griessel se remit debout en titubant et se dirigea vers le Kobra.

Le bas de sa pommette et son nez n'étaient plus qu'un trou béant et sanguinolent.

– *Fok !*

Il voulait savoir où était David Adair, il aurait souhaité interroger le type.

Le contrôleur plaqua Griessel et ils tombèrent tous les deux sur le Kobra.

Griessel était à bout, mais il remit quand même le cran de sûreté du Beretta. Puis il frappa violemment le contrôleur à la mâchoire. L'homme s'écroula à nouveau. Griessel se redressa et lui enfonça le pistolet dans la joue.

– Vous êtes sourd, nom de Dieu ? Je suis policier.

– Oui, répondit l'homme, visiblement perturbé.

– Oui, quoi ?

– Oui, répondit le contrôleur, je suis un peu sourd.

Griessel remarqua alors le discret appareil auditif dans son oreille.

Quelqu'un tira le signal d'alarme. Griessel perdit complètement l'équilibre et s'affala sur le cadavre.

* * *

Mbali attendait. Elle ne ressentait aucune peur. Juste le picotement de l'adrénaline dans ses veines.

Elle tenait fermement son arme de service, canon pointé droit devant elle, au fond de son gigantesque sac.

Même si Bones lui avait expliqué au téléphone qu'elle devait seulement surveiller le Kobra. Zola Nyathi et Ulinda Radebe attendaient à la gare de Bellville. Ne pas affronter le Kobra. L'identifier, le surveiller.

À la gare de Parow, elle regarda par la fenêtre pour tenter de le repérer.

Il y avait trop de voyageurs qui montaient et descendaient.

Elle prit conscience de sa présence une fois le calme revenu, juste avant la fermeture des portes.

C'était celui du Waterfront. Elle le savait : elle avait reconnu la casquette de base-ball, les mouvements déliés et gracieux, la forme du visage, le teint café au lait. Joaquim Curado, celui qui devait venir du Mozambique et voyageait actuellement sous le nom d'Hector Malot.

Elle s'exhorta à rester calme d'une voix inaudible et en zoulou. Les battements de son cœur commencèrent à s'accélérer dans sa poitrine, ses mains devinrent moites sur la crosse de l'arme.

C'était celui qui avait tué cinq personnes.

Le train sortit de la gare.

Elle regarda l'homme compter les bancs, s'approcher d'elle.

– Vous pourriez vous décaler ? demanda-t-il en désignant les sièges inoccupés de chaque côté.

– Non, répondit-elle.

Elle le fixa droit dans les yeux. Y vit la mort.

Elle ne détourna pas le regard.

Il hésita. Se baissa, tâtonna sous le banc à sa gauche. Se redressa. Se déplaça vers la droite, se pencha et tâtonna à nouveau. Il se releva et se posta devant elle.

– Vous allez devoir bouger. J'ai perdu quelque chose. Il faut que je le retrouve.

Elle resta assise, tel un bouddha féminin, délibérément figée et butée. Puis elle poussa un profond soupir, comme si elle faisait un gros sacrifice et se décala sur la droite, sans se presser.

Il attendit qu'elle ait transféré tout son poids sur le siège voisin. Se pencha, chercha, jusqu'à ce que ses doigts s'immobilisent.

Elle sortit le pistolet d'un mouvement fluide. En prenant bien soin de ne rien accrocher. Il avait le visage tout près de sa cuisse pendant qu'il cherchait et vit le mouvement trop tard. Elle pressa le canon du pistolet contre la casquette de base-ball, au-dessus de la tempe.

– Si vous faites le moindre geste, dit-elle, je tire, parce que vous êtes un tueur. Je suis le capitaine Mbali Kaleni des services de police sud-africains et vous êtes en état d'arrestation pour le meurtre de cinq agents de sécurité au Waterfront.

Il demeura absolument immobile, les deux mains toujours sous le siège. Sur le chewing-gum, elle le savait. Qu'il croie donc que la carte était encore là.

Il prononça un mot bref et véhément, dans une langue inconnue d'elle. Un juron, sans aucun doute.

Mbali lui frappa violemment la tempe avec le canon de son arme.

– Les jurons ne sont que les efforts d'un esprit faible pour s'exprimer avec vigueur. Ne recommencez pas.

De sa main gauche, elle sortit les menottes du sac. Se leva avec précaution, sans quitter l'homme des yeux ni écarter le pistolet. Le sac glissa au sol mais elle l'y laissa. Elle enfonça son genou et son poids considérable dans le dos de Curado.

– Mettez les mains dans le dos. Très lentement.

Pas de réaction.

Elle appuya plus fort et l'épingla contre le banc avec

son genou. Le frappa d'un grand coup à l'arrière de la tête avec le canon.

Il obtempéra. Il avait les mains vides. Il devait croire que la carte se trouvait encore sous le siège. Elle referma d'abord les menottes sur son poignet gauche, changea sa prise et lui bloqua le poignet droit.

– Vous n'êtes pas si dangereux en fin de compte, dit-elle en se baissant pour ramasser son sac.

Il était temps de faire son rapport à Benny Griessel.

* * *

Tyrone traversa en courant le pont qui enjambait la gare de Salt River, dépassa le métis au manteau qui volait au vent telle la cape de Batman. Il devait attraper le train, celui qui allait à Bellville.

Ses semelles claquèrent dans l'escalier qui menait au quai.

Le train n'était pas encore arrivé.

Soulagement.

Il se rendit compte qu'il serrait tellement le sac à dos qu'il en avait des crampes dans les doigts.

Relax, Ty, détends-toi. Il ne lui restait plus qu'à rejoindre l'hôpital. Une assurance supplémentaire au cas où l'on tenterait d'agresser Nadia, mais ce n'était sans doute pas nécessaire. Aucune raison qu'ils lui fassent du mal, ils avaient la carte et le fichier d'origine. Il avait l'argent. Deux putains de millions quatre. Fini la galère, Nadia avait un avenir.

Le train approchait. Il s'avança, il avait besoin de s'asseoir, il était debout depuis le lever du soleil, toute cette anxiété l'avait épuisé, il ne souhaitait que s'asseoir, se détendre, profiter du voyage.

Il y avait beaucoup de sièges vides.

Il en choisit un à l'arrière, tout au fond de la voiture.

Il ne put se retenir d'ouvrir le sac. *Jirre,* ça faisait un paquet de fric. Il plongea la main à l'intérieur, en sortit une liasse.

Tout va bien.

L'homme au manteau de Batman s'encadra dans la porte de communication et jeta un coup d'œil autour de lui. Tyrone referma le sac, attacha les boucles. Batman se dirigea vers lui. S'assit un siège un peu plus loin, téléphone à la main.

Fils de pute, avec son air soupçonneux.

Tyrone posa le sac sur ses genoux.

Le pistolet était dans son dos, coincé dans sa ceinture, il sentait l'acier froid contre ses côtes.

Était-il l'un d'eux ?

Ou était-ce un mec quelconque ? Ce serait marrant qu'il se fasse dévaliser maintenant, non ?

Il déplaça très lentement sa main, jusqu'à ce qu'il sente le pistolet.

Personne n'allait lui piquer son fric à présent.

Batman le regarda et lui sourit.

— *Wa's jy op pad heen, my bru ?* Où tu vas, frère ?

Tyrone fut tellement soulagé en entendant l'afrikaans des Flats, en voyant le sourire, qu'il pensa que Batman était peut-être un chic type. L'épouvantable pression disparut et il se mit à rire.

— *Na my suster,* répondit-il. À Bellville.

— Chouette, dit Batman.

Son téléphone sonna.

— Désolé, fit-il avant de répondre. *Jis,* Bones ?

59

« D'accord », dit Batman, puis « *Jissis* » et « Oui, tout va bien ». Tyrone cessa de lui prêter attention en pensant : incroyable non ? Il inspira plusieurs fois à fond et expira. Il se sentait grisé, avait envie de rire tout haut. Non, il avait envie de danser, mais ça devrait attendre. Il voulait être sûr que les flics veillaient correctement sur Nadia. Il allait leur téléphoner une nouvelle fois *sommer netnou,* de Bellville, histoire de leur flanquer une bonne trouille : quinze gangsters des Flats sont en route pour l'hôpital, ils ont l'intention de faire du mal à cette gamine, appelez votre équipe du SWAT, *meneer,* appelez les caïds, c'est pas de la rigolade. Ses plans avaient tellement bien fonctionné, tous, malgré ses inquiétudes. Demeurait un petit souci : quoi faire du butin ? Nadia avait six ans d'études devant elle. À environ cinquante mille rands l'année, mettons soixante ou soixante-dix, plus quelques menus plaisirs, de jolies babioles, ça faisait plus de quatre cent mille rands, ce qui leur laissait encore deux millions. Il lui achèterait une petite voiture, rien de faramineux, juste une petite Peugeot ou un véhicule dans ce style.

Et comment tu vas expliquer ça à ta sœur, Ty ? Ne sois pas stupide.

Pas impossible. Il pourrait lui raconter qu'il avait décroché un super-contrat pour un chantier de peinture.

Batman s'adressait à lui.

– Pardon ? fit Ty.

– Ce n'est pas nécessaire, *jy wiet.*

– *Ek versta'jou nie, my bru.* Je ne comprends pas.

– Tu n'as pas besoin d'aller à l'hôpital.

Est-ce qu'il avait dit « à l'hôpital » par erreur ? Tyrone ne lui avait-il pas parlé de Bellville ?

– On vient d'attraper le type du Waterfront. Une équipe des Hawks est en route pour l'hosto en ce moment même, par sécurité. Ta sœur ne risque rien. Si j'étais toi, je resterais dans le train.

Tyrone devint distant.

– Qui êtes-vous ?

Il posa de nouveau la main sur son arme.

– Je m'appelle Vaughn Cupido. Je suis capitaine à la Direction des enquêtes criminelles prioritaires de la DCPI. Les Hawks, comme on dit, *pappie.* C'est nous, les mecs qui dépotent, les flics de choc, les types importants. Et si tu as une arme là, sous ta veste, le meilleur conseil que je peux te donner, c'est de l'oublier. On ne m'a pas surnommé Crackshot McKenneth, l'Orgueil des prairies, pour des prunes. C'est moi Quick Draw McGraw[1], plus rapide qu'une balle en mouvement.

– C'est bon, fit Tyrone, j'ai compris.

– Alors détends-toi.

– Je suis détendu.

– Tu as un flingue ? demanda Cupido d'une voix très calme, comme s'il désirait savoir ce qu'il avait pris au petit déjeuner.

1. Personnage de BD créé par Hanna et Barbera en 1959, Quick Draw McGraw est un cheval qui tient le rôle de shérif.

Tyrone mit un long moment à le cracher :

– *Ja.*

– Donne-le-moi. Lentement. On ne voudrait pas blesser quelqu'un.

Tyrone était figé sur place. À l'idée qu'il allait tout perdre, que tout cela avait été inutile, le sang, la cavale, la terreur, l'angoisse, il se sentait comme paralysé.

Cupido jeta un coup d'œil à sa montre.

– Le temps presse. Donne-le-moi simplement, tout ira bien.

Tyrone porta lentement la main à sa hanche, sortit le pistolet à contrecœur.

– Tiens-le de façon à ce que les *hase* ne le voient pas.

– Les *hase* ?

– Ça veut dire les gens, entre flics. Vas-y, lentement et avec calme.

Tyrone lui passa discrètement le pistolet, au ras du sol.

– C'est bien, Tyrone, dit le policier en l'attrapant. Dis-moi, où as-tu grandi ?

– Mitchell's Plain.

– Moi aussi. Quelle rue ?

– Begonia.

– Je connais Begonia. Pas facile, *da'.*

– *Yep.*

Il voulait quoi, ce fils de pute ?

– J'ai grandi dans Blackbury Street. Juste en face d'Eisleben.

– Je connais Blackbury.

– Ça fait combien de temps que tu es pickpocket ? *Jirre.* Il savait tout.

– Depuis que j'ai douze ans.

– Qui t'a appris ?

– Oncle Solly. De Begonia Street.

– C'était vraiment ton oncle ?

Ça ressemblait à quoi, cette conversation ?

– Non. Mon parrain.

– Nadia et toi, vous étiez orphelins ?

– *Ja*. Papa et maman sont morts quand j'avais trois ans et ma sœur un.

– *Daai's* triste, mon frère.

– Oncle Solly était un homme bon.

– Mais un pickpocket.

– Un pickpocket sacrément doué. Et il avait des principes.

– Il y a combien dans ce sac ?

Il fut pris par surprise. Une surprise tellement déplaisante que tout son corps fut agité d'un sursaut.

« Comment vous savez pour l'argent ? » eut-t-il envie de demander.

Mais soudain, une pensée lui vint à l'esprit. Le flic à la Batman voulait sa part. Évidemment qu'il voulait sa part. Voire la totalité. Tout le monde savait que les flics étaient corrompus.

– Quel argent ?

– L'argent de la photo qu'ils t'ont envoyée. Ils te l'ont remis ?

Il ne répondit pas.

– Oui ou non ? insista Cupido.

– *Ja.*

– Combien ?

À quoi ça servait de mentir ?

– Deux point quatre.

– Millions ?

– *Ja.*

Cupido siffla doucement entre ses dents.

– Et tout est là ?

– Je crois.

– Ça fait un sacré paquet d'argent.

471

– Vous voulez combien ?

Cupido se mit à rire.

– Si ce n'était pas un jour aussi *lekker*, mon frère, je te flanquerais une torgnole.

Tyrone osa regarder le flic pour la première fois.

– *Ek sê*, c'est beaucoup d'argent. Une grosse responsabilité.

– C'est vrai.

– Peu de gens ont cette chance. De pouvoir payer des études à leur sœur. Et de choisir leur vie. Quitter Begonia Street, par exemple.

– C'est vrai.

Le flic plongea la main dans sa poche. Tyrone suivit le mouvement des yeux. La main réapparut, tenant une carte.

– Ma carte de visite professionnelle.

Tyrone la prit.

– Je descends à Bellville. Toi, tu restes dans le train. Tu continues jusqu'à Stellenbosch. Planque-toi dans l'appartement de ta sœur, jusqu'à ce que tu te sois trouvé un endroit à toi. Ne retourne pas à la piaule de Schotsche Kloof. Il y a encore des types qui risquent de te chercher, pendant une semaine ou deux. Tu fais profil bas. Si tu as des ennuis, appelle-moi. Si tu veux être absolument sûr que toute l'affaire est terminée, appelle-moi.

Tyrone hocha la tête, abasourdi.

– Mais je ne veux plus te voir faire le pickpocket. Je vais ouvrir l'œil. Si jamais tu te fais arrêter, si je te repère sur un écran de surveillance, si tu traverses en dehors des clous, mon frère, alors je viendrai en personne t'en coller une et te mettre au trou, *versta'jy* ?

Tyrone acquiesça une fois encore.

– Fais quelque chose de ta vie, Tyrone. C'est une chance rare.

– Je le ferai.

Cupido tendit le bras et lui empoigna l'épaule.

– Tu es un garçon courageux. Très courageux. Ta sœur a du bol de t'avoir.

Et le fils de pute se leva, lui sourit et se dirigea vers la porte.

Le train ralentit, s'arrêta à Bellville. Tyrone regarda Cupido s'éloigner de son pas arrogant, dans son long manteau de frimeur. Il sortit simplement quand les portes s'ouvrirent, sans se retourner. Tyrone suivit Batman des yeux jusqu'à ce qu'il ait complètement disparu de sa vue.

Fixant le vide devant lui, il resta assis jusqu'au départ du train.

Il fut alors pris de frissons et se mit à pleurer.

Il pleura jusqu'à Muldersvlei, son grand corps maigre, douloureux et fatigué, agité de tremblements incontrôlables.

60

Ils étaient en train d'interroger Joaquim Curado dans un petit bureau de la DPCI, à Bellville, à l'abri du regard soupçonneux des Renseignements, quand Benny Griessel entra.

Il avait du sang sur sa veste, les cheveux encore plus en bataille que d'habitude, il paraissait ravagé et tendu, mais son regard était clair et brillant, plein de fougue.

– Il ne crachera pas le morceau, fit Cupido en montrant Curado assis tel un sphinx devant la table, toujours menotté.

– Pas besoin, répliqua Griessel, mais dis-moi d'abord, qui est avec Nadia ?

– J'ai convaincu le commandant de Bellville d'envoyer huit hommes en plus. Toutes les entrées sont couvertes, répondit Zola Nyathi.

– Très bien. Merci, monsieur.

– Et pourquoi il n'aurait pas besoin de parler ? voulut savoir Cupido.

– Dave Fiedler a remonté la piste du téléphone trouvé sur le Kobra qui était dans le train, expliqua Griessel. On a quatre autres numéros. Deux sont enregistrés chez Orange, en France, et Dave ne peut rien faire avec ceux-là. Les deux autres sont des Cell C, ils ont dû être achetés ici. Dave a réussi à localiser où ils se trouvaient ces vingt-quatre dernières heures. Je pense que David Adair est retenu dans une ferme du nom d'Hercules Pillar, près de la R304.

Griessel observait attentivement Joaquim Curado. Quand il prononça les mots « Hercules Pillar » il eut un mouvement infime de la tête et des yeux, et Griessel sut qu'il avait vu juste.

– D'après Dave, l'endroit possède un site internet : Location d'une ferme, intimité et solitude, à seulement vingt minutes du Cap. Voilà l'adresse…

Ils se rendirent dans le bureau de Cupido pour jeter un coup d'œil au site.

– L'endroit idéal, dit Mbali.

L'ancienne ferme, magnifiquement restaurée et blanchie à la chaux, était située sur une colline, ce qui permettait de repérer n'importe quel intrus à des kilomètres.

– On va devoir les prendre de vitesse, avec une puissance de feu supérieure, dit Nyathi. C'est la seule possibilité.

* * *

Ils étaient huit : Griessel et Cupido, Nyathi et Mbali, Radebe et Vusi Ndabeni, Frankie Fillander et Mooiwillem Liebenberg. Sans bruit, ils allèrent tour à tour chercher un fusil d'assaut dans l'armurerie des Hawks puis ils gagnèrent le parking en se faufilant discrètement dans les couloirs.

Ils partirent dans quatre véhicules différents.

– Qu'est devenue la carte mémoire ? demanda la Girafe, dans la voiture de tête sur la N1.

Mbali tapota son grand sac noir d'une main potelée.

– Qu'est-ce que vous allez en faire ?

Elle regarda par la vitre.

– La garder comme garantie, répondit-elle.

– Contre quoi ?

– Contre les gens qui veulent mettre en péril notre démocratie et l'esprit de la lutte qu'a menée mon père.

Nyathi se contenta de hocher la tête. Il ne pouvait trouver meilleur gardien.

* * *

– Qu'est devenu Tyrone ? demanda Griessel dans la seconde voiture.

– C'est un malin, *daai*. Il m'a faussé compagnie, répondit Cupido.

– Je vois, fit Griessel. Nous les vieux singes, on n'est plus assez rapides pour suivre.

Cupido fit entendre un rire légèrement forcé.

Et Benny comprit.

* * *

Leur plan consistait simplement à foncer sur la ferme au sommet de la colline : les autres n'avaient aucun endroit où se planquer, aucun moyen de les attaquer par surprise.

Ils allaient rouler jusqu'aux bâtiments, se garer de façon à les encercler. Ensuite, ils laisseraient aux Kobra une chance de sortir avant de prendre la ferme d'assaut et de commencer à tirer.

Le plan fonctionna, jusqu'à un certain point.

Quand tous les véhicules furent à l'arrêt, qu'ils eurent bondi et trouvé un abri, fusils d'assaut armés et braqués sur les fenêtres et les portes derrière la grande véranda, on n'entendit plus que le silence. Et quelques colombes qui roucoulaient, accompagnées par le meuglement des vaches au loin.

– Vous êtes cernés ! cria Nyathi dans le mégaphone. Veuillez poser vos armes et sortir les mains sur la tête.

Ils attendirent, décharge d'adrénaline dans les veines, doigts sur la détente, protégés par la carrosserie des voitures.

Pas de réaction. Seulement le calme de l'après-midi et l'ombre d'un gros nuage blanc rebondi qui allait et venait.

Griessel observa le sol devant la porte de la ferme. On y voyait des traces de pneus dans la boue due à la pluie de la veille. Les Kobra s'étaient garés là ; au moins deux véhicules. Peut-être trois.

Nyathi répéta son message, plus fort.

Rien.

– Monsieur, dit Cupido, je vais courir jusqu'à la porte.

– Attends, répondit Nyathi.

Ils attendirent. Les minutes s'écoulaient.

– OK, on couvre Vaughn, ordonna Nyathi. À mon signal.

Ils se levèrent, canons pointés sur les portes et les fenêtres par-dessus les toits et les capots des voitures. Toujours sans aucun signe de vie.

– Go ! cria Nyathi.

Cupido franchit l'espace à découvert légèrement baissé, dans son long manteau élégant, comme si ça allait aider. Avec le fusil automatique à la main, on aurait dit un gangster dans un film des années trente.

On n'entendait que le bruit de ses pas sur le sol gorgé d'eau.

Il arriva sans encombre à la porte.

Silence.

– Je perçois quelque chose, dit-il.

Il s'agenouilla.

Ils attendirent, sans un bruit.

– Oui, il y a quelqu'un là-dedans.

Il s'approcha.

– Quelqu'un appelle à l'aide. Je crois qu'on devrait entrer.

* * *

Ils découvrirent David Patrick Adair dans la chambre principale. Il était allongé et ligoté sur le lit avec des liens de serrage et de la ficelle. Pas rasé, sale et puant, mais indemne.

– Vous êtes la cavalerie ou une autre sorte de problème ? lança-t-il dès que Cupido entra.

– On est les Hawks, répondit celui-ci.

– Je ne suis pas sûr que ça m'éclaire…

On entendait les membres de l'équipe crier en fouillant les autres pièces, vides.

– Le service de police sud-africain, expliqua Cupido.

Nyathi et Mbali entrèrent, suivis de Griessel et de Fillander.

– Et une splendide illustration de la nation arc-en-ciel, ajouta Adair, en essayant sans succès de déguiser son immense soulagement sous un ton désinvolte. Vous ne sauriez pas par hasard si mon étudiante, la jolie Lillian Alvarez, est saine et sauve ?

* * *

Adair demanda poliment l'autorisation de prendre une douche.

– Et je vous en supplie, laissez-moi me brosser les dents.

C'était un homme de haute taille, élégant. Griessel comprit qu'il voulait préserver sa dignité à tout prix, mais le traumatisme des jours précédents affleurait sous la surface.

Ils attendirent sous la véranda pour être sûrs que les Kobra n'allaient pas débarquer par surprise. Quand Adair sortit de la salle de bains, Nyathi, Griessel, Mbali et Cupido l'interrogèrent dans le salon.

Il leur expliqua que ses ravisseurs étaient trois lors de son enlèvement à Franschhoek.

– D'une efficacité terrifiante. Parfaitement méthodiques.

Ces malfrats savaient pour Lillian Alvarez. C'est ainsi qu'ils avaient découvert exactement où il se trouvait, en plaçant le téléphone de cette dernière sur écoute. Et comme un imbécile, il l'avait appelée le vendredi soir précédent de la guest-house.

– Ils se sont aussi servis d'elle pour me convaincre de leur remettre les informations. En menaçant de la tuer. Ils m'ont obligé à la contacter pour lui dire d'apporter la carte mémoire.

– Qu'y avait-il sur la carte ? demanda Nyathi.

– De nombreuses informations.

– Quel genre ?

– Les opérations financières répréhensibles auxquelles se livrent les hommes.

– Pouvez-vous être plus précis ?

– On a combien de temps ?

– Tout le temps qu'il nous faut.

– Eh bien, il y a des informations sur de possibles terroristes. Et de possibles espions. Et de possibles opérations de blanchiment d'argent provenant du crime organisé. Menées par le crime organisé lui-même, avec l'aide des banques. Des preuves accablantes prouvant que le système bancaire a les mains sales. Pas d'obscures petites banques dans des républiques bananières. Des colosses de la finance, continentaux, internationaux. Ensuite, il y a une longue liste très impressionnante de membres de gouvernements corrompus…

– Des membres du gouvernement sud-africain ? demanda Mbali.

– J'en ai peur. Mais je me hâte d'ajouter que ces données incluent aussi des officiels de trente-neuf autres pays. Le mien compris. Et que les preuves sont assez irréfutables.

– Pouvez-vous nous dire quels officiels du gouvernement sud-africain ?

– Un certain nombre. Membres du Parlement. Ministres. Votre président en personne, je suis désolé d'avoir à le dire.

Mbali fit entendre un petit hoquet désespéré.

– Voilà pourquoi ils ont impliqué la SSA et le Renseignement, dit Nyathi.

– Qui ? demanda Adair.

– Votre MI6 a fait appel à notre Agence de sécurité d'État et à nos services de renseignements afin de vous retrouver.

– Je vois. On n'a rien laissé au hasard. Comme c'est réconfortant. Mais oui, vous pourriez avoir raison. J'ai effectivement parlé de la liste à mes amis du MI6.

– Pour qui travaillent les Kobra ? demanda Griessel.

– Les qui ?

– Les gens qui vous ont kidnappé. Travaillaient-ils pour la CIA ? insista Cupido.

– Grands dieux, non. Ils travaillaient pour les banques.

61

Ils eurent du mal à le croire.

David Adair s'expliqua. C'était sa seule occasion, dit-il, d'aller à la pêche aux activités répréhensibles dans le système SWIFT avec son nouveau protocole sophistiqué, parce qu'il n'avait jamais caché ses sympathies politiques et son éthique. Il y avait tellement de groupuscules qui le surveillaient, qui tous attendaient de voir ce qu'il comptait faire de son logiciel – et le soupçonnaient de chercher des munitions pour ses croisades.

Alors il avait écrit le programme de façon à pouvoir y glisser un cheval de Troie par la suite, quand ils se seraient tous assurés que le protocole ne leur portait pas préjudice.

Et quand les données avaient commencé à tomber, le résultat s'était révélé hallucinant. Espionnage, politiciens corrompus, nombre incalculable de grandes banques internationales et respectées qui regardaient ailleurs et trempaient dans le blanchiment de milliards pour le crime organisé. Mais ce qui l'avait pris complètement par surprise, c'était un conglomérat de banques internationales qui manipulaient le système financier : afin d'échapper aux impôts, de fixer les taux, de falsifier illégalement le prix des actions et des taux de change, et de continuer à faire le commerce d'instruments financiers dérivés – des produits complexes et indéchiffrables mettant en grand péril l'économie mondiale.

Des dirigeants de banques et d'institutions financières s'étaient enrichis à grande échelle, au détriment du commun des mortels. La cupidité, l'ampleur des complots l'avaient pris totalement de court.

– Que fait-on de telles informations ? Voilà le problème. Les rendre publiques s'apparente à un acte de sabotage financier. Le système, encore très fragile après l'effondrement des marchés, pourrait bien ne pas s'en remettre. Ou à tout le moins déclencher une nouvelle récession internationale. Les grands perdants ne seraient pas les gros bonnets du système bancaire, mais les personnes mêmes que j'avais espéré protéger. Le public. Alors, après ma conversation avec le MI6, j'ai commis l'erreur d'appeler le directeur général d'une très grande agence internationale. Je voulais lui faire savoir que ce serait peut-être une bonne idée de commencer à lever le pied sur les opérations illégales et dangereuses. À moins de risquer que tout ne soit révélé au grand jour. C'était du chantage, mais pour une cause juste et bonne. Peu après, une série d'événements étranges se sont succédé. J'avais l'impression qu'on me suivait, j'étais pratiquement sûr que quelqu'un s'était introduit dans mon bureau et ma maison. Peut-être pour poser des micros ? Aussi ai-je pris quelques précautions. Je me suis rendu à Marseille en avion pour me procurer un faux passeport et j'ai déposé une somme d'argent considérable sur un nouveau compte, sous un faux nom…

– Et d'où un professeur d'université tire-t-il une somme d'argent considérable ? demanda Cupido.

– L'Union européenne s'est montrée plutôt généreuse en termes de rémunération.

– Je vois.

– J'ai préparé une valise, juste au cas où. Quand je suis rentré de chez Lillian, lundi soir dernier, et que j'ai vu ma maison saccagée, j'ai su. Alors je me suis enfui.

– Mais comment pouvez-vous être sûr qu'il s'agit des banques ?

– Je parle français, dit Adair. J'ai compris ce qu'un de mes ravisseurs disait à ses commanditaires au téléphone. Il n'y a aucun doute possible.

* * *

Ils cachèrent un des véhicules derrière un hangar, à une centaine de mètres de la ferme. Cupido, Fillander, Mbali et Ndabeni restèrent sur place, les bagages, quelques armes et les documents de voyage des Kobra se trouvant encore dans la maison.

Griessel et Nyathi raccompagnèrent Adair en ville : il avait demandé à voir Lillian Alvarez le plus vite possible.

Griessel était assis à l'arrière du gros Ford Territory, les fusils d'assaut sur le siège à côté de lui. Adair était devant, Nyathi au volant.

– Vous réalisez que vous courez toujours un danger ? demanda Nyathi sur la R304.

– Je sais. Mais dès que j'aurai vu Lillian, je vais remédier au problème. Je vais contacter le rédacteur en chef du *Guardian* par Skype. C'est un homme d'une intégrité absolue. Je vais tout lui raconter et lui donner accès aux informations.

– Mais la carte mémoire a disparu.

– Bien.

– Les informations n'étaient pas sur la carte ?

– Si, évidemment. Contre tout espoir, j'espérais qu'en leur fournissant les données dans un format tangible, ils m'épargneraient. Mais ils m'auraient tué quand même, j'en suis certain. Les données se trouvent aussi dans le Cloud. À deux ou trois endroits différents. Ils finiront par mettre la main dessus, je suppose. On laisse toujours des traces…

Sur la N1, juste avant la rampe de sortie de Lucullus Street, Adair ajouta avec philosophie :

– Évidemment, on ne peut s'empêcher de considérer son propre échec, dans ces circonstances. Et continuer à espérer que, d'une façon ou d'une autre, toute la lumière sera faite sur les mensonges, les duperies. Que la vérité nous libérera, tous. Mais vous savez, notre monde est loin d'être parfait et ça empire de jour en jour. Alors, merci…

Griessel pensa à Mbali, qui avait aussi parlé de vérité libératrice, en regardant par la vitre. Il était tellement préoccupé de ces questions de secrets et de mensonges qu'il remarqua à peine le Volkswagen Amarok double cabine qui s'arrêtait à côté d'eux.

Plus tard, il serait incapable de se rappeler si c'était un mouvement incongru, le reflet du soleil sur le canon d'une arme ou le visage vaguement familier de l'homme, qui attira son attention, déclencha l'alarme dans sa tête. Il s'empara du fusil sur le siège à côté de lui tout en hurlant : « Monsieur ! »

Trop tard.

Des coups de feu éclatèrent, les balles le transpercèrent, ainsi que Nyathi. Des bribes de tissu s'envolèrent des appuie-tête, le vent hurla soudain à ses oreilles, assourdissant, et un brouillard sanguinolent sembla rester comme suspendu dans l'habitacle.

Griessel sentit la douleur exploser en lui, la terrible violence du plomb qui claque, des balles qui déchirent les chairs.

Nyathi perdit le contrôle du Ford, le véhicule se mit à zigzaguer sur la route, dérapa, se retourna et fit des tonneaux. Griessel tenta de s'accrocher. Les airbags se déclenchèrent. Il avait attaché sa ceinture de sécurité, ce fut sa seule pensée, il avait attaché sa ceinture de sécurité, maintenant, il pourrait prouver à Fritz que c'était indispensable.

Juste avant de sombrer, il entraperçut Zola Nyathi, encore sanglé sur son siège, mais bizarrement abandonné. Seules, les lois de la physique gouvernaient sa carcasse à présent, la ballottant d'avant en arrière. «Comme un corps d'homme est fragile», se dit-il. Nyathi lui avait toujours paru indestructible.

* * *

Il reprit conscience un instant, suspendu la tête en bas dans l'épave, regardant son sang couler et former une flaque sur le plafond du Ford. Un instant où il sentit qu'on lui fouillait les poches à toute vitesse, sans ménagement, mais méthodiquement. Le visage était dénué d'émotion. C'était un des types des photos prises à O.R. Tambo. Les mains exploraient toutes ses poches, couvertes de sang.

Un coup de feu retentit, une dernière fois, dans l'espace en miettes.

Puis ce fut le silence.

62

Il vit Alexa à côté du lit, au milieu de la nuit. Elle dormait, inconfortablement installée dans le fauteuil. Il tenta de lui parler, mais il était si fatigué qu'il pouvait à peine ouvrir la bouche. Sa bouche desséchée.

Il était réveillé. Il se trouvait dans la maison d'Alexa, dans le salon. Son bras avait disparu. Complètement. Alexa lui disait de ne pas s'inquiéter, qu'il existait des joueurs de basse manchots. Elle tirait sur une cigarette.

Il se rendit vaguement compte que quelqu'un d'autre était là aussi. Bizarre, il faisait jour à présent. Il ouvrit les yeux. Sa fille, Carla. Elle était penchée au-dessus de lui, coudes sur le lit, une expression intense sur le visage, toute proche, comme si elle ne voulait pas qu'il s'en aille. Il vit ses lèvres bouger, former le mot « papa », sans qu'il puisse l'entendre. Il était emporté au loin. Mais ses deux bras se trouvaient bien là.

Fritz avait pris place dans le fauteuil à côté du lit. Son fils, avec une guitare. Son fils chantait pour lui. C'était incroyablement beau.

Il avait une conversation avec Nyathi et Mbali. Ils parlaient zoulou et xhosa et, à sa grande surprise, lui aussi.

« Est-ce que ce n'est pas merveilleux ? » disait Mbali.

« Si », répondait Nyathi.

« Quoi ? » demandait Griessel.

« Il n'y a pas de corruption ici, répondait Mbali. Regarde, Benny, aucune. On n'a pas fait ça pour rien, après tout. »

Cupido et Bones et Mbali se tenaient à côté de son lit, le visage fermé.

– Vaughn, dit Griessel.

– *Jissis,* fit Cupido en se levant pour le regarder.

– On est dans un hôpital, surveille ton langage, dit Mbali.

– Va chercher une infirmière, il est réveillé.

Et Griessel sombra à nouveau.

* * *

Ils ne lui annoncèrent la mort de Nyathi qu'au bout de deux jours. De Nyathi et de David Adair.

– Ils ont cru que tu n'allais pas t'en sortir, Benny, dit Alexa, en pleurant sur les draps.

Elle lui serrait très fort la main gauche, au bout du bras encore raisonnablement entier. Tu es passé deux fois tout près de la mort et ils ont réussi à te faire revenir. Ils ont dit que tu n'avais plus de sang. Plus du tout.

Deux blessures à la jambe droite, une dans le haut du bras droit, l'épaule droite, le poignet gauche, deux balles dans les côtes qui avaient perforé le poumon droit. Tout finirait par guérir, avec le temps. Mais il garderait une certaine raideur dans les membres, avait dit le chirurgien. Pendant de nombreuses années. Il avait passé seize jours dans le coma. Et il pensa par-devers lui que ça avait été les seize jours sans boire les plus faciles à ajouter à son ardoise.

Cloete vint lui tenir compagnie.

– CNN, la BBC, Sky News et le *New York Times* demandent tous des interviews, Benny. Tu es en état ?

– Non.

Le commissaire divisionnaire Marie-Caroline Aubert lui téléphona de Lyon. Elle lui exprima ses condoléances pour la mort de son collègue et le félicita pour l'arrestation de Curado. Elle ajouta que celui qu'il avait descendu était le seul Français, un certain Romain Poite. Les autres venaient des pays de l'Est, mais tous étaient aussi d'anciens membres de la Légion étrangère. « Nous tentons de les retrouver, grâce à votre excellent travail. »

Jeanette Louw, la directrice de Body Armour, vint aussi lui rendre visite. Il lui raconta tout.

Alexa était là tous les jours, matin, après-midi et soir. Carla passait le voir. Fritz. Ses collègues. Doc Barkhuizen. Ses copains du groupe Rust. Et même Lize Beekman une fois.

– Je suis désolé pour le concert, dit-il.

– Il y en aura d'autres, répondit-elle. Pour l'instant, il faut récupérer.

* * *

Il avait beaucoup réfléchi, à l'hôpital. Quand Alexa vint le chercher pour le ramener à la maison, il savait quoi lui dire.

Faible et fatigué, il grimpa dans le lit double.

– Viens t'asseoir ici, s'il te plaît, commença-t-il. Il faut que je te parle.

Elle obtempéra, l'air inquiet

– Je t'aime énormément, commença-t-il.

– Et moi, je t'aime, Benny.

– Alexa, je ne savais pas quoi dire, parce que c'est

difficile. Mais quelqu'un a décrété que la vérité nous libère…

– Quelle vérité, Benny ?

– Je ne peux pas… tu sais…

Et tout le discours qu'il avait préparé, qu'il avait répété dans sa tête, encore et encore, s'envola.

– De quoi tu parles ?

– Avant cette histoire… (Il désigna les derniers pansements.) Je ne pouvais pas suivre. Avec le… sexe. Je suis trop vieux et trop décati, Alexa. Je ne peux plus faire la chose tous les jours. Tu es très sexy, ma tête veut, mais mon… (Il désigna son entrejambe.)

– Ton gredin, dit-elle.

– Oui. Mon gredin ne tient pas la distance. Pas tous les jours. Peut-être tous les deux jours. On peut essayer.

Son visage se chiffonna. Il la vit qui commençait à pleurer et se dit, *fok,* ce n'était pas ça qu'il aurait fallu dire.

– Je verrai un médecin, ajouta-t-il.

Elle le serra contre elle. Il sentit la chaleur de son souffle et ses larmes.

– J'avais tellement peur, Benny. Adam n'en avait jamais assez. J'ai cru qu'il allait voir ailleurs à cause de ça. Je voulais simplement que ce soit assez pour toi.

Adam, son ancien mari.

– C'est plus qu'assez pour moi, dit-il. Simplement pas tous les jours.

– Dieu merci, lança-t-elle.

Et il entendit alors son rire joyeux et plein de vie.

Glossaire

Askies – « désolé », « excuse-moi ».

Auntie – équivalent pour les Sud-Africains s'exprimant en anglais de *« tannie »,* « tante », avec une nuance de respect.

Bergie – afrikaans du Cape Flats (la Plaine du Cap) pour désigner un sans-abri, souvent un vagabond qui vit sur le flanc de Table Mountain (*berg* : montagne).

Blerrie – argot du Cape Flats : « putain de... ».

Bliksem – juron peu grossier : « zut ! ».

Blougatte – « bleu », pour désigner un policier débutant, un sans-grade.

Boetie – diminutif de *« brother »* : « petit frère ».

Bok – afrikaans pour « bouc » ou « antilope », parfois utilisé dans le sens de « vieux bouc ».

Braai – barbecue.

Cappie – abréviation de capitaine.

Daai, daai's – afrikaans du Cape Flats : « ça, c'est ».

Dagga – afrikaans pour cannabis.

Dis'n lekker een dié – afrikaans : « c'est excellent ».

Dof – adj. : « faible, débile » ; nom : désigne aussi un crétin,

Doos – connard.

Drol – étron.

Dronkgat – ivrogne.

Ek sê jou – « C'est ce que je te dis. »

Ek versta'jou nie – vernaculaire du Cape Flats : « Je ne te comprends pas. »

Ek wiet, ja – vernaculaire du Cape Flats : « Oui, je sais. »

Flippen – juron familier : « saleté de... »

Fok – afrikaans pour *« fuck »*.

Fokken – afrikaans : « vachement », ou plus grossier : « putain de... »

Fokker – afrikaans pour *« fucker »* : « connard ».

Fokkit – afrikaans pour *« fuck it »* : « fait chier !, putain ! »

Fokkof – afrikaans pour *« fuck of »* : « va te faire foutre ! »

Fokkol – « que dalle ».

Gefok – foutu, comme dans « je suis foutu ».

Hhayi – zoulou pour « Non ! ».

Hierjy – un moins-que-rien.

Jirre – argot du Cape Flats : « Mon Dieu ! »

Jissis – Doux Jésus ! (afrikaans).

Jy kannie net loep nie – littéralement : « Tu ne peux pas dégager ? », soit : fous le camp (afrikaans).

Jy wiet. Jy wietie – afrikaans du Cape Flats : « Tu sais. » « Tu sais pas. »

Jy's – « tu es », « vous êtes. »

Knippies – littéralement, une pince, ou agrafe, en afrikaans. Ici, c'est le surnom de Tyrone, qui utilise une barrette à cheveux pour distraire ses victimes.

Kwaai – argot afrikaans. Littéralement, quelqu'un qui a mauvais caractère, qui prend la mouche facilement, qui est sévère. Utilisé comme exclamation : « Cool ! »

Lat – gars.

Lekka (vernaculaire du Cape Flats), *lekker* (afrikaans correct) – mot d'origine hollandaise, sert indifféremment pour désigner quelque chose de bon, de savoureux.

Liewe ffff – littéralement, *dear ffff*... Le *ffff* signifiant « *fuck* ». Approximativement : « Putain ! »

Lobola (ou *labola,* mot zoulou ou xhosa) – la dot de la mariée. Traditionnellement, en têtes de bétail, mais de nos jours, l'argent est accepté. (Source : http:// en.wikipedia.org/wiki/Lobolo.)

Ma' – abréviation de « *maar* » : mais.

Ma' nou weet hulle – « Mais maintenant, ils sont au courant » (afrikaans).

Maaifoedie – afrikaans du Cape Flats : voyou, escroc.

Meneer – monsieur.

Mengelmoes – mélange.

Middag – après-midi. *Goeie middag* : bonne fin de journée (afrikaans).

Moenie worrie nie – argot afrikaans : « Ne t'inquiète pas. »

Nè – expression afrikaans : « oui, vraiment ».

Nooit – Jamais (afrikaans).

Oom – voir *Uncle.*

Ou – mec, vieux (afrikaans).

Pappie – père (afrikaans).

Rand (R) – monnaie sud-africaine ; 12 rands équivalent 1 euro.

Sheeben – taverne. À l'origine, établissement qui ne possédait pas de licence mais où l'on servait illégalement de l'alcool.

Sien jy – « Tu vois... » (afrikaans).

Sisterjie, sussie – petite sœur.

Skelmpie – voyou, bon à rien, malappris

Snotskoot – littéralement : en plein sur le nez ; « coup ».

Sommer netnou – bientôt.

Tik – surnom sud-africain de la méthadone.

Uncle – traduction anglaise de *« oom »,* « oncle »,
marquant le respect.

Versta'jy – « Tu piges ? » (vernaculaire du Cape Flats).

Volkies – désignation méprisante des ouvriers agricoles
métis.

Waterblommetjie – asperge du Cap.

Wiet jy – « T'es au courant ? » (vernaculaire du Cape
Flats).

Jusqu'au dernier
Grand Prix de littérature policière
Seuil, « Policiers », 2002
et « Points Policier », n° P1072

Les Soldats de l'aube
Seuil, « Policiers », 2003
et « Points Policier », n° P1159
Point Deux, 2011

L'Âme du chasseur
Seuil, « Policiers », 2005
et « Points Policier », n° P1414

Le Pic du Diable
Seuil, « Policiers », 2007
et « Points Policier », n° P2015

Lemmer, l'invisible
Seuil, « Policiers », 2008
et « Points Policier », n° P2290

13 heures
Seuil, « Policiers », 2010
et « Points Policier », n° P2579

À la trace
Seuil, « Policiers », 2012
et « Points Policier », n° P3035

7 jours
Seuil, « Policiers », 2013
et « Points Policier », n° P3349

COMPOSITION : NORD COMPO À VILLENEUVE-D'ASCQ
IMPRESSION : CPI BRODARD ET TAUPIN À LA FLÈCHE
DÉPÔT LÉGAL : NOVEMBRE 2015. N° 110897 (3012300)
IMPRIMÉ EN FRANCE

Les Soldats de l'aube
Deon Meyer

Inconsolable depuis la mort de son coéquipier, l'ex-policier « Zet » van Heerden traîne
sa culpabilité de bar en bar. Un jour, une
avocate vient lui proposer un petit travail:
retrouver le testament d'un riche antiquaire,
un certain Smit. Celui-ci a reçu une balle
dans la nuque après avoir été torturé à la
lampe à souder. Zet découvre que la victime
cachait des secrets sur des affaires aux
relents racistes... Pour lui, le jeu de pistes ne
va pas tarder à virer au cauchemar.

Grand Prix de littérature policière 2003

*« Meyer est un horloger du scénario,
un spécialiste de l'issue fatale. Son
style charrie du sang, de la sueur
et des larmes. »*

Elle

13 heures
Deon Meyer

5 h 36 : au Cap, une Américaine gravit Lion's Head, paniquée. 5 h 37 : on appelle Benny Griessel et les inspecteurs sous sa tutelle – une fille a été égorgée. 7 h 02 : Alexa Barnard se réveille, encore saoule, à côté du cadavre de son mari. Passé 12 h 57 : ça tourne mal pour Griessel et ses hommes. Et à 18 h 37, les affaires sont classées. Treize heures ordinaires pour ces inspecteurs des homicides.

« Un régal. »

L'Express

À la trace
Deon Meyer

L'Afrique du Sud est un labyrinthe dangereux
où se perdent les traces des plus redoutables
prédateurs. Il faut des hommes comme Lemmer
pour espérer s'en sortir. Un trafic de rhinocéros
noirs le conduit sur la piste d'un trafic international, mettant en jeu Al-Qaïda. Sa route
croise celle de l'ancien policier Mat Joubert,
de l'innocente Milla. Tous sont traqués par
plus menaçants qu'eux...

*« On verrait bien Deon Meyer dans
le panthéon qui abrite déjà Mankell
et Le Carré. »*

Le Point